KB043553

일탈

일탈

지은이 | 권서현
펴낸이 | 이형기
펴낸곳 | 도서출판 가하
기 획 | 이승진
편 집 | 박윤아, 이승진
표지디자인&일러스트 | 임은영

초판인쇄 | 2010년 3월 23일
초판발행 | 2010년 3월 28일
출판등록 | 2008년 10월 15일 제318-2008-00100호

주 소 | 서울 영등포구 당산동5가 33-1 한강포스빌 1209호
전 화 | (02) 2631-2846
팩 스 | (02) 2631-1846
www.gahabooks.com

ISBN 978-89-93883-18-3 03810
값 9,000원

copyright by ⓒ 권서현, 2010

이 책은 저작권법의 보호를 받는 저작물입니다. 무단전재와 무단복제를 금합니다.
잘못된 책은 구입하신 곳에서 바꾸어 드립니다.

권서현 장편소설

일탈

가하

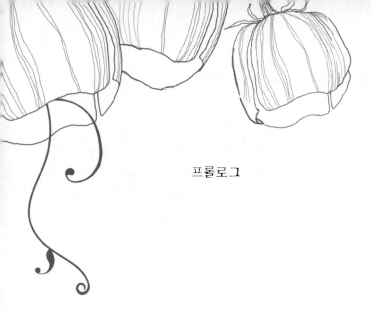

프롤로그

"오빠?"

빈 거실에는 서영의 낮은 목소리만이 울렸다.

인기척이 난 것 같았는데.

잠시 정지동작으로 귀를 쫑긋 기울였지만 아파트 밖으로 지나가는 차 소리만 간간이 들렸다.

3월 초라는 계절에 어울리지 않게 유난히 따뜻한 목요일 오후, 이 집의 주인은 열심히 회사에서 일하고 있을 시간이었다. 바깥의 소음이 섞여서 착각을 한 게 분명하다.

그런데 시간이 벌써 이렇게…….

시간을 확인한 서영은 급히 부엌으로 발길을 돌렸다. 점심시간에 잠깐 나온지라 빨리 학교로 돌아가야 했다. 결혼식 때문에 모레 부산에 갈 예정이라 급하게 서두른 참이었다.

대학 동창 중 현진이 첫 타자로 결혼식 테이프를 끊을 예정이었다. 그녀의 결혼식이 일요일에 부산에서 열렸다. 동창들 몇 명이서 토요일에 떠나 결혼식이 열리는 호텔에서 하룻밤을 묵고 결혼식 후에 돌아오기로 했다.

아무도 쓴 흔적이 없는 부엌은 지난번 다녀갔을 때와 똑같이 깔끔하게 정리되어 있었다. 가끔 엄마가 챙겨주어서 서영이 가져오는 음식 외에는 재형은 거의 집에서 식사를 하지 않았다. 그래서 되도록이면 오래 먹을 음식은 가져오지 않았다.

두리번거리던 서영의 눈에 싱크대 위에 반짝이는 것이 콕 박혀 들어왔다.

찾았다!

재형이 생일 선물을 겸해서 유럽 출장길에 사와 선물한 팔찌는 작은 진주알이 촘촘히 엮인, 가는 뱅글로 유명한 브랜드의 고가품이었다. 지난번에 엄마가 챙겨주신 게장을 놓고 가면서 뒷정리를 하다 잠시 빼놓고는 깜빡 잊고 두고 갔다. 재형의 고급 취향을 아는 현진이 보고 싶다며 난리를 치기도 했지만, 무엇보다 무척 마음에 들어서 결혼식 때 꼭 하고 가고 싶었다.

그녀의 얼굴에 얼핏 자조의 미소가 감돌았다. 나도 어쩔 수 없는 여자인가 보다. 비싼 선물 한다고 엄마가 아시면 야단치실 거라고 재형에게는 괜히 핀잔을 줘놓고도 이것 때문에 일부러 들르다니.

팔찌를 차며 돌아서던 서영은 다시 들려오는 소리에 쭈뼛 머리털이 곤두섰다. 이번에는 제대로 소리가 들렸다. 고양이가 우는 소리 같기도 하고 사람 소리 같기도 한.

설마 도둑은 아니겠지? 도우미 아줌마가 오셨나? 오늘은 오시는 날이 아닐 텐데······.

두려움에 가슴을 콩닥거리면서도 서영은 소리가 난 쪽으로 살금살금 걸음을 옮겼다. 소리가 난 곳은 분명 제일 안쪽에 있는 재형의 침실이었다. 재형일까? 혹시 아파서 출근을 하지 않았던 건가? 재형의 이름을 불러볼까 생각하던 서영은 점차 뚜렷이 들리는 소리에 발을 멈췄다.

두근두근······.

온 집을 울리고도 남을 정도로 심장 소리가 커진 것만 같다. 왼쪽 가슴을 손으로 세게 눌렀다. 가까이 갈수록 정적 속에서 소리는 뚜렷이 식별되었다.

"으음······."

여자의 신음 소리······.

얼굴이 백지장처럼 창백해졌다. 다리가 후들후들 떨리기 시작했지만 자석에 달라붙는 쇠붙이처럼 앞으로 나가는 발걸음을 멈출 수가 없었다.

"아, 아흑."

조금 열린 문틈으로 색정적인 소리와 비릿한 사향 냄새가 섞여 나왔다. 마음의 준비를 하는 양 눈을 질끈 감았다가 뜬 서영의 눈에 두 사람의 인영이 보였다. 커튼을 친 어두운 방을 배경으로 침대에 누워 있는 남자와 그 남자의 위에 올라타 열심히 몸을 놀리는 여자. 둘 다 아무것도 입지 않아 하얀 살이 또렷이 드러났다.

어둠 속에서 실루엣만으로 남자의 얼굴을 확인한 순간 서영은 고개를 돌려버렸다. 여자의 흔들리는 가슴을 쥐어짜듯이 잡고 흔들고 있는 남자는 이 집의 주인이자 그녀의 약혼자인 이재형이었다.

십 년을 넘게 알아왔고, 대학을 졸업하며 결혼하기로 약속을 했고, 12월에 결혼식을 올리기로 한 남자.

……나, 지금 꿈을 꾸고 있는 건가?

틱, 그녀도 모르는 새에 어깨에 메고 있던 핸드백이 떨어졌다.

"자기, 허, 헉. 밖에서 무슨 소리 안 나?"

"헉, 안 들려. 계속해. 헉헉."

축축하게 젖은 거친 목소리가 들린다. 그 목소리는 평소에 알던 재형의 목소리가 아니었다. 보수적이고 까다롭고 지적인 재형이 아니었다.

저 안의 남자는 누구지?

십 년 동안 내가 알던 재형은 누구였나?

방 안에서 들려오는 생생한 신음 소리를 들으면서도 한동안 몸을 움직일 수가 없었다. 정신을 차린 서영은 그 자리에서 걸어나왔다. 밖으로 빠져나올 때 그녀는 귀를 막고 있었다. 귀를 막은 손이 부들부들 떨렸다. 밖으로 나오고도 한동안은 여자의 교태 어린 신음 소리와 재형의 끈적끈적한 목소리가 환청이 되어 귀를 때렸다.

빌라 현관을 황급히 나서던 서영은 문득 발을 멈췄다. 그녀가 들어갈 때만 해도 맑던 하늘이 음침한 회색으로 변해 당장이라도 폭설이 쏟아질 것 같았다.

갑작스러운 날씨만큼이나 그녀의 머릿속도 비현실적이긴 마찬가지였다. 한 번도, 단 한 번도 이런 순간을 상상하지 않아서 어떻게 생각을 해야 할지 모르겠다. 이제는 자신도 웬만한 것에는 흔들리지 않는 어른이라고 생각했는데 아직도 깨쳐나가야 할 게 많다는 걸 깨달았다. 아니, 그것보다도……. 심장이 반으로 갈라진 것만 같다. 다른 누구도 아니고 재형이라니…….

그를 처음 만났을 때가 떠올랐다.

중학교 졸업식날이었다. 재형이 대학에 들어간 해이기도 했다. 그 기념으로 재형의 가족과 고급 중국요릿집에서 식사를 같이 했다. 아버지가 막 회사를 차리면서 알고 지내던 재형의 집안과 사업적으로 친밀해지기 시작하던 즈음이었다.

서영은 모범생 스타일의 단정한 재형이 좋았다. 말투는 십 대답지 않게 점잖고, 예의가 발랐다. 서영은 감청색의 교복을 입고 어깨까지 오는 단발을 하고 있었다. 원래도 수줍음이 많은 데다 처음 보는 어른들과 대학생이 되는 남자와의 식사는 절대 편안한 조합이 아니었다. 많은 음식을 두고 접시에 놓인 하얀 꽃빵만 조금씩 떼어먹고 있는데 그녀에게 송화단을 덜어서 건네준 건 재형이었다.

"이거 맛있네. 먹어봐."

그의 조심스런 배려가 마음에 들었다. 고등학교를 졸업할 즈음부터 이미 어른들 사이에서는 결혼 이야기가 오갔지만 그녀는 그리 싫지 않았다. 집에서 유일하게 만남을 허락하는 남자이기도 했고, 그와 있으면 편했다. 사실 답답한 집을 떠나고 싶어 빨리 결혼하고 싶은 마음도 있었다. 활활 타오르는 애정은 없었지만 낯을 많이 가리고 사람을 사귀는 게 불편한 서영은 재형이 좋았다. 그만큼 그녀에게는 부드럽고 다정한 남자였다.

믿었는데. 아니, 한 번도 의심하지 않았는데.

지나간 시간들을 생각하자 서영은 제어할 수 없는 분노가 치밀었다.

조금 힘을 줘서 팔찌를 잡아 뜯자 투두둑 소리가 줄과 진주알이 분리되어 흩어졌다. 서영은 팔찌의 잔해를 화단에 던졌다. 웬만한 사람들의 한 달 월급이 넘는 팔찌였지만 상관없었다.

바로 아래로 낙하한 작은 알들이 빛을 반아 반짝이며 또로록 굴러가 몸을 숨겼다. 그 알만큼이나 영롱한 투명한 물방울들이 뚝뚝 그녀의 눈에서 떨어졌다.

세상은 온통 무채색이었다.

1

"자, 신부님은 여길 보시고 친구분들은 신부님을 쳐다봐주세요. 네네, 좋습니다. 그럼 다 이쪽을 봐주세요. 그렇죠, 신랑님은 신부님 뒤로 조금 빠지시고, 네네. 이번엔 번쩍 들어보시겠어요? 아, 좋습니다. 좋아요."

삼십 대의 신랑에 비해 젊은 신부와 친구들 덕분에 식장은 온통 활기에 넘쳤다. 십 대 소녀들처럼 신랑이 신부를 번쩍 들 때는 꺅꺅 소리를 지르고, 부케를 던질 때는 받을 사람이 없어서 다들 눈치를 보았다. 그 와중에 어두운 사람은 서영뿐이었다. 최대한 형식적인 미소를 짓고 박수를 쳤지만 하나도 귀에 들어오지도 않고, 눈에 보이지도 않았다.

"놔둬라, 사내들이 호연지기가 지나쳐서 한 번씩 외도도 할 수 있는 일이지 그런 걸로 수선떨지 마라. 아무리 그래도 조강지처는 못 버린다. 가만 있으면 다 해결될 거야."

"엄마? 그러니까…… 저더러 그걸 눈감고 있으란 말씀이세요?"

"스쳐 지나가는 바람은 그냥 바람일 뿐이야. 자기도 남잔데, 아직 어린 널 보호하려고 그러는 거겠지. 아직 결혼도 안 했는데 그런 걸로 조바심내고 맘 상한 걸 보이면 그것도 우사다. 그냥 모르는 척해. 그런 걸로 이제 와서 파혼이라니, 말이나 된다고 생각하니? 아버지한테는 말할 생각도 마. 네가 제일 잘 알지 않니?"

"엄마, 그래도……."

"그만 해. 자꾸 이러다 아버지 귀에라도 들어가면 어쩌려고 그러니? 재형 군한테도 티도 내지 마. 그냥 넘어가."

"엄마……. 너무하세요. 너무하세요! 제가, 제가 친딸이라면 그렇게 태연하진 않으셨겠죠? 제가 친딸이라도 그렇게 참으라고 하시겠어요?"

짝! 소리와 함께 그녀의 얼굴이 돌아갔다. 왼쪽 뺨이 얼얼해지자 무슨 일이 일어났는지를 깨달을 수 있었다. 자신이 무슨 말을 했는지.

뺨을 때리는 혜선의 손이 부들부들 떨렸다.

"네가, 네가 어떻게, 나한테…… 어떻게 나한테 그런 말을 할 수가 있니?"

얼얼한 뺨보다는 그녀의 입에서 나온 말에 서영의 머릿속이 깜깜해졌다.

"죄, 죄송해요. 엄마. 죄송해요."

……서영은 충격으로 부들부들 떨던 혜선의 얼굴을 떠올렸다. 그게 바로 전날 밤의 일이었다. 20년을 넘게 같이 살면서 한

번도 직접 입 밖으로 꺼내지 않았던 말이었으니 그녀의 충격이 어느 정도일지는 상상이 갔다. 말을 꺼낸 자신조차 놀랐으니까.

그것은 무언의 룰 같은 것이었다. 가장 예민한 부분은 아예 건드리지도 않는. 그 안이 썩어서 진물이 흐르고 고름이 나더라도 상관없이.

파혼이 쉽지는 않을 거라고 생각했지만 혜선에게서 막힐 거라고는 상상도 하지 못했다. 그녀만은 이해해주고 분노해줄 거라고 생각했는데…….

서영은 허탈하게 웃어버렸다. 부정의 씨앗을 거둬 키우는 사람에게 부정은 나쁜 거라고 도와달라고 하는 게 아이러니한 건지, 아니면 부정의 결과물이 자기 약혼자의 부정만은 용납 못하겠다고 하는 게 더 아이러니한 건지…….

사랑한다고 믿었던 게 다 허상이었다. 그 한 번의 일로 너무나 쉽게 그에 대한 사랑이 무너져버렸다. 모래탑을 무너뜨리는 것보다 더 쉽게. 어쩌면 그 탑 자체가 허상이었을지도 모르겠다.

식사를 하고 나오자 문제가 생겼다. 결혼식이 시작될 때부터 일기예보에 없던 눈이 조금씩 내리기 시작하더니 식이 끝나고 식사를 할 때쯤엔 폭설로 변했다. 결혼식에 눈이 오면 잘살 거라고 덕담을 하던 사람들도 점차 얼굴이 굳었고, 신부는 울상이 되었다. 밤에 떠나기로 한 신혼여행 때문이었다.

바야흐로 남부에서 보기 드문 폭설이 시작되고 있었다.

식사를 하고 간단한 피로연에 참가한 후 서울 팀들은 호텔로 들어가 여장을 꾸리기 시작했다. 다들 짧은 여행을 투덜거리며 짐을 쌌다.

"우리도 비행기표 샀으면 오늘 하루 더 머무는 건데 말이야."

"그러게. 하지만 어차피 난 내일 인터뷰가 있어서 더 머물지도 못해."

많지 않은 옷을 챙기는 서영의 손길은 더디기만 했다. 가만히 이야기를 듣던 서영은 짐을 꾸리던 손을 멈추고 시계를 봤다. 머릿속이 복잡해 터질 것만 같다. 이 상태로 집에 돌아가고 싶지 않았다.

"난 아무래도 오늘 하루 더 머물러야 할 것 같아."

"응?"

선주가 눈을 동그랗게 뜨고 물었다.

"왜?"

"고등학교 때 친구가 여기 사는데 아무래도 만나보고 갈까 봐. 눈이 너무 많이 오기도 하고……."

"그래? 연락은 했어? 내일 수업은?"

"응. 내가 마음 바뀌면 연락하겠다고 했어. 기다리고 있을 거야. 내일은 수업 없어. 사무실엔 하루 쉬겠다고 하지, 뭐."

"그래, 그럼. 여기까지 왔는데 너라도 더 놀다 와라. 나도 가려니 발길이 안 떨어진다. 좋겠다. 내일 수업 없어서. 이래저래 회사원이 제일 고역이라니까. 어떻게 하루도 제대로 쉬질 못하니."

서영은 숨을 고른 후 단단히 준비를 하고는 전화를 했다. 몇 번 벨이 울리고 전화를 받은 사람은 혜선이었다.

"엄마, 눈 때문에 신혼부부가 오늘 출발을 못 해서 다들 하룻밤 더 머물기로 했어요. 내일 올라갈게요."

원래도 살갑게 얘기하는 서영은 아니었지만 전날 밤의 일이 떠올라서 어떻게 해야 할지 몰라 더욱 어색해졌다. 거기다 거짓말까지 하는 입장이니. 잠시 시간이 흐르고 혜선이 특유의 낮고 차가운 목소리로 입을 열었다.

- 여자애들이 그렇게 밖에서 나돌아도 못 쓴다.

서영은 그녀의 말에 안도했다. 그녀가 안 된다고 바로 말하지 않으면 허락한다는 뜻이었다.

"죄송해요. 친구들이랑 같이 있으니까 너무 걱정하지 마세요."

- 알았다.

"그럼 끊을게요."

- 서영아!

"네?"

- ……춥게 하고 다니지 마라.

"네. 엄마."

전화를 끊자 서영은 그제야 긴장이 풀렸다. 차분하게 말했지만 내심 조마조마했다.

서영은 프런트데스크에 가서 하룻밤을 더 연장하려고 코트를 입었다.

눈이 그쳐 어둑해진 바닷가는 고요하고 적막했다. 멀리 바다를 가로지르는 커다란 다리가 어두운 하늘을 배경으로 고고하게 자리를 지키고 있었다. 결혼식 전에 친구들과 바닷가에 와서 회를 먹고 사진을 찍고 떠들썩할 때는 활기찼는데 혼자 걷는 바닷가는 쓸쓸하고 우울했다.

바닷바람이 차서 서영은 매고 있던 목도리를 단단히 둘렀다. 머리카락이 흩날리며 뺨을 간질여서 손가락으로 쓸었다.

하루 더 머물기로 한 것은 충동적인 결정이었다. 특별한 이유는 없었다. 이런 복잡한 심정을 가진 채 아무 일도 없었던 듯 일상으로 돌아가고 싶지 않을 뿐이었다. 그리고……. 혜선은 알고 있었을까? 오늘이 그녀의 생일이라는 것을?

서영은 태어난 후 한 번도 집에서 생일파티를 한 적이 없었다. 그녀가 초등학교에 들어가던 해, 생각하고 싶지 않은 사고가 난 이후 그녀는 생일이라는 말 자체를 꺼낸 적이 없었다.

하지만 알고 계셨나? 생일인 걸. 그녀답지 않게 주저하던 목소리가 떠올랐다. 뭐 어차피 상관없었다. 아무도 축하해주지 않는 생일이고, 아무도 축복해주지 않는 탄생인 것을.

서영은 울리지 않는 전화를 확인하고는 피식 자조의 미소를 지었다. 이제까지 재형이 제때 연락을 하지 않는 걸 바빠서라고 이해하려 했다는 사실을 깨달아서였다.

서영은 여전히 지금의 이 상황이 비현실적으로 느껴졌다. 처음 봤을 때부터 대학생이었기에 그녀에게 그는 늘 어른으로 보였다. 결혼에 대한 상상은 그녀에겐 어쩌면 현실도피였는지도 모른다. 작은 뜰이 있는 아담한 집에서 그녀만의 가정을 꾸리고 싶었다. 지금 살고 있는 집처럼 크기만 한 고적하고 외로운 집이 아닌, 밝고 따스하고 떠들썩하고 행복한 집을.

그 중심에는 늘 재형이 있었다. 사회에 나간 후 재형은 조금 차가워 보였지만 그녀에게만은 따뜻했다. 다른 사람에겐 차가워도 자신에게만은 따뜻하게 대해주는 그가 좋았다.

그냥 충동적인 바람이었을까? 아니면 늘 이랬던 걸까? 그녀를 두고도 다른 여자들을 만나는 짓 말이다. 어떤 경우이건 절대로 그와 이대로 결혼을 하고 싶은 생각은 없었다. 몸과 마음을 따로 다스리는 사람이라면 더더욱 사양이다. 그녀가 가장 원하지 않는 남자가 그런 종류의 남자였다. 생각은 한 가지로 치달았다. 절대로 결혼할 수 없다. 결혼은 신뢰가 바탕이 되어야 하는데, 이렇게 바닥부터 무너진 상태에서 무작정 결혼할 수는 없었다.

왜 그랬어…….

눈가가 흐려지며 울컥 깊은 곳에서 뭔가가 치밀어올랐다. 그녀를 배신하고, 속인 재형이 한없이 미웠다. 허망하게 쓰러지는 모래성 같은 감정이 원망스러웠다.

쓸쓸한 걸음을 옮기던 서영의 눈에 저만치 앞서 걸어가는 남자가 보였다. 키가 훌쩍하게 큰 남자는 검은색 가죽재킷을 입은 채 빠르지 않은 걸음으로 걷고 있었다. 의도한 것은 아니지만 같은 방향으로 걷다 보니 뒷모습이 계속 보였다. 앞서 걷던 남자가 서자 서영은 저도 모르게 걸음을 멈췄다. 마치 남자와 박자를 맞춰 걷기라도 한 것처럼.

바닷가로 고개를 돌린 옆모습이 눈에 들어왔다. 지는 해와 거리 때문에 잘 보이지는 않았지만 큰 키에 균형이 잘 잡힌 늘씬한 몸매인데다 얼굴 선은 굵직하고 수려했다.

몰래 훔쳐보던 서영의 눈이 커진 것은 다른 이유에서였다.

울고 있나?

손을 들어 눈물을 훔치지도, 눈물이 보이지도 않았는데 왠지 남자가 울고 있는 것만 같았다. 저도 모르게 그를 빤히 바라보고 있던 그녀가 뒤늦게 정신을 차리고 시선을 돌려야겠다고 생각한 순간, 남자가 고개를 돌리며 시선을 그녀에게로 향했다. 얼굴을 제대로 볼 수는 없었지만 그는 분명히 자신을 보고 있었다. 서영은 몰래 훔쳐보다 들킨 사람처럼 놀라서 휙 방향을 틀었다. 울고 있는지 어떤지 확인할 겨를도 없었다. 심장이 쿵쿵 세차게 뛰고 있었다.

호텔로 들어온 서영은 바로 샤워를 했다. 뜨거운 물 아래서 온몸이 발갛게 익을 정도로 한참을 쏟아지는 물세례를 받다가 비누칠을 하고 몸을 씻어내렸다.

젖은 머리를 수건으로 싸매고 밖으로 나오자 해는 이미 져서 객실 안이 캄캄했다. 불을 켠 후 온몸에 보디로션을 바르고, 머리도 말린 후 간단한 화장을 했다. 옷장에 있는 몇 벌 안 되는 옷을 보며 고심한 끝에 진한 청록색 바탕에 자잘한 꽃무늬가 있는 원피스를 입었다. 결혼식 때 입을까 생각해서 골라온 원피스 중의 하나였다.

코트를 걸친 후 작은 클러치 백을 들고 방을 나선 서영은 망설였다. 일부러 화장까지 하고 나왔는데 갈 데도 없고, 만날 사람도 없었다. 혼자 레스토랑을 간다고 해서 이상할 것도 없지만 입맛이 전혀 없었다.

서영은 엘리베이터를 타고 제일 꼭대기 층을 눌렀다. 그 층에는 토요일에 도착해서 친구들과 간 스카이라운지가 있었다. 혼자서 칵테일이나 몇 잔 마시고 방으로 돌아와 그냥 잠을 자기로 결정을 했다. 타지에서 혼자 고적하게 보내는 하룻밤이라는 사실에 조금은 분위기를 내고 싶었다.

일요일 밤의 호텔 라운지는 한가했다. 금요일 저녁과는 딴판이었다. 금요일에 있던 동남아시아에서 온 팝송을 부르던 가수와 라이브밴드 대신 오디오에서 음악이 흐르고 있었다. 딱 그녀가 원하던 분위기여서 잘 선택했다 싶었다.

"어, 오셨네요? 서울로 돌아가시지 않으셨어요?"

눈썰미가 좋은 바텐더가 그녀의 일행을 기억해내고는 아는 척을 했다. 서영은 대답 대신 미소를 지었다.

"또 애플 마티니 만들어드릴까요?"

"네."

"잠시만 기다리세요. 특제로 만들어드릴게요."

바텐더는 눈을 찡긋거리더니 칵테일을 만들기 위해서 돌아섰고 서영은 다시 혼자가 되었다. 라운지에는 R&B 풍의 팝송이 잔잔하게 흐르고 창 밖으론 아까 해변에서 보았던 다리가 여전히 반짝이며 바다를 가로질러 둥둥 떠 있었다.

이것도 제법 괜찮다. 아무도 자신을 모르는 낯선 곳에서 혼자 바에 앉아 음악을 들으며 고독에 잠기는 것도.

칵테일이 나오자 서영은 한 모금을 마셨다. 씁쓸한 마티니와 사과즙의 믹스는 산뜻했다. 빈속에 싸하게 맛이 퍼져갔다. 능금 같은 푸른색이 검은 실내를 배경으로 아름답게 빛나며 찰랑거렸다.

맛을 음미하며 칵테일의 색을 보던 서영은 문득 시선을 느끼고 고개를 돌렸다.

바 건너편의 남자를 본 서영은 기분이 이상해졌다. 낮은 조명 아래에서 한 남자가 고개를 돌려 노골적으로 그녀를 보고 있었다. 타인의 시선을 받는 것은 그리 달갑지 않은 경험이었다. 더군다나 혼자 이런 곳에 앉아 있으면. 그냥 나가버릴까? 힐끗 남자를 훔쳐보던 서영은 고개를 갸웃거렸다. 왠지 익숙한 느낌이었다. 혹시……?

그때 남자가 일어나서 그녀에게로 걸어왔다. 서영은 그가 걸친 가죽재킷을 보고는 확신했다. 해변의 그 남자였다. 서영의 옆자리에 앉은 남자는 서영에게 말을 건네는 대신 바텐더에게 술을 주문했다. 반쯤 남은 그녀의 잔을 힐끗 보더니 그것도 한 잔 달라는 듯이 손가락을 가리켰다.

서영은 슬쩍 남자의 옆모습을 훔쳐보았다. 남자는 깜짝 놀랄 정도로 잘생긴 외모였다. 죽 뻗은 코와 아름다운 눈은 섬세했고, 꾹 다문 입술은 고집스럽고 완고해 보였다.

큰 키도, 벌어진 어깨도, 귀족적인 얼굴도, 상당히 매력적인 모습이었다. 조금은 가슴이 두근거릴 정도로. 깨끗한 피부와 전체적인 스타일로 볼 때 나이는 그다지 많지 않은 듯했다. 그녀의 또래거나 아니면 더 어릴지도 모른다.

"아까 바닷가에서 봤죠?"

음악이 한 곡이 끝나도록 아무런 말을 하지 않더니 위스키를 비우고 한 잔을 더 시키며 그가 그제야 말을 꺼냈다. 낮고 선명한 목소리였다.

서영은 고개를 끄덕였다.

"네."

남자는 그의 앞에 놓인 새 잔을 들이키며 무심하게 물었다.

"뭐 했어요? 썰렁한 바닷가에서 혼자?"

"그냥……. 걸었어요. 그쪽은요?"

"나도 그냥 걸었어요."

서영은 피식 웃었다. 빈속에 술을 마셔서인지 술이 빨리 오르는 것 같았다. 별말도 아닌데 웃음이 나다니. 거기서 뭐 했냐고 물으면 걸었다는 말밖에 더 있겠나. 저마다의 사연을 가슴에 품고 있다 해도.

"오늘 결혼식이 있었어요."

"아. 결혼."

그의 얼굴에 씁쓸한 웃음이 돌았다.

"그런 건 왜 하는지 모르겠어요. 왜 그딴 거에 아등바등 하는지도 모르겠어요."

재형과 결혼하기로 한 사이가 아니었으면 좋겠다. 아니, 재형을 아예 만나지 않았으면 좋겠다. 그러면 이런 부담감은 안 들 테니까.

다시 침묵이 시작되었다. 할 말이 없어 가만히 있는데 바뀐 음악에 서영은 작게 탄성을 질렀다.

"어머!"

퇴폐적이면서도 우울하고, 섹시한 남자의 낮은 미성이 흘렀다.

그가 고개를 돌려 그녀를 보았다.

"모리세이 좋아해요?"

서영은 그가 바로 알아들었다는 사실이 반가워 미소를 지었다.

"네."

"확실히 이런 데서 듣기는 힘든 노랜데. 스미스, 아니면 모리세이?"

이렇게 낯선 곳에서 만난 남자와 말이 통한다는 사실이 신기했다.

"둘 다 좋아해요."

거기다 제일 좋아하는 노래를 틀어주다니. 왠지 운이 좋다는 생각마저 들었다.

"한동안 너무 좋아서 듣고 또 들었던 때가 있었어요. 가사를 보면서 일요일이 왜 조용하고 우울한 날일까 생각했는데, 생각해보니 그가 영국에 살아서 그랬나 봐요."

그녀의 말을 알아듣고 태하가 피식 웃었다.

"별로 생각해본 적 없었는데, 그러고 보니 그렇네. 브리티시 팝 많이 듣나 봐요?"

"아뇨. 그냥 이 밴드만 좋아해요."

아마 그 목소리와 가사 때문인지도 모른다. 다들 즐거워하는 주말이 조용하고 우울한 날이라는 그 가사 때문에. 다들 행복한 삶에서 늘 혼자 격리된 듯 지친 그녀의 마음을 위로해주는 것 같아서. 노래는 마치 오늘의 주제가라도 되는 양 우울한 일요일에 대해서 이야기하고 있었다.

"공연 보려고 영국까지 가려고 생각한 적도 있었어요. 물론 불가능한 일이지만요."

"영국 가봤어요?"

"아뇨. 한국을 벗어나 본 적도 없어요."

늘 새가 되어 훨훨 나는 꿈을 꾸었다. 마음속에는 불꽃이 타는데 한 번도 그녀가 원하는 대로 살아본 적이 없었다. 음악 때문인지, 아니면 빈속에 마신 술이 취해오는지 아까와 달리 말이 술술 나오기 시작했다.

"혼자 외국 땅을 밟는 기분은 어떨까요? 혼자서 센강변을 걷고, 혼자 안개가 낀 수은등 아래를 걷는 기분은 어떨까 생각하곤 해요."

"혼자 여행하고 싶어요?"

그의 질문에 곰곰이 생각했다. 생각해보니 다른 누군가와 같이 여행하는 상상을 해본 적은 없었다. 심지어 재형과의 여행을

생각해본 적도 없었다. 다들 꿈꾸는 신혼여행이라든가 그런 것
도 말이다.

"네. 사랑하는 사람이 생기면 마음이 바뀔 수도 있겠지만……
지금은 그냥 혼자 여행하고 싶어요."

"흠."

남자는 위스키를 한 모금 마시더니 진지하게 말했다.

"어차피 혼자 가는 인생이니 다를 거 있겠어요?"

그의 말에 외로움이 묻어나와 서영은 동질감을 느꼈다. 처음
보는 남자인데도 이렇게 편하게 대화를 나눌 수 있다는 사실이
신기했다.

혼자 가는 인생이라. 자신에게 이만큼 잘 어울리는 단어가 있
을까? 서영의 얼굴에 씁쓸한 미소가 돌았다. 서영은 손가락으
로 흘러내린 머리카락을 쓸어올리며 담담히 말했다.

"실은 오늘이 제 생일이에요."

이 남자에게만은 이런 이야기를 해도 될 것 같았다.

"그래요?"

서영은 바에 걸린 벽시계를 보며 시간을 확인했다.

"아직 한 세 시간 남았네요."

"그래요? 그런데 왜 혼자 이런 데 있어요?"

"상관없어요. 축하받고 싶지도 않고, 축하받고 싶은 사람도
없어요."

재형? 엄마? 아버지? 주변의 사람들 중 누가 진심으로 그녀의
탄생을 축하해줄까?

"그럼 나라도 축하해줄게요. 내가 한 잔 더 사죠."

남자는 비어 있는 그녀의 잔을 보더니 바텐더를 향해 손을 들었다. 서영은 살짝 그의 팔을 잡았다.

"아뇨, 괜찮아요. 그런 뜻으로 한 말 아니에요."

그의 시선이 그의 팔을 잡은 그녀의 손으로 향했다. 맨살이 아니라 셔츠를 잡은 거였지만 무안해져서 바로 손을 뗐다. 그리고 다음 순간 서영은 깜짝 놀라며 그를 보았다. 그가 반대로 그녀의 손을 잡아온 것이다. 늘 서늘하고 차가운 그녀의 손과 달리 남자의 손은 놀랄 정도로 뜨거웠다. 화끈거리는 열기가 그녀의 작은 손을 감쌌다.

당황해서 그를 보던 서영은 침을 삼켰다. 뚫어지게 그녀를 보는 남자의 눈빛은 관능적인 향기를 풍기고 있었다. 남자의 시선이, 숨길이, 체온이 위험한 신호를 보내고 있었다. 그녀를 둘러싼 기류가 순식간에 바뀌었다. 낮고, 어둡고, 끈적끈적한 느낌이 온몸을 감쌌다. 철저하게 본능적인 느낌. 그것은 처음 느끼는 감정이었다.

그의 몸이 천천히 다가왔다. 서영은 마치 몸이 틀에 부어 단단히 굳힌 석고라도 된 것처럼 꼼짝도 할 수 없었다. 남자의 속눈썹이 올올이 보일 정도로 다가오자 두려움과 긴장감에 저절로 눈이 감겼다.

입술이 다가온다. 촉촉하고 뜨거운 입술이 그녀의 입술을 슬쩍 훑었다. 그리곤 떨어질 듯하더니 다시 다가왔다. 조금 더 입술이 눌릴 정도로 다가와서는 지그시 눌렀다. 남자의 입술이 열리며 그녀의 아랫입술을 핥았다. 다시 윗입술을 빨아들이며 이내 뜨거운 혀가 나와 닫힌 입술 사이를 비집고 들어오려고 했다. 놀랄 정도로 민감해진 감각이 하나하나 느끼고 있었다.

아슬아슬하게 다물고 있던 입술이 열리자 혀가 들어왔다. 씁쓸한 위스키의 맛이 느껴지고 이내 물컹한 혀가 그녀의 안으로 들어왔다. 입술이 그녀의 입술을 덮고 혀가 그녀의 혀를 건드렸다. 뒤로 쓸고 당기자 그에게 맞춰 혀가 따라간다. 몸이 끌려가며 허리에 단단한 팔이 감겼다. 길고 단단한 팔은 그녀의 허리를 쉽게 감았다. 상체가 다가와 바싹 붙고 그녀의 몸이 조금 뒤로 밀렸다. 혀가 조금 더 거칠게 그녀의 안을 훑었다. 순간 아찔한 기운에 짜릿 전율이 올랐다. 단전에서 홧홧한 기운이 올라왔다. 꼼짝하지 않고 있던 서영은 온몸이 떨려와 주먹을 꼭 움켜쥐었다.

키스는 계속되었다. 그녀의 몸은 남자의 기세에 점점 더 뒤로 밀렸다. 남자는 집요할 정도로 그녀의 입술을 맛보았다. 점차 몸의 기운이 빠져 쓰러질 것만 같았다. 서영은 꼿꼿이 앉은 채 그를 잡지 않았지만 더 이상 버티기가 힘들었다.

"흡!"

몸이 떨어졌을 때 서영은 숨을 내쉬었다. 손등으로 입술을 닦는 얼굴이 빨갛게 물들었다. 술 때문이 아니었다. 그녀를 향하고 있지 않지만 바텐더는 분명히 다 보았을 것이다. 몇몇 손님들의 시선이 힐끗 그들을 향하는 것만 같았다.

"일어나죠."

그의 말이 아니더라도 부끄러워서 더 이상 여기에 있지 못할 것 같았다. 서영은 자신의 백에서 지갑을 꺼내 들었다.

"계산했어요."

어느샌가 그가 자신의 술값까지 모두 계산을 했다. 서영은 걸어가는 남자를 보며 일부러 그 자리에 서 있었다. 남자의 모습이 바에서 사라지자 서영은 그제야 자리에서 일어났다.

검은 유리문을 밀고 나가자 간 줄 알았던 남자는 엘리베이터 앞에서 서서 그녀를 기다리고 있었다. 바다에서 봤던 대로 키가 큰 남자였다. 163이 조금 못 되는 자신에 비해 20센티미터 이상 커 보였다. 신경을 안 쓴 듯하면서도 세련된 복장에, 신고 있는 신발이며 시계도 고급스러웠다. 서영은 주저하며 천천히 걸음을 옮겼다. 같은 엘리베이터를 타는 게 망설여졌다. 그가 먼저 떠나주었으면. 그러나 엘리베이터 문이 열렸지만 남자는 가지 않았다. 걸어오는 그녀를 무심히 바라보고 있었다.

할 수 없이 서영은 걸어가 그의 옆에 어색하게 섰다. 서영은 문득 그나마 굽이 있는 구두를 신어 다행이라는 생각을 했다. 그렇지 않았다면 이 남자 앞에서 너무 작아 보였을 테니까.

엘리베이터가 열리자 두 사람은 안으로 들어갔다. 안에는 아무도 없었다. 관광지 호텔답게 한 면이 투명한 유리로 되어 있어 멀리 광안대교며 밤바다가 훤히 보였다. 서영은 17층을 누르는 남자를 보며 자신의 층을 누르려 손을 뻗었다. 그의 손이 그녀의 손이 버튼에 닿기 전에 그 손을 잡았다. 서영은 어리둥절해져 그를 보았다. 그녀의 손을 덮은 그 손은 떨어지지 않고 더욱 세게 잡아왔다. 큰 손이 그녀의 손을 완전히 가뒀다.

문이 열리고, 남자는 그녀를 끌었다.

"난……."

"설마 그냥 가겠다고 하는 건 아니죠?"

남자가 무엇을 원하는지 뻔히 보였다.

그가 점차 손을 잡아끌었다. 서영은 갑자기 생각이 났다. 남자의 이름조차 모르고 있다는 사실이. 이름도, 나이도, 아무것도 모른다. 철저한 익명의 섬.

그가 피식 웃었다.

"생일이라면서요? 그냥 혼자 돌아가려고요?"

서영은 여자를 안고 있던 재형의 모습을 떠올렸다. 귀가시간까지 체크하는 엄마의 모습도 떠올랐다. 이렇게 될 걸 알고 집으로 안 간 걸까? 그냥 생각할 시간이 필요했는데 어쩌면 일탈을 원했던 건 아닐까?

그가 그녀를 잡은 손에 힘을 주었다. 남자의 체온은 따뜻했다. 서영은 문득 뜨거운 몸이 자신을 완전히 감싸면 어떤 기분이 들까 하는 생각이 들었다. 엘리베이터 문이 열리자 남자는 그녀를 잡아끌었다.

서영은 천천히 걸음을 옮겼다. 그녀 스스로 원한 걸음이었다.

남자의 객실은 그녀의 객실을 데칼코마니라도 한 것처럼 똑같았다. 다만 방금 도착했는지 침대도 흐트러지지 않았고, 사람이 머문 흔적이 전혀 없었다.

어떻게 해야 할지 모르겠다. 서영은 마주 잡은 손을 어색하게 꼼지락거렸다. 그때 남자가 긴 팔로 그녀의 허리를 감으며 무방비하게 서 있던 서영을 와락 끌어당겼다. 한 팔로만 안았는데도 체구가 큰 남자 안에 완전히 갇힌 것만 같았다. 불타오르는 시선이 그녀를 내려다보고 있었다. 묘하게 짙은 어둠을 띤 눈빛도, 날카롭게 뻗은 콧날도, 그리고 부드러운 입술도 너무나 가까워 서영은 눈을 감았다.

심장이 광고에 나오는 작은 토끼가 북을 치는 것처럼 쿵쿵 울리고 있었다.

위스키 맛이 나는 그의 입술이 그녀의 입술을 덮었다. 입술이 벌어지고, 남자의 혀가 물고기처럼 깊이 유영하며 들어왔다. 그가 원하는 것을 찾자 빨고, 휘감고, 자극했다. 허리를 감은 그의 팔에 점점 힘이 들어감에 따라 그녀의 상체가 점점 밀렸다. 몸이 한껏 뒤로 젖혀지자 어느 순간 부드러운 침대에 몸이 닿았다. 시트 위에 몸이 비스듬히 눕혀지고, 그의 몸이 그녀를 덮었다.

상상하던 순간이 현실로 다가왔다. 언젠가는 남자와 키스 이상을 하는 순간이 올 거라고 생각은 했지만 그 상대가 재형이 아니라 처음 만나는 남자가 될 줄은 몰랐다. 키스는 점점 짙어지고, 몸은 점점 뜨거워지고 있는데 서영의 눈가에는 어느새 물이 맺혔다.

입술이 떨어지자 서영은 작은 한숨을 내쉬었다. 그의 손이 그

녀의 뺨을 덮었다. 엄지손가락 끝이 물기가 맺힌 눈가를 어루만
졌다.

"후회 안 할 거지?"

그가 다시 확인해왔다. 서영은 작게 고개를 끄덕였다. 그의
입가에 살짝 올라가며 미소가 돌았다.

"후회해도 못 보내줘."

입술이 눈물에 젖어 있는 뺨에 닿았다. 눈물만큼이나 뜨거운
입술이 그 위를 덮었다.

"하지만…… 후회하지 않게 해줄게."

이번엔 그의 입술이 아주 천천히, 부드럽게 그녀의 입술을 맞
추었다. 서늘한 입술이 감질나게 윗입술과 아랫입술을 훑자 서
영은 저도 모르게 그를 기다렸다. 참으로 이상한 일이었다. 이
름도 모르고, 아무것도 모르는 남자인데도 키스가 전혀 싫지가
않았다.

할짝할짝 약을 올리던 입술이 그녀의 입을 벌리며 안을 훑고
들어왔다. 서영은 처음으로 손을 들어 그의 목을 감았다. 끈끈
한 갈망이 짙어져 몸이 떨려왔다. 키스는 집요하고, 탐욕스러웠
다. 혀가 얼얼하다고 느껴질 즈음 그가 그녀의 가슴에 손을 얹
었다. 그녀가 가만히 있자 원피스의 앞쪽 단추를 열고 그 사이
로 손을 집어넣었다. 손이 젖가슴을 움켜쥐자 서영은 가쁜 숨
을 내뱉었다. 다른 손이 그녀의 등을 더듬으며 지퍼를 찾고 있
었다.

"옆에 있어요."

잔뜩 잠긴 목소리가 자신의 것 같지가 않았다.

"응?"

"지퍼, 옆에 있어요. 내가 벗을게요."

남자의 손이 그녀에게서 떠났다. 서영은 침대에서 일어나 그에게서 조금 떨어졌다. 오른손을 올려 겨드랑이 아래에서 허리 아래까지 숨어 있는 지퍼를 내렸다. 치마를 들고 위로 벗어내야 하는, 결코 아름답게 벗을 수 없는 구조의 옷이었지만 침대에 여유 있게 앉아 있는 그의 시선은 집요하게 그녀를 보고 있었다. 어색하게 원피스를 벗자 얇은 슬립이 나왔다. 그의 시선에 살이 따끔해지는 것만 같다. 남자의 짙어진 눈이 그녀를 보고 있었다. 얇은 살색의 슬립 아래로 같은 색깔의 브래지어와 속옷이 비쳤다. 서영은 소름이 돋아 팔로 몸을 감싸 자신의 몸을 가렸다.

"그것도 벗어."

서영은 당황해 그를 보았다. 누구도 그런 명령을 한 적이 없었다. 그의 목소리는 눈빛만큼이나 잔뜩 잠겨 있었다. 주저하는 시선과 반짝이는 위험한 눈빛이 부딪쳤다. 온몸이 떨려와 서영은 시선을 돌렸다. 그의 길고 단단한 손이 그녀의 팔을 슬쩍 건드렸다. 마치 마술에 걸린 것처럼 팔을 부여잡고 있던 손이 스스륵 풀어졌다. 그가 손끝을 잡아끌자 서영은 한 발자국 정도 떨어진 거리만큼 다가갔다. 그의 시선이 그녀의 가슴 언저리에 있었다. 손끝으로 슬립을 잡고 들어 올렸다. 벗겨진 옷만큼 체온이 내려가고, 정말로 하얀 속살이 드러나 서영은 잔뜩 몸을 움츠렸다.

손이 그녀의 허리 둘레를 가늠하려는 듯 두 손으로 맞잡았다. 그리고는 천천히 위아래로 쓰다듬었다. 차 소리 하나 들리지 않는 고요함과, 숨 막힐 것 같은 긴장에 심장이 터져버릴 것만 같았다. 허리와 배를 쓰다듬던 손이 등으로 가 브래지어를 풀자 서영은 차라리 눈을 감아버렸다. 어둠 속에서 가슴이 드러나고, 손이 팬티를 끌어내렸다. 서영은 땀이 나는 주먹을 꽈악 쥐었다.

단단한 손이 가슴을 스쳤다. 유두가 꼿꼿이 고개를 내밀었다. 뜨거운 손이 가슴을 덮고, 조금 힘을 줘서 움켜쥐었다. 입술이 말라갔지만 혀를 꺼내 입술을 적실 수도, 크게 숨을 쉴 수도 없었다. 하지만.

"헉!"

답답한 침묵을 깨고 서영은 크게 숨을 토해냈다. 조심스럽게 움직이던 남자가 갑작스럽게 튀어나온 짐승처럼 공격을 했다. 축축한 혀가 닿고, 이가 살짝 유두를 물고는 아플 정도로 빨았다. 눈을 뜨자 검은 머리가 그녀의 가슴팍에 있었다. 서영은 저도 모르게 그 머리카락 사이로 손가락을 밀어 넣었다.

그리고, 시간이 빨리 달리기 시작했다.

허리를 감은 손에 힘이 들어가자 서영의 몸이 무너지며 침대 위에 어깨가 닿았다. 가슴을 집요하게 빨던 입술이 다시 그녀의 입술을 찾았다. 맨살에 그의 옷이 스치고, 그의 무게가 고스란히 느껴졌다.

남자의 몸이 떨어졌다. 그는 몸을 일으킨 채 입고 있던 검은 색의 스웨터를 벗었다. 바로 맨살이 드러나자 서영은 놀라 고개를 돌렸다. 놀랄 정도로 꽉 짜인 근육이 운동선수처럼 잡혀 있었다. 가슴이 제멋대로 뛰었다. 바지를 벗는 소리가 들렸으나 서영은 쳐다볼 용기가 나지 않았다.

　"긴장하지 마."

　어느새 그의 목소리가 바로 귓가에 들렸다. 남자는 그녀의 작은 턱에 입을 맞추었다. 그리고 예민한 목을 간질였다. 가슴 둔덕 위로 그가 입술을 가져갔다. 간질간질 온몸이 떨려왔다. 이내 촉촉한 혀가 그녀의 유두를 건드렸다. 서영은 저도 모르게 몸을 떨었다. 혀가 이번엔 더 깊게 유두를 훑고 입술이 젖가슴을 물었다.

　"헉!"

　서영은 숨을 터트렸다. 손이 다른 쪽 가슴을 덮었다. 점점 호흡이 곤란해지는 것 같다. 제대로 숨을 쉴 수가 없었다. 부드럽게 가슴을 애무하던 입술이 조금 전과 같이 강하게 빨아당기자 갑작스러운 자극에 서영은 허리를 틀었다.

　뜨거운 손이 그녀의 어깨를 감싸고 팔을 쓸어 허리로 내려오며 체온을 달구었다. 드러난 배를 부드럽게 쓰다듬던 손이 뱀처럼 유연하게 아래로 내려갔다. 아랫배를 따라 내려가 삼각주를 간질이던 손가락이 깊숙이 안으로 들어갔다. 그녀가 너무나 큰 자극에 부르르 몸을 떤 것과 그가 훅, 하며 거친 숨을 내뱉은 것은 거의 동시였다. 그의 숨소리가 서서히 거칠어졌다.

"괜찮아?"

그가 그녀를 확인하며 다시 물었다. 서영은 작게 고개를 끄덕였다. 허벅지에 너무 힘이 들어가 쥐가 날 것만 같다.

"힘 빼."

손이 그녀의 허벅지 안쪽을 훑었다. 서영은 그의 손이 좋았다. 재형보다 훨씬 크고, 못이 박여 단단한 손이었지만 따뜻했다. 그 손이 다시 민감한 안쪽으로 들어왔다. 그의 손바닥이 비밀스러운 곳을 덮는다 싶더니, 손가락이 길게 가르며 들어와 갈라진 곳을 건드렸다. 순간 긴장해 몸이 뻣뻣하게 굳었다.

입술이 그녀의 입술을 덮고 그의 허벅지가 자연스럽게 그녀의 다리를 눌렀다. 혀가 그녀의 입 안에서 부드럽게 유영하며 긴장을 푸는 동안 손가락이 점차 깊숙이 밀고 들어왔다. 그가 입을 떼었을 때는 달뜬 숨소리가 거칠어졌다.

그가 손을 내려 그녀의 손을 잡아끌었다. 그 손은 그의 분신으로 향했다. 서영이 놀라 팔을 빼려 했지만 그의 손이 여전히 그녀의 손을 잡고 있었다.

그녀의 손바닥에 남자의 분신이 와 닿았다. 너무 크고 딱딱해서 서영은 숨을 삼켰다. 그의 손이 그녀의 손바닥을 눌러서 뺄 수가 없었다. 손이 그의 분신을 쓸자 크다고 생각했던 분신은 점점 더 커지는 것만 같았다. 그가 손을 떼자 서영은 급하게 손을 거두었다. 그가 협탁에 던져두었던 작은 곽을 집어들었다.

그가 조심스러운 동작으로 준비를 하고는 자세를 잡았다. 다리가 벌어지고, 그의 손이 조심스럽게 젖은 그녀의 안을 다시 자극했다. 딱딱해진 분신이 그녀의 부드러운 속살에 닿고, 안으로 침입을 시도했다.

"아흑!"

갑작스러운 고통에 서영은 신음을 터트렸다. 그의 어깨를 꽉 잡았다. 다리가 더 벌어지고, 그가 힘차게 진입해왔다. 서영은 소리를 지르지 않으려 입술을 깨물고는 남자의 어깨를 밀어냈지만 그는 꿈쩍도 하지 않았다.

몸이 뒤틀리고 쪼개질 것만 같다. 사람들은 이런 고통을 즐기다 못해 못 해서 안달인 걸까? 잠시의 흥분 뒤에 이런 아픔이 있을 거라고는 상상도 하지 못했다. 아름답다고 생각했던 몸이 무겁게 그녀를 눌렀다. 그의 몸을 밀어내며 서영은 소리를 질렀다.

"싫어!"

그가 놀라 움직임을 멈춘 채 물었다.

"아파?"

서영은 고개를 끄덕였다. 하지만 남자는 움직임은 멈췄지만 그녀에게서 떨어지지 않았다. 손바닥이 그녀의 뺨을 덮었다. 눈물이 글썽이는 눈을 손가락으로 닦았다. 입술이 그녀의 귓불을 스쳤다.

"숨을 쉬어."

그리곤 귓불에 입을 맞추었다. 마치 주문처럼 그녀를 부드럽게 달랬다.

"으응."

서영은 저도 모르게 대답을 했다.

"너무 긴장하지 마."

속삭이는 숨이 그녀의 입으로 전해졌다. 입술이 맞닿고 그가
부드럽게, 천천히 몸을 움직였다. 손이 허리와 허벅지를 쓸었다.
키스와, 그의 손과, 그녀의 호흡과, 그의 몸이 서서히 같은 리듬
을 타기 시작했다. 남자가 속도를 내자 서영은 그의 어깨를 잡
으며 따라갔다.

그것은 몸이 이야기하는 신비스러운 언어였다. 이름도 모르
는 낯선 남자인데도 그녀의 몸에 맞추며 그녀를 불러내고 있었
다. 그녀의 몸이 서서히 그에게 익숙해져 갔다. 조금씩 남자가
강하게 힘을 주어가자 그녀도 조금씩 달아오르기 시작했다. 촉
촉이 젖은 비밀스러운 곳이 뜨겁게 남자를 잡아두려 하고 있었
다. 그가 신음을 터트리며 그녀를 앞서나가기 시작했다. 엉덩이
를 조이며 아플 정도로 그녀의 안을 밀고 들어왔다. 이번에는
고통과 함께 짜릿한 감각이 치달았다.

서영은 참을 수 없어 흐느끼기 시작했다. 그의 손이 엉덩이를
꽈악 잡았다. 다른 손이 그를 조이려는 허벅지를 벌리며 단단하
게 고정했다. 활짝 열린 문으로 그가 격렬하게 들어왔다. 서영
은 참을 수 없는 격정을 토해냈다.

몸이 그녀의 몸이 아닌 것 같다.

정상적인 섹스의 기준은 모르지만 그렇다 해도 남자가 보통
이 아니라는 건 확실했다. 남자는 지치지 않고 계속해서 그녀

를 안았다. 결국 멈춘 건 그녀가 거의 정신을 잃기 직전이었다. 지쳐서 잠이 까무룩 드는데 옆자리가 가벼워지며 그가 욕실로 걸어가는 것이 보였다. 문이 닫히고 샤워기에서 물 쏟아지는 소리가 났다. 서영은 무거운 몸을 일으켰다. 온몸이 매질을 당한 것처럼 쑤시고 아렸다. 거기다 심장이 쿵쿵 뛰쳐나올 듯 울렸지만 행동은 차분했다.

재빨리 옷을 먼저 입고, 흩어져 있는 휴지 조각들도 휴지통에 버리고 구겨진 시트도 대충 폈다. 주변을 돌아보며 빠뜨린 게 없나 돌아보는데 욕실 문이 열리는 소리가 났다. 서영은 가방과 코트를 손에 쥐고는 신발을 신고 재빨리 나왔다. 엘리베이터로 걸어가는 동안에도 뒤에서 문이 열리고 누군가가 그녀를 잡지 않을까 가슴이 두근거렸다.

소리와 함께 엘리베이터가 열리고, 서영은 안으로 들어갔다.

엘리베이터가 닫히고, 천천히 아래로 내려가자 그제야 안도의 숨을 내쉬었다.

몇 시간 동안 상상도 하지 못한 일이 벌어졌다. 후회하지는 않는다.

하지만……. 잠시의 일탈은 이걸로 끝이다.

2

　개학을 하고도 한 달이 훌쩍 지난 교정엔 봄 냄새가 완연했
다. 꽃샘추위도 한 걸음 물러선 어느 오후, 학과 사무실 문을
삐죽이 열며 남자가 들어왔다. 익숙한 얼굴에 서영은 미소로
인사를 대신했다. 영우가 서영에게 종이를 내밀었다.

　"이거, MT 가는 사람 명단이야. 1, 2학년 다 파악했어. 복학생
까지."

　"고마워."

　"다음 주 MT 누나도 가지?"

　"응."

　"와, 신난다!"

　2학년 과대표 영우는 안경을 끼고 나름대로 깔끔하게 생겼지
만 생긴 것과 어울리지 않게 수다가 많고 이것저것 참견이 심해
강씨 아줌마라는 별명을 가지고 있었다.

당장 나갈 것 같던 영우가 입을 삐죽거렸다. 뭔가 할 말이 있다는 뜻이었다.

"왜? 무슨 일 있어?"

"아니, 다 괜찮은데…… 이번에 꼴통 한 놈이 들어왔어."

"무슨 말이야? 오리엔테이션 때 그런 애 없었잖아?"

"우리랑 동긴데 등록하자마자 바로 휴학하고 1년 놀다 온 놈 있어. 뭐, 기부금 입학이란 말도 있고……. 학교에는 또 외제 스포츠카 타고 다니고. 아우, 정말 재수 없어."

"외제차 타고 다니는 애들 한둘이니? 새삼스럽게 왜 그래?"

부모 잘 만나서 펑펑 쓰고 다니겠다는데 어쩌겠나. 그렇게 번지르르하게 하고 다니는 아이들치고 실속 있는 애들 못 봤다. 겉이 화려할수록 마음이 가난한 법이다.

"어휴, 그놈이 워낙에 재수 없게 굴어야 말이지. 거기다 OT는 커녕 개강한 지가 언젠데 이번 주부터 학교에 나오기 시작했다니까. 성질은 더러워서 사람을 막 무시해. 근데 또 웃기는 게 그 인간 같지도 않은 놈한테 1학년 계집애들 다 뒤집어졌어. 2학년 여자애들은 그놈이 동기라고 또 얼마나 1학년 여자애들을 견제하는지. 어휴, 하여튼 여자들이란……."

영우는 또 자신의 말에 뜨끔했는지 서영의 눈치를 봤다.

"정의는 언제나 승리하니까 기운 내, 영우야."

서영의 말에 영우가 그제야 웃었다.

"역시 누나밖에 없어."

책상 위에 둔 휴대전화가 가볍게 진동했다. 서영은 길게 한숨을 쉬고는 전화를 받았다.

"응, 오빠."

서영은 몸을 반쯤 옆으로 돌려서 재형의 전화를 받았다.

"응, 알았어. 아냐, 난 괜찮아. 나도 쉬고 싶었어. 응……."

다정한 것도 아니고 친근한 것도 아닌 애매한 말로 통화한 서영은 한숨을 쉬며 전화를 끊었다.

"누나 바람맞았어? 나랑 데이트나 할까?"

눈치는 빠른 영우가 바로 신나서 들이밀었다.

"너, 그렇게 남의 전화 엿듣는 거 좋은 버릇 아냐."

"에이, 미안해. 남자친구야?"

호기심 어린 영우의 시선을 무시하며 서영은 그에게 표를 건넸다.

"두 장인데 너 친구랑 같이 가."

저녁 시간으로 예약한 영화표였다.

"영화 약속이었던 거야? 나랑 같이 가, 그럼."

"됐네. 너 작업 걸려고 찍어놓은 신입생 몇 명 있다며? 공짜 표 생겼다고 걔네들한테 같이 가자고 해봐."

"에이, 그래도 어떻게 그렇게 해? 누나도 보고 싶었을 거 아냐?"

"아냐, 난 좀 피곤하기도 하고. 그리고 표도 내 돈으로 산 거 아니니까 걱정 마."

같이 가자고 조르던 영우는 결국 표를 들고 나가고 서영은 혼자 남았다.

저녁수업 교재를 들춰보던 서영은 답답한 한숨을 쉬었다.

언제까지 이렇게 자신을 속이고 살아야 할까? 재형에게 이제 남은 건 아무것도 없는데.

처음에 서영은 그 행위 자체에 대한 충격과 분노로 떨었다. 하지만 시간이 흐르고 생각을 곱씹을수록 정말로 재형을 사랑했나 하는 생각에까지 치달았다.

가장 가까이 있었고, 차분하면서도 자신감에 차 있는 그를 늘 동경했다. 사랑보다는 그에게 구제받을 거라고 생각한 건 아닐까? 모르겠다. 아직도 답을 모르겠다. 하지만 단 하나 분명한 것이 있었다. 이미 엎질러진 물이다. 그가 그녀를 속인 것도 사실이고, 이미 그녀도 넘지 말아야 할 선을 넘어버린 것도 사실이었다.

서영은 불현듯 부산에서의 일을 떠올렸다. 지우려 할수록 점점 더 머릿속에 각인되어 아예 생각조차 않으려 노력했던 일이었다.

그날은 미쳤던 거다. 혼자 보내는 고적한 생일이라는 데 고무되고, 빈속에 마신 알싸한 애플 마티니가 그녀를 달구었고, 쓸쓸한 밤바다와 3월의 바람이 그녀를 들뜨게 했다. 무엇보다도 남자의 뜨거운 손과 욕망을 불러일으키던 키스가……

서영은 자신이 또다시 그 남자의 생각을 하고 있다는 것을 깨닫고는 급하게 머릿속의 영상을 지워나갔다. 하룻밤의 일이라고 하기에는 너무 강렬하고 남자의 인상이 강해 기억이 또렷했지만 지워버려야 한다. 인생에서.

서영은 영어가 **빽빽**하게 들어찬 모니터로 신경을 집중했다.

1, 2학년 단체 학술 MT를 위해 단과대학 앞에는 이미 학교에서 대절한 대형버스가 기다리고 있었다. 교수님을 도와 준비물을 얼추 챙기고 출석을 점검하는데 영우가 다가왔다.

"누나, 2학년은 다 왔어. 1학년도 자체 출석체크 중이고……. 그런데 어, 저 자식 왔네? 아 씨, 재수 없어."

서영은 출석을 체크하다가 갑자기 소리가 난 곳을 쳐다봤다. 1학년 여자아이들이 요란스러운 목소리로 뒤늦게 출현한 남자에게 말을 걸고 있었다.

"저 새끼, 진짜 지가 스탄 줄 아나, 왜 저렇게 늦게 튀어나오고 지랄이야? 진짜 맘에 안 들어."

"아, 그 너희 학번이라는 애?"

서영은 영우가 노골적으로 적대감을 보이는 남자가 도대체 어떻게 생겼나 싶어 목을 빼고 그쪽을 쳐다보았다. 얼핏 보이는 남자의 뒷모습에 서영은 빙긋 웃음을 삼켰다.

뒷모습만 봐도 영우와는 상대가 안 되었다. 180은 거뜬히 넘을 듯, 둘러싸인 여자애들보다 머리 하나는 더 튀어나온 키에 길쭉한 몸과 넓은 어깨가 눈에 들어왔다. 날씬한 등허리의 선도, 청바지에 감싸인 엉덩이도 예사롭지 않다. 타고난 골격이었다. 그래서인지 숫자가 적혀 있는 빈티지 풍의 심플한 트레이닝 점퍼와 청바지를 입었을 뿐인데도 유난히 눈에 띄었다.

괜한 호기심이 생겨 출석을 정리하는 척하면서 남자를 힐끗 올려다봤다. 다음 순간, 서영은 손에 들고 있던 노트를 툭 떨어뜨렸다. 툭, 심장이 떨어지는 소리도 같이 들리는 것 같았다. 잠시 동안 멍하니 노트를 떨어뜨린 것도 알아차리지 못했다. 빈손을 뒤늦게 느끼고 고개를 숙이기도 전에 영우가 노트를 집어주었다. 서영의 얼굴은 그새 창백해졌다. 심장이 쿵쿵 울리고 머릿속에서 윙, 이명이 울려 주변의 소리가 제대로 들리지 않았다.

"고, 고마워."

"누나, 왜 그래?"

"으응, 갑자기 현기증이 좀 생겨서……. 저, 저기 가서 좀 앉아 있을게."

"그래, 누나. 앉아 있어. 내가 출석 확인하고 올 테니까 걱정 마."

영우가 소리가 난 쪽으로 가자 서영은 건물 한구석의 벤치에 몸을 숨기듯 앉으며 두근거리는 가슴을 진정하려 애썼다. 힐끗 재빨리 고개를 돌려 얼굴을 다시 한번 확인하고는 서영은 꼬옥 땀이 차오르는 주먹을 쥐었다.

맞다. 그 남자다. 다시 한번 확인했지만 그 남자가 확실했다.

어떡하지? 어떻게 이런 일이 있을 수가 있지? 그 일이 있은 후 남자에게 쫓기는 꿈을 꾼 적은 한 번 있었지만, 이미 얼굴조차 잊고 있었다. 아니, 다시 만날 일이 없을 남자니 잊으려고 노력했다.

어떡하지? 서영은 한동안 혼란에서 벗어나지 못해 당황했지만 영우가 걸어올 때 즈음엔 마음이 많이 가라앉았다.

원나이트스탠드라고 해야 하나. 생각해보면 아무 일도 아닌 것이었다. 단 몇 시간의 만남이었고, 술도 많이 마셔서 어쩌면 저쪽에서 그녀를 못 알아볼 수도 있는 문제다. 아니, 수시로 여자를 바꿔서 서영을 기억 못 할 수도 있었다. 하룻밤의 인연은 인연도 아닌 세상이지 않은가.

마음을 그렇게 먹으니 기분이 조금은 편해졌다. 서영은 학생들을 다 태우고 교수님 두 분도 타신 걸 확인한 뒤 버스 제일 앞의 오른쪽 좌석에 앉았다. 두 교수님들은 건너편에 나란히 사이좋게 앉으셨다.

차가 시동을 걸고 천천히 교정을 빠져나가기 시작했다. 온통 빌딩숲인 회색의 도시를 지나 초록색이 점차 더 비중을 차지하기 시작하자 어느새 서영의 기분도 안정되었다. 가방에서 MP3 플레이어를 꺼내려는데 뒤에서 터벅터벅 걸어오는 소리가 들리더니 비어 있는 옆자리에 누군가가 털썩 앉았다.

영우가 왔나?

하지만 서영은 고개를 돌리기도 전에 느껴지는 한기에 머리카락이 쭈뼛 섰다. 그리고 익숙한 냄새. 서늘한 남자의 향기. 짧은 순간이었는데도 그 냄새만큼은 확연히 기억하고 있었다. 남자에게서는 독특한 향이 났다. 인공적인 향수도 아닌, 그렇다고 남자의 체취도 아닌 독특한 냄새였다. 그 냄새가 그녀를 들뜨게 하고 뭉근하게 만들었다.

겨우 진정한 가슴이 다시 쿵쾅거리며 소리를 내기 시작했다.

창문에 그녀를 향한 남자의 얼굴이 희미하게 비쳤다. 서영은 깊은숨을 들이키고는 침착하게 고개를 돌렸다.

"무, 무슨 일인지……?"

태연해야 된다, 침착해야 된다, 하면서도 가까이 다가온 남자의 얼굴을 본 서영의 얼굴은 이미 화르륵 달아오르기 시작했다. 검은 눈동자가 모든 것을 다 안다는 듯 그녀를 뚫어져라 바라보고 있었다. 사람을 송두리째 빨아들일 것 같은 적나라하고도 노골적인 눈빛. 이 눈이었다. 이 눈 때문에 그런 무모한 짓을 하게 된 거였다.

아, 안 돼! 갑작스럽게 반응하면 안 된다는 걸 알면서도 남자의 다가오는 얼굴을 더 이상 참지 못한 서영은 고개를 돌려버렸다.

창에 비친 남자의 얼굴이 살짝 찌푸려졌다. 그러다 한쪽 입술이 말려 올라갔다. 그의 얼굴이 그녀에게 다가오더니 귀에 가까이 대고는 속삭이듯 말했다.

"잘 지냈니?"

귓가에 맴도는 낮은 목소리가 위험하게 울려 퍼졌다. 뜨끈한 입김에 미세한 솜털이 곤두섰다. 그 와중에도 남자를 기억해낸 몸이 위험하게 반응을 하기 시작했다. 서영은 당황스러웠다.

"세상 참 좁다더니, 그렇게 도둑고양이처럼 몰래 도망가더니 이런 데서 만나네."

반응하면 안 돼. 서영은 주위의 눈치를 살피며 그에게 낮은 목소리로 말했다. 목소리가 가늘게 떨렸다.

"누굴 찾는지 몰라도 사, 사람 잘못 봤어."

자신의 말이 어처구니없는 줄 알지만 어쩔 수가 없었다. 단한 번의 일탈이었다. 후회는 하지 않지만 그것은 더 이상 언급하지 말아야 할 과거의 일이었다. 그가 소리를 내며 웃었다.

"놀랄 줄은 알았지만 이렇게 나올 줄은 몰랐네. 너 지금 장난쳐? 잘못 봤는지…… 확인 한번 해봐?"

그의 손이 가슴 중간까지 올라오자 서영은 반사적으로 온몸을 뒤로 뺐다. 그녀의 몸이 창문 쪽으로 바싹 붙었다. 그가 손가락으로 가슴 중간에서 살짝 오른쪽으로 비켜난 부분을 가리켰다.

"이쯤에 까만 점 하나 있었지? 확인해볼까? 아니면……."

그의 시선이 아래로 향했다. 서영의 얼굴이 화끈 달아올랐다가 이내 창백해졌다. 이것은 명백한 협박이었다.

"도대체 왜 그러는 거야?"

"이런 데서 보니 반갑단 말이지. 우습다. 사람들 없는 데서 그렇게 놀다가 이렇게 조신한 척하는 여자라니."

그의 말에 얼굴이 화끈 달아올랐다. 반박하고 싶지만 그의 입장에서는 틀린 말도 아니었다.

그의 얼굴이 다시 씨익 미소를 지었다. 그 표정이 심장을 조여왔다. 두렵다. 이런 경우를 상상조차 하지 않아서 어떻게 행동해야 할지 모르겠다. 생각할 시간이 필요하다.

당황한 서영의 눈에 고개를 죽 빼고 이쪽을 보는 최영조 교수님의 얼굴이 들어왔다.

"나, 나중에 이야기해."

그가 또다시 피식, 쓴웃음을 지었다.

"그래. 나중에 이야기하자. 병신 같은 인간들만 있어서 지루했는데 슬슬 재밌어지는걸."

그러더니 남자는 자리에서 일어나 터벅터벅 자기 자리로 걸어갔다. 그가 눈앞에서 사라지자 긴장이 풀림과 동시에 머릿속이 멍해졌다.

정말 이런 일이 일어나다니.

석사 1년 차인 작년 가을부터 혜선의 반대에도 불구하고 학과 조교를 시작한 건 집에서 떠나 있고 싶고, 좀 더 자신의 시간을 가지고 싶어서였다.

따스하게 잘 대해주시는 좋은 교수님들을 만난 데다 학생들과도 잘 지내고 아무 문제도 없어서 학교에서만은 행운이라고 생각하고 살았다. 남들이 보기엔 딱딱한 경제학이지만 서영은 공부하는 게 재미있었다. 그냥 공부만 하려면 몇 년이고 할 수 있을 것 같았다. 대학원 진학을 강력하게 반대하시던 부모님께 자신의 편을 들어준 재형에게 그것만은 감사해야 한다고 생각했다.

그런데 부산의 그 남자를 만나다니. 그것도 신입생이라니. 어려 보인다고 생각은 했지만 신입생일 줄은 몰랐다. 아무리 1년을 쉬고 왔다고 해도.

최악이다.

학교에서만은 편하고 싶었는데. 왜 이렇게 되는 일이 없는지…….

서영은 너무 암담하기만 해서 지끈거리는 머리를 감쌌다.

즐거워야 할 MT가 엉망이다. 학기초의 1, 2학년 공동 학술 MT는 과 차원에서 유일하게 여는 행사였다. 답사라든가 다른 학술 MT가 전혀 없는 경제학과라 이 MT를 통해서 선후배를 익히고 담당 교수님과도 사적인 대화를 했다.

서영도 1학년 때 이 MT 덕분에 처음으로 외박이라는 것을 해서 흥분했던 기억이 있었다. 부끄럽게도 초등학교도 아닌데 혜선이 교수님과 직접 통화를 해서 학과 차원의 MT이고 아무런 문제가 없을 거라는 말을 들은 다음에야 갈 수 있었지만, 처음으로 집을 떠난 그때의 기분을 어떻게 설명할 수 있을까.

교수님을 도와 프린트를 돌리고 진행을 돕는 동안에도 서영의 생각은 딴 곳으로 가 있었다. 우습게도 서태하는 도착해서 점심을 먹자마자 어디로 갔는지 보이지 않았다.

태하가 사라진 걸 확인한 교수님의 얼굴이 찌푸려졌다.

연수원에서 바다를 끼고 십 분 정도 걸어가자 조그만 구멍가게가 나왔다. 태하는 깡소주 몇 병을 사서 터덜터덜 바다로 걸어갔다. 아직 쌀쌀한 바닷가엔 인적이 없었다. 수심이 깊은 동해 바다는 색이 진하고 짠내가 많이 났다. 바닷바람과 차가운 온도에 거칠어진 모래사장, 뒹구는 말라붙은 해초와 쓰레기들. 겨울의 바닷가만큼 공허한 곳은 없다.

태하는 털썩 모래 위에 주저앉았다. 소주를 까서는 병의 주둥이에 입을 대고 꿀꺽 한 모금 삼켰다. 쓴 기운이 싸하게 식도를 타고 아래로 내려갔다. 흘러내린 물을 손등으로 스윽 닦았다. 어차피 MT 같은 건 안중에도 없었다. 아직까지 그를 주시하고 있는 형의 감시 때문에 어쩔 수 없이 온 거였다.

한국에 돌아온 지 이제 겨우 두 달인데 그동안의 변화를 믿을 수가 없다.

혜진이 반년 전에 결혼을 했다는 사실도 믿기가 힘들었고, 그런 그에게 태혁이 한 말은 더더욱 충격으로 남았다.

"넌 아직도 여자를 몰라. 혜진이가 널 그냥 만난 줄 아니? 그 애, 처음에는 나를 유혹했어. 그런데 나한테는 씨도 먹히지 않을 걸 아니까 너한테 붙은 거야. 하지만 너는 아직 어려서 그리 장래성은 없다고 생각했겠지. 아나운서 자리를 제안했더니 바로 넘어왔거든. 너와 아나운서 자리를 두고 저울질을 했겠지. 결과는 뻔하잖아? 너는 군대도 가지 않은 데다 대학을 졸업하려면 아직 한참 남았지. 거기다 내가 버티고 있으니 결혼도 쉬운 게 아니지. 그런데 아나운서 자리는 쉽게 나오는 자리가 아니거든. 아무런 미련 없이 바로 아나운서 자리를 택하더군."

형의 말을 믿지 않았다. 태혁 때문에 미국으로 쫓겨갔고, 그 때문에 혜진이 결혼을 했다고 원망하는 그에게 거짓말을 한다고 생각했다. 아니, 어쩌면 믿고 싶지 않았는지도 몰랐다.

하지만 며칠 전 인터넷에서 그녀에 대한 기사를 발견했다.

EBC의 인기 아나운서 황혜진(28)이 지난 12일 오후 6시 서울

마포구에 있는 S호텔에서 YT엔터테인먼트 대표 김재민 씨(34)와 웨딩마치를 올렸다. 황 씨는 이날 결혼식에 앞서 오후 3시에 공식 기자회견을 가졌다.

황 씨와 김 씨가 처음 만난 것은 2년 전. 김 씨의 지인이 황 씨를 소개해주었다. 첫 만남에서 서로 한눈에 반하여 연인 사이로 발전, 2년의 열애 끝에 결혼에 골인하게 되었다.

이날 결혼식 사회는 동료 아나운서인 윤선재(27) 씨가 맡았다. 신혼여행은 필리핀 보라카이로 5박 6일 동안 다녀올 예정으로 13일 오전에 출국했다.

기사가 거짓이 아니라면 혜진은 그를 만나면서 이미 다른 남자를 만나고 있었던 것이다.

그 남자와 자신을 저울질하고 있었을까? 아나운서 자리와 자신을 저울질했듯이.

"하하하."

허탈한 웃음이 나왔다. 무엇 때문에 미국까지 끌려가고, 무엇 때문에 긴 세월을 헤맸는지 허탈해질 지경이었다. 여자를 믿는 게 아니라는 건 자신의 어머니를 보면서부터 알고 있었는데 또다시 멍청한 짓을 했다.

순간 태하는 화가 차올라 참을 수가 없었다. 주변에 흐트러져 있던 신문지를 발견하자 분풀이하듯 구겨서 바다로 던졌다. 낱낱이 흩어져 바람에 나부끼며 뒹굴던 신문지는 이내 하얀 포말에 삼켜져 사라졌다.

태하는 들고 있던 소주를 벌컥벌컥 들이켰다. 시푸른 바닷물이 철썩 물결을 일으키며 다가왔다. 바다에 고정되어 있던 그의 눈은 분노로 달아올랐다.

태하는 자리에서 벌떡 일어났다.

한 달 전 부산의 바닷가가 옛사랑의 추억을 떠올리며 찾아갔던 곳이라면, 강릉의 이 바닷가는 첫사랑을 떠나보내는 바다였다.

그리고 '사랑'이라는 세상에서 가장 어리석은 단어도. 이제 다시는 사랑 따위 믿지 않을 것이다.

고개를 돌려 뒤를 걸어오는 등 뒤로 서서히 해가 지고 있었다.

"서영아."

"네, 교수님."

연수원 안의 식당에서 식사를 마친 후 쟁반을 치우고 나오다가 역시 식사를 하고 나오던 최영조 교수와 부딪혔다.

"시간 괜찮니? 나랑 잠시 얘기할 수 있어?"

"네, 교수님."

커피를 한 잔씩 뽑아 밖으로 나오자 찬 공기에 부르르 몸이 떨렸다.

"동장군이 물러나지 않으려고 발악을 하시나, 왜 이렇게 춥지?"

"그러게요, 교수님. 올해는 겨울이 유난히 긴 것 같아요."

"그렇지. 올해 애들은 어떤 것 같니?"

"네. 다들 괜찮은 것 같아요. 착하고."

"공부를 좀 열심히들 해야 할 텐데. 요즘 애들은 학점 잘 받는 거에만 관심 있지 제대로 학문으로 공부를 해보려고 하질 않아. 학생들이 너 정도만 되어도 걱정을 안 할 텐데 말이다."

교수의 말에 서영은 난처한 웃음을 지었다. 거뭇해지는 하늘을 보던 최영조 교수는 커피를 한 모금 마시고는 드디어 하려던 말을 꺼냈다.

"혹시 태하랑 아는 사이니?"

"네?"

"아까 네 자리로 가서 이야기하는 걸 봐서……."

태하라니, 그 남자를 말하는 건가? 서영의 얼굴이 순식간에 창백해졌다.

"아…… 뇨. 저한테 그냥 뭐 물어본다고요."

"그렇구나."

서영의 가슴은 뛰기 시작했다. 아까 말한 걸 들은 건 아니겠지? 물어보면 뭐라고 대답하지?

"너한테 부탁 좀 하자."

"네."

"태하 말이야. 네가 좀 신경 써서 챙겨줄 수 있겠니?"

"네?"

그의 말에 서영은 둥그렇게 눈을 떴다.

"길게 설명하긴 힘들고……. 내가 태하 형이랑 조금 아는 사이라 부탁을 받았거든. 내가 교수가 돼서 티 나게 챙겨줄 수는 없는 노릇이고……. 그러니 너한테 부탁 좀 하자. 어쩐지 MT 잘 따라왔다 싶더니 또 사라져서는. 하여튼 그놈 때문에 걱정이다. 제대로 졸업이라도 해야 할 텐데. 내가 좀 부탁해도 되겠지?"

"네…… 교수님."

"그래. 그럼 들어가서 쉬어. 애들 뒤풀이 한다던데 거기 가보든지."

"네, 교수님. 들어가세요."

최영조 교수가 사라지는 모습을 보며 서영은 참았던 숨을 내뱉었다. 아까의 일을 교수님이 모른다는 안도감도 잠시, 교수님께 부탁까지 받고 그를 챙겨야 한다는 사실이 마음에 걸리기 시작했다.

할 수 없다. 이젠 피할 게 아니라 만나서 담판을 지어야 했다. 이미 지난 일은 어쩔 수 없지만 이제부턴 정상적인 선후배 관계로 지내야 했다. 어찌 보면 아무 일도 아닌데 괜히 혼자 주눅 들 필요는 없는 거다, 서영은 스스로 다짐을 했다.

"어, 누나!"

온갖 생각을 하며 숙소로 걸어가던 그녀를 영우가 불렀다.

"우리 지금 남자 방에서 술 마시고 게임하고 놀 거거든. 같이 가."

"난 괜찮아. 너희들끼리 놀아."

"아니, 이 시간에 혼자 숙소에서 뭐 하려고? 교수님들도 교수님들끼리 한잔하러 나가신다는데. 그냥 우리랑 놀아."

그러고 보니 혼자 지내는 썰렁한 숙소에 벌써부터 가서 있을 생각을 하니 그것도 서글픈 일이었다. 제대로 MT 기분도 못 내 보았는데 말이다. 교수님들은 그녀가 당연히 학생들이랑 어울릴 거라고 생각해서 말을 안 한 모양이었다.

"내가 끼어도 돼?"

"당근이지."

영우를 따라 남자애들 숙소로 가자 이미 십여 명의 남녀 아이들이 술과 과자를 준비해 술판을 벌이고 있었다. 안으로 들어서는 서영을 보고 아이들이 반겼다.

"너희들 이렇게 일찍 술 마셔도 돼?"

"내일 아침에 6시에 일어나야 되는데 일찍 마시고 일찍 자는 게 낫죠. 언니, 이리로 오세요."

남녀 몇 명이 끼여 있는 자리로 가려던 서영은 구석에 앉아 그녀를 뚫어지게 보고 있는 태하의 모습을 보고는 걸음을 멈췄다. 태하의 옆에 앉아 있던 영주가 웃으며 말했다.

"언니, 애 잘 모르죠? 서태하라고 우리 동긴데 이번에 복학했어요. 태하야, 이 언니는 대학원 다니는 조교 언니야. 한서영이라고."

그는 잠시 서영을 보다 이내 고개를 휙 돌리고는 소주잔에 입을 가져갔다. 영주는 그의 태도에도 상관 않고 서글서글하게 웃으며 서영을 불렀다.

"언니도 한잔하세요."

"그래."

도착하자마자 코빼기도 보이지 않다가 여기서 볼 줄은 몰랐다. 태하가 있는 걸 알았다면 오지도 않았을 것이다. 하지만 지금 나간다면 도리어 더 이상해져 버린다. 어쩔 수가 없다. 서영은 억지 미소를 지으며 술을 받았다.

"게임하자, 게임."
"에이, 유치하게."
"진실게임 어때? 진실을 말 안 하면 술 먹이기."
술이 들어가면서 술자리는 점점 시끄러워지고 분주해져 갔다. 태하는 그 와중에 혼자 조용히 술을 마시고 있었다. 몇 번이나 술을 권하고 말을 시키려던 아이들도 그의 태도에 결국 방해하는 걸 그만두었다. 그의 시선은 노골적으로 한 사람에게 고정되어 있었다.

그녀는 자신의 기억 속의 모습과 똑같았다. 동그란 이마 위로 흘러내린 부드러운 머릿결도 그대로고, 웃으면 한쪽에 패는 작은 보조개도 똑같았다. 너무 순식간에 일어난 일이고 갑자기 사라져서 혹시 꿈을 꾼 것은 아닌가 싶었는데 진짜였던 것이다.

버스 앞에서 보았을 때 같은 학부생인 줄 알았는데 대학원생이라고 해서 깜짝 놀랐다. 학부생들과 어울려 있어도 나이를 가늠할 수 없을 만큼 어려 보였다. 아니, 그중에서도 제일 눈에 띄었다. 차분하고, 순진해 보였지만 태하는 그녀의 몸이 얼마나 여성스러운지, 얼마나 뜨거웠는지 기억하고 있었다.

확실히 그녀는 부산에서부터 눈에 띄었다. 황혜진과는 정반대의 스타일이었지만 태하는 처음부터 그녀에게 이해할 수 없을 정도로 끌렸다. 처음 보는 여자를 유혹하는 건 그로서는 생각도 해본 적 없는 일이었는데 서영은 그것을 가능하게 만들었다.

그때는 혜진의 결혼에 충격을 받았기 때문이라고 생각했지만 지금 다시 보니 확실히 알 것 같았다. 그녀 자체가 그를 유혹한다는 것을. 오똑하게 솟은 코도 귀엽고, 야무지게 웃는 입술은 훔치고 싶을 만큼 섹시하다. 하얗게 드러나는 볼도, 턱 아래로 흐르는 목선도, 모든 게 매력적이었다. 태하는 갑자기 자기혼자만 이런 감정을 가지는지 궁금해져서 남자들을 돌아보았다.

"아. 그래서 내가 못 한다고 했잖아."

마침 게임에서 진 서영이 웃으며 난처한 표정으로 몸을 뒤로 뺐다.

"누나. 맞을 건 맞아야지."

덩치가 크고 여드름이 난 놈이 비실비실 웃으며 그녀의 팔목을 잡았다. 태하의 눈에는 놈이 서영에게 욕정을 품고 있는 것만 같았다.

"아프지 않게 때려."

드러난 팔목은 놈의 팔목에 비하면 너무 얇고 가늘었다. 몸을 뒤로 빼며 팔목을 내미는 모습이 꼭 놈을 유혹하는 것만 같았다.

갑자기 눈에서 번쩍 불이 일었다. 남자들과 어울려 있는 서영이 마음에 들지 않았다. 그리고 온통 신경이 여자에게 가 있는 자신도 마음에 들지 않았다.

태하는 벌떡 자리에서 일어났다. 사람들의 시선이 그에게 쏟아졌지만 태하는 성큼성큼 그 자리를 걸어나왔다.

서영은 한 시간이 조금 넘게 있다가 자리를 빠져나왔다. 태하가 너무 신경이 쓰여 술을 많이 마신 바람에 몸이 흔들흔들 중심을 잡지 못했다.

태하는 말없이 조용히 술만 마셨지만 존재 자체로 신경이 쓰였다. 이상하게도 태하는 그 무리 중에서도 이질적인 존재로 보였다.

별관에 교수님들의 숙소와 같이 있는 그녀의 방으로 가자마자 서영은 뜨거운 물에 샤워를 했다. 학생들은 열 명씩 군인 숙소 같은 방을 같이 쓰지만 조교인 그녀는 약간의 특권을 누릴 수 있었다. 샤워를 끝내고 가지고 온 흰색의 티셔츠와 트레이닝 바지로 갈아입자 그제야 정신이 조금 들었다. 머리를 올려묶고는 로션을 바르는데 똑똑, 문을 두드리는 소리가 났다.

"누구세요?"

로션을 얼굴에 펴 바르며 무심코 문을 열던 서영은 눈앞에 보이는 남자의 얼굴에 얼어버렸다. 그녀가 막을 사이도 없이 태하가 안으로 들어왔다. 방을 휘휘 둘러보던 태하가 입을 열었다.

"이 정도면 뭐 나쁘지 않네. 조교 할 만하네. 우리는 닭장 같은 데 처넣어놓고."

갑자기 오싹한 두려움과 긴장이 몰려와 머리가 어찔해질 지경이었다.

"왜 온 거야?"

"얘기하자며?"

그가 털썩 침대에 앉았다. 나른한 시선이 그녀를 훑었다.

"여, 여긴 안 돼. 나, 나가서 이야기하든지……."

그가 하얀 티셔츠의 가슴팍과 아래를 훑듯이 보고 있었다. 서영은 그의 시선이 불편했다.

"귀찮아. 그냥 여기서 이야기해."

여기는 안 돼. 닫힌 공간에 둘이라는 사실이 전혀 편하지 않다. 이런 상황에서 이야기라니. 서영은 침을 꿀꺽 삼키며 또렷한 목소리로 말했다.

"나가줘. 지금은 이야기하고 싶지 않아. 돌아가서 이야기하자."

태하의 음습한 눈빛이 그녀를 훑었다.

"왜? 또 어디로 도망가려고? 그거 원래 네 전공이야? 남자랑 하룻밤 자고 몰래 도망치기?"

직설적으로 꺼낸 이야기에 당황했지만 서영은 그 사이 많은 생각을 했고, 스스로 결심을 했다. 이런 농간에 놀아나서는 안 된다. 상대는 겨우 신입생이다. 정신 차리자!

서영은 화장대에 몸을 기대고 선 채 빳빳이 고개를 들었다. 브래지어를 하지 않은 가슴이 신경이 쓰여 미칠 것 같았지만 갑자기 안으로 들어가 다시 입고 나올 수도 없는 일이다. 손으로 가슴을 가리는 것도 그를 너무 의식하는 것 같다.

"말해, 그럼."

"그럼 그날 왜 도망쳤는지부터 말해."

그 이야기가 나올 줄 알았다. 아침에 일어나 그의 얼굴을 볼 자신이 없었다.

"어차피 그냥 그렇게 하루로 끝난 거였잖아."

"어떡하지? 난 그렇게 하루로 끝내고 싶지 않은데?"

서영의 안색이 파랗게 질렸다. 그가 아는 척하는 것만으로도 부담인데 그의 말이 충격으로 다가왔다. 서영은 애써 태연하게 말했다.

"그때는 어쩌다 생긴 일이니까 거기서 끝냈으면 좋겠어. 너도 나 다시 만날 줄 몰랐잖아. 그러니까 그냥 모르는 사람으로 대해줘. 그런 일 처음도 아닐 거 아냐."

그의 입술이 말려 올라가며 삐뚤어졌다. 그의 눈빛이 위험하게 웃고 있었다.

"넌 자주 그러는지 몰라도, 난 처음이거든. 나 그렇게 쉬운 남자 아냐. 그리고 너도 상당히 흥분하지 않았어?"

잊고 있었던, 아니 잊으려고 했던 영상들이 떠올랐다.

벗은 그의 탄탄한 가슴을 더듬던 그녀의 손길을. 그녀의 몸을 쓸어내리던 그의 길고 단단한 손가락과 손의 감촉을. 미칠 정도로 달아오르게 하며 그녀의 가슴을 애무하던 그의 입술을. 온몸이 바스라질 것 같던 짧은 몇 시간의 격정을.

그 생각을 하자 다른 이유로 심장이 빨리 뛰기 시작했다.

이, 이건 아니잖아.

서영은 자신이 무슨 생각을 하고 있는지를 알아차리자 당황하기 시작했다.

"잠시만……."

서영은 화장실에 들어가 우선 타월걸이 한쪽에 걸어놓았던 브래지어를 했다. 심호흡을 해서 숨을 고르며 일단 태하를 그녀의 방에서 몰아낼 방법을 생각했다. 이렇게 폐쇄된 공간은 위험하다. 그리고 녀석의 눈빛이 사람을 불안하게 만들었다. 그의 말대로 마치 사고라도 칠 것 같은 불안한 눈빛이었다.

마음을 진정하고 화장실을 나선 그녀는 화장실 앞에 서 있던 태하와 마주쳤다.

"화, 화장실 쓰려고?"

뜻밖의 상황에 그녀는 가슴이 쿵쾅거리고 말을 더듬었다. 너무 가깝다. 그의 몸의 체온이 느껴진다. 그의 뜨거운 시선이 그녀를 훑고 있다. 두려움과 긴장과 흥분에 머릿속이 멍해져 갔다.

그의 손이 그녀의 뺨을 잡았다. 손가락 끝이 얼굴을 쓸었다. 그 손길에 감전이라도 된 듯 온몸에 전율이 돌았다. 서영은 입술을 깨물며 그에게 고개를 돌렸다. 그리고 그 순간, 그는 무방비하게 서 있던 서영을 와락 끌어당겼다.

그의 손이 그녀를 당겨 안더니 한 손이 그녀의 머리채를 잡으며 얼굴을 고정했다. 다른 손이 그녀의 허리를 꽈악 움켜쥐며 잡아당겼다.

데자뷔처럼 부산에서의 일이 떠올랐다.

인정한다. 처음 보는 남자에게 안겼던 건 너무 격하고 배신당한 마음에 한 그녀답지 않은 실수였다. 하지만 지금은 상황이 다르다. 그때의 태하가 야성이 철철 넘치는 남자였다면, 지금의 태하는 챙겨줘야 할 그녀의 후배였다. 이렇게 속수무책으로 휘둘리면 안 되는…….

그녀는 다가오는 그의 얼굴을 피하며 다급히 말했다.

"이, 이러지 마. 제발. 이야기 좀 해."

"이야기 따위는 나중에 해도 돼."

"제발 이러지 마. 옆방은 교수님 방이야. 제발……."

교수님들은 사실 2층에 계시지만, 그녀의 애원은 진심이었다. 서영은 그의 가슴팍에 손을 대고 필사적으로 밀어내며 애절한 눈빛으로 그를 봤다.

그의 눈빛이 조금 흔들렸나? 그녀의 애원이 가닿았다고 생각한 순간, 그가 그녀의 몸을 안은 채로 침대에 몸을 던졌다. 태하는 그녀의 몸을 밀어내리며 낮은 목소리로 말했다. 눈빛은 무겁고, 목소리는 어두웠다.

"그 다음날 너 찾아서 호텔을 다 뒤지고, 부산을 다 뒤졌어. 내가 왜 그랬는지 지금 생각해도 이해가 안 가. 그런데 널 다시 보니 알 것 같다."

그의 손이 서영의 바지를 순식간에 내렸다. 면으로 된 회색의 트레이닝 바지가 허벅지 중간에 걸린 그녀의 다리 사이로 그가 한쪽 다리를 밀어 넣었다. 두터운 허벅지가 그녀의 중심을 가로질러 발버둥치는 다리를 옴짝달싹못하게 얽어매고 그의 입술이 그녀의 입술을 덮었다. 쌉싸래한 술 냄새가 나는 입술이 그녀의 입술을 거칠게 훑었다. 필사적으로 악물고 있던 입술이 강하게 턱을 잡는 손아귀 힘에 순식간에 벌어졌다. 물컹, 혀가 안으로 들어와 그녀의 혀를 빨아당겼다.

거친 행동에 당황하며 몸부림치던 서영은 셔츠 안으로 들어와 브래지어를 들추고 가슴을 거머쥐는 손길에 숨을 들이켰다. 커다란 손이 가슴을 덮치며 탄탄한 가슴을 쥐어짜듯 주물렀다. 도드라지게 올라선 유두를 손가락 사이에 끼우고 밀어댔다.

그녀의 입 안을 휘젓던 혀가 멀어지더니 두 손으로 셔츠와 브라까지 한꺼번에 올린 후 그의 입이 한쪽 가슴을 집어삼켰다. 너무 급하고 거칠어서 정신이 없었다. 그의 속도를 따르지 못하고 버둥대던 서영은 강하게 느껴지는 자극에 허리를 퉁겼다. 그가 혀로 유두를 쓸며 가슴 전체를 강하게 빨아당겼다.

"헉."

절로 입에서 신음 소리가 나왔다. 그녀의 신음에 자극을 받은 태하의 혀가 그녀의 가슴을 샅샅이 핥았다. 다른 손은 침으로 축축하게 젖어 부풀어오른 다른 쪽 가슴을 쉴 새 없이 비벼댔다.

"하, 하지 마……."

그녀가 생각해도 미약한 거부의 소리가 그녀의 입에서 쏟아져나왔다. 가슴을 애무하던 그의 얼굴이 그녀에게 다가왔다. 흔들리는 이성과 속수무책으로 당하는 육체의 혼돈 가운데 그녀의 눈에서 눈물이 조금씩 새어나왔다. 그가 조그맣게 그녀의 입에 속삭이더니 귓불을 빨아당겼다.

"일부러 자극하려고 그러는 거면, 아주 잘하고 있어."

드러난 배를 부드럽게 쓰다듬던 손이 뱀처럼 유연하게 아래로 내려갔다. 아랫배를 살짝 밀며 팬티 안으로 들어가 간질이던 손가락이 깊숙이 안으로 들어갔다. 그녀가 너무나 큰 자극에 부르르 몸을 떤 것도, 그가 훅, 하며 거친 숨을 내뱉은 것도 동시에 일어난 일이었다. 그의 숨소리가 서서히 거칠어졌다. 서영은 맹수가 낚아챈 어린 새처럼 가슴이 벌떡벌떡 뛰기만 할 뿐, 지금의 상황에 어쩔 줄을 모르고 있었다.

누가 두 번째는 쉽다고 했나?

눈물방울이 길게 눈가를 타고 또르르 흘러내리더니 그녀의 머리를 적셨다. 겨우 입을 열자 목소리가 떨려서 나왔다.

"제발…… 싫어."

"이렇게 젖어서는 누가 믿으……."

흥분으로 낮고 탁한 목소리로 뱉어내던 그의 말이 그녀의 얼굴을 보더니 끊겼다. 깊이 들어가 그녀를 자극하던 손도 그 자리에서 멈췄다.

"하, 정말."

태하는 자리에서 일어나더니 욕실 문을 열고는 들어가 쾅, 하고 문을 닫았다. 몇 분 뒤 그가 나올 때까지도 서영은 간신히 속옷만 추스른 채 침대에 앉아 있었다. 태하는 세수를 했는지 얼굴과 머리에 물기가 남아 있었다. 갑자기 그가 그렇게 막돼먹은 놈은 아니라는 생각이 들었다. 그 생각을 하자 조금은 마음이 진정되었다. 눈가에 남아 있던 눈물을 훔쳐내며 겨우 자리에서 일어나 앉았다.

"미안해."

갑자기 불쑥 찾아와 그녀를 덮친 놈에게 사과 따윌 할 필요는 없다. 하지만 애초에 빌미를 제공해준 것은 그녀였다. 먼 도시에서 배신감에 불타, 낯선 남자를 이용하려 했던 것 자체가 그녀의 잘못이었다. 인과응보라더니, 결국은 부메랑이 되어서 자신에게 날아왔다. 모든 게. 아마 처음부터 모든 게 정해져 있었던 건 아닐까? 한서영이라는 사람 자체가 환영받지 못할 존재라고…….

"다음에는 일부러 울어도 안 봐줄 거야. 서울에서 보자고."

다음? 그의 말에 서영은 다급하게 그를 불렀다.

"자, 잠깐."

하지만 쾅, 문이 닫히고 태하는 사라졌다.

서영은 태하가 사라지고 난 문을 멍하니 보았다. 무슨 일이 일어났는지 얼떨떨하기만 했다. 그가 처음에 만났을 때처럼 조금만 다정하게 대했어도 아마 그에게 안겨 있었을지도 모를 일이었다.

다음이라고?

서영은 입술을 깨물었다. 다음에도 다시 그를 거부할 수 있을지, 자신이 없었다.

2박 3일의 MT 동안, 태하의 모습은 한 번도 보이지 않았다. 그가 가져온 가방만 덩그러니 버려둔 채.

3

"서영아. 회사까지 웬일이야?"

서영은 자신을 반기는 재형의 얼굴을 보며 숨을 가다듬었다. 조금 얇은 듯한 입술에 잘 빠진 콧날, 반듯한 얼굴은 지적이고 안경 속의 눈은 차갑지만 그녀를 볼 때는 늘 웃고 있었다. 한 번도 재형이 고개를 숙이고 있는 모습을 본 적이 없었다. 지시하고, 결정하는 데 익숙한 남자였다. 한때는 그의 손가락도 좋아하고, 그의 목소리도 좋아하고, 좋아한 게 많았는데 지금은 이 남자가 이중인격자로밖에 보이지 않았다.

엄마한테서부터 벽에 부딪힌 후 서영은 두 번째 방법을 생각해냈다. 결자해지라, 일을 저지른 사람이 해결해야 할 것이다.

"앉자. 점심은 먹었지? 이 근처에서 조금만 기다릴래? 나 좀 있다 회의 들어가는데 금방 끝날 거니 저녁이나 같이 먹을까?"

"아니야."

소파에 앉자 서영은 입을 열었다.

"MT는 잘 다녀왔고?"

"응. 나…… 할 말이 있어서 왔어."

더 이상 자신을 속이며 그를 대할 자신이 없다. 지금 아버지
의 회사가 쉬운 형편이 아니라는 것도 알지만, 그래서 도리어
결혼을 서두르고 싶어하는 것도 알지만, 혜선이 절대 말하지 말
라고 으름장을 놓았지만, 이건 그녀의 인생이었다. 그리고 그와
그녀의 문제인 것이다. 혜선에겐 미안하지만 서영은 절대 자신
의 양모처럼 살고 싶지 않았다.

그래서 서영은 현실을 직시하고 솔직히 말하기로 했다.

"뭔데? 회사까지 찾아올 정도로 중요한 일이라니 궁금한걸."

서영은 단정한 눈초리를 들어 그를 보았다. 마음의 준비를 하
며 깊은숨을 들이켰다.

재형의 눈에 주저하는 서영의 모습이 보였다. 갸름한 얼굴과
도톰한 입술이 오늘따라 여성스럽게 보였다.

애가 언제 이렇게 색기를 풍기게 된 거지? 풋풋한 아름다움
이 있었는데 오늘따라 여자로 보였다. 살짝 욕망이 일었지만 부
드럽게 웃는 것으로 감정을 숨겼다. 한서영에게 욕구를 느낄 수
있다는 사실이 그에겐 신기하게 다가왔다.

"파혼했으면 해."

뭐? 재형은 갑작스러운 말에 당황한 걸 감추기 위해 안경을
추켜올렸다.

"뭐라고?"

"오빠랑⋯⋯ 결혼하기 싫다고. 그냥 없었던 걸로 해줘. 그리고⋯⋯ 우리 부모님께는 오빠가 파혼하고 싶다고 말해주면 안 될까?"

그녀의 얼굴에는 더 이상 예의상의 미소가 떠올라 있지 않았다. 입술이 파르르 떨렸다.

"내가 왜 그래야 되는데?"

그녀의 얼굴이 살짝 찌푸려졌다. 그리고 속눈썹을 살짝 내리깔며 그의 시선을 피했다.

"오빠가 더 잘 알잖아."

그녀의 말에 재형은 잠시지만 놀랐다.

설마 알고 있는 건가? 어떻게? 그건 중요하지 않았다. 아직 결혼 전이니까. 물론 결혼 후에도 그의 여자를 청산할 생각은 없었다. 아무리 그녀가 그를 사랑한다 해도, 아무리 그가 그녀를 아껴도 이건 정략결혼이니까. 사소한 여자문제 하나에 파혼을 하니 마니 할 수 있는 혼사도 못 되었다.

지금 놀라고 있는 건 그녀가 그를 놀라게 만드는 날이 올 줄은 몰랐기 때문이었다. 없는 존재처럼 그의 뒤를 조용히 좇던 그녀. 마음 깊은 곳에서 분노가 올라왔다. 그동안 너무 신경을 안 썼나? 너무 방심했나?

"피곤한가 본데, 쓸데없는 소리 하지 말고 집에 가 쉬어."

자리에서 벌떡 일어나자 서영이 당황한 채 따라 일어났다.

"오빠! 나 오빠⋯⋯"

재형은 서영의 말을 잘랐다. 모든 걸 그녀가 알고 있다는 느낌이 들었다. 그러나 그렇다고 해서 제까짓 게 뭘 할 수 있을까. 차라리 결혼 전에 미리 안 게 나을지도 몰랐다. 그래야 결혼 후에도 기대를 덜 할 테니.

"주말에 시간 비워놔. 부모님이 너 데리고 오래. 날씨도 따뜻해졌는데 바비큐 파티나 하자고."

그녀가 주먹을 꽉 쥔 채 부들부들 몸을 떨었다.

"내 말 듣고 있는 거야?"

재형은 갑자기 짜증이 왈칵 몰려왔다. 그를 원망스럽게 노려보고 있는 그녀의 몸을 잡아당겼다. 작은 몸이 힘없이 끌려왔다. 얇은 팔목을 잡았다. 조금만 힘을 줘도 부러질 것 같다. 갑자기 그녀를 정복하고 싶은 충동이 몰려왔다. 너무 오래 풀어준 건가? 이번 주말에 차라리 안아버릴까?

차오르는 욕구와 분노를 억제한 채 그녀의 머리를 부드럽게 쓰다듬으며 말했다.

"스트레스가 쌓인 것 같은데, 다음에 이야기하자."

손을 놓으려다 도톰한 입술을 보고는 충동적으로 그녀의 머리를 당겼다. 눈이 커지며 그녀가 몸에 힘을 줬다. 뭐야? 지금 피하는 거야? 갑자기 화가 나서 그녀를 잡아당기며 입술을 맞췄다. 입술이 닿기도 전에 그녀가 버둥거리며 몸을 피했다. 손을 놓자 그녀는 재빨리 한 걸음 물러섰다.

뭐야……? 혹시……, 남자가 생긴 거니?

잠시 흔들렸다 가라앉는 그녀의 눈빛이 그를 불안하게 만들었다. 그녀가 손등으로 입술을 닦으며 말했다.

"오빠. 내가 한 말 농담이 아니야. 정말 결혼하기 싫어. 그리고…….."

뭔가 말을 하려던 서영은 입을 다물었다.

"이번 주말에 못 가. 안 갈 거야."

그녀가 뒤로 돌더니 문으로 다가갔다.

"네 아버지 쓰러지는 거 보고 싶으면 그러든지."

문을 연 그녀가 그 자리에서 멈췄다. 재형은 피식 미소를 지었다. 등을 돌린 그녀의 어깨가 부르르 떨렸다. 서영은 그렇게 뒤도 돌아보지 않더니 문을 열고는 사무실을 나갔다.

재형은 그녀가 나가고도 한동안 자리에 서 있었다. 갑작스런 그녀의 변화를 믿을 수가 없었다. 고등학교 때부터 자신만을 좇던 그녀의 눈망울을 떠올렸다. 어른들껜 명랑하고 싹싹했지만, 자신의 앞에서는 늘 얼굴을 붉히던 수줍은 소녀였다. 긴 머리를 좋아한다고 넌지시 던진 말에 그때 이후로 늘 긴 머리를 하던 서영이었다.

알게 된 건가? 어떻게?

아니면 설마……. 진짜로 남자가 생긴 건가?

그가 아는 한 서영은 한 번도 연애를 하지 않았다. 온전히 그를 향해 있던 순결한 여자였는데……. 그녀를 건드리지 않았던 건 서영의 배경 때문이었다. 쉽게 안고 버릴 수 있는 상대가 아니었다. 그녀를 안고 나서 만에 하나 상황이 바뀌어 파혼이라도 하게 되면 그때는 돌이키기가 힘들어진다. 서영이 너무 조심스럽게 자란 것도, 야차보다 더 차가운 그녀의 어머니도 이유에 한몫했다. 여자는 지천으로 널렸는데 서영을 욕심내서 괜히 책임질 일은 하고 싶지 않았다. 그럴 만큼 서영이 매력적인 것도 아니었고.

하지만 서영에게 여자로서 별로 매력을 못 느끼는 것과 결혼은 전혀 별개의 문제였다. 서영과의 결혼의 목적은 따로 있었다. 그런데 재형은 오늘 그녀에 대한 또다른 감정이 존재한다는 것을 처음으로 깨달았다.

늘 자기 것이라 생각했는데 그런 그녀가 떠나려고 하자 엄청난 소유욕이 밀려왔다. 분노와 함께.

참을 수 없는 분노에 재형은 책상 위에 묵직하게 놓여 있던 도자기로 만든 펜 통을 집어들어 던져버렸다.

와장창!

펜 통은 멀리 있던 책장까지 날아가 책장의 유리를 깨버렸다. 밖에서 소리를 들은 비서가 놀라 노크도 하지 않은 채 문을 벌컥 열었다가 씩씩거리며 서 있는 재형을 보더니 어쩔 줄 몰라 다시 닫았다.

한서영이 자신을 떠날 일은 절대 없을 것이다. 무슨 일이 있어도. 거기다 계획도 차질없이 착착 진행되고 있는데.

안경 너머로 눈이 빛났다.

재형은 비릿한 미소를 지었다.

토요일에 있는 대학원 수업이 끝나고 서영은 바로 사무실로 왔다. 자리에 앉은 후 서영은 서랍에서 두툼한 서류를 꺼내고 컴퓨터를 켠 후 파일을 열었다. 커다란 사전을 옆에 둔 채 교수가 첨삭한 부분을 비교하며 저장해두었던 자료를 고치기 시작했다. 다음 주까지는 끝낼 수 있을까? 한 시간 정도 하다 보니 배에서 꼬르륵 소리가 났다. 시계를 보니 3시가 넘어 있었다.

안 되겠다. 집에 가든, 아니면 간단한 걸 먹든 해야지. 저녁에는 재형의 스탠포드 동문 모임에 오라는 연락이 있었지만 무시했다. 재형의 사무실에 찾아간 이후로 연락 한 번 하지 않았는데, 주말에 그의 부모님이 부르는 자리에도 연락도 없이 가지 않았는데 재형은 눈도 깜짝하지 않고 너무나 평상시처럼 행동하고 있었다. 아니, 오히려 더 다정하게 대하고 있었다. 마치 투정부리는 아이를 달래는 것처럼. 서영은 그런 그가 무섭기까지 했다.

그녀를 철저하게 무시하고 있는 것이다. 그녀의 의견이나 생각 따위는 존중은커녕 고려의 대상조차 되지 않는다는 뜻이었다.

가방을 추스르는데 벌컥 문이 열렸다. 태하가 성큼성큼 들어오더니 그녀를 보고는 눈을 부릅떴다.

"너 여기서 뭐 해?"

"너 내가 대학원생이라는 걸 잊은 모양인데, 선배라고 불러줄래?"

서영은 태하를 보며 가슴을 쭉 펴고는 생각하고 있던 말을 또박또박 말을 했다. 학부생 어느 누구도 그녀에게 태하처럼 제

멋대로 말하지 않았다. 태하는 놀란 듯 잠시 눈을 동그랗게 떴지만 이내 피식 웃었다.

"해보고 서쪽에서 뜨라고 해."

저 말버릇하고는. 서영은 그를 노려보았다.

"너 정말……."

"내 가방. 여기 있다며?"

서영은 그를 노려보며 책상 밑에 있던 그의 가방을 꺼내 그의 앞에 던졌다. 연수원에서 가지고 온 주인 없는 가방이었다. 태하는 거의 빈 거나 마찬가지인 가방을 열더니 안에서 휴대전화를 꺼냈다. 그의 가방 안에 있는 내용물을 몰래 훔쳐봤던 서영은 기가 막혀서 혀를 찼다. 외박준비와는 거리가 먼 가방이었다. 녀석은 처음부터 오래 있을 생각이 없었던 것이다.

"배터리 나갔네."

서영은 그의 혼잣말을 무시하며 간단히 책상 위를 정리하고는 고개를 돌렸다.

"나가자. 문 잠가야 돼."

태하는 가방을 어깨에 걸치더니 휙하니 그녀를 앞서 나가버렸다. 서영은 그의 뒷모습을 한 번 노려보고는 문을 잠갔다.

건물 밖으로 나오자 따스한 바람이 불었다. 진짜 봄이 왔나? 태하는 문을 잠그는 서영을 보았다. 서영은 입고 있던 하얀 블라우스와 감청색의 스커트 위로 베이지색 트렌치코트를 걸쳐 입었다. 가방을 가지러 갔다가 생각지도 않은 서영을 보고는 얼떨떨했던 자신이 바보 같았다. 하얀색 블라우스 차림의 서영은 너무나도 아름다웠다. 태하는 그런 자신이 마음에 들지 않았다. 부산에서 본 이후로 서영에게 너무 집착하고 있었다.

처음에 부산에서 만나고 그녀에게 끌리는 자신을 자각했을 땐 황혜진에 대한 반발 때문이라고 생각했다. 그러나 서울에 돌아와서 몇 주 동안 클럽을 전전했지만 어떤 섹시한 여자를 보아도 서영에게 가졌던 감정만큼의 욕망이 올라오지 않았다. 이상한 일이었다. 아무리 보아도 차분하고 단정한 스타일의 여자인데.

문을 잠그고 고개를 떨군 채 바닥을 보고 걸어오던 서영은 그를 보고 뜻밖이라는 듯 놀라며 그 자리에서 멈추었다. 그게 마음에 들지 않았다. 초조해졌다.

"너 안 갔어?"

태하는 그녀에게 다가갔다. 멍하니 있던 그녀의 손을 덥석 잡고는 걷기 시작했다.

"이러지 마. 손 놔."

그는 그녀의 손을 놓지 않은 채 건물 옆의 주차장으로 끌었다.

"놔. 나 가야 해."

하지만 태하는 전혀 그녀를 보내고 싶지 않았다. 무시하려고 할수록 자꾸 부글부글 생각이 끓어올라 차라리 끝장을 보는 게 나을 거라는 결론을 내렸다. 아쉬움이 남아서 이러는 거야.

태하는 시동키로 록을 풀고는 조수석을 열었다.

"타, 얼른."

"어디 가는데?"

"어디든."

충동적으로 생각한 거라 딱히 뭘 할지 생각도 없었다. 하지만 자꾸만 거절하는 서영을 붙잡아두고 싶었다.

서영은 입술을 깨물며 망설였다.

"나 저녁에 약속 있어."

"알았어."

대답을 하자 서영은 망설임을 접고 조수석에 앉았다. 그녀가 옆자리에 앉자 이상하게 마음이 편해졌다. 마치 비어 있는 퍼즐에 제대로 된 퍼즐을 끼운 듯 홀가분했다.

태하는 바로 시동을 켜고는 무서운 속도로 차를 몰기 시작했다. 학교를 나와 도시를 달릴 때까지는 차분하게 앉아 있던 서영이 고속도로로 빠지자 그를 불렀다.

"도대체 어디 가는 거야?"

"너 납치하는 거야."

"저녁 약속까지 보내준다며?"

"보고."

서영은 그를 노려보다 입을 꼭 다물고는 고개를 돌렸다. 태하는 괜한 심술이 났다. 자신과 있어 즐겁기는커녕, 짜증을 내는 모습이 마음에 들지 않았다.

"뭐야? 남자친구라도 만나는 거야?"

괜히 화가 나서 물었는데 서영은 입을 다물었다. 그게 더 태하를 초조하게 만들었다. 설마, 남자친구가 있는 건가?

"이거 차 뚜껑 열리는 거야?"

한참을 화난 것처럼 있던 서영이 갑작스럽게 물었다. 태하는 얼떨떨하게 말했다.

"응. 컨버터블이야."

"나 뚜껑 열어주면 안 돼?"

"알았어. 조금만 기다려. 달리면서는 못 열어."

차가 신호를 받고 서자, 태하는 버튼을 조정해 차의 덮개를 내렸다. 옆의 차에 앉아 있던 사람들이 눈이 동그래져서 구경하고 있었다. 서영이 중얼거렸다.

"확실히 영우 말대로 진짜 고급 차이긴 한가 보네."

차가 다시 움직이자 날씨가 좀 따뜻해졌다고는 하지만 시속 백 킬로미터에 달하는 속도로 달리다 보니 칼바람이 쏟아졌다. 쏟아지는 바람에 뺨이 얼얼할 텐데 서영은 일부러 고개를 빼서는 바람을 맞고 있었다. 서영이 눈을 감고 입술을 살짝 벌렸다. 찬바람을 폐부 깊숙이까지 마시는 것 같았다. 태하는 마치 서영이 예전에 말했던 것처럼 새가 되어 날아갈 것만 같아서 그녀를 불렀다.

"좋아?"

서영은 미소를 지으며 바람에 맞서 소리쳤다.

"좋아. 근데 좀 추워."

태하는 바로 갓길에 차를 세우고는 문을 닫았다. 서영은 양손으로 자신의 팔을 감싸고 있었다.

"금방 따뜻해질 거야."

"배고파."

서영은 조그맣게 중얼거렸다. 태하는 피식 웃었다. 서영은 특이하다. 여성스럽지만 일부러 여성스럽게 굴지는 않았다. 다른 여자들처럼 일부러 그를 유혹하려고 섹시하게 굴지도, 야하게 차려입지도 않았는데 그의 눈에는 섹시해 보였다. 팔을 감싸는 손동작 하나도, 귓불에 매달려 있는 반짝이는 귀걸이도, 그의 눈에는 모든 게 유혹적으로 보였다. 금방 도망갈 것처럼 움츠러들더니 어느새 그는 신경도 쓰지 않은 채 훨훨 날아가려 했다.

"조금만 기다려."

고속도로를 빠져나가 국도를 30분 정도를 더 달리자 이내 한적한 마을로 들어섰다. 입구는 여느 어촌 마을처럼 조용한데 바닷가 쪽으로 달리자 펜션과 상점가가 조성되어 있었다. 태하는 바다를 면해 늘어선 식당 중의 한 군데로 가더니 차를 멈췄다.

"여기서 먹자."

둘이 먹기에는 너무 많은 회가 커다란 접시에 쌓일 듯 나오고 소주가 두 병 나왔다. 서영은 소주를 보고 얼굴을 찌푸렸다. 그가 소주를 따더니 두 개의 잔에 가득 부어 한 잔을 그녀에게 내밀었다.

"너 운전해야 하잖아."

"마셔."

그는 그의 잔에 가득 찬 술을 단번에 입에 털어 넣었다. 서영은 자신의 손에 쥐어진 잔을 보다가 바닥에 내려놓았다.

"마셔."

서영은 고민하고 있었다. 식당 안에 들어와 술을 시킨 이후로 시간을 계산하는 자신을 발견했다. 남자친구라도 만나러 가냐는 태하의 말에 반발이 생겼지만 제대로 거절하지 못한 약속을 생각하자 초조해졌다. 태하가 술을 마신다면 한두 시간 정도 있다가 택시를 타고 가면 시간 맞춰 재형을 만날 수 있을 것 같았다. 모임 시간이 되기 전에 가서 재형에게 제대로 거절을 해야…….

어떻게 아직까지도 재형의 모임 걱정을 할 수 있을까. 아버지 이야기를 꺼내 협박한 것 때문에? 정말 한심하잖아, 한서영. 서영은 씁쓸한 웃음을 지으며 젓가락을 들었다.

"밥 먼저 먹어. 빈속에 술 들이키지 말고."

그가 자신의 의사를 무시한다면, 그녀도 그를 철저하게 무시하면 되는 것이다. 어떤 식으로든.

서영은 처음에는 꾸역꾸역 회만 먹기 시작했다. 태하는 음식에는 거의 손대지 않고 천천히, 천천히 술잔을 비웠다. 그녀가 두 잔을 마실 동안 태하가 한 병을 비우자 그녀도 조금씩 술을 마시는 속도를 올리기 시작했다. 서영은 문득 기시감을 느꼈다. 그때도 그랬다. 한동안은 말이 없었다.

"넌 바다 좋아하는구나?"

"응?"

"무작정 떠날 때면 늘 바다를 찾잖아."

"그렇네."

태하는 새로운 것을 알았다는 듯이 대답했다.

"정말 몰랐어?"

"응."

"나 덕분에 너 자신에 대해서 알게 되는구나."

이상하게도 그와 있으면 말이 편하게 나온다. 그가 피식 웃는 모습을 보는 것도 나쁘지 않았다. 긴 손가락이 젓가락으로 회를 집는 모습도, 술잔을 잡은 손도, 그 잔이 입술에 닿고 술을 삼키는 것을 보는 것도 나쁘지 않았다.

이 남자와 있으면 유독 마음이 들뜨고, 여자가 된 것만 같다. 재영과 있을 때의 한없이 보잘것없는 자신과는 다른 존재가 된 것만 같다. 서영은 그 사실만은 인정해야 했다.

술병이 완전히 비고, 한 시간 반이 흐른 걸 확인하자 서영은 태하가 술을 더 시키려는 걸 막았다.

"그만. 이제 갈래."

그가 자리에서 일어났다. 접시의 회는 반이 넘게 남아 있었다. 서영은 가방을 챙기며 그를 따라 일어났다. 휘청이며 몸이 흔들렸다.

"어휴. 찌개는 안 드시고 그냥 가려고?"

호들갑스러운 주인의 목소리에 반응하지 않고 태하는 계산을 하더니 앞장서서 걸었다.

"난 여기서……"

택시를 타고 가겠다고 입을 여는데 태하가 불쑥 말했다.

"너랑 자고 싶어."

서영은 충격으로 몸을 부르르 떨었다. 술을 많이 마셨지만 그는 취하지 않았다. 그녀에게 말하는 목소리는 또렷했다. 그의 눈빛이 강렬하게 그녀를 보고 있었다. 서영은 아무런 말도 할 수 없었다. 미쳤냐고, 싫다고 해야 하는데 말이 나오지 않았다.

"하지만 강제로 하고 싶은 생각은 없어. 네 맘대로 해. 여기 택시 있어. 서울까지 3만 원이면 데려다 줘."

태하는 그렇게 말하고는 긴 다리로 저벅저벅 걸음을 옮겼다. 도로를 가로질러 어둠에 잠긴 바닷가로 걷고 있었다.

"너랑 자고 싶어."

이 길을 건너면, 그녀도 원한다는 말이 된다. 그냥 이대로 택시를 타고 돌아가면 원래의 자리로 돌아간다는 말이었다. 서영은 초조해졌다. 멀어지는 뒷모습이 보였다. 그는 마치 이대로 사라져버릴 것만 같았다.

서영은 결국 입술을 깨물며 길을 건넜다.

서걱거리는 모래에 부츠가 조금씩 빠졌다. 철썩이는 파도 앞에 서 있는 태하가 보였다. 서영은 그의 곁으로 다가갔다. 검은 어둠 속에서 하얀 포말이 간간이 보이고 짠 내가 그녀의 코로 훅 들어왔다.

달빛 하나 없는 캄캄한 밤이었다.

태하는 바지 주머니에 손을 넣은 채로 묵묵히 바다를 보고 있었다. 그녀가 옆에 왔는데도 돌아보지도, 부르지도 않았다. 갑자기 짠 내가 속으로 들어오며 날생선과 소주의 기운이 합쳐져 구토감이 몰려왔다.

"나 좀 앉을게."

서영은 그대로 모래 위에 엉덩이를 깔고 앉았다. 코트가 엉망이 되겠지만 상관없었다. 편하게 앉아 다리를 죽 펴자 속이 조금 좋아졌다. 바다는 어둠 속에서 철썩이며 청각적으로 자신의 존재를 드러내고 있었다. 태하가 그녀의 옆에 앉았다.

"무슨 생각 해?"

조금 드러난 달빛에 부서지는 물결을 보며 태하가 무심히 물었다.

"아무 생각 안 해. 생각할수록 답답해져서, 전부 다 잊었으면 좋겠어. 기억상실증에라도 걸렸으면 좋겠어."

한번 쏟아진 물은 주워담을 수가 없다. 재형이 외도하는 모습을 보지 않았으면 여전히 그를 사랑했겠지? 아니 그를 사랑한 건 맞았나? 사랑했다면 다시 돌이켜보려고 노력 정도는 해야 하는 것 아닌가? 누구나 한 번씩은 실수라는 걸 하는데. 하지만 어떻게 이렇게 한꺼번에 마음이 식어버릴 수 있을까? 구멍이 난 샌드백처럼 한꺼번에 모든 애정이 다 빠져나가고 텅텅 비어버린 마음만이 남았다.

사랑이란 게 원래 이렇게 허무한 것이었나?

그리움도, 열정도, 동경도, 사랑이라고 생각했던 모든 집합체들이 이렇게 한 번에 해체될 수가 있나?

"……전부 다 잊었으면 좋겠어. 전부 다."

그가 처음으로 바다에서 시선을 떼고 서영을 바라보았다. 깊고 어두운, 젖은 눈빛이 그녀를 보고 있었다. 서영은 귀를 때리는 파도소리를 들으며 그를 바라보았다. 마치 태하 자체가 거대한 바다 같았다.

커다란 손이 올라와 뺨에 흐트러진 그녀의 머리카락을 쓸었다. 뜨거운 손바닥이 그녀의 뺨을 감쌌다. 위태위태한 긴장감에 서영은 마른 입술을 열었다. 잠시나마 생각에 빠져 잊고 있었던 그의 존재가 검은 파도보다 더 깊게 그녀를 잠식했다.

"나는……."

"기회를 줬는데, 안 간 건 너야."

태하는 그녀의 얼굴에 입술을 부딪쳐오며 그녀를 밀어내렸다. 그의 무게에 밀리며 서영이 바닥에 몸을 눕혔다.

머리에 닿는 차가운 모래의 감촉. 그리고 입술에 와 닿는 뜨거운 그의 입술. 그가 여전히 뺨을 잡은 채로 그녀의 입술을 벌리며 그 사이로 혀를 밀어 넣어왔다.

눈을 감자 그의 숨소리와, 그의 입술과, 바다 냄새와, 파도소리만이 그녀를 감싸 안았다. 깊게 들어온 혀를 받아들였다. 두 개의 뱀처럼 얽힌 혀는 빨판이 달린 것처럼 서로를 탐지하고 빨아들였다. 숨 막히는 열정에 온몸이 팔팔 끓어오르는 것만 같았다. 너무 뜨겁고, 너무 거칠어 숨이 막힐 지경이었다. 이상한 절망감에 사로잡혀 서영은 눈물이 났다.

그의 손이 성급하게 코트의 단추를 풀더니 스웨터 사이로 거칠게 들어와 브라를 밀치며 그녀의 가슴을 움켜쥐었다. 찬바람에 노출된 유두가 단단히 섰다. 거친 손길이 가슴을 주무르고 손바닥이 아프도록 유두를 쓸어내렸다.

"아, 안 돼."

여기선…….

그가 갑자기 벌떡 일어났다. 그녀의 손을 잡아끌어 일으키고는 옷매무새를 만져준 후 불야성의 거리로 걸어갔다.

팬션의 방으로 들어서자 태하는 키를 입구의 콘솔에 던지더니 화장실로 갔다.

서영은 주변을 둘러보았다. 적당한 크기의 침대, 작은 테이블과 의자 두 개, 그리고 커다란 거울이 달린 화장대. 무척이나 이질적인 공간이었다. 화장대로 걸어가 거울 속의 자신의 모습을 보았다. 바람에 흐트러진 머리가 귓가로 흘러내려 있었고, 술 때문에 창백한 얼굴과 야릇한 열기가 모여 있는 눈동자가 그녀를 보고 있었다. 마치 자신의 모습이 아닌 것 같아 서영은 고개를 돌리고 코트의 단추를 천천히 하나씩 풀었다. 그때 태하가 화장실에서 걸어나왔다. 서영은 갑자기 어색해져서 마지막 단추를 풀던 손을 멈추었다. 그가 그녀에게 다가와 남아 있는 단추를 풀고는 코트를 벗겼다. 그가 코트를 뒤로 벗긴다고 생각한 순간, 태하는 그녀의 허리를 잡고는 돌려세우더니 번쩍 들어 화장대에 앉혔다.

"나 샤워 먼저 할……"

시선 높이가 같아진 그의 입술이 그녀의 입술을 막았다. 벌어진 허벅지 사이로 그가 몸을 바싹 붙이며 그녀의 몸을 잡아끌었다. 서영은 손을 뻗어 그를 어깨를 감싸 안으며 키스에 화답했다. 맞닿은 몸으로 그의 단단한 가슴이 느껴지고 그의 체온이 느껴진다. 단단하게 솟은 분신이 그녀를 쿡쿡 찔러대고 있었다. 키스만으로도 유두가 단단하게 솟고 몸이 뒤틀렸다. 온몸의 세포 하나하나가 그를 기억하고 느끼려고 아우성을 치는 것만 같다.

그의 손이 급하게 그녀의 스타킹을 끌어내렸다. 서영은 엉덩이를 들어 그를 도왔다. 팬티와 스타킹이 한꺼번에 내려가고, 그가 바지를 벗었다. 활짝 열린 허벅지 사이로 그의 손이 들어와 길을 냈다. 참을 수 없는 느낌에 서영은 숨을 토해내며 그의 어깨를 감은 손에 힘을 줬다. 그의 눈이 그녀를 보고 있었다. 그가 손으로 길을 확인하며 천천히 그녀의 안으로 들어왔다.

"흡!"

순간 숨이 멈추고, 다리가 떨렸다. 그의 손이 그녀의 허벅지를 잡고는 더 넓게 벌렸다. 태하는 끝까지 들어와 숨을 뱉어냈다. 그가 천천히 몸을 움직이자 고통이 밀려와 서영은 감싼 손에 힘을 준 채 입술을 깨물었다. 그의 손이 그녀의 이마 위로 흘러내린 머리카락을 쓸어올렸다. 그리고 작은 턱을 잡고는 얼굴을 치켜들었다. 입술이 벌어지고, 서영은 스르르 눈을 감았다. 그가 벌어진 입술을 베어 물더니 혀를 감아당기며 뿌리를 깊숙이 밀어 넣었다. 서영은 저도 모르게 다리를 들어 그의 몸을 감았다.

"태하야……."

입술이 떨어지자 서영은 그를 불렀다. 원한다는 뜻인지, 아프다는 뜻인지 모르겠다. 그는 엉덩이를 잡고는 몸을 퉁겼다. 서영의 몸이 화장대 위에서 그의 몸에 맞춰 흔들렸다.

태하는 이내 그녀를 그대로 안은 채 침대로 옮겼다. 그리고 몸을 떼고는 무릎을 굽혀 앉은 채 윗옷을 단번에 벗어버렸다. 기억하고 있던 건장한 몸이 드러났다. 벌어진 어깨와 탄탄하게 근육이 올라온 가슴과, 길게 뻗은 팔과, 조금 전까지 그녀의 안을 휘젓던 빳빳하게 선 그의 분신이 보였다.

너무 수컷의 기운을 풍겨 아찔할 정도로 무서워졌다.

태하는 그녀의 하얀 블라우스의 단추를 하나씩 풀었다. 단추를 풀고, 브래지어를 풀고 허리에 매달려 있는 치마도 벗기더니 드러난 그녀의 나신을 한참을 보았다. 서영은 몸을 비틀며 팔로 가슴을 가렸다.

"그, 그렇게 보지 마."

"아름다워."

그의 입술이 가슴을 덥석 베어 물었다. 마치 아이가 젖을 빨듯 도드라진 유두를 빨고, 삼킬 듯 깊이 입술을 눌렀다. 그의 입술이 닿는 곳마다 열꽃이 피고 가라앉았던 열망이 끓어오른다. 혈관을 덥힌 뜨거운 열정이 아래로 내려가 끈적한 애액을 만들어낸다.

"태하야."

서영은 절망적으로 그를 불렀다. 이렇게 강하게 누군가를 원했던 적이 있었나? 술 때문이라고 하고 싶지만 서영은 알고 있었다. 그것은 이미 그와 재회했을 때부터 몽글몽글 솟아오르던 감정이었다.

그가 노련하게 콘돔을 씌우고는 불끈거리는 기둥을 밀어 넣었다. 참을 수 없는 고통과 쾌락이 동시에 그녀를 찾아왔다. 서영은 신음을 토해내며 그에게 매달렸다.

바닥까지 닿은 절망과, 거기서 기어올라오는 욕망이 부딪치며 그녀를 극으로 치닫게 했다. 온몸이 달뜨고 있었다. 그가 천천히 몸을 움직이기 시작했다. 뜨거운 안이 애액을 만들어내며 점차 익숙해져 가고 있었다.

그리고 갑자기 그가 더 깊숙이 몸을 묻었다. 서영은 손톱을 세워 그의 어깨에 피가 날 정도로 박아넣었다. 벌어진 그녀의 입술을 와락 그가 덮쳤다. 서영은 그의 입술을 격정적으로 빨아당겼다. 그가 자궁 끝까지 닿으며 밀고 들어왔다. 순간, 지잉하며 머릿속에서 울림이 심해졌다. 머릿속이 하얘지며 환상 속에 있는 듯한 느낌. 단전 아래까지 찌릿하게 울림이 전해진다.

"좀, 좀 더……."

서영은 필사적으로 그 느낌에 매달렸다. 그가 그녀의 무릎 아래로 손을 끼워넣더니 다리를 들어 올렸다. 다리가 그의 팔에 들려 어깨까지 올라가고, 그가 퍽퍽 소리가 날 정도로 몸을 부딪쳐왔다. 그의 가슴에 도돌하게 솟아오른 그녀의 젖가슴이 쏠렸다. 축축이 젖은 중심과 치골이 맞닿고, 계속된 통증에 얼얼해서 감각이 없을 지경이었다. 가슴이 터질 것만 같았다. 그가 집요하게 치고 들어와 서영은 결국 까무룩해지는 정신과 함께 긴 신음을 토해냈다. 동시에 그가 온몸이 쪼개지는 기분이 들 정도로 아프게 깊숙이 몸을 밀어 넣더니 부르르 몸을 떨었다.

"한서영. 미치겠다……."

태하는 그녀의 귀에 입을 대고 뜨거운 숨을 쏟았다. 그녀의 안에서 아직도 그가 꿈틀거리고 있었다. 서영은 남은 여운에 온몸을 떨었다.

화장실에서 태하가 돌아왔을 때 서영은 등을 돌리고 몸을 모로 누인 채였다. 일어나서 가야 한다고 생각했지만 꼼짝도 할 수가 없었다. 거기다 그를 볼 자신이 없었다. 뒤에서 침대가 기울고, 그가 누우며 그녀의 몸을 당겼다. 순간 긴장했지만 서영은 몸을 빼지 않았다. 그가 바싹 몸을 붙이고는 그녀의 허리를 안은 채 고른 숨을 내쉬었다.

서영은 눈을 꼬옥 감았다. 지금의 상황을 믿을 수가 없다. 다시 그에게 안기고, 정신없이 그와의 섹스를 즐겼다. 아무런 미래도, 의미도 없는 남자와. 하지만 지금 이 순간에도 그의 체온은 따뜻하고, 허리에 두른 그의 손길에 가슴이 뛰었다.

이제 앞으로 어떻게 되는 걸까? 서영은 어느 누구도 아닌 자신이 두려워졌다.

4

"어서 오세요."

서영은 오버하는 환영에 어색하게 고개를 숙이는 걸로 인사를 대신했다. 미용실 안으로 들어가자마자부터 커다란 미용실은 잘 짜인 조직처럼 예약을 확인하는 직원, 그녀를 옷을 갈아입는 곳으로 안내하는 직원, 차를 권하는 직원들로 분주했다.

예약은 하지 않았고 간단하게 커트만 하겠다고 하자 예약을 담당하는 직원이 잠시만 기다리라고 하더니 안쪽으로 들어갔다. 점심을 먹고 문득 충동적으로 들어온 미용실인데 너무 번거로운 절차에 지쳐 나갈까 생각할 즈음 젊은 남자가 걸어왔다.

"이리로 오세요."

형식적인 미소였지만 너무 과하게 친절하지 않은 태도가 마음에 들어 그를 따라갔다. 그의 손이 그녀의 등을 덮는 긴 머리를 가늠하듯 만졌다.

"자르시려고요?"

"네."

"어느 길이로요? 지금 길이도 얼굴형에 괜찮은데."

"짧게 자르고 싶어요."

왜 여자들이 실연을 당하면 머리를 자르는지 알 것 같다. 요 며칠 마음이 너무 복잡해서 아무 일도 손에 잡히지 않았다. 집에서도 신경이 솟아 있고 학교에서도 집중을 할 수 없어 피곤할 정도였다.

왜 그랬을까? 왜 그렇게 일을 벌여놨을까. 감당도 못 하면서.

두 번째로 태하와 잔 것은 충동적이지도, 강제적이지도 않았다. 술에 취하지도 않았다. 온전히 그녀가 원한 것이었다. 그 사실을 받아들일 수가 없었다. 재형 때문이라고, 스트레스 때문이라고, 어떤 걸로라도 핑계를 대고 싶지만 그것은 정말 핑계일 뿐이었다. 오직 이유는 하나, 그녀도 원했기 때문에……. 그가 원한 것도, 그녀가 원한 것도 같은 것이었다. 오직 섹스 그 자체. 태하는 자고 싶다고 했지 사귀고 싶다고도 하지 않았다. 그녀 역시 태하와의 섹스를 원했다. 안 그래도 복잡한 상황을 그녀 스스로가 더 복잡하게 꼬아버린 것이다.

……이런 상태로는 견딜 수 없다.

머리를 자르면 온갖 복잡한 감정도 잘려나간 머리처럼 마음속에서 싹둑 사라질까?

"어느 정도로? 이 정도요? 귀밑까지?"

그의 손가락이 머리를 타고 올라와 귓불을 살짝 스치자 서영은 깜짝 놀라며 어깨를 세웠다.

그의 손가락에 잊으려고 했던 영상이 떠올랐다. 그녀의 몸을 살살이 훑던 그의 뜨거운 손이.

"조금 더 짧게요."

"흐음. 오케이. 알았어요. 머리 감고 오세요."

그러더니 샴푸실로 안내했다. 머리를 적시고 와 다시 자리에 앉자, 남자의 손에 든 가위가 반짝 빛을 반사했다.

"네."

그리고 그때 그녀의 휴대전화가 진동했다. 깜짝 놀라며 자동으로 태하를 떠올렸다. 그가 번호를 찍어줬지만 실제로 한 번도 울린 적이 없었는데 기다리고 있는 자신을 발견하고는 또 당황했다.

"잠깐만요."

전화기를 집어들자 혜선에게서 온 번호였다. 서영은 눈으로 양해를 구하고 통화버튼을 눌렀다.

"네, 엄마."

- 어디니?

"미용실이에요."

- 오늘 저녁 수업 몇 시에 끝나니?

"8시에요."

- 더 일찍 올 수는 없니?

갑자기 예감이 좋지 않다. 일찍 갈 수도 있지만 서영은 일부러 단호하게 말했다.

"오늘 발표수업이라 힘들어요. 더 늦어질 수도 있어요."

- 알았다. 재형 군이 오겠다고 해서 일찍 오라고 하려고 했더니. 내일이나 주말에 오라고 해야겠다. 지난번에도 그렇게 바람을 맞게 하더니, 네가 알아서 좀 잘 해.

단단히 각오를 한 외박사건은 의외로 담담하게 넘어갔다. 서영과 연락이 안 된 재형이 집으로 전화를 하자 혜선은 교수님 모친상이 나서 갑자기 떠나는 바람에 연락을 못 하게 되었다고 능수능란하게 거짓말을 했다. 그녀에게 잔소리를 잔뜩 들었지만 혜선은 서영이 그 일 이후로 방황하고 있다고 생각하지, 다른 남자를 만났다고는 상상도 하지 않는 눈치였다.

- 그런데 미용실이라고?

"네."

- 가을에 결혼도 있는데 짧게 자르지는 마라.

전화를 끊자 미용사가 다시 그녀의 머리를 빗질했다. 그의 손이 목덜미 제일 아래쪽의 머리를 한 움큼 집었다.

"자릅니다."

"잠시만요."

혜선의 신경은 온통 결혼을 성사시키는 데에만 가 있었다. 머리를 자르고 나면 그녀가 쏟아낼 잔소리들이 두려웠다. 하아……. 머리 하나도 마음대로 못 하는 삶이라니.

"자르지 말고 그냥 조금 정리만 해주세요."

"그럴까요, 그럼? 트리트먼트도 받으시겠어요?"

미용사는 이해한다는 듯 편안한 미소를 지었다.

"네."

혜선이 그렇게 나오면 그녀도 자신의 대책을 마련해야 했다. 머리야 자르지 않아도 좋지만, 결혼은 절대 못한다. 서영은 다시금 마음을 다잡았다.

수업을 마치고 나오는 태하의 눈에 걸어오는 서영이 보였다. 태하는 마치 처음 보는 여자인 양 유심히 그녀를 관찰했다.

서영은 평소에 잘 입는 스타일로, 여성스런 청회색의 스웨터에 무릎 바로 위까지 오는 두꺼운 재질의 플레어스커트를 입고 로퍼를 신고 있었다. 피부는 하얗고, 긴 머리카락이 자연스럽게 어깨를 덮고 있다.

너무 짙지 않은 눈썹은 인상을 부드럽게 만들고 속눈썹은 촘촘해서 늘 눈이 젖어 있는 것처럼 보인다. 하얗고 가는 목덜미와 귓불이 너무 예뻐서 울긋불긋한 생채기가 날 정도로 빨았었지.

타인의 시선을 느끼기라도 했는지 그녀가 흘러내린 머리를 쓸어올렸다. 하얀 손가락이 귀를 지나가고 목덜미를 쓸어내리는 의미 없는 동작인데도 태하는 찌릿, 단전에 자극을 느꼈다.

바닷가에서 하룻밤을 보낸 이후로 욕망은 점차 더 커져만 갔다. 그의 생각과 완전히 정반대의 결과가 나와버렸다. 아쉬움이 남아서 그녀에게 신경을 쓰는 거라고 생각했는데, 욕망은 눈덩이가 굴러가듯이 점점 더 커지기만 했다. 태하는 애써 신경을 쓰지 않으려고 노력했다. 어떤 여자에게도 얽매여서는 안 된다. 절대 사랑에 빠져서는 안 된다.

그녀에게서 시선을 떼려는데 공기를 가르는 목소리가 그를 붙잡았다.

"누나!"

태하는 서영에게 다가가는 남자를 보고는 저도 모르게 눈을 부릅떴다. 늘 적개심에 불타 자기를 보던 2학년 과대표 강영우가 그녀의 옆으로 가더니 나란히 걸었다. 그녀가 영우를 보며 생긋 웃었다. 새초롬한 눈이 접히고, 볼에 살짝 볼우물이 생겼다. 그녀 특유의 수줍은 웃음이었다. 갑자기 눈에서 확 불이 일었다.

신경을 쓰지 않기로 한 것은 까맣게 잊은 채 성큼성큼 대화를 하는 두 사람에게 다가갔다. 활짝 웃던 서영이 그를 보더니 순식간에 웃음기를 거두며 얼굴을 굳혔다. 그녀의 비교되는 태도에 왈칵 짜증이 올라왔다. 영우가 다가온 그를 보며 인상을 찌푸렸다.

"태하야……."

"할 말 있는데 넌 좀 비켜주지."

태하는 영우를 노려보며 꺼지라는 무언의 압력을 넣었다.

"지금 꼭 해야 돼?"

영우가 꼭 싸움을 걸 것처럼 입을 실룩거렸다. 그 상황을 종료시킨 것은 서영이었다.

"영우야, 우리 점심은 내일 같이 먹자. 내가 내일은 꼭 밥 사줄게. 태하가 등록 때문에 나한테 뭐 물어보려던 게 있었거든.
미안해."

그녀가 미안한 웃음을 짓자 영우는 그제야 아쉽다는 말을 남기고 멀어졌다. 돌아서며 그는 비난이 섞인 눈으로 태하를 노려보았다.

영우가 떠나자마자 서영은 한숨을 쉬었다.

"그러지 마."

태하는 결국 자신이 원하는 게 무엇인지 또렷이 깨달았다. 강영우와 이야기하는 서영을 보며 확실해졌다. 어떤 식으로든 한서영 자체를 원하는 것이다. 한서영과 연애를 하든, 섹스만 하든, 그녀를 온전하게 자기 걸로 만들고 싶은 것이다.

"수업 몇 시에 끝나?"

서영은 포옥 한숨을 쉬었다.

"수업 늦게까지 있어. 8시 넘어서 끝나."

"알았어. 그때 보자."

"뭐? 나 집에 가야 해."

"기다릴게."

태하는 그렇게 바로 사라졌다.

수업을 마치고 서영은 무거운 어깨로 건물을 나섰다. 가방에 든 책이 오늘따라 무거웠다. 태하의 말이 마음에 걸렸지만 그와 만나고 싶은 생각은 없었다. 두 번 실수했지만 세 번째는 안된다. 상황을 더 복잡하게 만들어서는 안 된다. 서둘러 정류장으로 향하던 서영의 급한 발걸음은 갑자기 그녀를 잡는 손에 막혔다. 중심을 못 잡아 휘청이는 몸을 잡은 건 태하였다.

"오늘은 안 돼. 집에 갈래."

태하는 한쪽 눈썹을 추켜세웠다. 그러더니 그녀의 말을 싹 무시하고는 세워놓은 그의 차로 그녀를 잡아끌었다. 서영은 덜컥 겁이 났다.

"나 집에 가야 돼. 수업 준비도 해야 하고."

"무슨 말이야? 내일 수업 없잖아."

조수석 문이 열리고 서영은 그의 손에 이끌려 자리에 앉았다.

태하는 그녀를 차에 태우고는 학교를 나섰다. 서영은 불안한 목소리로 물었다.

"어디로 가는 거야? 버스정류장 앞에 세워줘."

그의 차는 멀리 가지 않았다. 5분도 되지 않아 차가 선 곳은 학생들이 많이 사는 학교 근처의 빌라촌이었다. 태하는 고층빌라의 지하주차장에 차를 세우고 엘리베이터 쪽으로 걸어갔다.

태하는 문을 열고 들어가 자연스럽게 신발을 벗고 안으로 들어섰다. 서영은 머뭇거렸지만 다른 방법이 없었다. 이렇게 된 것, 차라리 확실하게 얘기를 해야겠다 싶어 서영은 천천히 그를 따라 안으로 들어갔다.

집을 둘러본 서영은 작게 감탄했다. 집은 온통 하얀색에 적당한 넓이의 부엌에는 둥그런 유선형의 바(bar)도 있었다. 거실에는 고급스러운 디자인의 램프와 가죽 소파가 놓여 있었고, 거실 너머에는 원목 가구들이 놓인 널찍한 발코니도 있었다. 왼쪽에는 침실이 보였고 벽에는 유명한 사진작가의 작품인 듯한 흑백사진들이 걸려 있었다.

확실히 대학생이 혼자 살기엔 호사스러운 집이었다.

"집 멋지네. 인테리어도 멋있고."

"내가 한 거 아냐."

"그럼 누가?"

"몰라. 누가 알아서 했겠지."

"할 말이란 게 뭐야?"

"나랑 사귀자."

무심하게 말하는 태하의 말에 서영은 자신의 귀를 의심했다.

"뭐, 뭐라고?"

"나랑 사귀자고."

너무 당황하니 오히려 차분해졌다. 서영은 싸늘하게 말했다.

"나한테 왜 이러는 거야? 너 나 좋아하지 않잖아."

"내가 언제 너 안 좋아한댔어?"

서영은 한숨을 내쉬었다.

"날 좋아하는 게 아니라 그냥 섹스를 좋아하는 거 아냐?"

모든 게 혼란스럽다. 태하는 노골적으로 그녀를 원했다. 하지만 그가 자신을 좋아한다는 생각은 들지 않았다. 태하의 표정은 전혀 흔들리지 않았다.

"왜? 섹스하려고 연애하면 안 되는 거야? 어차피 연애라는 게 짝짓기 아냐? 서로 구애하면서 자기와 화학반응이 맞는 이

성을 찾는 거잖아. 난 네가 마음에 들어. 그래서 다른 남자들이 너한테 구애하는 게 싫다고. 그러니까 그냥 나랑 사귀자고."

"……나는 싫어."

서영의 뜻밖의 대답에 태하는 당황했다.

"그럼 뭘 원해? 그냥 쿨하게 섹스만 할래? 아님, 너 혹시 내가 널 좋아해주길 바라는 거야? 좋아한다고 고백하면서 사귀자고 하길 바라는 거냐고?"

서영은 순간 당황했다. 어쩌면 그것을 기대했을 수도 있다. 태하가 그녀를 보며 웃을 때는 늘 기분이 좋아졌으니까.

"난……."

서영은 천천히 입을 열었다. 결심했던 말을 꺼내야 했다.

모든 것은 신기루, 환상이다. 사랑도, 애정도, 신뢰도, 믿음도.

"결혼할 사람이 있어."

서영의 폭탄발언에 태하는 잠시 상황을 이해하지 못하고 얼떨떨해했다.

"뭐라고? 지금 장난하는 거야?"

"나 결혼할 사람 있어. 12월에 결혼 날짜까지 잡았어. 정말로 결혼해. 그러니까 날 놔줘."

서영은 단호하게 말했다. 비웃던 태하의 얼굴이 순식간에 딱딱하게 굳어졌다. 그리고 천천히 일그러졌다. 하지만 이내 다시 웃음을 머금었다.

"도리어 잘된 거 아냐? 그렇다면 더 부담없이 만나면 되겠네. 결혼해달라거나 책임지라고 할 일 없으니까."

서영은 믿을 수가 없었다. 결혼한다는 말을 하면 그걸로 끝이라고 생각했다. 이런 식으로 나올 줄은 몰랐다.

결국 서태하는 손톱만치도 진심이 없었던 거다. 이런 자식에게 조금이라도 마음이 흔들렸던 자신을 믿을 수가 없었다. 서영은 번쩍 팔을 치켜들었다. 힘차게 내뻗은 손이 그의 손에 잡혔다. 서영은 벗어나려 팔에 힘을 주었지만 도리어 더 세게 얽혀와 아프기만 할 뿐이었다.

"나쁜 놈!"

"말해봐. 결혼할 남자도 있는데 다른 남자 유혹해서 잔 여자가 더 나빠? 아니면 내가 더 나빠?"

그의 시선이 그녀를 보고 있었다. 욕망이 뚜렷이 서린 눈빛이 그녀를 보고 있다. 쾌락을 넘어선 무언가를 원하는 눈빛이. 서영은 그의 눈빛에 몸을 움츠렸다.

"나 건드리지 마."

그의 몸이 그녀를 밀었다. 순식간에 소파의 등받이와 그 사이에 갇혔다. 그의 손이 스웨터 위로 그녀의 가슴을 움켜쥐었다. 그리곤 손이 내려와 셔츠를 걷어올렸다.

"하지 마! 죽여버릴 거야!"

이런 자식에게 마음을 빼앗기고 흔들렸던 자신이 원망스럽다. 동시에, 여전히 그의 손길에 허덕이는 자신이 원망스럽다. 그의 몸이 그녀를 감싸고, 그의 입술이 그녀의 목덜미를 깨물었다. 옷 속으로 들어온 손이 그녀의 허리를 어루만지며 천천히 움직였다. 이가 약하게 살을 깨물고, 혀가 예민한 목덜미를 빨았다. 아흣,

서영은 입에서 터져 나오는 신음을 당황하며 삼켰다.

그의 손이 브래지어를 밀어올리며 젖가슴을 그러잡았다.

"결혼할 사람이 있다고? 네가 원한 게 그런 거 아니었어? 쿨하게 몸을 섞을 상대?"

그가 속삭였다. 뜨거운 숨결이 그녀의 귀를 간질였다. 귓불을 깨문 입술이 그녀의 입술을 찾아 덮었다. 고개가 들리고, 그녀의 탄식은 그의 입 속에 갇혔다. 혀가 그녀의 입 안을 집요하게 헤집고, 단단한 손가락이 유두를 쉴 새 없이 자극했다. 손이 젖가슴을 덮으며 힘을 줘서 주물렀다.

공기가 느껴진다고 생각한 순간, 한쪽 가슴이 드러났다. 볼록 솟은 하얀 둔덕에 짙은 핑크빛의 유두가 드러나 있었다. 그의 입술이 내려가 드러난 하얀 가슴을 베어 물며 유두를 강하게 빨았다. 그의 어깨를 잡으며 밀어내던 그녀의 손이 순간 떨렸다. 그녀는 결국 흐느꼈다.

헉. 서영은 순간 머릿속이 텅 비는 아찔함에 숨을 들이켰다. 순식간에 그의 분신이 안으로 깊숙이 들어왔기 때문이었다. 살짝 들린 발끝이 부들부들 떨렸다. 그의 어깨를 감고 숨을 몰아쉬었다. 단지 분신이 안에 들어온 것뿐인데도 거대한 물체가 온몸을 찍어누른 듯 꼼짝할 수가 없었다. 그가 참았던 숨을 터뜨렸다. 잠시 몸이 뜨는가 싶더니 그가 안에 들어온 채로 그녀를 안아 들어 소파에 눕혔다. 그녀의 한쪽 다리를 바짝 치켜들며 그가 몸을 움직이기 시작했다.

몸을 움직이던 태하가 윗옷을 한꺼번에 벗어버렸다. 넓고 단단한 어깨가 그녀에게 내려왔다. 서영은 그의 어깨를 팔로 감으며 아랫도리에 힘을 줬다.

"헉!"

그녀의 동작에 맞춰 그가 신음을 터트리다가 이내 퍽퍽, 안으로 밀고 들어왔다. 고통과 쾌락이 동시에 밀려와 그녀는 감당할 수가 없다. 그의 동작에 맞춰 몸이 흔들리고, 숨소리가 깊어진다. 온갖 새로운 느낌을 감당하는 몸이 그녀의 몸 같지 않았다. 닿을 듯 말 듯 아찔하다. 뭔가가 터질 듯 말 듯. 서영은 땀으로 미끈해진 그의 어깨를 부둥켜안았다.

그가 그녀의 어깨를 단단히 감으며 엉덩이에 힘을 줬다. 미끈한 중심이 부딪히며 소리를 냈다. 그가 몰려오는 순간, 서영은 잡고 있던 끈을 놓쳐버렸다. 너무 깊고, 너무 아찔하다.

서영은 크게 울음을 터뜨렸다.

샤워를 하고 밖으로 나왔을 때는 자정이 다 되어가는 시간이었다. 엄마에게 해야 할 변명도 문제지만 그건 안중에도 없었다. 믿을 수가 없다. 정말로 피하고 싶었는데, 어느 순간 섹스 자체에 몰입하고 말았다. 세 살이나 어린 남자에게 빠져서 온몸이 부서질 정도로 섹스를 하다니.

"집까지 태워줄게."

"택시 탈래."

배웅도 필요 없다는데 태하가 그녀를 따라 내려왔다. 격렬하게 몸을 섞었는데도 처음 보는 사람인 것처럼 어색했다. 멀리서 노란색 등을 깜박이며 택시가 오고 있었다.

서영은 천천히 입을 열었다.

"결혼할 남자도 있는데 다른 남자 유혹해서 잔 여자가 더 나쁜지, 아니면 네가 더 나쁜지 물었지……."

뜻밖의 말에 바지 주머니에 손을 찌르고 반대쪽을 바라보던 태하가 서영을 보았다.

"나는 최소한……."

택시가 점점 가까이 다가오고 있었다. 눈이 부시다고 생각할 즈음, 서영이 입을 열었다.

"너와 있을 때는 진심이었어."

택시가 그녀의 앞에 서자 서영은 서두르지 않고 택시를 탄 뒤 그 자리를 떠났다.

태하는 충격으로 그 자리에 굳었다.

"나는 최소한 너와 있을 때는 진심이었어……."

질투심에 불타 불쑥 사귀자고 했는데 한 방 크게 먹었다. 결혼한다는 것도 충격이었고, 그녀의 말도 충격이었다. 자신은 의미를 부여하지 않고 즐기기만 하겠다고 일부러 그렇게 생각했는데, 허를 찔린 기분이었다.

서영이 택시를 타고 떠난 후 태하가 건물 안으로 들어갈 때까지 계속 지켜보던 차가 있었다. 건너편에 서 있는 차는 서영이 학교에서 나올 때부터 따르던 차였다. 두 사람이 사라지자 차도 천천히 움직였다.

5

오후부터 갑자기 빗줄기가 세차게 쏟아지기 시작했다. 태하
는 주차장에 차를 댄 후 엘리베이터를 타고 빌라로 올라갔다.
복도를 걷는 동안에도 빗발은 여전히 세차게 바닥을 때리고 있
었다. 열쇠를 꺼내며 집으로 다가가던 태하는 문 앞에 서 있는
뜻밖의 인물에 걸음을 멈췄다.

"태하야."

비에 젖은 머리를 한 채, 격자무늬의 레인코트를 입고 현관
앞에 서 있는 여자는 황혜진이었다. 태하는 잠시 어리둥절한
채 그녀를 보았다.

"집 하나도 바뀌지 않았네. 예전이랑."

대학에 합격하고, 이 집을 같이 구한 것도 혜진이었고, 집 안
의 인테리어를 모두 도와준 것도 혜진이었다. 거실의 소파도, 벽

에 걸어놓은 사진도, 모두 혜진과 같이 고른 것이었다.

"어쩐 일이야?"

거실에 들어와 주위를 둘러보는 혜진에게 태하는 싸늘하게 말했다. 혜진은 젖은 레인코트를 벗으며 소파에 앉았다.

"나 수건 좀 줘. 머리 다 젖었어. 그리고 따뜻한 차도 좀 줘. 손님 접대 너무 박하잖아."

태하는 복잡한 심경으로 물을 끓였다. 갑자기 나타난 혜진이 반갑기는커녕 당황스럽다. 그녀의 본심을 알아서일까, 혜진을 예전과 같은 시선으로 볼 수 없었다.

그가 생각을 하는 동안 물은 끓었고, 태하는 차를 꺼내려 찬장을 열었다.

"나 무슨 차 좋아하는지 알……."

어느새 혜진이 그의 뒤에 와 있었다. 팔을 뻗어 싱크대의 찬장에서 차를 꺼내려던 태하의 몸이 굳었다. 혜진은 잠시 말을 멈추었다.

혜진은 찬장 가득한 오렌지 차를 보았다. 태하는 입술을 깨물었다. 그녀가 좋아하는 차라서 사다놓았던 것도, 그걸 찬장 안에 처박아놨던 것도 까맣게 잊고 있었다.

혜진은 오페라 카발레리아 루스티카나에 나오던 '오렌지 향기는 바람에 날리고'를 들으며 오렌지 차를 마시면 자신이 마치 이탈리아의 시골 거리에 앉아 있는 것 같다고 말하곤 했다. 오렌지 차를 마실 때마다 혜진은 행복해했다.

"태하야……."

태하는 거칠게 차를 꺼내고 바로 찬장을 닫아버렸다. 무성의하게 티백을 뜨거운 물에 담그고는 돌아섰다. 집착의 기록들을 보기 싫어서였다.

"가. 내가 들고 갈게. 뭐…… 야?"

그녀를 본 태하는 놀라며 동작을 멈췄다. 어두운 곳에서는 몰랐는데 혜진의 왼쪽 눈가에 푸르스름하게 멍이 들어 있었다. 화장으로 가리려 한 것 같은데 검푸른 멍은 표시가 제법 났다. 혜진은 그의 시선을 외면하며 소파로 갔다.

"별거 아냐. 그냥 좀 싸웠어."

"남편이 때려?"

잘나가는 연예기획사 대표와 결혼해 그렇게 신문에서 떠들썩할 정도로 결혼하더니 맞고 다니는 건가. 갑자기 혜진에 대한 연민의 정이 치밀었다. 어쩌면 이 여자가 세상에서 제일 불행할지도 모르겠다. 자신의 행복을 찾지 않고 욕심을 채우려는 삶.

"별거 아니라니까. 차나 좀 줘. 나 추워."

그녀의 앞에 차를 놓고는 건너편에 앉아 담배를 물었다.

"나 담배냄새 싫어. 있다 피워."

최소한 그녀의 행동은 예전과 똑같았다. 거침없고, 자신이 원하는 게 분명했다. 그런 점 때문에 그녀를 좋아했었다.

태하는 그녀를 잠시 보고는 물고 있던 담배를 내려놓았다.

"별게 아니면 뭐야?"

"그 사람, 한 번씩 화가 나거나 일이 안 풀리면 다 집어던져. 전화기를 집어던졌는데 내가 문을 열고 들어가다가 우연히 맞은 것뿐이야."

"정말이야?"

갑자기 혜진의 눈이 반짝였다. 웃고 있었지만 순간 살기가 어렸다.

"내가 너한테까지 거짓말을 할 이유가 없지. 그 자식 손버릇이 나빠. 하지만 나도 가만히 있지는 않았지. 얼굴에 줄이 몇 가닥 생겨서 당분간 여자들은 못 만날걸. 그 얼굴로는."

킥킥거리는 그녀의 입에서 술 냄새가 났다. 이런 모습의 혜진은 처음이었다. 늘 자기 컨트롤을 잘했고, 늘 자신만만한 모습이었다. 흐트러지거나 취한 모습은 한 번도 본 적이 없었다.

"어쨌든 이것 때문에 내일은 출근도 못 할 것 같아서 하루 쉬기로 했어. 나 여기서 하루 재워줘."

딴생각을 하며 찻잔을 들던 손이 멈췄다. 태하는 그의 귀를 의심하며 혜진을 보았다. 그녀의 표정은 변화가 없었다. 태하의 입술이 순간 일그러졌다.

"내가 왜 재워줘? 집으로 가. 남편이 기다릴 거 아냐."

"그럴 일 없을걸. 그 인간 나가고 나서 나도 나왔어. 오늘 돌아오지도 않을걸."

태하는 이해할 수 없었다. 행복하다고 하지 않았나? 행복하려고 그를 떠난 게 아닌가? 왜 이런 결혼을 선택했고, 왜 이런 행동을 하는 걸까?

"그러면서 왜 결혼한 거야? 그런 남자라는 거 알면서 왜 결혼한 거야?"

혜진이 힐끗 그를 보았다.

"금숟가락을 물고 태어난 너 같은 애는 천만년이 지나도 이해 못 할 거야."

찻잔을 잡은 태하의 손이 부르르 떨렸다.

"진짜야?"

"뭐가?"

"형한테 제의받은 거. 나랑 아나운서 자리를 두고."

혜진은 찻잔을 내려놓았다.

"차 시시하다. 술이나 마셨음 좋겠다. 술 없어?"

"양다리였다는 것도 진짜야?"

"그게 중요하니?"

하긴, 이미 지난 일이니 중요할 것도 없다. 태하는 묻고 있는 자신을 이해할 수 없었다. 이제 와서 확인해서 어쩌겠다는 건가.

태하는 신경질적으로 담뱃갑을 잡아 담배를 꺼내서 입에 물었다. 하지만 그녀의 손이 그의 입에 물린 담배를 잡았다. 갑작스러운 손길에 태하는 동작을 멈추고 그녀를 보았다. 탁자에 담배를 놓은 손이 다시 올라와 그의 뺨을 감쌌다. 그녀의 눈이 그의 놀란 시선을 놓치지 않고 잡았다. 혜진은 상체를 기울이며 그에게 몸을 맡겼다.

"그런 거 따지지 말고……. 그냥 나 안아줘."

얼굴이 다가오며 그녀의 입술이 그의 입술을 덮었다. 태하는 뜻밖의 상황에 놀라 아무런 행동도 할 수 없었다.

그가 멍하니 그녀를 보고만 있자 입술이 열리고 혀가 안으로 들어와 그를 유혹한다. 뜨거운 손이 그의 뺨을 감싸고 혀가 얽혔다.

뭐지? 결혼한 황혜진이 그의 집에 와 그의 소파에서 그를 안고 있는 건가?

이익을 위해 두 남자를 저울질하고 야망을 좇아 거리낌없이 그를 버리고 결혼해버린 황혜진이, 이제 와서 그에게 안아달라고 하는 건가.

"무슨 뜻이야?"

태하는 그녀를 밀어내며 물었다.

"이혼이라도 하겠다는 거야? 이제 와서?"

혜진은 그의 시선을 피했다.

"이혼할 거면 결혼도 안 했지. 이혼은 아나운서들한테는 치명적이야. 나 그냥 외로워. 그러니까 안아줘."

혜진은 그의 탄탄한 허벅지 위에 완전히 올라앉았다. 발정한 암고양이처럼 가슴을 그의 가슴에 비벼대며 그의 셔츠를 밀어올리고 애무했다.

"너······."

"우리 복잡한 얘기 하지 말자. 지금은 그냥 안아줘, 태하야. 옛날처럼. 책임질 것도 없고, 그냥 즐기기만 하면 되잖아."

그녀의 입술이 그의 귀를 훑었다. 그녀의 목소리에서 알코올 냄새가 났다. 그녀의 손이 내려와 그의 바지 앞섶을 더듬었다.

불쑥 맑은 눈망울을 가진 여자의 얼굴이 떠올랐다. 음악을 듣는 긴 시간 동안 잡은 손을 뿌리치지도, 그렇다고 세게 잡지도 못하던 얼굴을 떠올렸다. 울 것 같은 눈망울을 한 여자가 생각났다.

"도리어 잘된 거 아야? 그렇다면 더 부담 없이 만나면 되겠네. 결혼해달라거나 책임지라고 할 일 없으니까."

빌어먹을! 자신이 서영에게 한 것과 뭐가 다를까. 끔찍하다. 인간의 이기심이란.

은어 같은 손이 그의 바지의 지퍼를 열고 있었다. 여자의 몸에서 사향 냄새가 났다. 아니, 와인 냄새일지도 모르겠다. 여자는 유혹의 향을 풍기고 있었다.

태하는 거칠게 그녀를 밀어냈다.

"악!"

혜진은 외마디비명을 지르며 바닥에 떨어졌다. 태하는 주먹을 쥔 채 부들부들 떨며 서 있었다.

"태하…… 야?"

몇 년 동안 도대체 무엇을 사랑한 것인가? 무엇을 좇은 거지? 무엇에 목이 말라했었나? 실체를 알고 나니 더 추악하고, 더 비참하다. 그녀가 결혼을 한다는 말을 들었을 때보다 더한 아픔이 가슴을 아렸다.

이런 식으로 끝내고 싶진 않았는데, 저런 여자를 사랑한 자신이 경멸스러워졌다.

태하는 그대로 신발을 신고 현관으로 걸어나왔다. 그리고 참았던 숨을 내쉬었다. 바깥은 여전히 억수같은 비가 내리고 있었다. 태하는 그 비를 고스란히 맞으며 그대로 어둠 속으로 사라졌다.

모니터에 머리를 박고 열심히 자료를 입력하던 서영은 바쁘게 놀리던 손을 멈추고 창 밖의 하늘을 올려다봤다. 며칠째 비가 쏟아졌다 개었다 하고 있었다. 우중충하게 구름이 낀 날씨가 그녀의 마음 같았다.

태하가 며칠째 보이지 않았다.

홀가분해야 할 텐데, 기분이 이상하다. 슬쩍 지나치면서 얼굴이라도 봐야 마음이 편할 것 같다. 애정이 없는 섹스에 질렸다고 하면서도 그를 찾는 이 마음은 뭔지.

한편으로는 후련하기도 했다. 그녀의 앞에만 모습을 드러내지 않는 것일 수도 있다. 마음이 변한 것일 수도 있다. 주변에 널린 게 여자니까.

요즘 사람들은 좋아하는 것도, 헤어지는 것도 인스턴트다. 사랑의 유효기간은 냉장고의 우유보다도 짧다. 거기다 태하는 그저 섹스를 하고 싶었던 것뿐이다. 그러니 그 유효기간은 당연히 짧을 수밖에.

다시 30분을 자료 입력에 열중했지만, 서영은 집중을 할 수가 없었다. 잊어야 할 텐데, 그냥 복잡하다. 머릿속에 그의 얼굴이 떠올랐다 말았다, 사람을 괴롭혔다.

할 수 없이 컴퓨터를 끄고 퇴근할 준비를 했다. 원고를 마치려고 했는데 집중이 되지 않아 포기하고 집에 돌아갈 참이었다. 그때 문이 열리고 최영조 교수가 들어왔다.

"교수님, 회의 끝나셨어요?"

"그래. 너도 얼른 퇴근해. 빗발이 더 세질 것 같은데."

"네. 안 그래도 지금 퇴근하려고요."

서영은 방긋 웃었다.

"내가 집에까지 데려다 줄까?"

"아니에요, 교수님. 버스 타면 돼요. 방향도 다르고요."

"그래, 그럼 조심해서 가고……."

돌아서서 나가려던 최영조 교수는 다시 뒤를 돌아 서영을 보 았다.

"서영아."

"네?"

"너 혹시 최근에 학교에서 태하 봤니?"

"아, 아니오."

"흠……. 그래."

"왜요? 학교에 나오지 않나요?"

서영은 조심스럽게 물었다.

"이놈의 자식이 한참 잘 다니더니 또 며칠 코빼기도 안 보이 네. 제 형 생각하니 신경을 안 쓸 수도 없고……."

"제가 내일 전화해볼게요."

"그럴래? 그래주면 고맙고."

"네. 걱정하지 마세요, 교수님."

"그래, 알았다. 연락되면 나한테 말해줘. 그럼 퇴근하자."

"네. 먼저 가세요, 교수님. 전 문 잠그고 갈게요."

서영은 최영조 교수가 나가고도 한참을 그 자리에 서 있었다. 갈피가 잡히지 않아 고민하는 중이었다. 고민을 끝낸 서영은 천천히 태하의 번호를 눌렀다. 소리가 몇 번 나더니 전화기 너머로 목소리가 들렸다.

- 뭐야?

"태하야. 나 한서영이야."

그의 목소리는 태하라고 생각하기 힘들 정도로 잠겨 있었다.

"왜 학교 안 나와? 교수님이 물어보셔."

건너편에서는 대답이 없었다. 그리고 잠시 기침 소리. 서영은 귀를 쫑긋 세웠다.

"너 아파?"

물었지만 한동안 대답이 없었다.

- 신경 쓰지 마.

그리곤 뭐라고 말을 꺼내기도 전에 태하는 전화를 끊어버렸다. 서영은 입술을 깨물었다. 곤란한 처지가 되어버렸다.

학교를 나선 서영은 버스정류장까지 천천히 걸었다. 방향 없이 흩날리는 빗줄기에 옷소매가 젖어들었다. 한참을 기다리자, 그녀의 집으로 가는 버스가 왔다. 하지만 서영은 그 버스가 다시 자리를 떠날 때까지도 발을 움직이지 않았다. 서영은 우산을 펴들고 길을 나섰다.

한참을 걸은 서영의 눈앞에 태하가 사는 빌라가 보였다. 걸어서 십 분 거리도 되지 않는 가까운 곳이었다.

엘리베이터를 타고 그의 집 문 앞에 설 때까지도 서영은 계속 갈등했다. 이대로 돌아설까…….

몇 번이나 갈등을 하다가 벨을 눌렀지만 우습게도 단단히 닫힌 문은 열리지 않았다. 한 번 더 벨을 눌렀지만 마찬가지였다. 집에 없을 수도 있고, 아픈 게 아닐 수도 있는데 내가 왜 이러지?

단단하게 닫힌 문을 보며 씁쓸한 웃음을 삼키며 돌아서는데 벌컥 문이 열렸다. 놀라서 돌아서자 초점을 잃은 눈동자가 그녀를 보고 있었다.

"태하야……."

태하는 그녀를 보면서도 아무런 말을 하지 않았다. 웃통을 벗은 채 트레이닝 바지 차림인 태하는 수염이 자라 까칠하고 눈 밑이 검었다. 어딘가 이상하다.

"……아파?"

태하는 대답 대신 휘청거리며 안으로 걸어 들어갔다. 문은 열린 채였다.

"정말 아프구나?"

그녀의 말에 대답 대신 태하는 방으로 들어가버렸다. 문을 열고 안으로 들어가자 태하는 이미 침대에 누워 있었다. 이불 속에서 웅크린 몸이 보였다. 손을 뻗어 그의 이마에 손을 대자 잠들어 있던 그가 흠칫 놀라며 몸을 떨었다.

"쓸데없는 짓 하지 말고 가."

말투는 거칠지만 그는 그녀의 손을 쳐내지 않았다. 태하의 이마는 살짝 짚은 손으로도 확연하게 느낄 수 있을 정도로 열이 펄펄 나고 있었다.

"너 병원 가야 하는 거 아냐?"

"귀찮아."

"태하야."

"귀찮다니까."

혼자서, 언제부터 아팠던 거야? 서영은 입술을 깨물었다.

부모님은 어디 계신 거지? 왜 혼자 살고 있는 거지? 다 큰 성인이라지만, 그래도 기분이 안 좋다. 왜 아픈 채 혼자 있는 거야?

서영은 입술을 깨물었다. 문을 닫고 거실로 나온 서영은 현관에 있는 키를 집어들고는 밖으로 나왔다. 편의점에 들러 각종 죽이며 음료수 등 필요하다 싶은 것들을 잔뜩 집었다. 그리고 약국에 가서 온갖 종류의 감기몸살약과 쌍화탕을 샀다.

다시 집으로 들어온 서영은 부엌으로 가 장을 봐온 물건들을 올려놓았다.

서영은 우선 냉장고와 찬장을 열어보았다. 냉장고에는 먹을 만한 게 하나도 없고, 찬장에는 우습게도 차만 가득 차 있었다. 그것도 모두 한 종류였다. 유명 브랜드에서 나온 오렌지 티였다. 서영은 그냥 찬장 문을 닫았다. 유자차나 생강차라면 몰라도 그냥 향만 첨가한 차라서 감기에는 별로 쓸모없을 것 같았다.

서영은 가져온 즉석 죽을 데우고 약을 준비했다. 쟁반에 음식과 물, 약을 담아 방으로 가져가니 태하는 여전히 죽은 듯이 누워 있었다.

"죽 먹고, 약 먹어."

그가 꼼짝도 하지 않는다. 갑자기 속상해졌다. 녀석을 한 대 패고 싶다. 서영은 입술을 깨물었다.

"일어나서 죽 먹어. 이거 먹고 약 먹어."

그녀의 목소리를 들었을 텐데도 그는 꼼짝하지 않았다. 답답한 서영은 어조를 낮추었다.

"태하야, 제발 먹어. 너 이렇게 있으면 나 걱정돼서 못 돌아가. 너 먹는 거 보고 갈게. 어서 먹어."

서영은 팔을 뻗어 그의 어깨를 잡았다. 그가 할 수 없다는 듯 몸을 일으켰다. 그의 무릎 위에 쟁반을 올려놓고 숟가락으로 죽을 떠서 가져가자 기운 없는 손이 숟가락을 잡았다.

"혼자 먹을 수 있어."

서영은 떨어지지 않고 꼼꼼하게 그가 먹는 모습을 지켜보았다. 다 먹을 때까지 눈을 떼지 않을 작정이었다.

"끝까지 다 먹어."

아픈 사람치고는 잘 먹었다. 도대체 얼마를 굶은 거야? 얼마나 아팠던 거지?

속상하다.

"언제부터 아팠던 거야?"

그는 대답없이 물을 들이켰다.

"더 먹을래?"

두 개를 데울걸 그랬나.

"됐어."

서영은 따뜻한 쌍화탕과 약을 그에게 내밀었다.

"감기약이야. 먹어."

그가 약을 먹고 나자 서영은 누우라고 말했고, 태하는 고분 고분 말을 잘 들었다.

평소에도 이 정도로만 말 좀 들어주지, 아픈 남자가 괜히 얄 미워졌다.

서영은 냉장고를 뒤져 얼음을 찾아내서 대야에 담아 물을 부 었다. 그리곤 화장실의 수납장을 뒤져서 수건 두 장을 가져와 얼음물에 담갔다. 침실로 가서 수건 하나는 얼음물에 넣어놓은 채 서영은 차가운 물수건을 꼭 짜서 죽은 듯 잠들어 있는 태하 의 펄펄 끓는 이마에 올렸다.

뒤척이는 그의 몸에 시트를 단정히 올려주고는 정적 속에서 그를 바라보았다.

설마 죽는 건 아니겠지. 서영은 시계를 보고는 밖으로 나왔 다. 초조한 기분으로 휴대전화를 들고 신호음이 떨어지는 소리 를 들었다.

"엄마. 저 조금 늦을 것 같아요. 자취하는 친구가 아파서요. ......지금 병원 가기는 너무 늦었고, 열이 좀 떨어지는 것만 보 고 갈게요. ......아니에요. 학교 바로 근처예요. ......네. 출발할 때 전화할게요."

거짓말 아닌 거짓말을 하면서 전화를 끊었다.

방으로 들어가자 태하는 이미 잠이 들어 있었다. 잠든 태하를 보다 주저하며 손을 뻗었다. 부드러운 머릿결이 손가락에 느껴졌다. 천천히 머리를 쓰다듬는데 눈물이 뚝 떨어졌다.

왜 아픈 거야…….

눈물에 젖어 세상이 흐리게 보인다.

서영은 자리에서 일어나며 눈물을 닦았다. 그릇을 들고 밖으로 나가 간단하게 정리를 하고 다시 방문을 열었다. 무겁게 내려앉은 공기 속에 죽은 듯이 잠들어 있는 태하가 있었다. 또다시 눈물이 쏟아지려 했지만 입술을 깨물고 그에게 다가갔다.

얼음물 속에 담겨 있던 수건을 짜고, 이미 미지근해진 이마의 수건과 바꿨다. 헹궈서 꼭 짠 수건으로 그의 얼굴과 머리카락에 붙은 땀을 닦아냈다. 목덜미도 닦고 손도 닦았다. 커다란 손이 갑자기 그녀의 손을 잡았다.

"누나……."

서영은 그에게 손을 잡힌 채 멍하니 그를 봤다. 잠이 든 태하가 잠꼬대라도 하듯 중얼거렸다. 그녀를 보고 하는 말은 아니다. 한 번도 그녀를 누나라고 부른 적은 없었으니. 그가 다시 작게 중얼거렸다.

"엄마……."

갑자기 울컥, 눈물이 쏟아졌다.

엄마라는 단어가 세상의 모든 따스함을 담은 말이라면.

엄마라는 단어가 세상의 모든 아픔을 감싸줄 수 있는 말이라면…….

서영은 그에게 손을 잡힌 채, 다른 손으로 그의 머리를 쓰다듬어주었다. 소리를 내지 않으며 어둠 속에서 조용히 흐느꼈다. 그의 숨소리가 고르게 들리자 서영의 눈에도 눈물이 서서히 말랐다.

많이 서글프고 애처로웠는데 그의 손을 잡고 있는 순간만은 가슴이 따뜻해졌다.

눈을 떴을 땐 암흑과 고요가 가득했다. 아찔한 머리를 부여잡고 몸을 일으켰다. 툭, 하며 이마에 올려놓은 수건이 떨어졌다. 아직까지 아프긴 하지만 온몸을 찢어놓을 것 같던 고통은 조금은 사라진 것 같았다.

집에서 나와 태하는 그 빗길을 미친놈처럼 무작정 걸었다. 얼마나 그렇게 걸었나. 비를 너무 많이 맞자 택시도 세워주지 않았다. 한참을 비를 맞은 채 걸어서 겨우 집으로 돌아와 며칠째 아무것도 먹지 못하고 누워 있었다.

어떻게 그녀가 여기에 와 있는 걸까? 희미하게 벨 소리를 듣고 문을 연 기억은 나는데, 자세히 생각이 나지 않았다. 밤새 따뜻한 손길을 느꼈던가.

바닥에 앉은 채 침대에 머리를 대고 자고 있는 그녀가 눈에 들어온다. 그녀의 손이 그의 손을 꼭 잡고 있었다.

그의 손에 잡힌 작은 손에 순간 가슴이 저려왔다.

온갖 감정이 스치고 지나갔다. 태하는 깊은숨을 내쉬었다.

왜 나한테 잘해주니? 네 말대로 난 처음부터 아무런 감정 없이 네 육체만 탐했는데, 싫어하는 거 알면서도 몰아붙이기만 했는데, 왜 나한테 이렇게 잘해주니? 네 감정에 상관없이 내 욕구만 채웠는데. 괴롭히기만 했는데.

살며시 그녀의 머리를 쓰다듬었다. 얇고 부드러운 머리가 그의 손에 들어왔다. 아기처럼 솜털이 올라온 뺨을 쓰다듬었다. 그녀가 그의 손에 눈을 뜨고는 그를 봤다.

"일어났구나."

태하는 슬그머니 손을 떼었다. 서영은 손목시계를 확인하더니 자리에서 일어났다.

"난 이제 가야겠어. 몸은 좀 어때?"

"괜찮아. 가."

밖으로 나갔던 그녀는 이내 쟁반을 가지고 다시 들어왔다. 한가득 담긴 죽과 약, 음료수, 그리고 투명한 찻주전자에 가득한 물이 올려져 있었다.

"죽 또 먹어. 기운이 있어야 일어나지. 이거 먹고 약도 꼭 먹어. 그리고 물 많이 마셔줘. 안 그럼 탈수현상 일어나. 너 열이 많아서 땀 많이 흘렸거든. 난 갈게."

서영은 태하의 이마를 손으로 짚어보더니 물수건과 물이 든 대야도 치웠다. 부산하지는 않았지만 서둘렀다.

그녀가 문을 열고 방으로 고개를 빠끔히 내밀더니 말했다.

"나 갈게. 죽 다 먹고 약 꼭 먹어. 그리고 죽이랑 먹을 거 몇 개 더 있으니 아침에 일어나면 꼭 챙겨먹어. 그리고……, 나 필요하면 전화해. 꼭."

"······고마워."

문이 닫히기 전에 태하는 작은 소리로 말했다. 익숙하지 않은 단어가 목을 감는 것 같다.

잠시 문이 멈추더니 그대로 닫히고 나갔다.

태하는 따뜻한 죽을 삼키며, 왠지 목이 막혀왔다.

"태하야!"

서영이 불쑥 내민 그의 얼굴을 보더니 반가운 미소를 짓고 있다. 그의 집에 나타난 이후 이틀 만이었다. 어지간히도 반가운가 보다. 여간해서는 보여주지 않던 미소를 그에게 지어주다니.

"괜찮아?"

서영이 그의 얼굴을 살피며 물었다. 태하는 겸연쩍어 괜히 인상을 썼다. 아침에 샤워를 하고 면도를 하려고 보니 그새 얼굴이 십 년은 나이 든 것처럼 핼쑥했다. 마음에 들지 않는다. 걱정하는 서영의 시선이.

"밥은 챙겨 먹었어?"

그녀의 말에 태하는 결국 핏, 웃음 아닌 웃음을 터뜨렸다.

"왜 나만 보면 밥 먹었는지 묻는 거야?"

내가 그랬나? 서영이 중얼거리며 희미하게 웃었다.

"밥 먹으러 가자. 수업 있어?"

태하의 모처럼의 제안에 서영의 눈이 동그래졌다. 그런 그녀가 귀여워 보였다.

"아침 안 먹었어?"

점심을 먹기엔 조금 이른 시간이긴 했다. 아침을 걸렀지만 태하는 대답을 하지 않았다.

"잘됐네. 나도 아침에 커피로 때웠거든."

태하는 조그만 손지갑을 챙겨나오는 그녀를 유심히 봤다.

참 한결같다는 느낌. 처음부터 이랬던가? 아프고 나더니 갑자기 사람이 새롭게 보인다. 아니면 바뀐 그의 마음 때문에 달라 보이는 건가.

아프고 나서 태하는 서영과의 묘한 관계를 정리해야겠다고 마음을 먹었다. 다른 남자와의 결혼을 원하는 그녀를 놔주는 것이 최선이라고 생각했다. 둘 사이에 흐르는 교감에 대해서는 부정하지 않겠다. 하지만 태하는 다시 사랑할 자신은 없었다. 그리고 무엇보다도 더 이상 서영이 자신 때문에 괴로워하는 것을 보고 싶지 않았다.

학교 앞 식당에 들어가 설렁탕과 육개장을 시켰다. 갑자기 식욕이 왕성해져서 설렁탕에 밥을 말아 허겁지겁 먹었더니 서영이 밥과 육수를 더 추가했다. 좀 급하게 먹긴 했나. 다 먹고 그녀를 보자 아직도 반을 못 넘기고 있었다. 아니면 아침을 먹었는데 따라온 건 아닐까? 괜히 빤히 쳐다보게 되는 것 같아서 하릴없이 식당에 걸린 메뉴판을 보았다.

서영이 머리를 넘기며 그를 보았다. 바람이 머리를 조금 흩트리자 얄미운 머리카락이 한 올 뺨을 스치고 지나간다. 문득, 그 머리를 치워주며 뺨을 만지고 싶은 충동이 일었다. 태하는 주먹을 불끈 쥐었다.

"한서영."

"응?"

그녀가 고개를 들어 그를 보았다. 검은 눈동자가 걱정을 담아 그를 보고 있었다. 그 눈동자는 너무 순수하고 솔직해서 안을 들여다볼 수 있을 것만 같았다.

"이제 선배 취급 해줄게."

잠시 어리둥절해하던 서영이 그의 말을 알아듣고는 피식 미소를 지었다.

"나 원래 선배였거든."

"그래도 선배라고는 못 불러. 다른 사람 있을 땐 노력해볼게."

"치. 선배 소리 하면 닳니?"

구시렁거리면서도 서영은 미소를 짓고 있었다. 그녀의 한쪽 볼에 살짝 볼우물이 패어 있었다. 이렇게 어려 보이는데 어떻게 선배라고 부르나.

"그리고…… 너 좋아해. 그렇게만 좋아하는 거 아냐."

쑥쓰러워 그녀를 보지 않아서 서영이 어떤 표정을 짓고 있는지 모르겠다. 하지만 그녀가 무슨 말을 하는지 알아들었으면 좋겠다. 여자로 좋아하든, 인간으로 좋아하든, 선배로서 좋아하든, 그녀를 좋아한다. 그걸 얘기해주고 싶었다. 그것만은 진심이었다.

"밥 먹으러 가자."

태하는 아프고 나서 완전히 사람이 변한 것 같았다. 말을 하지 않아도 알 수 있었다. 우선 그녀를 보는 그의 눈빛이 달랐다. 뭔가 불안한 시선과 욕구가 섞인 남자의 눈빛으로 보던 것이 달라졌다. 그의 눈빛에는 조금은 따스함이 남아 있었다. 그래서 그를 대하는 게 한결 편해졌다. 그녀가 원하던 일이었다. 끝이 보이지 않는 아슬아슬한 줄타기를 계속할 수는 없었다.

태하는 그녀가 수업이 없는 날이나 점심시간에 맞춰 가끔씩 찾아왔다. 더 친해지지도 않고, 더 멀어지지도 않고, 이 정도가 적당하다.

서영은 시간을 확인하고는 자리에서 일어났다.

"그래."

하지만 우스운 건…….

적당히 거리를 두며 선배로 대해주려는 태하가 그전보다 더욱 눈에 들어온다는 것이었다. 아프고 나약했던 그를 보았기에 걱정이 되는 걸까, 그녀의 몸이 기억하는 남자에 대한 본능적인 끌림인 걸까? 자신도 모르겠다. 그에 대한 자신의 마음을.

서영은 태하와 건물을 나오다 한 무리의 여자애들과 부딪혔다.

"어머. 태하 오빠."

1학년 여자애들이었다. 수업을 같이 듣는 태하를 둘러싼 채 서영에게는 간단히 인사만 했다.

"서영 언니, 둘이 어디 가요? 밥 먹으러 가요?"

서영은 태하의 눈치를 살피다 웃으며 말했다.

"응. 같이 가자. 내가 살게. 태하, 괜찮지?"

태하를 어려워하기는 1학년 여자애들도 마찬가지였다. 다들 조용히 그의 대답을 기다리고 있었다. 태하가 걸음을 옮겼다.

"가자. 내가 쏠게."

"어머, 오빠가 쏠 거야? 그럼 비싼 거 먹어야지."

여자아이들의 까르륵 웃음소리가 따랐다.

비싸다고 해봐야 다른 곳보다 천 원 정도 더 비싼 학교 앞의 경양식집에 들어왔다. 태하, 서영까지 합쳐 전부 여섯이었다. 서영은 태하의 옆자리에 앉았다. 아이들이 재잘거리며 음식을 골랐다. 돈까스, 햄버거 스테이크, 하이라이스, 인도식 카레. 여러 종류의 주문들이 쏟아지고 음식이 하나씩 차례로 나왔다.

"언니. 교직 들려면 상위 20퍼센트 안에 들어야 하죠? 그거 경쟁 세요?"

"응. 요즘은 다들 안 놓치고 교직 들어놓으려고 하니까……."

"아. 언니. 거기 얼굴에……."

응? 뭐가 묻었나? 한 명이 손가락으로 그녀의 왼쪽 뺨을 가리키자 서영은 휴지를 집어들었다. 하지만 그전에 옆에서 손이 불쑥 나와서 서영의 뺨을 쓸었다. 긴 손가락의 감촉에 얼굴이 화끈 달아올랐다.

"아. 없어요. 이제."

여자 아이들이 시선이 그녀보다 무심한 표정의 태하에게 갔다.

"태하 오빠, 보기보다 자상하다."

122

"흠."

태하는 아이들의 칭찬이 어색한지 자리에서 일어나더니 화장실 쪽으로 사라졌다. 태하가 사라지자마자 여자애들은 조잘거리기 시작했다.

"서영 언니, 대단해요. 어떻게 태하 오빠랑 친해졌어요? 원래 알던 사이였어요?"

"아니……. 그런 건 아니고……."

"사람들 대하는 거 어려워하더니 언니한테는 편하게 대하는 것 같네요. 부러워."

불안해서 아이들의 얼굴을 바로 보기가 두려웠다. 지금의 둘의 관계가 사람들 눈엔 어떻게 비칠까? 친한 선후배 정도로 보이겠지? 설마 둘이 이상한 관계라고는 생각하지 않겠지? 이런 이야기를 들을 때마다 그와의 일이 떠올라 걱정이 되곤 했다. 누가 뭐라 해도 태하는 학생이고, 그녀는 조교의 관계이니.

"네. 둘이 꼭 친남매 같아요."

"어머, 그러게. 생긴 것도 좀 닮았나?"

"근데 태하 오빠가 오빠 같아. 너무 힘을 줘서 그런가."

"좀 무겔 잡긴 하지? 아하하."

"그러게. 그래도 멋있잖아. 어머. 온다."

여자애들의 말에 서영은 안도했다.

그러면서도 조금은 섭섭한 기분이 든다. 친남매라고 하니. 아니, 좋아야 하는 거잖아. 왜 섭섭한 감정이 드는 거지?

서영은 찬찬히 이야기하거나, 웃거나, 음식을 먹고 있는 아이들을 둘러보았다. 모두의 시선이 한 사람에게 쏠려 있었다. 태하는 긴 말을 하지 않고 슬쩍 웃거나 고개를 끄덕이기만 했다. 새삼스럽게 수려한 얼굴이 눈에 들어왔다.

조금, 가슴이 두근거렸다.

부산에서 처음 그를 봤을 때처럼.

식사를 끝내자 후식을 고르느라 바빴다. 메뉴를 보며 다들 뭐가 맛있을까 몇 개를 시켜서 나눠 먹을까 얘기하는데 조용히 있는 서영은 오도카니 혼자 떠 있는 섬 같았다.

"먹고 싶은 거 없어?"

"응. 배불러서 그냥 차 마시려고."

신입생들과 있는데도 나이 차가 있어 보이지 않았다. 그러나 그녀는 언제나 다른 사람들과 동떨어져 보였다. 그녀만의 작은 세계에 혼자 살고 있는 것만 같았다. 어쩐지 공감할 수 있을 것만 같은.

후배들은 디저트까지 먹고 우르르 밖으로 나갔다. 서영이 지갑을 들고 계산대로 향하는 걸 보고 그가 가볍게 등을 밀었다.

"내가 살게."

"아냐. 내가 산다고 했잖아."

그는 손에 들고 있던 카드를 바로 내밀었다.

"후배한테 얻어먹고 싶지 않아."

서영이 불편한 목소리로 말했다.

"그럼 다음에 사."

태하는 사인을 하고는 돌아서며 빙긋 웃었다. 서영도 할 수 없다는 듯 그를 따라 웃어버렸다.

"알았어. 내가 다음에 맛있는 거 살게."

문을 열고 나서는 그녀의 어깨를 감쌌다.

"좀 많이 먹기나 해."

어깨에 닿았던 손을 내려 가볍게 등을 문질렀다. 그의 손이라는 걸 알고 뒤를 돌아본 그녀의 얼굴에는 저도 모르게 미소가 떠올라 있었다.

식탁에 앉아 있는 네 사람 중 눈에 띄게 불편해하는 사람은 서영밖에 없었다.

"온다고 미리 알려줬으면 재형 군이 좋아하는 걸 미리 준비해 놨을 텐데."

혜선에게 재형의 외도를 말하며 결혼을 못 하겠다고 한 게 불과 몇 달 전이었다. 혜선은 그 일은 아주 없었던 일인 것처럼 자연스럽게 행동하고 있었다.

"아닙니다. 어머니. 미리 말씀드리지 않고 와서 죄송합니다."

"그래도 내가 모처럼 일찍 퇴근해서 이리 만났으니 다행이지. 한잔하게."

"네. 아버님."

재형에게 파혼하고 싶다고 통보한 후 서영은 줄곧 그를 피하고 있었다. 그가 이렇게 집까지 찾아올 줄은 몰랐다. 서영은 입술을 깨물었다. 말 잘 듣는 착한 딸처럼 행동하고 싶지만 표정관리가 되지 않는다.

당장이라도 모든 걸 다 뒤집어엎고 싶지만 참는 이유는 단 하나뿐이었다.

아버지는 정말 우연히 일찍 퇴근하신 걸까? 최근 들어 부쩍 피곤해하시고 늙어 보이는 아버지는 늘 12시를 넘겨 퇴근을 하곤 했다. 바깥일에 대해선 어지간해도 집에 와서는 얘기하지 않는 분이었다.

아버지가 명예퇴직 직전에 한주건설의 전무직을 그만두고 무역회사를 차린 것은 15년 전이었다. 우연하게도 아버지가 그만두고 나서 한주건설은 도산했다. 예전의 끈으로 한주건설의 클라이언트를 빼오고, 중국과 교류를 하며 사업체는 비약적으로 커져갔다.

그런데 IMF 때도 꾸준히 커가던 사업체가 최큰 들어 기우뚱하며 하향세를 타고 있었다. 금융업을 하는 재형의 집안과는 아버지가 사업을 시작하면서 줄곧 친밀하게 지내고 있었다. 파혼할 때 하더라도 무턱대고 아버지 앞에서 소동을 부릴 수는 없었다.

"게장이 딱 잘 익었는데요."

"그래. 많이 먹게."

원래 성격도 차갑고 살갑게 구는 법이 없는 혜선으로서는 꽤 친절한 말이었다. 이 가식을 참을 수가 없다. 서영이 자리에서 일어나자 모두의 시선이 서영에게 쏠렸다.

"죄송해요. 잠시……."

서영은 거실을 가로질러 밖으로 나왔다. 몇 달 사이 그녀의 세계는 송두리째 변한 것 같은데 실상은 아무것도 변한 게 없다.

화장실에서 걸어나오는데 뒤뜰로 난 창으로 하늘이 보였다. 살짝 문을 열고 밖을 보니 하얀 손톱 같은 달이 걸려 있었다. 봄인데도 쓸쓸한 가을 같은 바람이 불어 몸을 움츠렸다. 불현듯 크고, 단단하고, 뜨거운 손이 떠올랐다. 그 손이 어깨를 감싸고 토닥여주었다. 그리고 그것만으로도 큰 위로가 되었다. 그 작은 행동만으로도.

"나중에 제대로 한잔 올리겠습니다, 아버님."

"그래, 회사로 한번 찾아오게."

"조심해서 가게."

저녁식사가 끝나고 서영과 강 여사가 거실에서 차를 마시는 동안 재형과 한 사장은 서재에서 한참을 이야기를 나눴다. 한 시간 정도 후에 이야기를 끝내고 나온 재형은 거실에 잠시 어울려 앉아 있다가 10시가 넘자 자리에서 일어났다.

"차까지 배웅하고 와야지."

혜선의 강요에 서영은 어쩔 수 없이 재형을 따라나섰다. 긴 정원을 걸어 내려가며 재형이 입을 열었다.

"참, 주말에 모임이 있어. 빠지면 안 되는 모임이야. 미용실에 가서 메이크업도 받고, 제대로 꾸미고 와."

서영은 그 자리에서 멈췄다.

"내가 왜?"

그녀의 도전적인 말에 재형이 그녀를 돌아보았다. 재형의 목소리는 여전히 차분했다.

"아버님 대신 내가 가게 됐으니까 너희 아버지 생각해서라도 제대로 준비하고 와. 아버님 지인들도 많이 오실 거야."

"내가 한 말이 농담 같아?"

날카로운 어조에 그가 놀라며 그녀를 보았다.

"다른 여자 있잖아. 만나는 여자도 있으면서, 날 그냥 놔줘."

재형은 어둠속에서 한참 동안 그녀를 보았다.

"한서영. 어리광부리지 말고 철 좀 들어. 아버님 얼굴을 보고도 그 말이 나오니? 상황 파악이 안 돼?"

충격을 받은 것은 서영이었다. 최소한 변명을 하거나 용서를 구할 줄 알았다. 알고 있다는 걸 알면 최소한 미안해할 거라고 생각했다.

"아버지 일이랑 내 결혼이랑 무슨 상관이야? 아버지 일 때문에 내가 바람이나 피우는 남자랑 결혼을 하란 말이야?"

"네가 그렇게 당당하게 말할 자격이 있어?"

지금……. 이 사람 무슨 말을 하는 거야?

"너도 네 아버지가 바람피워서 생긴 아이 아니니? 네 배경을 다 알면서도 결혼해달라고 매달리는 나한테 도리어 고마워해야 하는 거 아냐?"

온몸의 피가 다 빠져나가는가 싶더니 다시 거꾸로 솟으며 분노가 치밀었다. 서영은 저도 모르게 손을 들어 그의 뺨을 때렸다. 퍽. 온몸의 힘을 다해 친 힘에 그의 고개가 돌아가고 안경이 비뚤어졌다. 고개를 돌린 그의 얼굴은 험악하게 일그러져 있었다. 서영은 두려움에 한 걸음 뒤로 물러섰다. 그가 엄청난 힘으로 그녀의 두 팔을 잡았다. 등줄기를 타고 소름이 돋았다. 그가 그녀를 등 뒤의 나무에 밀어붙이며 거친 입맞춤과 함께 가슴을 움켜잡았다. 공포와 혐오감과 자괴감이 극에 달해 정신을 잃을 것 같았다.

온 힘을 다해 그를 밀어냈지만 그는 꿈쩍도 하지 않았다. 그녀의 입에서 흐느낌이 흘러나왔다. 그리고 그제서야 그의 몸이 떨어졌다. 서영은 몸을 가리며 손등으로 입술을 닦았다. 온몸이 얼음물에 담근 것처럼 덜덜 떨려왔다.

재형은 안경을 추켜올리더니 미소를 지으며 말했다.

"머리 굴리지 마. 파혼은 꿈도 꾸지 마."

그 손이 톡톡 뺨을 건드렸다.

"추운데 얼른 들어가."

그리고 재형은 정원을 따라 걸어 내려가 사라졌다.

그가 떠나고도 한참을 있다가 서영은 제정신을 찾았다. 여전히 온몸을 떨며 소름이 돋은 팔을 손으로 쓸었다.

처음으로 알았다. 온 힘을 다해도 대적하지 못할 힘이 있다는 걸. 육체적으로 그녀는 한없는 약자였다.

그와의 결혼이 무엇을 의미하는지도 처음으로 깨달았다. 싫어도 강제로 안겨야 하는 것이다. 상상만 해도 끔찍한 일이었다.

이 지옥 같은 현실을 믿을 수가 없었다. 눈에서 흐른 눈물이 푸른 잔디 위로 떨어졌다.

출구가 없는 미로에 선 기분이었다.

6

"어디 가?"

갑자기 뒤에서 들린 소리에 서영은 불에 덴 듯 몸을 떨며 놀랐다. 그저께 재형을 만난 이후 계속 이랬다. 제대로 잠을 못 자고, 집중이 되지 않았다.

"왜 그렇게 놀라?"

"아, 아냐. 나 불렀어?"

"어디 가냐고 물었어."

태하는 여유 있는 목소리로 다시 물었지만 재촉하지는 않았다.

"도서관에 가려고."

"아, 밤에 수업 있지?"

서영은 놀라서 그를 보았다. 그는 그녀의 스케줄을 완벽하게 알고 있었다. 수요일은 밤에 수업이 있고, 과 사무실의 조교 일은 하지 않는 날이었다.

"응. 시간이 많이 남아서 책도 좀 빌리고 공부도 좀 하다 가려고."

"같이 가."

"응?"

"나도 도서관 가보려고 했어."

"으응."

태하와 함께 도서관까지의 길을 걸었다. 대기에서 올라오는 아지랑이가 나른한 기운을 풍기는 봄이다. 아니, 그새 날씨가 많이 풀려 따뜻한 봄기운이 넘치다 못해 오후는 제법 덥기까지 했다. 얼마 전까지도 샛노란 개나리가 덮고 있던 길은 초록색이 싱그럽게 햇볕을 받고 있었다. 이따금 반소매를 입은 사람들이 보일 정도로 계절은 성큼 여름을 향해 달려가고 있다. 언제 이렇게 되었나? 그녀만 빼고 세상은 온통 행복한 것 같다. 태하조차도.

"수업은 끝났어?"

"아니. 5시에 하나 더 있어."

"요즘은 열심히 듣네."

"그냥 할 일이 없어서 가는 거지, 뭐."

그렇게 말은 했지만 태하는 제법 열심히 학교를 다니고 있었다. 중간고사 성적도 생각지도 못했는데 우수했다. 여자아이들은 다음 학기에 그와 수업을 같이 들으려고 조바심내고 있었다. 태하는 어느새 저만치 앞서가고 있었다.

"왜 그렇게 기운이 없어? 아파? 얼굴이 창백해."

서영은 손등을 뺨에 가져갔다.

"아냐. 그냥 잠을 좀 못 잤어."

"책은 뭐 빌려보려고?"

"응. 소설책. 대기 신청해놨는데 들어왔나 가보려던 중이었어."

"그래? 전공책 안 볼 때도 있어? 신기하네."

서영은 결국 웃음을 터트렸다. 도서관까지 졸졸 따라오는 태하도, 꼬치꼬치 물어보는 태하도 싫지 않았다. 그 덕분에 계속 머릿속을 맴돌던 재형을 잠시나마 잊을 수 있었다.

"대학원도 끝나가지?"

"응. 다음 학기만 마치면 끝이야."

"그럼 뭐 할 거야?"

"공부 더 하고 싶긴 하지만……."

서영은 말끝을 흐렸다. 그러고 보니 반년만 더 있으면 학교에 올 일도 없었다. 생각할수록 모든 일이 재형과의 결혼으로 귀결되어 불안해졌다. 재형은 결혼을 하면 다른 일이나 공부를 하지 않고 집에 있기를 원한다고 말한 적이 있었다. 사업가의 부인은 내조를 잘 해야 한다고 했었다. 그때는 대수롭게 넘겼던 일들이 지금 생각하면 하나하나 답답해져 왔다. 그렇게 살 수는 없다. 그를 생각만 해도 온몸에 소름이 끼쳤다.

"그럼 더 해. 교수님도 기대하시는 것 같던데."

최영조 교수는 서영이 준비하는 논문을 상당히 마음에 들어해서 유학을 가서 박사 과정도 끝내고 교편을 잡는 게 어떠냐고 몇 번 권유한 적이 있었다. 사실 대학원 공부를 하면서 욕심이 나지 않는 건 아니지만 자신의 마음대로 결정할 수 있는 건 전혀 없었다.

"나도 그러고 싶지만 집에서 반대할 거야."

"해. 그런 게 어디 있어? 간절히 원하는 건 반드시 이루어진다고 했어."

서영은 그답지 않은 말에 놀랐다.

"진짜로 그렇게 생각해?"

그가 피식 웃으며 도리도리 고개를 저었다.

"아니. 한 번도 그런 적 없었어. 하지만 언젠가는 그렇게 되겠지. 넌…… 꼭 원하는 걸 이뤘으면 좋겠어. 다 왔네. 가만, 학생증이 어디 있더라?"

도서관 건물이 보이자 태하는 가방에서 학생증을 찾았다.

"이런, 학생증 안 가져왔잖아. 지갑을 두고 왔나 봐. 할 수 없네. 혼자 들어가야겠어."

"아냐. 오늘은 그냥 가자, 그럼. 꼭 오늘 봐야 하는 것도 아냐."

"그럼 들어가서 책 받아와."

"됐어. 우리 그냥 저기 앉아서 좀 쉬다 가자."

"그래."

도서관 앞에 작은 탑에서 뻗은 길로 벤치가 있었다. 길을 등지고 앉자 푸른 나무들이 빽빽이 눈에 들어왔다. 작은 공원을 지나고 박물관을 거치면 거기에 경제학과가 있는 경상대 건물이 있었다.

숲에서 빽빽 새가 울고 있었다.

"어. 직박구리네."

서영은 맨눈으로 뚜렷이 구별할 수 있는 거리의 나무에 앉아 있는 새를 손으로 가리켰다. 참새보다 조금 긴 잿빛의 몸에 깃털 끝이 뾰족한 게 영락없는 직박구리였다.

"응? 직박구리? 참새 아냐?"

"참새과인데 직박구리라고, 이름이 달라."

"이야. 대단한데? 새 박사 같아."

서영은 피식 웃으며 발끝으로 땅을 툭툭 찼다.

"어렸을 때 시골에서 몇 달을 산 적이 있었거든. 할 일이 없어서 매일 혼자 지내던 집 뒷마당에 앉아 있었어. 딱 요맘때였나? 뒤뜰에 배추밭이 있었는데 새가 와서 배추를 콕콕 쪼아먹는 거야. 새가 배추를 먹는 게 신기해서 한참을 봤는데 밭을 일구던 주인아저씨가 와서 쫓아냈어. 그러더니 나한테 새 안 쫓았다고 막 야단을 치시는 거야. 그러더니 아저씨가 저놈의 감새 때문에 농사를 못 짓겠다고 하시더라. 몇 년 전에 문득 그 새가 기억이 나서 찾아봤더니 아무리 찾아도 못 찾겠더라고. 알고 보니 원래 이름이 직박구리인데 어떤 지역에서는 감을 파먹는 새라고 감새라고 부르는 거래. 그래서 기억하는 거야."

귀에서부터 갈색의 띠가 둘러진 새를 볼 때마다 보육원에서의 기억이 떠오르곤 했다. 아무도 없는 곳에서의 두 달은 공포나 마찬가지였다. 그때도 간절히 기원하고 기다렸다. 자신을 데리러 오기를.

새가 자신의 이야기를 하는 걸 알았는지 푸드득 날아올랐다. 서영의 시선은 새를 따라갔다가 이미 새가 사라진 새파란 하늘로 향했다. 구름 한 점 없는 하늘이 마치 활짝 열린 세상 같았다.

쉽지 않다. 아무것도. 하지만 아직 끝이 아니잖아. 언제든 바꿀 수 있는 거야. 그러니까 힘을 내는 거야. 기운을 내는 거야.

서영은 문득 조용해진 태하를 돌아보았다. 팔을 벤치의 팔걸이에 걸치고 그녀처럼 하늘을 보고 있었다.

"직박구리, 이름이 참 웃긴다."

서영은 킥킥거렸다.

"뭐야? 이제까지 그걸 생각하고 있었던 거야?"

"한서영 덕분에 새로운 동물의 이름을 알았으니까 이제부터 직박구리를 생각하면 한서영이 떠오르겠네. 신기하지 않아? 남들이 보기엔 그냥 새인데 그 새를 보며 누군가를 생각하는 게?"

"그게 뭐야?"

일부러 웃으며 넘겼지만 가슴이 두근거렸다.

시간이 한참 지난 후 누군가가 한겨울 하얀 눈꽃이 핀 나무에 매달린 새빨간 찔레 열매를 따먹고 있는 새를 보며 자신을 떠올릴 것이다. 반항하는 청소년처럼 삐죽하게 솟은 새의 깃을 보며 어느 봄날 그녀와 앉아서 얘기했던 벤치를 떠올릴 거다.

그것은 그녀도 마찬가지였다. 어린 시절의 아련한 아픔이 남아 있는 새를 보면 이제는 태하와 함께했던, 작은 위안을 받았던 봄날을 떠올릴 거다.

"직박구리 한서영."

그러더니 재미있다고 킥킥거렸다.

"뭐야? 초등학생 같아."

애써 흘겨보았더니 그가 벤치에 뻗고 있던 손을 올려 그녀의 머리카락을 휘저었다. 습관처럼 가끔 그가 하는 행동이었다. 유일한 신체 접촉. 그 작은 행위에도 가슴이 두근거린다. 갑자기 심장 한쪽이 따끔하게 아려왔다. 슬픔이라는 씨줄과, 기쁨이라는 날줄이 만나 추억이라는 천을 짠다. 태하와의 추억이 그 어디쯤에서 자꾸 쌓여가서 가슴이 아프다. 아이러니하게도 슬픔과 기쁨이 동시에 존재하는 추억이 될 것이다. 그 기억들이 벌써부터 그녀의 가슴을 아리게 했다.

"소원이 있어."

서영은 재빨리 화제를 바꿨다.

"뭐?"

"선배 소리 들어보는 거."

그가 웃음을 터트렸다.

"아니면 누나라든가."

그가 놀란 표정으로 그녀를 내려다보았다. 그러더니 피식 웃었다.

"나 그런 거 못 해."

"왜?"

"그렇게 불러본 적 한 번도 없어. 그리고……."

서영은 그를 보았다. 그러고는 도리도리 고개를 저었다.

"나보다 어려 보이는데 어떻게 누나라고 불러?"

"그럼 선배라고 불러봐."

태하는 대답 대신 웃음을 지었다. 하늘을 보는 그의 옆모습이 보였다. 쭉 뻗은 코와 날렵한 인중은 두근거릴 정도로 아름답다. 서영은 애써 고개를 돌렸다.

서영은 자리에서 일어났다.

"이제 가자."

다시 경상대 건물까지 걸었다. 긴 길이 오늘따라 유난히 짧았다.

"수업 몇 시에 끝나?"

저녁을 먹고 건물 앞에 도착한 태하는 입을 열었다.

"9시. 왜?"

걸어가는 뒷모습을 보며 불쑥 튀어나온 말이었다. 헤어지기 싫다. 선후배로 지내기로 했지만 그냥 조금, 조금 더 가까워지는 건 괜찮잖아.

"내가 가끔 가는 라이브 카페가 있는데 10시에 공연이 있어. 잘됐네. 차 가지고 올 테니까 수업 끝나고 건물 옆으로 와. 기다리고 있을게."

"난……."

"한 시간이면 공연 끝나. 끝나고 집으로 바로 데려다 줄게."

태하는 태연하게 말했지만 그녀가 거절하지 않기를 바랐다. 서영이 뭐라고 말하려다 미소를 짓더니 대답했다.

"알았어."

태하는 저도 모르게 웃을 뻔했다.

"들어가."

태하는 습관처럼 그녀의 머리를 슬쩍 건드렸다. 스킨십은 피하고 싶지만 부드러운 머리카락을 보면 저도 모르게 손이 올라갔다. 그녀의 얼굴에서 살짝 미소가 흘렀다. 일부러 보이지 않으려는 듯 아주 작게. 그래서 더 설레게 하는 미소를.

딱 그 깊이만큼 가슴이 덜컹, 흔들렸다 떨어졌다.

태하는 애써 태연한 표정을 지으며 돌아섰다. 과연 잘한 결정일까, 가끔은 후회가 되었다. 서영을 볼수록 욕망은 커져만 갔다. 그녀의 매끄러운 입술에 입을 맞추고 싶다. 그녀의 허리를 감고 뜨겁고 깊은 곳에 몸을 묻고 싶다.

하지만……. 결혼을 한다잖아. 누군가가 그녀를 사랑하고, 평생을 책임을 지겠다는 거잖아. 서영은 그럴 자격이 있는 여자였다. 그런 남자에게 사랑받고 살아야 했다.

하지만…… 다 아는데도 참을 수 없는 이 감정은 무엇일까.

가로등이 점점이 거리를 비추고 있다. 차의 전조등과 엇물려 그림자들이 너울너울 춤을 춘다. 거리는 오늘따라 조용했다. 아니, 조용한 건 거리가 아니라 옆의 남자일지도.

원래도 말을 많이 하는 편은 아니었지만 오늘의 태하는 침묵 그 자체였다. 줄곧 정면만 주시한 채 아무런 말이 없었다. 긴 손가락으로 핸들을 잡고, 뭔가를 생각하는 듯 골똘한 표정이었다. 그 사이 무슨 일이 있었나? 아니면 내가 뭘 잘못했나? 저녁 이후로 분위기가 달라져 있었다.

괜한 긴장이 돼 서영은 딱딱해진 몸을 돌렸다.

"음악, 들으면 안 돼?"

DVD 버튼을 누르자 낯익은 목소리가 들렸다. 서영은 반가움과 놀라움에 사로잡혔다. 그를 처음 만났던 날, 부산에서 들었던 바로 그 목소리였다.

"기억나?"

같은 것을 떠올린 듯 태하의 목소리가 물었다.

"으응."

어떻게 잊어버릴 수 있을까. 어쩌면 이 목소리 때문이었을지도 모른다. 모든 것의 시작은. 이 목소리를 안다는 것 때문에 그에게 친밀하게 대했고, 그래서 그날 밤까지 같이하게 된 건지도 모른다.

"사실 네가 좋아한다고 해서 놀랐어."

"그래?"

"응. 미국에 잠시 있었을 때 라스베이거스에서 공연이 있다고 해서 거기까지 보러 갔었어."

"그래?"

"LA에서 라스베이거스까지 운전해서 일곱 시간인데 그 길을 계속 스미스 음악을 들으면서 갔었어. LA에서 라스베이거스까지 거의 직선거리야. 주변엔 붉은 사막밖에 없고. 그 길을 혼자 이 노랠 들으며 운전을 하고 가는데 딱 미칠 것만 같더라."

서영은 처음 듣는 그의 과거 한 자락이었다.

"왜 공연 봤다고 얘기 안 했어, 그땐?"

"모르겠어. 그냥 말하기 싫었어. 친하지도 않은데 내 이야기 하는 게 싫었어."

"그럼 지금은?"

무심코 말을 꺼냈지만 갑자기 어색해졌다. 모르겠다. 지금은. 어떤 관계인지. 선후배도 아니고, 친구도 아니고, 연인도 아니고, 그렇다고 섹스파트너도 아닌, 정말로 이상한 관계. 어색한 침묵에 태하가 입을 열었다.

"다음에 공연하면 같이 가자."

"한국에 올까?"

"영국까지 찾아가면 되지. 가서라도 보고 싶다며."

"그래."

웃으며 그냥 그런 공허한 약속을 하는 것만으로도 좋다. 그것이 비록 불가능할지라도. 그녀의 대답의 공허함이 느껴졌는지 차 안은 다시 조용해졌다.

서영은 점차 자신의 결정에 회의가 들었다. 기다리겠다는 건 그냥 해본 말인데 내가 괜히 찾아왔나? 안 오면 다른 여자를 데리고 가거나 충분히 혼자 갈 수도 있었는데 괜한 말을 했다고 후회하는 걸까?

이런 소모적인 생각들을 하는 자신이 답답하기만 했다.

결국 태하와 그녀의 사이는 아무것도 아닌 것을. 왜 자꾸 무게를 주려고 하는 걸까.

서영은 결국 입을 다물었다.

모리세이의 목소리와 함께 차 안은 한없이 무거워져 갔다.

클럽 안으로 들어가자 방금 음악이 시작된 듯 전주가 흐르고 있었다. 최근에 유행하는 가벼운 분위기의 펑크 음악이었다.

안으로 살금살금 걸어 들어가자 곧 보컬의 목소리가 들렸다. 귀가 터질 듯 시끄러운 록을 좋아할 줄 알았는데 이번엔 가벼운 펑크다. 태하의 정체를 모르겠다. 하지만 카페에 들어오자 서영은 그제야 숨을 쉴 수 있었다. 태하의 분위기가 무거워 차 안에서 그녀 역시 입을 꼭 다물고 있었다. 답답함에 숨이 막힐 것 같았다. 그런데도 그에게 신경을 쓰지 않을 수가 없었다.

자꾸 그를 보게 되는 자신이 싫다. 혼자서 아등바등하고, 깊이를 재어보려 하고, 자신을 어떻게 생각하는지 알고 싶어진다. 이건 마치…… 연애를 하는 사람들 같다.

서영은 자신의 생각에 심장이 덜컹 떨어졌다.

좋아하는 거다. 좋아하고 즐기는 거다. 이 상황을. 그와의 만남을.

최악이다, 한서영. 아직 파혼도 제대로 못 한 주제에, 그것도 어린 학교 후배에게.

서영은 자신의 감정을 깨닫자 절망적인 기분이 되었다.

연주가 계속되는 동안 점점 사람들이 들어오며 비었던 자리
가 찼다. 연주 내내 서영은 맥주를 천천히 비우며 말없이 음악
만을 들었다. 뭘 기대하고 왔는지 모르겠다. 지금은 빨리 돌아
가고 싶은 마음뿐이었다.

코로나를 비우는데 옆에서 조심스런 목소리가 들렸다.

"손님, 죄송한데 합석해도 될까요?"

종업원이 작게 서영에게 귓속말을 했다. 종업원의 뒤에 서 있
던 커플이 어색하게 서영을 보았다. 어느새 카페 안은 빼곡하게
사람이 찼고, 그들이 앉은 4인용 테이블 말고는 빈 자리가 없었
다. 태하가 대수롭지 않게 고개를 끄덕이더니 서영의 옆자리로
옮겼다.

커플이 눈짓으로 고맙다는 인사를 하고는 건너편의 자리에
앉았다.

서영은 옆자리에 앉은 태하에게 충분한 공간을 주려고 의자
를 움직였다. 까딱이던 손이 그의 손과 스쳤다. 우습게도 그의
살과 잠시 닿은 그 순간 서영은 숨을 들이켰다. 이런 작은 일에
도 긴장하다니.

잠시 닿았던 손가락을 치우려는데 그의 손이 그녀의 손을 찾
아 손바닥을 포개며 지그시 잡았다.

가슴이 쿵쿵 미친 듯이 뛰기 시작한다.

음악 소리가 멀어져가고 옆에 앉아 있는 태하의 숨소리가, 그
의 체온이, 그의 존재만이 또렷이 각인되었다. 시끄럽고 어둡고
넓은 이곳에 오직 그녀와 태하만이 존재하는 것 같았다. 아니,

마치 온 세상에 그와 자신만이 존재하는 것 같았다. 손가락으로 전해지는 작은 온기가 말로 표현할 수 없는 감정에 휩싸이게 했다.

취한 건가?

마침내 긴장한 손의 힘을 빼자 그녀의 손은 그의 손에 고스란히 감겼다. 태하의 손가락이 살짝 힘을 주었다. 그녀의 손가락을 쓸어내리는 그 촉감에 신경세포가 올올이 반응을 했다.

공연이 끝날 때까지 그 손은 떨어지지 않았다.

"여기서 내리면 돼."

"그래?"

"응. 집이 저기야. 조금 걸어갈게."

"비 오잖아."

"조금 맞아도 돼."

"알았어."

카페를 나왔을 때는 다시 비가 내리고 있었다. 집으로 오는 내내 둘 다 아무런 말이 없었다. 하지만 갈 때와 달리 조용한 차 안은 새로운 긴장감에 싸여 있었고, 말을 꺼내기에 태하의 머릿속은 너무나 복잡하기만 했다.

조수석에 내려 문을 닫으려던 서영은 방긋 웃었다.

"오늘 공연 재밌었어. 고마워."

그도 알고, 그녀도 알고 있다. 서로의 손을 잡으며 서로를 원하고 있다는 것을. 한 치의 기색도 없이 공연을 보고 있었지만 그의 안은 뜨겁게 달아올라 갔다. 하지만 선후배라는 경계선을 그어놓은 지금은 서로에게 접점이 없다.

그래서 둘 다 아무렇지도 않은 가면을 쓰고 있다. 아닌 척하며.

서영은 이내 문을 닫고 걸어갔다. 비가 조금 내렸지만 개의치 않는 듯 서두르는 기색이 없었다. 태하는 그녀가 집에 들어갈 때까지 하염없이 보았다. 그녀의 모습은 천천히 그의 머릿속에서 해체되고 다시 맞춰지기를 반복했다.

스웨터와 치마에 감싸인 작은 몸이 그의 눈에 유난히 들어왔다. 작고 둥근 어깨에 손을 올릴 때의 그 감촉을, 가늘고 부드러운 다리에 일일이 키스를 할 때의 그 느낌을. 그녀의 뜨거운 안을. 마치 다른 사람의 일처럼 그녀를 상상하고 떠올렸다.

한참을 그렇게 멍하니 있다가 차를 돌리는데 화가 치밀었다.

이젠 안다.

그녀를 원한다.

그냥 섹스 상대가 아닌 한서영을 원한다.

하지만 이젠 자신의 감정에 자신이 없어졌다. 지금 당장 몸을 활활 태울 것 같은 이 감정이 정말로 사랑인지도 모르겠고, 다시 사랑을 해도 되는지도 모르겠고, 서영이 자신을 원하는지도 모르겠다.

예전에는 자신 있었던 모든 일들이 지금은 가장 자신 없는 일이 된 것이다.

7

"같이 들어가."

태하는 차에서 나오며 말했다.

"아니, 난……."

그녀가 대답을 하기도 전에 태하는 빌라의 문을 열었다. 서영은 어색하게 안으로 들어갔다.

"내가 사도 되는데."

점심을 사겠다고 해놓고 지갑을 두고 온 걸 발견한 태하는 굳이 자기가 내겠다고 지갑을 챙기러 들어가려고 했다. 그러나 서영은 선뜻 들어설 수가 없었다. 그의 집에는 현관에서부터 너무 많은 기억이 있다. 문을 열고 들어가는데 긴장한 그녀와 달리 태하는 너무나 태연했다. 어쩔 줄 모르는 자신이 이상한 건가 하는 생각이 들 정도였다.

"들어와서 잠깐만 기다려."

그가 문을 열고 침실 안으로 들어갔다. 서영은 신발을 벗지 않고 현관에 그대로 서 있었다. 그가 자신을 눕혔던 바닥이, 그녀를 안았던 소파가 너무나 의식이 되었다. 그녀를 더듬던 큰 손, 그녀의 안으로 들어오던 남자의 느낌…….

갑자기 얼굴이 화끈 달아올랐다. 부끄럽고 부끄럽다.

이런 걸 보고 나잇값을 못 한다고 하는 거겠지.

그녀에겐 처음 있는 경험이었지만 태하는 골백번도 더 한 경험이었을 거다. 거기다 주위에는 태하의 시선을 받고 싶어하는 여자애들이 수두룩하다. 가까스로 관계가 자연스러워졌는데 이렇게 의식을 하다니. 태하가 방에서 나오면서 손에 든 지갑을 보여주며 빙긋 웃었다.

"찾았어."

"으응."

서영은 그가 알아차릴세라 바로 고개를 돌려 문을 나왔다.

엘리베이터 안으로 들어가서도 이상한 정적이 느껴졌다. 요즘 들어서 계속 이랬다. 잠시 정전이 된 것처럼 어색한 기운이 감돌았다. 서영은 이 상황이 참을 수가 없었다.

태하와 바에 가지 말았어야 했다. 거기서 손을 잡지 말았어야 했다.

같이 밥을 먹지 말았어야 했다.

아니…… 그를 좋아하지 말았어야 했다. 그와 몸을 나눠도, 마음은 주지 말았어야 했다. 뒤늦게 깨닫고 말았다. 처음부터 좋아했다는 것을…….

"뭐 먹고 싶어?"

"응? 아, 아무거나."

"그럼 명성식당 가면 되겠네. 거기 '아무거나' 팔잖아."

"아아. 하하."

학교 앞에 '아무거나'의 명성을 이용해 '아무거나' 메뉴를 만든 식당을 떠올리자 서영은 결국 웃음을 터트렸다. 태하도 따라 웃음을 터트렸다. 날카로운 눈도 웃고 있고, 도톰한 입술도 웃고 있다. 살짝 눈을 감으며 고개를 돌리는 모습조차 매력적이다.

……이러지 마. 자꾸 좋아지게 되잖아.

빌딩을 나와 앞서 걸어가던 서영은 우뚝 발걸음을 멈췄다. 그리고 그녀의 얼굴에 남아 있던 미소가 순식간에 가셨다.

방금 주차한 차에서 나오는 남자의 모습이 보였다. 말쑥한 정장을 걸치고 양복을 입은 남자는 5미터도 채 떨어지지 않은 곳에 서 있는 서영을 발견했다. 조수석에서 여자가 따라 내렸다.

"서영아?"

남자는 뜻밖이라는 듯 안경을 밀어올리며 그녀를 봤다. 그리고 고개를 돌려 싸늘한 시선을 태하에게 던졌다.

서영은 당혹감에 입술을 깨물었다. 사람의 경험이란 무서운 것이다. 재형의 얼굴을 보는 순간 지난번의 일이 떠올라 불쾌감과 거부감이 동시에 들었다.

이보다 더 나쁜 상황이 있을까. 어떻게 이런 곳에서 재형과 부딪힐 수 있을까. 태하와 단둘이 있는 걸 재형이 오해하거나 다른 판단을 하는 건 전혀 상관없지만, 자신의 세계에 있는 태하와 부딪힌다는 것 자체가 싫었다. 그녀만의 세계에 있는 태하에게 재형을 보여주고 싶지 않았다.

태하에 대한 관찰을 마친 재형이 성큼 다가왔다.

"여기서 다 보네. 뭐 해? 저녁 먹으러 나온 거야?"

"아니. 볼일이 있어 나왔다가……. 다시 학교로 들어가야 해."

"아아. 그렇구나. 이쪽은?"

재형은 처음부터 태하가 목적인 듯 바로 그에 대해서 물었다. 그녀의 한 발짝 뒤에 있어서 태하의 얼굴은 볼 수 없지만 재형과 인사를 하고 싶어하지 않는다는 건 느낌으로 알 수 있었다. 아이러니하게도, 지금 이 순간 재형보다 태하의 반응이 더 신경 쓰였다. 태하에게 재형을 소개해주는 것 자체가 수치스러웠다. 하지만 선택의 여지는 없다.

"우리 학부 학생이야. 서태하라고."

서영은 슬쩍 뒤를 돌아보았다. 그녀의 예상대로 딱딱하게 굳은 태하의 얼굴이 보였다.

"태하야. 인사해. 이쪽은……."

"이재형이야. 서영이 약혼자지."

재형이 손을 내밀었지만 태하는 그 자리에서 멈칫했다. 서영은 답답했다. 이 자리가 싫다. 이 자리에서 사라지고 싶다. 잠시 시간을 두고 태하는 그제야 달갑지 않은 손을 내밀었다. 태하는 화난 사람처럼 인상을 풀지 않았다. 재형이 이내 옆의 여자를 소개했다.

"여긴 신유미 대리라고, 우리 회사 직원이야. 이 근처로 같이 외근 나왔다가 저녁 먹고 들어가려고 했지. 아직 회사에 일이 남아서 말이지. 신 대리, 인사해."

"안녕하세요? 신유미입니다. 말씀 많이 들었습니다. 반갑습니다."

여자가 매끄럽게 웃으며 인사했다. 무척이나 화려하고 눈에 띄는 스타일이었다. 늘씬한 몸과 큰 눈이 여성스러우면서도 섹시했다.

"네."

서영은 여자에게 인사를 하며 이 목소리였을까, 생각을 했다. 재형의 방에서 들었던 그 목소리가.

말씀 많이 들었다고? 아무것도 모르고 순진하게 결혼을 기다렸던 병신 같은 자신을 얘기하며 비웃었을까? 저 자리는 내 자리여야 하는데, 억울하게 생각하고 있었을까?

출장을 나왔다지만, 둘 다 너무나 태연한 표정이지만, 서영은 확신할 수 있었다. 보통 사이가 아니라는 걸. 재형의 시선이 자꾸 태하에게 머물듯이 여자는 서영을 살피고 있었다. 경쟁상대를 비교하는 듯한 그런 눈길. 하지만 막상 자신은 궁금증 이상의 느낌은 없었다. 그때와 같이 몸이 떨리지도 않고, 머리털이 곤두서지도 않는다.

서영은 웃음을 삼켰다. 그렇다. 질투를 할 정도의 애정도 남아 있지 않다는 걸 이제야 깨닫다니.

"이렇게 만나기도 힘든데 그럼 다 같이 저녁이나 먹고 갈까?"

"아냐, 학교로 들어가봐야 해."

서영은 단번에 거절했다. 잠시도 재형과 어울리고 싶지 않았다. 거기다 그의 정부와. 아무리 그들이 멋진 연기를 한다 해도 자신만은 그 무대에 끼고 싶지 않았다.

그녀의 말이 끝나기도 전에 벌써 걸음을 옮기는 태하를 붙잡은 건 재형의 목소리였다.

"그런데…… 그쪽 혹시……."

태하는 마치 싸울 준비를 한 것처럼 사나운 기세로 돌아섰다. 서영은 초조해졌다.

"혹시 형이 서태혁 부사장 아닌가? 대한의?"

태하의 표정이 적대감에서 난감함으로 바뀌었다.

"맞습니다만……."

"아아. 맞군. 하하. 몇 주 전에 저녁식사자리에서 만났는데 마침 동생 이야기가 나와서 말이지. 서영이와 같은 과라고 해서 혹시나 했더니 이렇게 만나는군. 거기다 형이랑 상당히 많이 닮았어. 집안 남자들이 아버지를 닮아 다 미남이야."

재형이 그 특유의 친근한 웃음을 터트리며 태하를 반겼다. 그가 자신의 지갑에서 명함을 꺼내어 그에게 건넸다.

"우리 회사가 자네 부친 회사에 신세를 많이 지고 있어. 오늘은 힘들다니 언제 서영이와 같이 저녁이라도 먹지. 서영이한테 혹시 아는지 물어보려고 했더니 이렇게 서영이와 같이 있는 걸 보다니 뜻밖인걸."

이런 식으로 연결이 될 줄은 몰랐다. 그래서 처음부터 태하를 주시하고 있었던 걸까? 절대 작은 기회도 놓치지 않는 철저한 사람이니 아마 처음부터 확신하고 있었을지도 모른다.

희색을 띤 재형과 달리 태하는 싸늘한 표정을 유지하며 아무런 대답도 하지 않았다.

"넌 몇 시에 끝나? 내가 데리러 갈까? 모처럼 우리 집에 들러서 부모님께 인사나 하고 가든지."

"나 저녁 수업 있어."

"아. 그렇구나. 내가 전화할게, 그럼. 자네도 다음에 꼭 보자고."

돌아서며 서영은 웃음을 삼켰다. 벌써 개강한 지가 몇 달인데 수요일 저녁에 수업이 있는 것조차 기억하지 못했다. 저렇게 상냥한 척, 사랑하는 척하면서 그녀에게 보여주는 관심은 털끝만큼도 없다는 사실이 그녀를 새삼 허탈하게 만들었다. 저런 철저한 이중인격자를 이제까지 못 알아봤다니.

만약에 결혼을 한다면 서로 이런 가식 속에서 평생을 살아야겠지.

그가 사라지자마자 서영은 신경은 온통 태하에게 쏠렸다.

뭐라고 생각할까? 약혼자의 존재를. 재형은 겉으로 보기에는 번듯하고 지적인 이미지의 비즈니스맨이었다. 똑똑하고, 상냥하고, 집안도 좋은 일등신랑감이었다. 같이 다니면 남매 같다거나 천생 짝이란 말을 자주 들었다.

태하도 그렇게 생각할까? 조금은……. 질투라는 걸 할까? 옆에서 걷는 태하의 존재가 무겁기만 했다.

"밥은 다음에 먹자."

"응?"

입맛이 없기는 그녀도 마찬가지였지만 태하가 먼저 말을 꺼낸 것은 뜻밖이었다.

"배고프다고 하지 않았어?"

"그냥. 지금은 먹기 싫어."

서영은 태하가 자신의 시선을 피한다는 사실을 깨달았다. 그는 서영을 보지 않고 고개를 돌렸다. 서영은 할 수 없이 작게 대답했다.

"그, 그래."

"나 먼저 갈게."

태하는 바로 그 자리에서 서영을 두고 사라져버렸다. 서영은 멍한 시선으로 걸어가는 그의 뒷모습을 한없이 보았다.

두 시간 내내 수업이 하나도 머리에 들어오지 않았다. 태하의 걸어가던 뒷모습만이 무겁게 머릿속에 자리 잡고 있었다.

아슬아슬한 날들이지만 그래도 작은 행복들이 가득했는데 그 작은 것마저 깨져버리고 말았다. 어쩌면 태하는 약혼자의 실체를 직접 보고는 번듯한 약혼자가 있는데도 다른 남자와 놀아난 그녀를 경멸하고 있을지도 몰랐다.

그때 가방에 둔 휴대전화가 불빛을 반짝이며 문자를 보내왔다.

[기다리고 있어. 나오면 건물 왼쪽으로 와.]

그 짧은 문자에 서영의 마음은 날아갈 것처럼 가벼워졌다. 몇 시간 동안의 고민이 거짓말처럼 날아갔다. 건물 너머에서 그녀를 기다리고 있을 태하를 생각하자 기분이 좋아지고 마음이 급해졌다. 어떤 의도인지는 모르지만, 그가 생각하고 기다리고 있다는 사실 자체만으로도 다행스러웠다.

남은 십여 분의 수업이 어떻게 지나갔는지 모른다. 교수가 문을 나서자마자 서영은 가방을 챙겨서 나갔다. 오늘 따라 수업이 늦게 끝나서 5분이 더 지나 있었다. 잰걸음으로 건물을 나서던 서영은 건물 바로 앞에 차를 대놓고 기다리고 있는 남자를 보고는 걸음을 멈추었다. 심장이 내려앉고, 밝아졌던 얼굴은 그새 굳어버렸다.

"어, 나왔구나."

재형은 피우던 담배를 밟아 끄고는 그녀에게 다가왔다.

"무, 무슨 일이야?"

"뭐야? 이제까지 기다렸는데 반갑지도 않니?"

도대체 이 남자의 머릿속에는 무엇이 들어 있는 걸까? 며칠 전에 그렇게 강제적으로 키스를 했다는 사실도 잊었는지 그는 뻔뻔하게 말했다.

"너 집에 데려다 주려고. 생각해보니 여기까지 와서 너를 봤는데 그냥 가기가 아쉬워서 말이지. 타."

재형은 조수석의 문을 열었다.

"집에 데려다 줄까, 아니면 어디 가서 술이라도 한잔할래?"

"아니, 피곤해. 내일 수업 준비도 해야 하고."

술을 마시자는 그의 말에 다급하게 말하고는 서영은 입술을 깨물었다. 이렇게 되면 약속이 있다고 먼저 가라는 소리도 못한다. 서영의 시선은 어둠이 내려앉은 건물 오른편으로 향했다. 가로등이 없이 어두워서 그가 있는지 어떤지 확인하기도 힘들었다.

벌써 기다리고 있겠지? 날 봤을까? 어떡하지? 지금이라도 약속이 있다고 하고 내릴까?

마음과 달리 서영은 그의 차에 올랐다.

"오랜만에 학교에 오니 좋네. 역시 대학교가 제일 생기있다니까."

재형은 자기 혼자 들떠 말을 했지만 서영의 귀에는 전혀 들어오지 않았다.

……인연이 아니잖아.

서영은 입술을 깨물었다.

인연이 아니야. 인연이 아닌데 처음 데이트하는 것처럼 들떴던 것도 우습고, 약혼자를 두고 태하를 생각하며 몰래 설레는 것도 우습다. 이런 감정은 길게 끌지 않는 게 좋아. 아주 좋지 않아. 미련 가질 필요 없어. 재형 오빠가 아니더라도 잘 되기 힘든 관계인걸. 그냥 한때의 불장난 같은 그런 감정인 거야.

차가 학교를 빠져나가자 서영은 미련을 정리하고는 태하에게 문자를 보냈다.

[미안해. 오늘은 못 만나겠어.]

그가 이해해주길 바라며 서영은 버튼을 눌렀다. 하지만 바로 돌아온 그의 대답은 뜻밖이었다.

[기다릴게.]

아니야. 이게 아니야. 제발 기다리지 마. 난 너한테 아무것도
아니잖아. 그냥 선배잖아. 그냥 그렇게 지내기로 했는데 이러면
기대하게 되고, 기대고 싶어지잖아. 서영은 휴대전화를 쥔 주먹
에 힘을 줬다.

십여 분을 차로 달리면서도 서영은 재형의 말을 귓전으로 흘
리고 있었다.

"걔 말이야, 서태하……."

"응?"

하지만 그의 입에서 태하의 이름이 나오자 번쩍 정신이 들었
다.

"걔랑 친해?"

"……그냥 조금. 최영조 교수님이 챙겨주라고 하셔서."

"아! 그리고 보니 최영조 교수님이 태하 형도 알겠구나. 잘됐
네. 교수님이 내 고등학교 동문 대선배잖아."

사업은 인맥, 혈연, 학연, 지연이 거미줄처럼 얽힌 곳. 아버지
를 봐와서 모르려야 모를 수가 없다. 재형도 철저하게 이용하는
타입이었다.

"걔랑 친하게 지내. 잘됐네. 우리 회사 제일 큰 클라이언트 중
의 하나가 대한 자회사야."

거기다 이곳은 먹이사슬이다. 누구 아래에 누가 있고, 누구
위에 누가 있어 위계질서와 이권에 따라 대우가 천차만별이 되

는 곳.

재형이 신중하게 말했다.

"네가 저녁식사자리 좀 만들어봐. 걔 형은 바늘 하나도 안 들어갈 사람인데 일단 동생이라도 잡아놓으면 나중을 위해서라도 괜찮을 거야. 대한에 자식이라고는 저 둘밖에 없거든. 자식 둘이 후계자인 건 명확하니까. 아버지가 자식들을 호랑이처럼 키운다고 하더라고. 넌 계속 걔랑 친하게 지내. 잘하면 아주 큰 줄이 되겠는걸. 어, 기름 좀 넣고 가자."

재형은 주유소에 차를 대고는 잠깐 기다리라고 한 후 휴대전화를 들고 문을 열고 밖으로 나갔다. 서영은 멍하니 직원이 기름을 넣고 앞유리 청소를 하는 모습을 바라보았다.

그가 일부러 찾아온 이유를 이제야 알 것 같았다. 태하 이야기를 물어보기 위해서였다. 철두철미한 남자이니 이미 태하와 친해져서 몇 년 뒤에 누릴 수 있는 이익을 철저하게 생각해봤을 거다.

태하 쪽도 뜻밖이긴 마찬가지였다. 제법 잘사는 집 자식이라고 생각은 했지만 재형도 벌벌 기는 잘나가는 기업의 아들인 줄은 처음 알았다. 이래저래 그녀와는 더 인연이 없었다.

하지만 서영의 시선은 자꾸만 휴대전화로 갔다.

기다릴게.

기다릴게.

기다리지 마.

기다리고 있을까. 서영은 결심을 하고 문자를 보내려고 작은 키패드를 꼭꼭 누르다가 문득 손을 멈췄다. 서영은 고개를 돌려 밖을 보았다.

빨간 셔츠를 입은 직원 두 명이 앞유리를 닦고 있고, 한 명은 기름을 넣고 있었다. 재형은 차 뒤편에 서서 등을 보인 채 전화를 하는 중이었다. 마치 슬로모션처럼 모든 것이 느린 화면으로 보였다.

서영은 가방을 그러쥐었다. 휴대전화를 잡은 손에 힘이 들어가 하얘졌다. 서영은 문을 열고 나와 앞으로 걸어갔다. 아무도 그녀를 부르지도, 붙잡지도 않았다.

주유소를 빠져나오자마자 다가오는 택시를 잡아탔다.

재형이 그녀를 봤는지, 불렀는지도 모르겠다.

머릿속은 온통 그의 생각뿐이었다.

기다릴게.

기다릴게.

택시는 그녀가 떠났던 곳으로 열심히 달려갔다.

택시에서 내린 서영은 태하의 차가 있던 곳으로 급하게 뛰어갔다. 얼마 뛰지 않았는데도 숨이 가빠왔다. 가버린 건 아닐까. 멀리 떠날 사람도 아닌데 마치 지금 보지 않으면 영원히 보지 못할 것처럼 초조해졌다.

낯익은 건물이 보이고 어두운 건물 구석이 보였다. 시커먼 동굴 같은 그 어둠이 지금으로선 반갑기만 했다. 서영은 숨이 차도록 뛰었다. 모퉁이를 돌자 서영은 걸음을 멈추었다.

태하가 늘 기다리던 그 자리에는 아무것도 없었다. 태하도, 차도, 그가 내뿜던 하얀 담배연기도, 아무것도 없었다.

서영은 그 자리에 털썩 주저앉았다. 참았던 눈물이 쉴 새 없이 쏟아졌다. 마치 태하가 영원히 사라진 것만 같아 슬픔이 사무쳐왔다. 아무것도 스스로 결정하지 못하는 자신의 처지가 답답해서 억눌린 눈물이 끊임없이 흘러나왔다.

한참을 그렇게 답답한 가슴이 터지도록 울었다.

울음이 잦아들 즈음 초록색의 나뭇잎이 찰랑 떨어지고, 손톱 같은 달빛이 조금 고개를 내밀었다.

서영은 사무치는 그리움을 삼키며 발길을 돌렸다.

8

서영은 커피잔을 들고 사무실로 들어왔다. 모두가 퇴근한 조
용한 사무실 안은 아무도 없었다. 서영은 반소매의 엷은 초록
색 원피스차림이었다. 단 며칠 사이에 민소매도 어색하지 않을
정도로 여름이 성큼 다가와 있었다.

서영은 컴퓨터를 켰지만 모니터를 보지 않고 들고 있는 전화
기만 만지작거렸다. 등록한 번호를 찾아 천천히 내려오자 '서태
하'라는 이름이 선명하게 찍혀 있었다. 누를 듯 말 듯 손이 휴대
전화의 주변을 계속 톡톡 치기만 했다.

서영은 입술을 깨물며 찍힌 번호를 길게 눌렀다. 발신음이 울
리자 그 소리만큼이나 심장도 쿵쿵 뛰었다. 하지만 역시나 전화
를 받지 않았다. 그날 밤 이후로 태하는 계속 연락이 되지 않았
다.

메시지를 남기라는 친절한 여자의 목소리가 나오고 전화를

끊으려던 서영은 갑자기 마음을 바꿔 입을 열었다.

"태하야. 나 한서영이야. 왜 학교를 안 와? 수업 안 들어오니까 교수님도 너 찾으셔. 학교 와. 난……."

말을 하려던 서영은 입을 닫았다. 그리고 지움 버튼을 눌렀다.

사실은 어제 태하의 집으로 찾아갔다. 혹시나 저번처럼 아픈가 걱정이 되어서였다. 하지만 굳게 닫힌 문은 예전처럼 그녀를 향해 열리지 않았다.

다시 하루, 이틀, 사흘째가 되자, 서영은 걱정이 되어서 견딜수가 없었다. 며칠 정도 학교에 나오지 않는 일은 허다했는데도이번에는 그날 밤의 느낌처럼 마치 태하가 정말로 사라진 것만같았다. 일부러 교수님 핑계를 댔지만 정작 제일 답답한 것은그녀 자신이었다.

이렇게 가슴앓이를 하는 게 꼭 그를 좋아해서 벌을 받는 것만 같다.

그냥 아무런 감정 없이 바라보기만 할 테니, 얼굴만 보여줘.그냥 씨익 웃으며 지나가는 모습 보는 것만으로도 만족할 테니내 눈에서 사라지지만 마…….

서영은 작게 한숨을 쉬고는 자판에 손을 얹었다. 잡념을 없애려 하던 일에 몰두했다.

열심히 타자를 치던 서영은 배에서 꼬르륵거리는 소리에 동작을 멈추고 시계를 올려다보았다. 시간은 벌써 9시가 넘어 있었다. 수업이 끝난 후 저녁을 거른 채 쉴 새 없이 컴퓨터 앞에 붙어앉아 있었다. 밀렸던 논문을 맹렬하게 교정해나가는 중이었다. 자꾸 마음이 불안해져서 무엇에라도 집중을 해야 했다.

금요일 저녁. 학생들도 모두 떠난 학교는 쥐죽은 듯 고요했다.

파일을 저장하고, 컴퓨터를 끄고, 가방을 정리하다가 휴대전화를 다시 확인했다. 아무런 메시지도 없었다. 서영은 한숨을 쉬었다. 마음이 무겁기만 했다.

사무실 문을 여는데 갑자기 튀어나온 사람에 서영은 숨을 들이켰다.

"엇, 누나! 아직 안 갔어요?"

"아……."

몇 명의 1학년 학생들이 술 냄새를 풍기며 그녀를 보며 웃고 있었다.

"응. 정리할 게 좀 있어서. 너희들은? 집에 안 가?"

아이들이 히죽 웃으며 병이 가득한 봉지를 보였다.

"과 방에 들어가서 술 더 마시려고요. 누나, 이거 비밀이에요!"

장난스럽게 웃는 커다란 녀석들을 보며 서영은 미소를 지었다. 정말로 좋은 나이다. 아무런 걱정 없이 밤새도록 과 방에 앉아서 술을 마시고, 인생에 대해서 이야기할 나이. 다시 돌아오지 않을 찬란한 청춘.

"알았어. 너무 많이 마시지는 마."

어김없이 잔소리가 나온다.

"에이, 걱정 마요. 요거밖에 없어요."

그러면서 봉지 안에 든 술병을 보여주었다.

"누나도 한잔할래요?"

서영은 손을 저으며 사래질을 쳤다.

"아냐. 난 집에 가려던 중이야."

"에이. 같이 놀면 좋은데."

떼를 쓰는 아이들에게 재밌게 놀라며 서영은 문을 잠그고 걸음을 옮겼다.

"조심해서 가요, 누나."

아이들의 목소리가 뒤에서 들렸다. 서영은 과 방으로 사라지는 아이들을 힐끗 보고는 반대방향으로 걸어갔다. 또각또각 구두 소리를 내며 걸음을 옮기는데 갑자기 문이 열린 강의실에서 손이 불쑥 나오며 그녀를 잡아끌었다. 서영은 저도 모르게 외마디비명을 질렀다.

"악!"

하지만 그 소리는 그녀의 입을 막은 손에 갇혀버렸다. 문이 닫히고, 어두운 강의실에서 누군가가 그녀의 입을 막은 채 안고 있었다. 머리털이 쭈뼛 섰다. 복도에서 울리는 떠들썩한 목소리는 예전에 사라지고, 사방이 조용했다. 서영은 필사적으로 소리를 지르려 했다.

"쉬잇. 나야."

낮고 굵은 목소리가 들리자마자 다른 이유로 심장이 소용돌이치기 시작했다. 이 목소리가 이렇게 반가웠나. 울컥하며 깊은 곳에서 뭔가가 치밀어올라 눈가가 뜨뜻해졌다. 그녀가 움직임을 멈추자 입을 막았던 손은 그녀를 놓았다.

다시 한 무리의 사람들이 복도를 지나갔다. 바로 앞에서 떠들썩한 소리가 들리고, 어둠 속에서 그녀를 응시하는 눈이 보였다. 벽과 남자 사이에 갇힌 채 서영은 어둠 속에서 그의 얼굴을 확인했다.

"태하…… 야?"

눈이 어둠에 익숙해지며 익숙한 형상이 눈에 들어왔다.

"정말 태하 맞아?"

그가 대답 대신 피식 미소를 지었다. 입꼬리를 조금 올린 그의 얼굴이 드러났다. 말랐나. 핼쑥해진 얼굴이 그녀를 보고 있다.

"여기서 뭐 해? 왜 여기 있어?"

"그냥 네가 있을 것 같아서 잠깐 보러 왔어. 애들 나오는 거 보고 부딪치기 싫어서……."

"전화하지 그랬어. 나 없으면 어쩔 뻔했어?"

"그냥……. 너 있을 것 같았어."

그의 눈빛은 평소와 달랐다. 어둠에 익숙해지자 드러난 시선은 그녀를 보고 있었지만 검은 막을 친 것 같아서 무슨 생각을 하는지 알 수가 없었다. 서영은 갑자기 불안해졌다.

"왜 학교에 안 나왔어?"

그의 손이 올라와 조용히 그녀의 뺨을 건드렸다.

"그냥 머리가 복잡해서 좀 돌아다녔어."

"왜? 무슨 일 있었어? 지금은 괜찮아?"

"응."

그가 고개를 끄덕였다.

"걱정했잖아."

결국은 참았던 눈물이 방울방울 떨어진다.

뺨을 감싼 손가락이 그녀의 눈물을 훔쳐냈다. 그리곤 천천히 그녀의 뺨을 쓸었다. 나직한 목소리가 그의 입에서 울려 나왔다. 너무 오래 기다리고, 너무 오래 그리워서 이젠 직접 보고 있어도 마음이 아프다.

"보고 싶었어."

그 말에 가슴이 아려온다. 깊은 곳에서부터, 응어리가 맺히며 계속 자라온 시뻘건 불꽃이 자꾸 밖으로 나오려고 한다.

"……나도."

아무 말도 하지 못하고 겨우 한마디만 했다. 하지만 그 말은 어떤 표현보다도 더 진실한 한마디였다.

보고 싶고, 보고 싶고, 보고 싶다. 너무 좋아도, 너무 보고 싶어도 가슴이 아프긴 마찬가지다.

"혹시…… 나 때문에 그런 거야?"

서영은 물어보기 두려운 말을 결국 꺼내고 말았다. 그에게 아무런 부담도 주고 싶지 않으면서 또 동시에 그에게 어떤 의미가 되고 싶어하는 이 이중성은 무엇인지.

"태하야, 난……"

그를 부르던 그녀의 목소리는 그의 입술에 막혔다.

조용하게 와 닿은 입술은 부드럽고 따스했다. 익숙하면서도 낯선 느낌이었다. 서영은 그 느낌을 느끼려 발끝을 올려세웠다. 열대야처럼 뜨겁고 강한 남자의 기운이 온몸을 감쌌다.

그의 체온을 느끼자 모든 걱정이 사라져갔다. 오로지 그만 보이고, 그만을 느꼈다.

입술은 점점 더 강하게 그녀를 밀어붙였다. 자연스럽게 입술이 벌어지고 뜨거운 혀가 그녀의 것을 건드렸다. 그의 느낌을 확인하며 서영은 팔로 그의 목을 감았다. 흐트러진 숨소리가 귓가에 들렸다.

보고 싶어 미칠 것 같았다. 그냥 괜찮다는 걸 확인하는 것만으로도 만족하려고 했는데 욕심은 점점 커져간다.

만지고, 느끼고, 가지고 싶다.

키스는 점점 거칠어지고, 숨소리도 거칠어졌다. 허리를 감은 손이 아래로 내려가 그녀의 치마를 들어 올렸다.

"태, 태하야……."

서영은 침을 삼켰다. 그때 밖에서 웅성거리는 소리가 멀리서 들렸다.

"쉬……."

시끄러운 목소리와 발자국 소리가 얇은 벽을 두고 밖에서 들려왔다. 발자국 소리와 목소리를 들으면서 태하의 손은 천천히 치마를 완전히 걷어올리고 속옷을 내리고 있었다. 서영의 심장은 밖까지 들리지 않을까 싶을 정도로 쿵쾅거렸다.

서영의 손에 땀이 배었다. 그의 손이 속옷을 완전히 내리고 허벅지 안쪽을 쓰다듬었다.

그가 벨트를 푸는 소리가 들렸다. 바지가 내려갔다. 시끄러운 소리는 점점 가까이 다가왔다. 입술이 메말라 서영은 혀로 입술을 쓸었다. 극도의 긴장감과 욕망에 시야가 흐려졌다. 그가 달래는 것처럼 그녀의 뺨을 감쌌다. 그러고는 마치 의식이라도 치르는 것처럼 태하는 그녀의 이마에 자신의 이마를 대더니 그녀를 들어 올리며 안았다.

"흡."

그가 순식간에 완전히 들어왔다. 갑작스러운 침입에 서영은 결국은 신음을 터트렸다.

"잠깐. 안에서 무슨 소리 들리지 않았어?"

그 말에 발소리가 끊겼다. 태하는 그녀의 입을 막으며 몸을 멈췄다. 한동안 침묵하더니 다시 목소리가 들려왔다.

"무슨 소리? 얼른 술이나 사러 가자. 으휴, 귀찮아. 내가 아까 몇 병 더 사자고 그랬지?"

마침내 발자국 소리가 멀어지자 태하는 서영의 입을 막았던 손을 놓았다. 당혹감이 그녀를 감싸고, 태하는 천천히 움직이기 시작했다.

"한서영……."

목소리가 쉬어 탁하게 울렸다. 태하이면서도 태하 같지 않다. 다른 남자를 보고 있는 것 같았다. 깊은 눈빛도, 얼굴의 표정도 뭔가가 달랐다.

서영은 그의 뺨을 만지며 그를 올려다보았다. 눈물 사이로 그가 보였다.

"울지 마……."

그가 몸을 밀어올리자 서영은 짧은 신음을 삼키며 그를 받아들였다. 안까지 꽉 차 들어오며 그가 점차 동작을 빨리했다. 그녀는 그의 어깨를 그러잡으며 숨을 들이켰다. 그러자 태하의 움직임이 천천히, 느릿한 것으로 바뀌었다. 허리를 감싼 다리와 그와 맞닿은 가슴이 그제야 같은 호흡을 시작했다.

다시 눈에서 눈물이 차올랐다.

그와 하나가 되어, 서영은 기쁘고도 슬픈 울음을 터트렸다.

서영을 기다리던 태하는 갑자기 가슴이 터질 것 같아 그 길로 무작정 차를 몰고 질주했다. 길이 있는 곳이면 무작정 차로 달렸다. 오래된 습관 중의 하나였다. 머리가 아픈 일이 있을 땐 집을 나와 떠돌아다니다가 아버지가 보낸 사람들에게 붙잡혀 오곤 했다.

설마 했던 약혼자의 정체를 보게 되었다. 태하는 바로 남자가 싫어졌다. 그는 이유 없이 자신에게 잘해주던 수많은 사람들의 공통점을 알고 있다. 오직 그의 배경만을 보고 친한 척하려고 하는 사람들은 강한 자에게는 한없이 약하고, 약한 사람들은 탄압하는 비겁한 종족들이었다.

태하는 재형의 주변을 맴도는 여자를 보며 둘의 관계를 생각했다. 결혼이 다가오는데 하나도 행복해 보이지 않던 서영을 떠올렸다. 정략결혼의 피해자……. 모든 것이 잘 짜맞춘 삼류 드라마처럼 보였다.

태하는 그 드라마의 등장인물이 되고 싶은 마음은 없었다. 첫사랑에게 그렇게 데이고, 또다시 약혼자까지 있는 힘겨운 여자에게 빠지고 싶지는 않았다. 하지만⋯⋯.

하지만 그의 머릿속을 떠나지 않는 여자를 억지로 쫓아낼 수는 없었다. 태하는 서영을 불러내서 하나하나 확인을 할 생각이었다. 그의 추론이 맞는지.

어둠 속에서 서영을 기다리는 시간만큼은 행복했다. 풀빛의 원피스를 입은 그녀가 커다란 가방을 매고 건물을 나설 것이다. 그리고 자신에게 와 수줍게 말을 꺼낼 것이다. '오래 기다렸니?'라고.

그런데⋯⋯. 태하는 자신에게 오기도 전에 약혼자의 차에 오르는 서영을 보았다. 남자가 자연스럽게 그녀의 허리를 잡고는 조수석에 앉혔다. 이쪽으로 고개를 돌린 서영의 하얀 얼굴이 조명에 잠시 드러났지만 그녀는 이내 체념을 하고는 차에 올랐다.

태하는 마치 서영을 건 싸움에서 패배한 것만 같았다. 약혼자가 기다리는 게 당연한데, 약혼자와 같이 가는 게 당연한데 왜 그 모든 것에 미칠 듯이 분통이 터지는지.

오기로 기다리겠다고 하고는 태하는 답답한 그곳을 벗어났다.

영혼이 자유로울 수 있는 곳으로 가고 싶다. 마음을 다스릴 수 있는 곳으로 가고 싶다. 하지만 아이러니하게도 며칠 동안 바닷가를 떠돌던 그가 마지막으로 도착한 곳은 서영과 함께 왔던 바닷가였다.

그녀와 같이 회를 먹었던 자리에 앉아서 술을 마셨다. 한 잔 한 잔 소주를 마시며 갈 듯 말 듯 주저하다 결국은 자리에 앉던, 어두운 얼굴을 떠올렸다.

그녀와 앉아 밤바다를 보았던 바닷가를 거닐었다. 낮은 목소리로 쉽게 잊을 수 있으면 얼마나 좋을까, 읊조리던 목소리가 떠올랐다.

울고, 웃고, 미소 짓고, 한숨 쉬고, 걱정하고……

돌이키기엔 너무 많이 와버렸다. 마음이.

그녀의 목소리가 듣고 싶다. 얼굴을 만지고, 따뜻한 몸을 안고 싶다. 따뜻한 체온을 느끼고 싶다.

그냥 아무것도, 아무 이유도 없이, 조건도 없이, 아무런 계획도 없이. 그냥 그녀를 보고 싶다.

태하는 그 길로 차를 돌렸다.

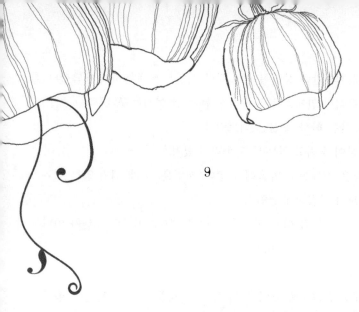

9

레스토랑의 문을 열자 딸랑, 하며 작은 종이 울렸다. 서영은
눈을 깜박이며 안으로 들어갔다. 저녁의 레스토랑은 조용했다.
조도가 낮은 미색의 조명을 드리우고 2인용 테이블만 있는 실
내에는 몇 명의 커플들이 앉아 있었다. 스피커에서는 니나 시몬
의 재즈가 나오고 있었다. 보통 레스토랑인데도 분위기 때문에
조용하게 말을 해야만 할 것 같았다. 6년째 학교를 다니는데도
이곳은 처음이었다.

웨이터의 안내로 한쪽의 자리에 앉았다.

"여긴 어떻게 알았어?"

"오래전부터 알고 있었어. 우리 집에서 가깝잖아. 커플들한테
는 성지나 마찬가지라던데 몰랐어?"

서영은 도리도리 고개를 저었다.

"역시 데이트를 안 하니……."

태하의 반쯤 장난이 섞인 말에 서영은 삐뚜름하게 대답했다.

"그래서 연애를 열심히 하신 분은 잘 아시는구나."

태하는 하하, 웃음을 터트렸다.

"같이 오려고 일부러 주의 깊게 봤지."

작은 메뉴판도 마음에 들었다. 서영은 몇 개 되지 않는 메뉴를 보며 꼼꼼하게 골랐다.

"응, 난 그럼 이거 먹을게. 그리고 에피타이저로 프렌치 어니언 수프도 먹고 싶어."

"그래."

태하가 그렇게 찾아온 이후, 두 사람은 예전과 똑같이 행동했다. 가끔 같이 밥을 먹고, 도서관에도 같이 갔다. 하지만 똑같은 일상 속에서도 그 안은 완전히 달라져 있었다.

주문을 받고 나자 태하의 손이 테이블 아래로 서영의 손을 잡았다.

"마음에 들어?"

"응."

손이 그녀의 손을 완전히 덮고는 엄지손가락이 손바닥 중앙을 마사지하듯이 눌렀다.

"그런데 너 담배 끊으면 안 돼?"

"왜? 내가 담배 피우는 게 싫어?"

"담배도 습관이래. 니코틴이 중독성이 있다느니 그런 얘길 해도 제일 큰 이유는 습관이 되어서 계속 피우는 거래. 몸에 안 좋은 걸 그렇게 달고 있을 필요 없잖아. 건강하게 살아야지."

"오래 살고 싶어?"

한때 태하는 막 나가고 싶었던 때가 있었다. 삶에 대한 미련이 그리 없었던 적도 있었다. 남들이 보면 금숟가락을 물고 태어나 사치스러운 생각이라고 하겠지만 자신의 존재 자체가 그는 늘 의문이었다.

"응. 사랑하는 사람과 건강하고 행복하게 오래 살고 싶어. 아들 딸 많이 낳고."

"그래? 몇 명 낳을 건데?"

"응. 최소 세 명?"

"그래?"

"응. 난 혼자 커서 형제 많은 애들이 부럽더라. 초등학교 때 친하게 친하게 지내던 친구가 있었는데 미현이라고, 엄마가 피아노 학원을 해서 걔네 집에서 피아노도 배우고 자주 가서 놀았거든. 우리 엄마는 내가 다른 애들 집에 가서 노는 것도, 누굴 데리고 오는 것도 별로 안 좋아하셔서 걔네 집은 피아노 배우러 간다고 하고 한 시간 정도 더 놀다가 오는 거였지만 하여튼 유일하게 놀러 가는 친구네 집이었어. 그런데 걔가 동생이 셋이나 있었어. 제일 막내는 한 다섯 살 됐나? 요만했어."

서영은 손으로 키를 가늠했다.

"엄마가 피아노 가르친다고 바쁘니까 미현이가 애들 밥도 먹이고 숙제도 봐주고 했어. 우리 숙제한다고 같이 앉아 있으면 셋 다 공책 하나씩 들고 와서 우리 옆에 앉아서 우리 따라 공부하는 척하면서 놀곤 했어. 미현이는 동생들 봐야 돼서 싫다고 늘 투덜거렸지만 난 그게 그렇게 부러울 수가 없는 거야. 애들도 부럽고. 그래서 난 그때부터 일찍 결혼해서 애도 넷 낳아야지 생각했어. 딸 둘, 아들 둘. 그래서 이름도 다 지어놨어."

"그래? 뭘로?"

서영이 쑥스러운 듯 웃었다.

"말 안 할래. 지금 생각하면 무척 촌스러워. 애들 머리에서 나온 이름이 촌스럽지 뭐."

"그래도 궁금해. 말해봐."

"웃지 말기다?"

"그래."

"여자아이는 마리, 세라. 실은 그때 내가 바비 인형을 많이 가지고 놀았거든. 그 바비 인형들 이름이었어. 그리고 남자는 동하랑 동현이."

"응? 동하랑 동현이? 네가 좋아하던 남자애들 이름이야?"

"몰라? 그때 어린이 프로그램 중에서 제일 인기 있었던 형제 탐정단 있잖아. 걔들 이름이 동하랑 동현이였어."

그녀의 말에 그가 푸핫 웃음을 터트렸다. 서영이 눈을 흘겼다.

"웃지 말랬지? 초등학생이 생각하는 게 뭐 더 있겠어."

"하하. 그러고 보니 뭐 나도 비슷한 일이 있었네."

"뭐?"

"어렸을 때 우리 집에서 시베리안 허스키를 키웠거든. 내가 정말 좋아하던 강아지였는데 병이 나서 죽었어. 어린 나이에 상심한 것은 말할 것도 없고. 그러고 나서 얼마 있다가 영화를 봤는데 그 영화가 비슷한 스토리였어. 여주인공이 키우는 개가 몸을 바쳐 위험한 여주인공을 구하고 죽는다, 이런 얘기였지. 그 여주인공이 참 예뻤는데 영화에서 이름이 다인이였어. 그래서 한동안 나는 이름이 다인이인 여자만 만날 거라고 생각한 적이 있었어. 그런데 이상하게 주위에 다인이라는 이름이 거의 없더라고."

"이름이 은영이나 미경이가 아닌 게 다행이네. 그랬으면 너 완전히 바람둥이 됐을 거 아냐."

"하하. 그런가. 그럼 내 첫사랑 다인이는 내 딸 이름으로 해야겠다."

"그래? 그럼 우리 동하랑 사돈 맺어야겠네."

갑자기 태하가 삐뚜름하게 말했다.

"다인이 엄마. 애들 근친상간 만들려고?"

그의 말에 서영은 얼굴이 팟, 달아올랐다. 농담인 건 아는데 마치 청혼을 받기라도 한 것처럼 진정이 되지 않았다.

서영은 때맞춰서 나온 음식을 보며 안도했다.

음식을 먹는 동안에도 생각은 다른 곳으로 가 있었다.

태하와 다시 만나고 자연스럽게 관계를 가지기 시작하면서도 둘 다 결혼이라든가, 미래에 대한 이야기는 전혀 하지 않았다. 아니, 지금이 연애를 하고 있는 건지, 어떤 상태인지에 대해서도 얘기를 나눈 적이 없었다. 그냥 너무나 자연스럽게, 본능적으로 서로를 찾고 있었다.

그리고 서영으로선 태하가 부담 가지는 게 싫었다. 그녀가 가진 모든 문제는 그녀가 끌어안고 가야 할 짐이었다.

하지만 그 짐을 차치하고서라도 태하와 미래가 있을까? 태하와의 미래를 상상할 수 있을까? 재형과 파혼을 하고 그와 사귄다는 건 왠지 이기적인 생각인 것만 같았다. 어쩌면 태하는 대수롭지않게 생각하는데 혼자만 심각한 건지도 모르겠다. 지금의 이 아슬아슬한 불장난 같은 관계를 너무 깊게 생각하는 건지도 모른다. 하지만…… 지금 이 순간만은 너무나 행복한걸. 너무 좋은걸.

그냥…… 편하게 생각하는 거야.

"아, 이거 맛있다."

"괜찮아?"

"응. 학교 옆에 있기엔 황송할 정도로 맛있는걸."

그가 미소를 지었다.

"그럼 이제 자주 와야겠네."

디저트까지 먹고 계산을 하고 나오자 바깥은 어두웠다. 어둠 속에서 그의 손이 자연스럽게 그녀의 어깨를 감쌌다. 서영은 그와 걷다가 그를 돌아보았다.

"담배 안 피우네?"

"끊으라며?"

"어, 당장 끊는 거야?"

"응. 하려면 뭐든지 당장 해치워버려야지."

서영은 괜히 흐뭇해져서 웃었다.

"잘했어."

"그럼 포상 줘."

그의 손이 그녀의 어깨를 힘을 주어 잡아당겼다. 서영은 그
신호를 무시하고 가볍게 말했다.

"알았어. 금연 껌, 사탕 세트로 다 사줄게."

하지만 그의 몸이 슬쩍 밀어오더니 어느새 그녀는 벽에 갇혔
다. 몸이 벽과 그 사이에 눌리고 그의 팔이 그녀를 가볍게 감쌌
다.

"그런 건 필요 없어. 담배야 쉽게 끊지. 딱 하나 절대 끊을 수
없는 게 있어."

"응? 그건 또 뭐야? 술?"

서영은 겁이 덜컥 났다. 담배보다 더 중독성이 있다니, 술은
많이 마시지 않는 것 같은데 도박이라도 하는 걸까? 그녀의 걱
정스러운 표정에 태하가 푸하하 웃음을 터뜨렸다.

"뭐가 그렇게 심각해? 내가 범법자나 금치산자 같아 보여?"

"그럼 뭐야?"

그는 장난스럽게 웃었다.

"세상의 모든 걸 다 끊어도 한서영만은 끊기 힘들 것 같아."

미소를 지으며 말하는데도 서영은 당황해서 눈을 돌렸다. 농
담인 거 아는데도 얼굴이 달아오르고 심장박동이 빨라졌다.

그의 손이 그녀의 턱을 들어 올리고, 입술이 천천히 내려왔
다. 촉촉한 입술이 아랫입술을 맛보았다. 혀가 윗입술을 훑고,

벌어진 입술 사이로 치아를 먼저 확인했다. 혀끝이 살짝 닿았다가 떨어졌다. 그가 고개를 조금 비틀어 혀를 깊숙이 넣는가 싶더니 이내 그녀의 젖은 혀를 빨았다. 혀가 철수하자 서영은 그를 따라갔다. 그녀의 입술이 그의 입술 안으로 들어가고, 다시 그를 애타게 찾는다. 벽에 기대어 있던 손이 허리를 움켜잡았다. 벌써부터 몸이 저릿저릿해졌다.

"들어가자."

서영은 힘겹게 말을 내뱉었다.

"그래."

입술이 겨우 떨어지고, 그의 손이 급하게 그녀를 끌었다.

[초록색 벤치로 와.]

서영은 주위 사람들 몰래 미소를 지으며 자리에서 일어났다.

"저 먼저 점심 먹고 올게요."

"그래요."

상대 건물을 빠져나가 조금 걸어가면 언덕이 있고 그 위에 탑을 가장한 물탱크가 있었다. 그 탑 앞에 초록색 벤치가 있는데 늘 조용하고 사람이 없어서 둘은 거기서 자주 만났다. 커피를 한 잔 사 들고 앉아서 이런저런 이야기도 하고, 가끔 키스도 했다. 오늘은 점심을 먼저 먹기로 했는데 거기서 기다릴 모양이었다.

걸어가는데 다시 문자가 왔다.

[작전 변경. 내 차로 가.]

그리고 서영의 눈에 1학년 여자들에게 둘러싸인 태하가 보였다. 괜히 심술이 나서 뾰로통해졌다. 늘 저런 식이다. 조금 틈만 나도 여자들이 가만두지 않는다. 그녀 혼자 있을 땐 다들 별로 말도 걸지 않는데 태하만 옆에 있으면 친한 척하고 밥을 사달라고 하는 그런 식이다.

괜히 얄미워서 문자를 보냈다.

[귀여운 1학년 여학생들이랑 맛있게 드시지요. 난 그냥 샌드위치나 먹을게요.]

씩씩거리며 매점으로 향하려는데 다시 급한 문자가 왔다.

[당장 차로 가. 안 오면 사무실로 쳐들어갈 거야.]

"흥. 이런 협박에 넘어갈 줄 알고."

그렇게 말은 했지만 서영은 그의 차가 있는 주차장으로 걸어갔다. 그리고 2분도 안 돼서 그의 손이 슬그머니 그녀의 어깨를 잡았다.

"언제 그렇게 질투가 심해진 거야?"

조수석의 문을 열며 태하가 피식 웃었다. 서영은 더 화가 났다.

"됐어. 나 그냥 샌드위치 먹을래."

태하가 아프지 않을 정도로 그녀를 조수석으로 밀어 넣었다. 서영은 차에 오르며 주위의 눈치를 봤다.

"네가 좋아하는 그 프렌치 레스토랑 갈까? 거기 브런치 메뉴도 맛있겠더라."

"정말?"

그래놓고는 다시 입을 꾸욱 다물었다.

"1학년들이나 데리고 가지?"

"난 아무 여자하고나 밥 안 먹어."

"지난번에는 먹었잖아?"

"그거야 너 있으니까 먹은 거지."

서영은 그의 말에 그제야 마음이 풀어졌다.

"거기 자리 몇 개 없는 것 같던데 사람들 많은 거 아냐?"

"아니. 학교에서 꽤 멀고, 웬만한 사람들은 잘 몰라서 별로 안 복잡한 것 같아."

"잘됐다. 배고팠는데."

차가 서자 태하의 손이 그녀의 뺨을 쓸었다. 그리곤 흘러내린 머리를 귀 뒤로 쓸었다. 그 작은 행동에서 소름이 돋았다. 서영은 작은 숨을 토해냈다.

태하는 차를 그의 빌라 주차장에 댔다.

"응? 여기서 걸어가도 되는 거야?"

"사무실에 좀 늦게 들어가도 되지?"

서영은 그의 얼굴을 보곤 꿀꺽 침을 삼켰다. 짙은 눈이 그녀를 보고 있었다. 서영은 미소를 지으며 몸을 뒤로 뺐다.

"나 배고파. 우리 밥 먹으러 가자."

그의 손이 그녀의 손을 잡았다.

"조금만 참아."

엘리베이터가 서고, 태하는 걸음을 서둘렀다.

"대낮…… 이잖아."

서영은 어색하게 말했다. 그가 무엇을 원하는지를 알자 기대감과 어색함에 목소리가 잠겼다.

태하의 몸이 그녀를 감싸더니 별안간 엘리베이터 벽으로 밀어붙였다.

"그래서 더 좋잖아. 이 빌딩 낮에는 텅텅 비어서 아무도 없어. 엘리베이터에서 섹스해도 아무도 모를걸."

"태하야!"

그녀의 목소리는 그의 입술에 묻혔다. 엘리베이터는 올라가고, 그의 손이 그녀의 뒷목덜미를 안고는 강하게 입술을 밀어붙였다. 서영은 저도 모르게 입을 벌리며 그를 맞았다. 세상에서 가장 황홀한 키스. 타액이 섞이고, 혀가 감기고, 새로운 세계가 열린다.

땡. 짧은 순간이 지나며 문이 열리고 태하도 몸을 뗐다. 그는 고개를 돌려 엘리베이터의 모퉁이 위쪽을 올려다보았다.

"비록 카메라가 있긴 하지만 말야."

"서태하! 너!"

서영은 서둘러 엘리베이터를 빠져나왔다. 혹시라도 경비원이 본 건 아니겠지. 하하, 웃는 목소리가 뒤에서 따라붙더니 순식간에 그녀를 잡았다. 그의 손이 그녀의 허리를 감고, 서둘러 문을 열었다.

"손 좀 놔봐."

신발을 벗으려고 했는데 그의 손이 계속 허리를 감고 있어 제대로 할 수가 없다. 샌들 한쪽을 벗기도 전에 몸이 기우뚱하며 바닥에 쓰러졌다. 태하의 몸이 그녀의 위에서 누르고 있었다. 마치 레슬링에서 한판을 당한 사람처럼 서영은 아래서 버둥거렸다.

"서태하, 너 죽었어! 놔줘."

태하는 킥킥거리면서도 그녀를 계속 꽈악 누르고 있었다. 서영은 버둥거리다 갑자기 몸을 멈췄다. 그가 그녀의 뒷목덜미에 입술을 대고는 빨았기 때문이었다.

"간지러워."

부끄러워 말했지만 그 간질간질한 느낌은 다른 느낌으로 순식간에 번져갔다. 입술이 그녀의 목덜미를 떠나지 않으며 데워나갔다. 그의 손이 등으로 나 있는 단추를 하나하나 풀었다. 벌어진 틈을 활짝 열자 하얀 등이 드러났다. 그는 브래지어의 훅을 풀고는 브래지어와 원피스 윗부분을 동시에 벗겨 내렸다. 그녀의 가슴으로 차가운 마룻바닥이 느껴졌다. 태하는 하얗게 드러난 등을 손으로 쓰다듬더니 입술을 맞추었다. 뜨거운 입술이 척추를 타고 내려왔다. 기묘한 감각에 서영의 호흡이 빨라졌다. 그의 입술이 허리선까지 내려왔다. 그의 손이 허벅지를 타고 올라와 손가락을 걸어 그녀의 속옷을 내렸다. 팬티가 밀려 내려가고, 그의 손이 촉촉이 젖은 중심을 건드렸다. 서영의 호흡이 점차 빨라졌다.

"몸 일으켜봐."

서영은 팔꿈치로 바닥을 짚은 채 몸을 일으켰다. 원피스의 윗자락은 허리에 걸려 있었고, 치마가 들렸다. 그의 손이 중심을 자극하며 충분히 젖게 했다.

툭, 벨트를 푸는 소리가 들렸다. 단추가 풀리고 지퍼가 내려갔다. 딱딱하게 굳은 분신이 파고들 지점을 확인한다.

"아흑!"

뿌리까지 밀어 넣으며 그가 깊숙이 들어왔다. 온몸의 세포들이 그를 느끼며 활활 불꽃을 피운다. 그의 양손이 허리를 감으며 치받고 들어왔다. 살이 부딪치는 소리 사이로 그의 신음 소리가 섞여들었다. 서영은 그와 섹스를 할 때마다 새로운 감각에 흥분하곤 했다.

그의 마음을 확인한 후로 섹스는 더욱 황홀하고 감미로웠다. 실은 그의 차를 타고 나왔을 때부터 이것을 원했는지 모른다. 24시간 그와 함께했으면 좋겠다. 섹스가 아니더라도 그의 손을 잡고, 맞닿은 그의 체온을 느낄 수 있다면 그저 행복할 것 같았다.

"괜찮아? 아파?"

그녀의 격정적인 흐느낌에 태하가 물었다. 그의 손이 뒤에서 그녀의 가슴을 그러잡았다.

"아니, 좋아."

"침대로 가자. 무릎 아프겠다."

태하는 그녀에게서 몸을 빼더니 그녀를 번쩍 안아 올렸다. 달랑대던 샌들 하나가 바닥에 떨어졌다. 침대에 눕자 서영은 남은 샌들도 벗어 바닥에 던졌다. 그가 급하게 옷을 벗는 사이 서영은 브래지어를 풀고, 허리에 감겨 있는 원피스도 벗어냈다. 빨리 그를 다시 느끼고 싶어 조바심이 났다.

그리고 그녀의 생각을 아는지 그가 서둘러 안으로 들어왔다. 폭풍처럼 몰아치는 힘에 서영은 만족한 신음을 터트렸다.

술집 안쪽의 제일 큰 홀은 사람들의 와자지껄한 소리로 가득했다. 제일 안쪽의 교수님을 중심으로 서영이 옆에 앉았고, 그 옆으로 영우며 2학년 아이들이 앉아 있었다.

과의 마지막 시험이 끝나는 날이었다. 교수님이 기분이라며 1, 2학년 학생들을 모두 불러 한턱냈다. 길고도 짧은 한 학기가 공식적으로 끝난 것이다.

시험도 다 끝나고 게다가 교수님이 쏘는 자리라 다들 기분이 들떠 있었다. 교수님의 말씀을 듣고 있었지만 서영의 신경은 제일 끝에 앉아 있는 태하에게로 가 있었다. 태하가 남자 친구가 별로 없는 이유를 알 것 같았다. 그의 주위에는 여자들이 모여 있었다.

신경이 조금씩 날카로워져 갔다. 그의 여유 있는 웃음에도, 여자아이들의 떠나지 않는 시선과 관심에도.

포옥, 작은 한숨을 쉬는데 문득 자리에서 일어서는 태하의 모습이 눈에 들어왔다.

"오빠, 먼저 가려고?"

"응. 교수님, 먼저 가겠습니다."

"아, 그래? 그래. 시험 보느라 수고 많았다."

출석일수가 모자랄 뻔했지만 아슬아슬하게 나타나 시험을 무사히 본 태하가 뒤풀이까지 따라온 것만으로도 만족했는지 최영조 교수의 얼굴엔 흐뭇한 웃음이 깃들어 있었다.

인사를 하며 떠나는 태하는 보지도 않고 바싹 익은 고기만 휘젓고 있는데 휴대전화의 문자 알림음이 울렸다.

[나와.]

그 짧은 문자에 안도의 한숨이 나오는 건 왜인지.

아는데도. 마음을 아는데도.

갑자기 마음이 급해졌지만 그녀가 나가기는 쉽지 않았다. 서영은 태하와 달리 교수님이 계시는데도 쉽게 자리를 비울 만한 처지가 아니었다. 갈 듯 말 듯 계속 술을 마시며 얘기를 하던 최영조 교수는 한참 후에야 시계를 보더니 무거운 몸을 일으켰다.

태하가 나간 후 30분은 지난 후였다. 그 이후로 재촉하는 문자는 없었지만 서영은 좌불안석이었다.

"내가 얼른 가야 다들 편하게 놀지. 내가 이렇게 눈치가 없네."

"교수님, 더 계세요."

학생들이 붙잡았지만 예의상이라는 걸 아는 교수가 허허 웃으며 자리에서 일어났다.

"넉넉하게 계산해놓을 테니까 술 더 마시고들 가."

교수님을 보낸 후 서영은 핸드백을 집어들었다. 영우가 눈을 동그랗게 뜨며 그녀를 불렀다.

"누나! 설마 가려는 건 아니지? 이제 제대로 놀아야지. 노래방도 가고."

서영은 난처하게 미소 지었다.

"나도 빠져줘야 너희들이 재미나게 놀지. 너희들끼리 놀아."

"누나아."

끝까지 붙잡는 영우를 두고 서영은 호프를 나섰다.

나오는 순간부터 눈은 태하를 찾아 두리번거렸다. 모퉁이를 돌며 휴대전화를 여는데 어둠속에서 불쑥 붙잡는 손이 있었다. 손이 닿는 순간부터 두근, 심장이 뛰었다.

"왜 이렇게 늦었어?"

낮은 목소리에는 짜증이 섞이지도, 신경질이 묻어 있지도 않았다. 미소 짓는 얼굴이 그녀를 보고 있었다. 그 얼굴을 보는 것만으로도 가슴이 벅차올랐다.

서영은 놓지 않는 그의 손길을 느끼며 수줍게 웃었다.

"미안해. 교수님 가시는 거 보고 나왔어."

"봤어. 꼰대 나가는 거. 그래서 나올 것 같더라고."

태하는 걸음을 옮기며 말했다. 사방에서 네온사인이 휘황찬란하게 번득였다.

"차는 어디에 주차했어?"

"아까 그 술집 옆 주차장."

"그래?"

태하의 발걸음은 주차장과는 반대쪽으로 걷고 있었다.

"술을 좀 마셔서 당장은 운전 못 하겠어. 지금 당장 집에 안 가도 되지?"

"응."

"뭐 하고 싶은 거 있어?"

그와 같이 있는 것만으로도 좋다. 뭐가 더 필요할까. 서영은 그런 마음은 숨기고 샐쭉하게 말했다.

"1학년 여자애들이 따라주는 술 많이 마시긴 하더라."

태하가 큭큭 웃었다.

"질투하는 거야?"

"내가 왜? 그런 거 아니야."

태하는 가볍게 그녀의 뺨을 톡톡 두드렸다. 서영은 그를 흘겨
보며 팔짱을 꼈다.

"어, 나 이거 보고 싶었는데."

극장 앞을 지나치다 서영은 광고판을 가리켰다. 그녀가 좋아
하는 배우가 나오는 로맨틱코미디였다.

"그래? 그럼 보고 가자."

"괜찮겠어?"

"응. 술도 깨고 잘됐네, 뭐."

자리를 잡고 들어가자 태하는 그녀에게 커다란 팝콘과 음료
수를 안겼다. 커플석의 손잡이가 올라가고 그의 팔이 자연스럽
게 그녀의 어깨를 감쌌다.

영화를 보는 내내 태하의 손이 습관적으로 그녀의 머리카락
을 쓸어내렸다. 너무 행복해서 날아갈 것만 같다. 별로 웃기지
않는 이야기를 하는데도 서영은 크게 웃었다. 너무 우스워서
눈물이 날 것만 같다.

"재밌어?"

그가 소곤거렸다.

"응. 넌?"

"이런 걸 좋아하는구나."

그는 도리어 그런 그녀를 보며 웃었다.

너 때문에 좋아하는 거야. 너 때문에 재미있고, 너 때문에 팝콘이 이 세상에서 제일 맛있는 음식이 되는 거야. 아마 내겐 생애 최고의 영화가 될지도 몰라. 너 때문에……

서영은 지금이 가장 행복한 시간이라는 걸 깨달았다.

방 안에는 긴 어둠이 드리워져 있었다.

서영은 그의 손을 들어 그녀의 손과 맞추었다. 손가락이 길다고 생각했지만 그의 손과 대니 한 마디 정도가 차이 났다. 홀쭉하니 얇은 손이 그의 손 안에 들어갔다. 꼬물거리며 꺼내려 하자 그의 손가락이 꼬옥 깍지를 끼며 그러잡았다. 그리곤 다시 풀어주었다. 서영은 다시 태하의 손을 찬찬히 보았다.

"왜 그렇게 손을 봐?

얇은 시트 한 장만이 둘을 감싸고 있었다. 침실의 옅은 조명이 둘을 비추고 있다.

"예뻐서."

"남자 손을 예쁘다고 하면 어떡해?"

이 손이다. 라이브카페에서 맞대었던 그 손의 느낌이다. 그녀를 감쌌던 그 따뜻한 손이었다. 그의 손은 그의 얼굴만큼이나 섬세하고 아름다웠다. 그녀에게 잡히지 않은 태하의 다른 손이 그녀의 머리채를 쓸어내렸다.

"응. 너 손이 항상 따뜻해. 알아?"

이상하게도 그를 생각하면 이 따뜻한 느낌이 그리웠다. 촉감이 그리웠다.

"응. 손에 열이 많아. 그래서 좋아?"

"응. 좋아. 네 손을 잡고 있으면 왠지 보호받는 것 같아."

그리곤 그 손이 그녀의 허리를 감쌌다. 부드러운 곡선을 그리는 몸을 쓸어내리더니 다른 손이 어깨를 감싸고 순식간에 그가 그녀의 위로 올라왔다.

서영은 그녀를 내려다보는 그의 얼굴을 손가락으로 쓸었다. 손끝으로 짙은 눈썹을, 굴곡이 진 관자놀이를, 섹시한 입술을 만졌다. 그의 얼굴에 봄바람처럼 미소가 퍼졌다.

준비를 마친 그가 천천히 그녀의 허벅지를 벌렸다.

"내 손만 좋아?"

태하의 눈빛이 진지하게 묻고 있었다. 서영은 살풋 웃음을 흘리며 대답했다.

"응. 네 손이 제일…… 아아."

천천히 남자가 들어온다. 서영은 신음을 흘리지 않으려 입술을 깨물며 그의 어깨를 부여잡았다. 깊이 들어오며 그의 입술이 그녀의 목덜미를 물었다.

그의 손이 어깨를 잡고 도망가려는 몸을 잡아끌었다. 몸과 몸이 맞닿아 둘만의 소리를 만들어냈다. 너무 애타게 찾아서 차라리 이대로 영원히 하나가 되고 싶다는 생각을 했다. 그의 몸을 힘을 주며 조이자 그의 몸이 깊이 유영하며 들어왔다.

아아. 너무 자극적이라 발가락이 곱고 온몸이 들린다. 그녀의 다리가 넝쿨처럼 그의 몸을 감았다. 더 이상 참기 힘들다고 생각했을 때, 서영은 그의 어깨에 파고들 정도로 손톱을 밀어 넣었다. 그의 입술이 벌어진 그녀의 입술을 찾아 깊이 키스했다. 온몸이 맞닿아 정말로 하나가 된 것만 같다. 서영은 그에게 파고들 것처럼 안고, 그를 빨아들였다. 그리고 태하는 깊은 곳에서 절정을 터트렸다. 그가 숨을 토해내며 땀에 젖은 몸으로 그녀를 덮었다.

온 에너지를 방출해 어느새 눈이 감겼다. 그의 가슴을 안으며 서영은 거친 숨을 골랐다.

"나 사랑해?"

까무룩 잠이 들려던 서영은 저도 모르게 내뱉은 말에 놀라서 입술을 깨물었다. 그에게 안기면서 늘 궁금했던 말이었다. 한 번쯤은 들어보고 싶은 말이었는지도 모르겠다. 그러면 조금은 마음이 편해질 것 같아서.

태하가 모로 몸을 돌리며 누워 있는 그녀를 꼬옥 안았다. 큰 손이 그녀의 몸을 쓸었다.

"자."

그의 손이 그녀의 뺨을 훑었다.

"으응. 조금만 잘게."

서영은 아무렇지도 않은 척 눈을 감으며 입술을 깨물었다. 실수했다. 흥분에 들떠 묻지 말아야 할 것을 묻고 말았다. 서영은 울음이 터져 나오려는 걸 간신히 참았다.

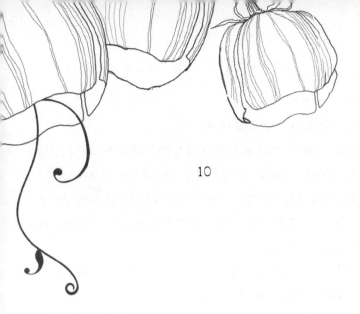

10

"안녕하세요."

"어머. 안녕하세요, 서영 씨? 오랜만이네요."

4년째 아버지의 비서로 있는 이경선이 서영을 보며 놀랐다.

그럴 수밖에. 마지막으로 아버지의 회사에 찾아온 게 2년 전이었나? 그녀가 여전히 비서실에 있다는 것도 놀라웠고, 자신을 기억하고 있는 것도 놀라웠다.

"아버지 안에 계세요?"

"연락 안 하고 오셨어요? 지금 정우금융에 회의하러 가셨어요."

"그래요? 점심 같이 먹자고 이 시간쯤에 오라고 하셨거든요."

"아 그럼 회의 끝나면 돌아오시겠죠. 급하게 회의가 잡혀서 지금 가신 지 한 시간이 넘었거든요. 제가 같이 가신 부장님께 전화 한번 넣어볼게요. 우선 들어가셔서 소파에 앉아서 기다리

실래요?"

"네. 그럴게요."

"참 축하드려요. 곧 결혼하시죠?"

서영은 어색한 미소로 대답을 대신했다. 사실은 그것 때문에
왔다. 재형도, 어머니도 아무도 결혼식을 취소할 생각이 없으니
아버지에게 말할 참이었다. 사업이 힘들고 그런 건 이젠 상관없
다. 지옥 같은 생활 속에 스스로 빠져 들어가고 싶지 않았다. 아
무리 불효녀가 될지라도.

서영은 아버지의 사무실로 들어갔다. 접대용 소파에 앉으려
다 아버지의 책상으로 걸어갔다.

책상 위에 놓인 사진을 보고 서영은 놀라움과 반가움에 저도
모르게 손을 뻗었다.

아버지와 어머니 그리고 서영, 단출한 가족이지만 작년 추석
즈음에 찍은 가족사진이 놓여 있고, 그 옆에는 서영이 어렸을
적의 사진이 있었다. 이 사진을 아버지가 가지고 있다니.

그녀가 보육원으로 갔다가 돌아온 지 얼마 지나지 않아서였다. 학교
를 마치고 데리러 온 차에는 아버지가 앉아 있었다. 지금이나 그때나
별로 말이 없는 분이었다.

서영은 아버지가 편하지 않고 무서웠다. 아버지는 서영을 데리고 중
국집으로 갔다. 거기서 서영은 자장면을 먹었다. 집에서는 늘 맛있는
음식이 나왔지만 계속 눈치가 보여 제대로 먹을 수가 없었다. 어머니도
무섭고, 아버지도 무서워 밥을 먹고 방에 들어가면 늘 속이 답답했다.

하지만 자장면은 달랐다.

시골의 외할머니가 장에 가면서 한 번씩 데려다주던 중국집의 그 자장면. 그녀의 앞에만 놓인 자장면을 보면서 눈치를 슬슬 보는데 아버지가 그녀의 자장면을 자신 쪽으로 당기더니 젓가락을 뜯어서 비볐다. 그리고는 잘 비벼진 자장면을 그녀에게 밀어주며 미소를 지었다.

"얼른 먹어. 불겠다."

아버지가 비벼주신 그 자장면이 얼마나 맛있던지. 배가 빵빵해질 정도로 바닥까지 긁어먹자 아버지는 휴지를 꺼내 그녀의 뺨에 묻은 자장 소스를 닦아주었다.

그리고 간 게 사진관이었다. 아버지는 사진사에게 예쁘게 찍어달라고 주문을 했다.

"아버님도 같이 찍으시죠."

그러는 사진사에게 아버지는 말했다.

"다음에."

서영은 잔뜩 굳어서 렌즈를 응시했다. 사진사가 웃으라고 계속 말했지만 그건 쉽지 않았다. 그러자 아버지가 그런 그녀에게 말했다.

"서영아, 웃어봐."

아버지의 말이 떨어지기가 무섭게 서영은 방긋, 웃었다. 아버지를 보며.

그녀가 들고 있는 사진은 그 사진이었다. 그녀의 시선이 카메라 렌즈를 보지 않고 그 옆에 서 있던 아버지에게 가 있어서 조금 비껴갔지만 어린 서영이 예쁘게 웃고 있었다. 서영도 가지고 있으면서 가끔씩 꺼내 보는 사진이었다.

이 사진을 보면 수천 가지 생각이 들곤 했다. 그때 이후로 아버지는 드러내놓고 서영에게 다정하게 대하지는 않았지만 서영은 아버지가 그녀를 사랑하고 있다는 걸 깨달았다. 그녀가 힘들까 봐 일부러 그녀를 찾아온 것이었다.

액자를 내려놓는데 갑자기 벌컥 문이 열렸다. 서영은 아버지인가 싶어서 고개를 돌렸지만 경선의 모습만이 보였다.

"서영 씨, 사장님이 쓰러지셨대요!"

"네? 회의 마치고 나오시다가 갑자기 쓰러지셨다고, 지금 병원으로 가는 중이래요. 얼른 가보세요."

서영은 충격에 움직일 수가 없었다. 경선이 어리둥절하게 그녀를 보았다.

"서영 씨, 괜찮아요?"

서영은 그제야 깨어난 듯 액자를 놓고 휴대전화를 꺼냈다.

"엄, 엄마한테 전화할게요."

"사모님껜 제가 연락했어요. 지난번에도 쓰러지셔서 무조건 빨리 연락하라고 하셨거든요."

"지난…… 번이요?"

"지난번에도 한 번 쓰러지셨어요. 모르셨어요?"

병원은 항상 그녀에게는 공포의 대상이었다.

손목을 그은 어머니가 입원했을 때의 병원. 보육원에서 2개월을 보낸 후 돌아와 결벽증이 있는 어머니에게 끌려가서 검진을 받은 병원. 그녀에게 병원은 모든 게 무채색이었다.

그녀가 도착했을 때는 응급실에서 긴급조치를 끝내고 일반실로 옮긴 후였다.

병실 안에 들어서자 어머니의 모습이 보였다. 하얀 침대 위에 있는 아버지를 본 순간 덜컹 심장이 떨어졌다.

"왔니."

"엄마……."

그녀를 불렀을 뿐인데 목소리가 떨려서 나왔다.

"정신은 돌아오셨어요?"

"응. 잠시 돌아왔다가 지금은 주무신다."

서영은 어머니의 어깨를 잡았다. 혜선이 단호하게 말했다.

"괜히 수선떨 필요 없다. 혈압이 갑자기 올라가서 쓰러지신 것뿐이야. 한 며칠 병원에서 몸조리하면 괜찮아지실 거야."

그렇게 말했지만 그녀의 얼굴은 눈에 띄게 창백하고 초조했다.

"일찍 왔네."

서영은 뒤에서 들리는 목소리에 흠칫 놀라며 뒤를 돌아보았다.

재형은 태연한 표정으로 그녀를 보고 있었다. 재형의 등장에 혜선은 자리에서 일어났다.

"어머님, 그냥 앉아 계세요."

"아니. 원장님께 가보려고. 서영이도 왔으니 둘이 잠시만 여기 있게."

"네. 걱정 마십시오."

혜선이 나가고 나자 서영은 혜선이 앉았던 자리에 앉았다.

"너무 걱정하지 마. 의사도 괜찮다니."

"아버지 오빠랑 같이 있을 때 쓰러지셨어?"

"그래. 회의실 나오면서 쓰러지셔서 내가 모시고 왔어."

"회의하면서…… 무슨 일 있었어?"

말을 꺼내다 서영은 멈칫했다. 실수했다. 꼭 재형이 원인이 되어 아버지가 쓰러지신 것처럼.

"회의하다가 열을 좀 내시더니 쓰러지셨어. 지난번에도 한 번 쓰러지셔서 조심하시라고 했는데 과로하셨나 봐. 방금 잠드셨어."

서영은 금시초문이었는데 지난번에도 한 번 쓰러지셨다는 걸 재형은 알고 있었던 건가? 하지만 그렇다고 재형에게 물어볼 수는 없는 노릇이었다.

"결혼식도 얼마 안 남았는데 괜찮으셔야 할 텐데 말이지."

결혼. 그래, 결혼이 있었다. 그 결혼식을 안 하겠다고 아버지를 찾아왔는데. 아버지라면 그녀를 이해하고 그런 자식과 결혼하지 말라고 하실 것 같아서 조금은 기대하면서 찾아왔는데, 그런데 쓰러지시다니…….

"나 지금 가야 하는데 잠깐 같이 나갈래?"

"아니. 엄마도 안 계신데 여기 있을게."

"간호사 부를게. 할 얘기가 있어."

재형은 따라 병원 뒤편의 작은 정원까지 나오자 그는 시간을 확인하더니 입을 열었다.

"아버님 쓰러지신 것도 모르는 것 보니까 네가 회사일을 전혀 모르는 것 같아서 말이지."

"무슨……. 말이야?"

"아버님 회사를 우리 회사에서 인수하기로 했어. 아무래도 아버님은 일선에서 물러나셔야 할 것 같아."

대충 회사가 힘들다는 건 알았지만 갑작스럽게 합병이라니. 거기다 아버지가 왜 은퇴를 하신단 말인가?

"아빠가 왜 물러나셔? 아빠가 어떻게 일궈놓은 회사인데."

재형의 얼굴이 딱딱하게 굳었다.

"파산신청을 하려던 걸 가까스로 막았어. 우리 회사가 지금 엄청난 손해를 보며 회사를 합치는 거야. 그리고 아버님을 봐. 오늘도 회의 중간에 쓰러지셨어. 건강이 저런데 어떻게 일을 하겠어? 그래도 다 너랑 아버님과의 인연을 봐서 회사 이름이라도 남겨놓고 아버님은 명예이사직으로 남는 거라고."

말도 안 된다. 반 평생을 고스란히 바친 회사에서 남는 게 아무것도 없다고? 말도 안 돼. 합병이라지만 결론적으로는 아버지에게 아무것도 남는 게 없다는 말 아닌가?

"결혼하면 이제부턴 너도 신경 좀 써. 사업가의 딸과 사업가의 부인이 같을 수는 없잖아. 어머님께 좀 배워. 어쨌든 갈게. 전화해."

서영은 다시 병실로 돌아갔다.

침실로 돌아와 미동도 없는 아버지의 앞에 자리를 잡고 앉았다. 링거를 꽂고 있는 손목도 말랐고, 얼굴도 어느새 주름이 짙게 패어 있었다.

어렸을 적엔 왜 바람을 피우고 책임감 없이 자신을 낳았는지 원망도 많이 했다. 늘 일에 바빠 자주 보지도 못하고 살갑게 대해주지도, 그녀를 챙겨주지도 않았지만 그래도 아버지가 아픈 건 싫다.

원망을 하고 불평을 해도 든든하게 자신을 지켜주던 울타리였다.

서영은 마른 손을 가만히 잡았다.

"아프지 마세요, 아버지. 얼른 일어나셔서 회사일 하셔야죠. 아버지 원하는 대로 결혼도 하고, 잘 살 테니까 오래오래 사세요."

눈에서 뚝 투명한 눈물방울이 떨어졌다.

내가 욕심을 내서 다 아프고 힘든 거야. 나만 마음을 잡으면 다들 행복할 텐데. 혜선이 혼수를 서두르는 이유도 알고 있다. 그녀의 걱정스런 시선이 한 번씩 자신에게 머무르곤 했다. 어쩔 수가 없다. 나만 포기하면 다들 행복할 텐데…….

서영은 그렇게 아버지의 손을 잡고 오래도록 앉아 있었다.

"이건 어떠세요? 침대형으로 나온 한실이불 세트예요. 요즘은 이렇게 고급스러워 보이면서도 부와 건강을 기원하는 색깔이라고 황금색을 많이 한답니다."

이불을 살피는 혜선의 눈빛은 날카로웠다. 한성예단의 사장이덕희는 그녀의 기에 눌려 눈치를 보았다.

이런 여자가 차라리 신부의 엄마 쪽이라 다행이라고 해야 하나. 시모 쪽이었으면 시집가는 여자가 얼마나 힘들었을까.

하지만 같이 온 딸 역시 친딸이 맞을까 싶을 정도로 서로 살갑지도 않고, 결혼하는 여자의 얼굴에서 활기라곤 찾아볼 수 없었다.

"이런 거 말고 너무 튀지 않으면서 고급스러운 걸로 보여줘 보세요."

"아, 네. 잠시만요. 아주 고급으로 제가 따로 하나 놔둔 걸 어떻게 아시고. 호호호호."

덕희는 강 여사의 기세에 눌려 혼을 빼고 안으로 들어갔다.

"너무 급한 것 같아요. 아직 시간 많이 남았는데. 아버지도 편찮으시고."

입술을 깨물고 있던 서영은 주저하며 한마디를 던졌다. 차가운 혜선의 눈빛이 서영에게 닿았다. 혜선은 그녀의 말을 무시하며 찬찬히 예단을 살폈다. 예단을 보러 오기 위해 특별히 한복을 입은 혜선의 모습은 숍 안과 자연스럽게 어울렸다.

"그러니까 더 잘 준비해야지. 아버지도 편찮으신데 결혼도 대충하면 어떡하니? 제대로 준비해서 가야지. 참, 너 예지원에 신부수업과정 등록해놨으니 다음 달부터 다녀. 한 달 과정이다. 너 방학하면 시간도 많을 테니 생활예절이랑 혼례절차랑 너 필요한 거 꼼꼼하게 배워놔라. 그쪽 어른들 까다로운데 잘 맞춰야 한다. 어설프게 해서 시댁 어른들께 망신당하지 말고."

"엄마……."

"쟤가 날 엄마라고 부르는 소리도 듣기 싫어!"

난 결혼하기 싫어요, 라고 하려고 했는데 귀가에 이명처럼 들리는 소리가 갑자기 그녀를 잡았다. 위잉. 현기증이 났다.

"왜 그래? 괜찮니?"

"아, 현기증이 조금 나서요. 괜찮아요. 물 한 잔 마시고 올게요."

"그래라."

서영은 생수통에서 졸졸 흘러내리는 물을 빤히 봤다. 하지만 초점을 잃은 눈에는 아무것도 보이지 않았다. 맑은 물이 종이컵에 차오르다 넘칠 때가 되어서야 정신을 차렸다.

찬물을 마시며 힐끗, 직원을 시켜 사장이 새로 내온 한실이불을 세심하게 챙기는 혜선의 모습을 봤다. 바늘 하나도 들어가지 않을 정도로 꼼꼼하고 단정하게 생긴 여자. 내 엄마.

"쟤가 날 엄마라고 부르는 소리도 듣기 싫어!"

생애 단 한 번, 그런 엄마가 정신을 잃었던 때가 기억이 났다.

스트레스를 못 견딘 엄마가 스스로 손목을 그었다. 그것을 제일 먼저 발견한 것은 서영이었다. 언제나 굳은 얼굴에 그녀를 가까이 오지조차 못하게 했던 엄마였다. 그런 엄마를 안고 어쩔 줄 몰라 그저 눈물만 흘렸다. 엄마의 따뜻한 체온이 느껴졌다. 엄마의 몸에서 흘러나오던 피는 뜨거웠다.

아직도 잊을 수가 없다.

피가 낭자했던 침실, 창백한 엄마의 모습, 뚝뚝 차가운 액체가 떨어지던 링거 병. 그리고 시설…….

두 달을 거기에 있었나? 남의 엄마처럼 살갑지는 않은 엄마였지만, 그리고 그녀의 친엄마가 아니란 것도 알아버렸지만, 그녀가 엄마라고 부르는 것조차 저주한다는 걸 알았지만, 그래도 두 달 동안 제일 생각나는 얼굴이었다.

그리고…… 결국 그녀를 데리러 온 것은 혜선이었다.

그 품에 안기어 얼마나 울었나. 그 목소리가 두 달 내내 귓가를 울렸지만, 아이러니하게도 그녀를 다시 찾으러 온 것은 그 엄마였다.

그녀의 생모도 아니고, 아버지도 아닌.

……그래서 자신은 엄마의 딸일 수밖에 없다.

둘 다 노력을 많이 했다. 혜선은 남편이 만든 부정의 싹을 거두어 친딸처럼 키우려고 애썼고, 서영은 그런 혜선의 기대에 부응하려고 가끔씩 자제를 못 해 드러나는 냉대에도 반듯하게 자랐다. 버림받지 않으려고 발버둥쳤다.

그래서 서영은 아무것도 요구할 수 없다. 아홉 살의 지옥 같았던 두 달은 그녀에게 가정의 소중함을 알게 해주었다. 울타리의 소중함을.

그리고 서영이 혜선을 사랑하는 것만큼 혜선도 서영을 사랑한다는 것을.

표현하지 않아도, 드러내지 않아도 알고 있다. 그 긴 세월만큼의 애정을. 애증을.

나는 그녀에게 씻을 수 없는 빚을 지고 있다. 태어나면서부터 가진 원죄.

나는 그녀에게 아무것도 요구하지 못한다.

이게 내 운명이라면……, 그냥 따를 수밖에.

책과 서류를 꼼꼼하게 정리해서 교수님의 책상에 두고, 서영
은 자신이 쓰던 책상도 깨끗하게 정리했다. 긴 여름 방학이 시
작되었다. 당분간은 학교에 나올 일이 없었다. 여름 방학 동안
또 얼마나 많은 것들이 변해 있을까?

아버지가 퇴원을 해서 그마나 다행이었다. 아버지가 집에 계
신 동안 열심히 간호할 생각이었다.

복도를 걷던 서영은 문이 닫힌 강의실을 응시했다. 이 안에서
태하가 그녀를 안았다고 생각하면 얼굴이 화끈거렸다. 어떻게
그렇게 대담할 수 있었을까? 그것도 밖에 아이들이 있었는데.
다시 그럴 일은 없겠지. 그렇게 상상할 수도 없는 미친 짓을 하
는 게 사랑일지도 모르겠다. 어쩌면 그런 순간이 있었다는 걸
나중엔 기쁜 마음으로 회상할지도 모르겠다. 왜냐하면 다시는
오기 힘든 시간이니까.

복도를 걷는데 전화가 울렸다. 발신인을 확인하는 서영의 마
음이 무거웠다. 태하였다. 며칠째 그의 전화를 피하고 있었다.
이렇게 피할 수만은 없는데……. 뭐라고 말을 해야 할 텐데 마
음이 무거워서 아무런 말도 할 수 없다.

재형과 절대로 결혼을 할 생각이 없었을 때는 상관이 없었다.
어차피 재형과 한 번도 관계를 가진 적도 없었고, 마음으론 그

가 남이라고 생각했기에 태하에게 한 번도 미안한 적이 없었다.

하지만 지금은 다르다. 서영은 자신의 운명을 받아들이기로 결심했다. 태하에게까지 자신의 짐을 지울 수는 없었다.

서영은 계속 울리는 전화기를 보며 마침내 통화 버튼을 눌렀다. 이렇게 계속 피할 수는 없으니까.

"태하야."

- 왜 연락을 안 했어?

"미안해. 아버지가 갑자기 입원을 하셔서……."

- 그래? 지금은 좀 괜찮으셔?

"응. 어제 퇴원하셨어."

- 그래? 그럼 만나.

"아니……."

- 뭐?

"저……. 당분간은 안 만났으면 좋겠어.

- 무슨 말이야?

차마 태하에게 결혼하기로 했다고 말을 할 수는 없었다.

- 만나. 만나서 이야기해.

"지금은 그래. 집에 가봐야 해. 아버지 때문에."

- 알았어. 그런데…… 너 정말로 괜찮은 거지?

확실히 태하는 민감하고 변화에 빨랐다. 서영은 아무렇지도 않은 척 연기를 했다.

"응. 정말 괜찮아. 나중에 전화할게."

전화를 끊고 나자 서영은 주르륵 흘러내리는 눈물을 닦았다.

이제 남은 것은 천천히 각자의 길을 가는 것뿐. 어차피 그녀가 결혼을 하게 되면 태하는 자연스럽게 포기할 것이다. 그러면 모든 게 제자리를 찾게 된다.

검은 세단이 그녀 앞에 나타난 것은 태하와 통화를 한 이틀 후였다. 아버지 약 때문에 병원에 들렀다 집으로 가려고 택시를 잡는데 그녀를 막아섰다.

"한서영 씨 맞습니까?"

"네?"

당황한 서영에게 남자가 명함을 한 장 건넸다.

"저희 부사장님이 뵙고 싶어하십니다."

명함을 보는 서영의 얼굴이 창백해졌다.

30분 후 차에서 내린 서영은 핸드백을 고쳐 메며 손에 힘을 주었다.

그녀의 눈앞에 거대한 대한그룹 빌딩이 있다.

여러 개의 계열사를 거느린 대한그룹은 아버지의 회사와는 비교도 할 수 없을 만큼 규모 자체가 달랐다.

온갖 빌딩들이 모여 있는 거리에서도 제일 크고 화려한 건물은 권력과 위엄을 드러내었다.

차를 타고 오면서 온갖 상황에 대한 마음의 준비를 했지만 건물 앞에 서는 순간 모든 게 두려워져서 도망가고만 싶어졌다.

"따라오시죠."

주저하던 서영을 잡아끈 것은 그녀를 데리고 온 남자의 목소리였다. 그를 따라 엘리베이터를 탔다. 엘리베이터에서 내려 웅장한 복도를 지나 문을 열고 들어가자 사무실이 나오고, 다시 안으로 들어가자 넓은 접객실이 있었다. 개인 사무실이라고 하기엔 지나치게 큰 규모였다.

"여기에서 기다려주십시오."

남자가 인사를 하고 나가자마자 단정한 정장을 입은 여자가 들어와 두 잔의 차를 놓고 나갔다. 그녀의 앞과 맞은편에.

서영은 전혀 내키지 않았지만 무의식적으로 찻잔을 집어들었다. 초조해서 무엇이라도 해야 할 것만 같았다. 향기 좋은 차를 한 모금 마셨지만 맛은 전혀 음미할 수가 없었다. 여전히 자리를 박차고 떠나고 싶었지만 억지로 마음을 진정시키며 조용히 앉아 있었다.

하지만 서영이 차를 반쯤 들이켜고, 맞은편의 차가 식을 때까지도 아무도 모습을 드러내지 않았다. 초조해져서 주위라도 둘러볼까 생각을 할 때 그녀의 등 뒤에서 문이 열리며 누군가가 걸어들어왔다. 서영은 천천히 자리에서 일어났다.

삼십 대 초중반 정도일까? 아니면 후반? 양복과 지위 때문에 나이를 가늠하기가 힘들었다. 날카로운 눈빛을 한 남자는 그녀에게 다가왔다. 그녀를 단번에 파악할 것만 같은 눈빛이었다. 남자는 누구도 범접할 수 없는 포스를 풍기고 있었다. 얼핏 남자의 눈매에서 서영은 태하를 찾을 수 있었다. 그리고 아니나다를까.

"서태혁입니다. 태하 형입니다."

그녀의 궁금증을 가볍게 풀어주며 남자는 손을 내밀었다.

"한서영입니다."

서영은 내민 그의 손을 가볍게 잡았다. 동요한 모습을 보이지 않기 위해 노력해야 했다.

"앉아요."

그가 자리에 앉자마자 인터폰을 눌렀고, 1분도 채 되지 않아 여직원이 새로운 차를 내어왔다. 그의 앞에 한 잔, 그리고 그녀의 앞에 새로운 한 잔.

"좀 더 들어요."

"감사합니다."

서영은 그녀의 추측이 틀린 것에 대해 당황하는 중이었다. 명함의 인물이 태하의 아버지일 거라고 생각했는데 아니었다. 재형이 바늘 하나 안 들어갈 것 같다던 그 태하의 형이었다.

"생각했던 이미지와는 다르군."

"네?"

혼잣말에 가까운 남자의 말에 서영은 저도 모르게 입을 열었다. 남자는 손목시계로 시간을 확인하더니 입을 열었다. 1분 1초도 헛되이 쓰지 않을 것 같은 남자였다.

"시간이 없으니 바로 말하겠습니다. 내가 무엇 때문에 불렀는지 대충 알 거라고 생각하는데……."

그녀의 생각이 맞는다면 그가 부른 이유는 오직 한 가지뿐일 것이다. 하지만 그가 먼저 입을 열기 전까지는 어떤 말도 꺼낼 수가 없었다.

"12월에 결혼식이 있더군요."

얼굴이 화끈 달아올랐다.

그 말에 모든 것이 함축되어 있었다.

결혼을 앞둔 채 바람이 나 어린 학생을 꼬여서 놀아나는 여자가 궁금했겠지. 엄청 아름답고 화려하거나 팜므 파탈의 매력이라도 풍길 거라고 생각했겠지.

"오래전부터 지켜보고 있었는데 태하가 이렇게까지 빠질 줄은 몰랐군요. 내 실수였지."

"무슨?"

그가 먼저 꺼낸 말에 서영은 그를 보았다. 처음으로 남자의 눈과 정면으로 마주쳤다. 굳고 단단한 눈빛이었다. 그의 모습에 태하가 겹쳐 보였다. 아직은 영글지 않은 태하도 언젠가는 이 남자 같은 아우라를 풍기며 범상치 않은 인물이 될 것이다. 서영은 확신했다.

그는 자리에서 일어나 자신의 책상으로 가더니 두툼한 서류 뭉치를 들고 와 그녀의 앞에 던졌다.

"정우금융 이현규. 그러니까 당신 약혼자 이재형의 아버지 회사와 당신 아버지의 회사에 관련된 모든 정보요."

서영은 얼떨떨하게 서류를 펼쳐들었다.

"쥐새끼 같은 당신 약혼자가 작년부터 우리 회사를 두고 슬슬 장난을 치기 시작하더군. 그래서 조사를 좀 하고 있었어."

남자의 어느새 낮춘 말투에서 위협이 느껴져 몸에서 소름이 돋았다.

"혹시나 다른 루트가 있나 싶어서 이재형의 주변인물까지 샅샅이 조사를 시켰는데 그러다 다른 걸 발견했지. 이재형의 약혼녀가 내 동생과 아주 가깝게 지내고 있더군."

　서영의 얼굴이 창백해졌다. 오래전부터 알고 있었다는 말이다. 언제부터 알고 있었다는 거지? 태하의 빌라를 드나들고 태하와 만난 일거수일투족을 다 알고 있단 말인가? 설마…….

　"우선은 이재형의 일과 연결돼서 태하와 접촉한 건 아닌 것 같고, 결혼할 남자가 있는 데다 나이도 있고 해서 동생의 배경을 보며 결혼하자고 유혹하는 여자들보단 낫겠다 싶어서 그냥 내버려뒀어. 하지만 이젠 슬슬 떨어져야 할 시간이 아닌가 싶은데……. 이 녀석이 더 빠지기 전에. 지난 한 주에만 태하와 5일을 붙어 있었더군."

　그는 어느새 자리에서 일어나 창 밖을 보고 있었다. 고개를 돌린 그의 눈빛에서 잠시 경멸의 빛이 지나갔지만 서영은 보지 못했다.

　서영은 허벅지에 올려놓았던 주먹을 꼭 쥐었다. 그의 말에 잠시나마 안도하는 자신을 발견했다. 고개를 떨어뜨린 그녀의 눈에 눈물이 고였다. 서영은 눈물을 감추며 천천히 입을 열었다. 남자의 말투와 태도에서 충분히 그의 입장을 깨달았기에 다른 이야기를 들을 필요도, 구차한 변명을 할 필요도 없었다.

　"죄송합니다. 태하와는 이미 헤어지려고 결심하고 있었습니다."

　"그래? 그런데 왜 이 녀석은 며칠째 당신 집 앞에서 당신만 기다리고 있지?"

남자는 털썩 그녀의 앞에 앉았다. 서영은 지난 며칠간 태하의 전화가 없었던 걸 떠올렸다. 다른 일로 바쁜 줄 알았더니 설마, 자신을 기다린 거였나. 병원과 집을 오가느라 태하가 보고 있을 거라곤 전혀 생각하지 못하고 있었다.

"태하한테 뭐라고 했기에 저 녀석이 저러는 거요?"

"죄송합니다. 당분간…… 만나지 못할 거라고 했습니다. 아버지도 편찮으시고 결혼 준비도 시작하고, 그래서 태하랑 멀어지려고 결심하고 있었어요. 하지만……."

서영은 마음속에 있던 말을 꺼냈다. 이 남자가 일부러 사람까지 사서 감시를 하는 이유를 이해할 수 없었다.

"연애는 개인의 일입니다. 아무리 사랑하는 동생이라지만 연애 문제까지 끼어드는 건 성인인 동생에게 조금 부당한 처사가 아닌가 합니다."

킥, 갑자기 그의 입에서 난 소리가 조용한 공기를 갈랐다. 그건 웃음소리가 아니라 비웃음에 가까웠다.

그가 정색을 하며 그녀를 보았다.

"왜 태하가 1년을 휴학했는지 들었나?"

"네?"

"연상의 과외선생이랑 사랑에 빠져서 그 여자랑 결혼하겠다고 했거든."

두근. 심장이 울리기 시작한다. 처음 듣는 이야기였다. 태하에게 과거의 여자가 없지야 않았겠지만 한 번도 구체적으로 생각해본 적은 없었다.

"그 여자한테 빠져서 정신을 못 차리고 있다가 1년간 미국으로 쫓겨나고서도, 심지어 다른 남자와 결혼한 여자를 이혼시켜서라도 결혼하겠다고 깽판을 부리던 녀석이야. 그것도 뻔히 자기를 이용해 먹은 게 뻔한 여자를 말이야. 그런 녀석이 제정신일 거라고 생각하나? 그런 동생을 뒀는데 내가 가만히 있어야겠어? 세상 모든 여자들이 대한그룹의 후계자라는 이유만으로 유혹하며 눈독 들이는데 아직 어린 동생을 그냥 놔둬야겠냐고."

서영은 처음으로 듣는 태하의 일들이 믿기지 않았다. 그렇게 목숨 바쳐 사랑한 여자가 있었다는 사실이 믿기 힘들었다.

"그리고 보아하니 황혜진 그 여자, 아직까지 태하의 오피스텔을 드나들더군. 녀석이 무슨 생각을 하는지 모르겠어. 하지만 그 녀석이 정말로 한서영 씨를 좋아해서 저러는 건지, 아니면 그 여자 대타로 생각하는 건지 그것만은 확실하지. 난 다만 지난번처럼 더 늦기 전에 확실하게 싹을 잘라놓으려고 하는 거야. 더 일이 커지기 전에."

서영은 생각을 정리하기 힘들 만큼 패닉 상태에 빠져 있었다. 그 여자가 아직도 드나들고 있다고? 계속 감시를 한 이 남자가 봤다는 말인가? 설마! 믿을 수가 없다. 그 첫사랑이 아직도 현재진행형이었던 건가? 예전의 여자가 아니라 아직도 잊지 못하는 건가?

어쩌면 남자는 그녀를 떼어내려고 잔인한 거짓말을 하고 있는 건지도 몰랐다. 하지만 거짓말을 할 사람처럼 보이지는 않았다.

모든 게 선명하다고 생각했는데 갑자기 흐릿해진 유리 앞에 서 있는 것만 같았다. 서영은 애써 냉정한 표정을 지었지만 점점 무너지고 있는 자신을 느낄 수 있었다. 태혁은 그녀의 심정을 아는지 모르는지, 말을 계속했다.

"그 녀석 지금 살고 있는 집, 황혜진이랑 같이 살려고 얻은 집이야. 그 집에 얽힌 모든 게 그 여자와의 추억이라고. 나 몰래 그 집을 구한 걸 알고 내가 미국으로 보냈어. 그렇고 그런 그 여자는 착한 동생을 꾀어내서 결혼을 해서 신분상승을 할 생각을 하더니 아나운서 자리를 제공했더니 바로 떠나더군. 그 여자는 지금 다른 남자와 결혼해서 잘 살고 있지. 그런데도 내가 너무 심한 참견을 한다고 생각하나? 난 내 동생을 잘 알아. 고집이 너무 세고, 집착도 심해. 자기가 해야 하는 건 꼭 이뤄야 하는 녀석이라고. 어쩌면 그 녀석은 아마 한서영 씨를 좋아하는 게 아니라 첫사랑의 대타로 생각하는지도 몰라."

"내게 뭘 원하는 거예요?"

태혁은 자리에서 일어났다. 거대한 그가 그녀를 심판하는 것처럼 내려다봤다.

"거래를 하지. 저 서류를 잘 봐. 당신의 약혼자와 당신 아버지가 저지른 온갖 비리가 그 안에 들어 있어. 조만간 싹 다 잡아들일 거야. 하지만 완전한 용서는 불가능해도, 조금은 피해를 덜 받게 도와줄 수는 있지. 대신 당신은 내 동생을 완전히 떠

나. 결혼을 빨리 당기든지, 그 녀석 앞에서 사라지든지, 그건 알아서 해. 다만 미련이 남지 않게 완전히 자르라고. 지금처럼 어영부영 숨바꼭질하면서 가지고 놀 생각이면 지금 당장 여기서 나가고."

서영은 탁자 위에 그가 던진 서류를 보았다. 이게 그 의미였나? 태하와 맞바꿔야 하는 그녀의 부채인가?

"당신이 내 동생을 조금이라도 아낀다면, 어떤 게 그 아이를 위한 건지 생각해봐. 모든 걸 다 잃기 전에 잘 생각해서 결정하도록 해. 그럼 난 회의가 있어서 가야겠어."

태혁은 조금의 여지도 주지 않고 성큼성큼 자리를 떴다.

서영은 충격으로 한동안 자리에서 일어날 수가 없었다.

그의 집 자체가 첫사랑의 추억이었나? 그가 해준 모든 일들이 첫사랑에 대한 보상심리였나?

서영은 문득 그 밤의 일을 떠올렸다. 그래서 사랑하냐는 말에 대답을 하지 않은 건가? 그녀가 느꼈던 불안이 하나하나 답을 찾아가고 있었다.

비서가 들어오자 서영은 겨우 자리에 일어났지만 인사를 할 여유도 없었다.

11

서영은 문의 비밀번호를 누르고 태하의 집으로 들어갔다.

태하는 보이지 않고 집은 조용했다. 발코니를 가린 블라인드 때문에 거실은 어둑어둑했다. 신발을 벗은 서영은 거실에 올라 마치 남의 집을 보는 것처럼 오도카니 집 안을 응시했다. 첫사랑의 추억이 서린 공간이라는 사실을 받아들이기가 힘들다. 오직 그와 자신만을 위한 공간이었는데…….

이 집 안에는 얼마나 많은 첫사랑의 환영이 남아 있는 걸까?

집착.

완벽한 집착이다.

그 생각이 머리를 떠나질 않았다. 상대에게 자신이 이렇게 집착을 할 수 있으리라곤 상상도 하지 못했다. 너무 사랑해서 고통스럽다니…….

서영은 고개를 들어 거울 속의 자신의 모습을 보았다.

내가 첫사랑과 닮은 걸까? 그래서 날 좋아한 걸까? 나 역시 그가 모으는 첫사랑의 추억의 세트 중 하나인 걸까?

학교에서 그를 만난 후 물었었다.

왜 나한테 그러니?

그리고 그를 만나며 물었다.

내가 왜 좋아?

그럴 때마다 그는 항상 그냥이라고 말했다. 그냥 좋아.

정말로 그냥 좋았던 걸까? 잊지 못해 미국까지 쫓겨갔던, 병이 날 정도로 좋아했던 그 첫사랑을 대신했던 게 아닐까?

바보처럼, 그것도 모르고 아픈 그를 보며 눈물을 흘렸다. 그를 의심하지 않아야 하는 건지도 모르지만 때로 질투는 믿음보다 더 강한 법이다.

서영은 뜨거워지는 눈시울을 감추며 마음을 단단히 먹었다. 모든 게 그녀의 욕심에서 나온 것이었다. 그냥 그가 좋아해주는 것만으로도 좋았는데, 그냥 그를 알게 된 것만으로도 행복했는데 욕심 때문에 이렇게까지 치달았다.

어쩌면 잘된 일일지도 모른다. 정말로 그녀를 진심으로 생각한 게 아니라면 헤어지기 더 쉬울 테니까. 그리고 태혁의 말대로 어차피 헤어져야 한다면 확실하게 해두는 게 좋았다. 그녀를 위해서도, 태하를 위해서도.

지금 당장은 조금 힘들 수 있지만 태하에게는 그저 지나가는 아픔 정도밖에 되지 않을 것이다.

서영이 마음의 준비를 하고 욕실에서 손을 씻는데 달칵 하고 문이 열리는 소리가 났다.

서영은 옷을 단정히 추스르고는 밖으로 나갔다. 무심코 들어오던 태하의 얼굴이 서영을 보더니 밝아졌다.

"여기서 뭐 해? 왜 전화 안 했어?"

서영은 긴장을 풀 수가 없었다. 완벽하게 연기해야 한다. 불쌍하게 보여서도 안 되고, 거짓말하는 것처럼 보여서도 안 된다. 담담하게, 확실하게 말해야 한다. 단번에.

"할 말이 있어서 찾아왔어."

"뭐야? 앉아. 차라도 한잔 마시자."

"아니……. 오래 걸리지 않아."

"왜 그래? 오랜만에 봤는데."

태하는 자연스럽게 서영에게 걸어왔다. 서영은 무심코 한 발짝 뒷걸음질을 쳤다.

"아버지 때문에 병원에 가봐야 해서 시간이 별로 없어."

그녀의 태도에 고개를 갸웃하던 태하의 표정이 점점 더 굳었다.

"한서영, 왜 그래? 꼭 남처럼 대하고 있잖아. 말투도 그렇고. 왜 그러는 거야?"

서영은 소파에 앉지도 않고 그 자리에 선 채 말했다. 백을 한 손으로 꼭 잡았다.

"할 말이 있어."

가슴이 점차 떨려왔지만 또렷하게 말했다.

"우리 이제 그만 만났으면 해. 결혼식도 얼마 안 남았고, 준비

할 게 많아. 거기다 아버지까지 편찮으셔서 더 이상은 힘들 것
같아."

태하는 한동안을 멍하니 그녀의 얼굴만 보았다. 그리고는 천
천히 입을 떼었다.

"뭐라고? 다시 말해봐."

"말했잖아. 그만 만나자고."

태하는 입고 있던 재킷을 거칠게 벗었다.

"네 멋대로 만나자 말자 한다고 내가 따를 것 같아!"

서영은 입술을 축였다.

"그럼 어떻게 할 건데? 결혼은 해야 하는데, 너 내 정부라도
할 거야? 남편이랑 살고 있는 나를 가끔씩 만나는 것도 괜찮다
고 할 거냐고!"

태하의 얼굴이 일그러졌다. 태하는 잠시 뜸을 들였지만 단호
하게 말했다.

"나랑 결혼해. 나랑 결혼하면 되잖아."

서영은 훗, 나오지 않은 웃음을 억지로 지었다. 지금 이 모습
을 서태혁이 보면 뭐라고 할까? 동생을 유혹하는 마녀가 정말
로 원하는 답을 끌어냈다고 생각하겠지. 서영은 싸늘한 빛을
잃지 않고 입을 열었다. 이렇게 냉정하게 말하고 있는 자신이
놀라웠다.

"그건 불가능하다는 거, 네가 더 잘 알잖아. 현실적으로 생각
해봐. 넌 아직까지 어린 데다 학생이고 나이도 어리잖아. 거기
다 너희 집 같은 데서 날 받아주기나 하겠니?"

"그런 건 네가 걱정할 필요 없어. 내가 알아서 해결할 테니까."

"네가 어떻게 알아서 하겠다고? 네 힘으로? 네가 돈 벌고 네가 너희 집 식구들한테 허락받고 다 할 수 있어? 혹시 집안의 힘을 빌리려는 거 아니니? 도와달라고 집에 손 벌릴 거 아니니?"

태하는 입술을 깨물었다. 그녀가 그의 치부를 건드렸다. 그녀의 말은 사실이었다. 지금 당장 그가 혼자서 할 수 있는 일은 아무것도 없다. 그가 유일하게 할 수 있는 건 형을 찾아가서 도와달라고 하는 방법밖에 없었다. 신용카드도, 차도, 옷도, 살고 있는 집도, 어느 것 하나 그의 이름으로 된 것은 없었다.

태하는 자신이 보잘것없는 존재라는 사실을 일깨워주는 서영이 원망스러웠다.

"결혼하고 재형이 오빠 미국으로 가면 따라가서 공부하기로 했어."

뜬금없는 소리에 그녀를 잡으려던 그의 손이 멈췄다. 도대체 자기가 아는 한서영이 맞나 싶었다.

"미쳤어? 그런 거지 같은 자식이랑? 너 그 남자 좋아하지도 않잖아."

서영의 시선이 그를 응시했다. 그리곤 그녀의 시선이 창 밖을 훑었다. 그런 서영이 멀어지는 것 같아서 손을 뻗어 잡고 싶어졌다.

"십 년이야. 재형 오빠랑 알고 지낸 시간이 십 년. 짧은 시간이 아니야. 그래서 삐걱이기도 하고 문제가 생기기도 했지만 그렇다고 모든 걸 다 깨버릴 수는 없어. 멀리 나가서 살면 또 괜찮아질 수도 있을 것 같아."

도저히 들을 수가 없어서 태하는 자리에서 벌떡 일어났다. 일방적이고 대화가 되지 않는다. 그냥 자신의 스타일로 밀어붙일 수밖에.

"한서영, 너 정말로 이럴래?"

"세상에 영원한 게 있을 것 같니? 우리가 서로 좋아한다고 해도, 그 유효기간이 얼마나 갈 것 같니? 지금 이 기분 때문에 너한테 큰 짐 지우기 싫어."

태하가 그녀에게 다가왔다. 그의 눈동자는 분노로 활활 타오르고 있었다. 서영은 저도 모르게 뒷걸음질을 쳤다. 그의 손이 그녀의 팔을 아프도록 잡았다. 서영의 몸이 그의 힘에 딸려 올라갔다.

"너는 그렇게 쉽니? 사람의 마음을 판단하는 게?"

태하는 이를 악물고 말했다. 서영은 가슴이 아파왔다. 하지만 현실은 현실이다. 모든 사람의 처음 마음 그대로이면 세상에는 바람피우는 사람도, 이혼하는 사람도 없을 거다. 태하가 계속 한마음이었으면 진즉에 그를 만나지 않았을 거다.

"한서영. 들어올 땐 네 멋대로 들어왔지만 나갈 땐 못 나가. 그런 식으로 말하면 결혼이고 뭐고, 너 여기다 계속 가둬둘 거야."

그리곤 그의 입술이 그녀에게 다가왔다. 키스는 거칠고 무모했다. 서영은 필사적으로 몸을 뒤틀었다. 여기서 그의 키스에 반응을 하면 모든 게 끝이다. 서영이 끝까지 입을 열지 않고 몸을 꼿꼿하게 세웠다. 마침내 태하의 몸이 떨어졌을 때는 그의 눈에 당황한 표정이 떠올랐다.

서영은 결국은 참을 수 없어 털썩 주저앉았다. 주먹을 부르르 쥔 태하에게 그녀의 목소리가 들렸다. 떨리고, 안타까운 목소리다. 흐느끼고 있는 것만 같은 목소리였다. 이제까지의 딱딱하려고 노력하는 목소리가 아니라 마음속에서 우러나오는 목소리였다.

"태하야. 우린 불가능해. 내가 아무리 널 좋아해도 현실적으로 불가능해. 너무 안 좋아. 나랑 오빠가 결혼하는 게 아니라 우리 집안과 오빠네 집안이 결혼하는 거야. 오랫동안 준비해왔던 일을 지금 와서 다 깨버릴 수는 없어. 미안해. 이해해줘."

그리고 마침내 뚝 맑은 눈물방울이 그녀의 눈에서 떨어졌다.

"으아!"

태하는 그 자리에서 벽을 주먹으로 쳤다. 윙, 하면서 온몸에 진동이 울렸다.

"한서영, 마지막이다. 마지막으로 묻는다. 나를 믿고 나한테 올 거야, 아니면 그 남자랑 결혼할 거야?"

서영은 그를 보지 않았다. 고개를 숙인 눈에서 자꾸 뚝뚝 눈물이 떨어졌지만 눈물을 훔치지도 않았다. 서영은 작게, 아주 작게 입을 열었다. 하지만 그것은 폭풍소리보다 더 크게 태하의 귀에 들렸다.

"미안해, 태하야."

태하는 그녀를 두고 그 자리에서 자리를 박차고 나왔다. 눈물이 쏟아질 것 같아 참을 수 없어서였다.

밖으로 나오자마자 충혈된 눈에서 눈물이 쏟아졌다. 미친놈처럼 눈물을 흘리는 그의 모습을 사람들이 보든 말든 상관없었다. 차에 올라타자마자 시동을 걸었다. 꽉꽉 막힌 차들 사이에서 아무것도 할 수가 없다. 고속도로에 올라가자마자 태하는 미칠 듯이 속도를 냈다. 눈물이 흩어져 아무것도 보이지 않았지만 상관없었다.

서영은 꿈속에 있었다. 하늘을 떠다니고 있었다. 바람은 따뜻하고, 냄새는 싱그럽고, 그녀는 행복하고 편안한 기분이었다. 요 몇 주간 처음으로 행복하고 단 꿈을 꾸고 있는 중이었다.

하늘을 나는 듯, 그녀의 몸은 보이지 않았지만 하늘 위에서 아래를 내려다보고 있었다. 푸른 호수도 보이고, 장난감 같은 나무들도 보이고 둥근 언덕, 예쁜 꽃들이 보이는 아름다운 땅을 보고 있었다. 하얀 뭉개구름을 통과할 때마다 느껴지는 촉촉함과 조금은 차가운 그 느낌이 짜릿했다. 행복해 미소를 짓는데 저 멀리서 보이는 광경에 서영은 눈을 크게 떴다.

물방울들이 방울방울 모여 거대한 무지개를 만들었다. 아름다운, 보기만 해도 황홀해지는 광경이었다. 그리고 그쪽으로 다가갈수록 사라지는 무지개는 마침내 작은 점이 되더니 이내 커다란 날개를 가진 무지갯빛의 새가 되어 힘차게 활개를 쳤다.

검은 눈망울이 보인다고 생각한 순간, 새는 정면으로 그녀에게 돌진했다. 하지만 두렵기는커녕 이상한 기대감에 서영은 활짝 가슴을 열었다. 깊숙이 그녀에게 들어온 새는 그녀와 하나가 되었고, 서영은 번쩍 눈을 떴다.

자기 방의 침대였다. 창으로 희미한 빛이 들어오는 새벽녘이었다. 꿈이란 걸 확인한 서영은 슬며시 미소를 지었다. 하늘을 날던 그 기분이라든지, 커다란 새를 봤을 때의 그 흥분이라든지, 모든 게 생생해서 여전히 기분이 좋았다. 그러던 서영의 얼굴이 갑자기 굳었다.

불현듯 스치는 생각에 가슴이 방망이질 치기 시작했다.

아냐. 아닐 거야. 설마…….

서영은 생리 날짜를 계산하고 마지막으로 관계했던 때를 떠올렸다.

피임을 하지 않았던 건 딱 한 번. 태하가 밤에 학교에 찾아왔을 때였다.

나중에 태하가 불안했던지 은근히 한 번 물어왔지만 서영은 괜찮을 거라고 대수롭지 않게 넘어갔었다. 임신이 그렇게 쉽게 된다고 생각하지 않았는데. 전혀 의심하지 않았는데.

설마……, 아니겠지.

"오늘 학교에 일이 있어서 조금 늦을 것 같아요."

"그래. 그래도 너무 늦지 말고 일찍 들어와. 너 요즘 매일 늦어."

"네, 엄마."

서영은 아침 일찍 집을 나섰다. 하지만 서영이 간 곳은 학교가 아니라 서울역이었다. 기차를 타고 두 시간의 여정 끝에 도착한 곳은 낯선 도시, 대구였다.

역을 나가며 시간을 확인하니 병원의 예약시간까지는 한참이 남아 있었다. 배는 고팠지만 입맛은 전혀 없었다.

잠시 고민을 하다 택시를 탄 서영은 운전사에게 범물동을 대었다. 십여 분을 달려 한적한 주택가에 차가 섰다. 주변을 둘러보던 서영은 모퉁이에 있는 베이커리과 치킨집, 작은 중국집을 찬찬히 훑어봤다. 빵집으로 결정하고 안으로 들어간 서영은 커피와 토스트를 주문했다. 커피를 한 모금 마시려다 금식을 해야 한다는 사실을 깨닫고는 잔을 내려놓았다. 서영은 따뜻한 토스트도, 커피도 손도 대지 않은 채 하염없이 창 밖만 보았다.

토요일 오전이라 베이커리는 오가는 사람들이 많았다. 30분이 지나고, 한 시간이 넘자 주인의 시선이 힐끗힐끗 그녀를 보았다. 그건 자리를 차지하고 있는 싼 손님 때문이 아니라 작은 동네에 나타난 불청객에 대한 호기심 때문이었다.

자리에서 일어나 계산을 하고는 문을 나섰다.

아쉬움이 남은 눈길을 돌리려는 순간, 서영은 저도 모르게 진열장으로 휙 고개를 돌리며 얼굴을 가렸다.

그녀가 하염없이 보던 집의 대문이 마침내 열리고, 사람이 나타났다. 서영은 나타난 사람이 그녀에게 전혀 관심이 없는 것을 확인하고는 천천히 고개를 돌렸다.

감색의 원피스를 입은 중년 여자가 십 대 후반이나 이십 대 초반쯤 되어 보이는 여자와 문을 나서고 있었다. 파마머리에 안경을 낀 중년의 여자는 하얀 얼굴에 날씬한 몸매가 젊은 시절 상당한 미인이었다는 것을 드러내고 있었다.

젊은 여자 쪽은 미니스커트에 레깅스, 유행하는 샌들을 신고 뭐가 좋은지 웃으며 중년 여자의 팔짱을 꼈다. 키도 훨씬 크고, 약간 매부리코인 것이 중년 여인과 달랐지만 또 자세히 보면 묘하게 닮은 얼굴이었다.

누가 보아도 의심할 필요가 없는 다정한 모녀지간이었다.

그들이 가까이 다가오자 서영은 저도 모르게 문을 열고 다시 베이커리 안으로 들어갔다.

"거기 스시 맛있던데, 그거 먹고 팥빙수도 먹어야지."

"어휴, 넌 금방 아침 먹고 또 그렇게 먹고 싶니?"

"응. 아빠랑 정민이도 온댔지? 재밌겠다. 영화도 보자고 해야지. 어휴, 아빠는 아침부터 차를 가지고 나가서는."

두 사람의 목소리가 베이커리의 유리문이 닫히며 멀어졌다. 서영은 조금이라도 목소리를 듣고 싶은 것처럼 자리에서 떨어지지 않았다.

"손님, 뭐 두고 가셨어요?"

주인 여자가 이상한 생물체라도 보는 것처럼 그녀를 빤히 보고 있었다.

"아, 아뇨. 이거랑 이거 주세요."

서영은 아무거나 눈에 띄는 빵을 집어들고는 허겁지겁 계산을 하고 나왔다.

멀리서 걸어가는 두 사람의 모습이 보였다. 중년 여인은 서영보다 조금 더 키가 작고 왜소한 체격이었다. 딸인 듯한 여자는 여전히 팔짱을 끼고 있었다.

서영은 천천히 따라갔지만 큰길에 도착한 그들은 이내 택시를 잡아타고 사라져버렸다. 황망히 서 있는 서영의 앞에 택시가 섰다. 뒷자리에 타자 활발한 목소리가 들렸다.

"어디로 모실까요?"

"⋯⋯."

"손님?"

"아. 비산동의 세경 산부인과요."

"네에."

마지막으로 본 게 2년 전이었나. 하나도 변하지 않았다. 살도 찌지 않았고, 하나도 늙지도 않았다. 그리고⋯⋯. 여전히 행복해 보인다. 그녀의 딸과.

서영은 그 딸의 자리에 자신이 서 있는 상상을 했다.

귀찮을 정도로 엄마에게 치대며 팔짱을 끼고, 이게 먹고 싶다, 저게 하고 싶다 마구마구 응석을 부리고 싶다. 같이 영화를 보고, 같이 쇼핑을 하고 싶다. 미팅을 한 이야기를 하고, 남자친구 흉도 보고 싶다. 같이 목욕탕에 가서 등도 밀어주고, 동네 미용실에 앉아서 같이 머리도 하고 싶다. 끓여주는 김치찌개를 먹으며 고기 좀 먹고 싶다고 불평도 하고 싶다.

한 번도 불러보지 못한 엄마였다⋯⋯.

임신이라는 걸 안 순간부터 서영의 선택은 단 하나였다. 절대로, 절대로 친모와 같은 전철을 밟고 싶지는 않았다. 절대로 태어난 아이가 자신과 같은 길을 걷게 하고 싶지 않았다. 결혼도 하지 않고, 아빠도 없이 태어난 아이는 불행의 씨앗일 뿐이다.

서영은 한동안 고민을 했다. 임신을 했다고 해서 태하와의 관계가 달라지는 게 있을까?

아무리 생각해봐도 다른 방법은 없었다. 굳은 표정의 태하의 형이 떠오르고, 거대한 대한그룹의 빌딩이 떠올랐다. 아이를 가진 것을 알면 서태혁은 자신을 어떻게 생각할까?

아이가 태어나고, 십 년이 지나고, 20년이 지나고, 나이가 든 태하와 자신의 모습을 떠올려보았다. 절대 있을 수 없는.

"한서영 씨."

흘러내리는 눈물을 닦는데 간호사가 그녀의 이름을 불렀다. 안으로 들어가자 나이가 지긋한 중년의 남자 의사가 차트를 보며 그녀를 기다리고 있었다.

"보호자는 없습니까?"

"네. 혼자 왔어요."

"서울에서 오셨습니까?"

"네."

대충 알겠다는 듯 더 얘기를 하지 않고 차트를 보며 병력과 알레르기 유무에 대해서 물었다.

"일단 수술을 하기 전에 간단한 검사를 하겠습니다. 저 방으로 가서 옷을 다 벗고 환자복으로 갈아입으세요. 옷은 놔두고 가방만 가지고 나오시면 됩니다. 나와서 간호사 따라가세요."

"네."

작은 탈의실로 들어가자 무릎 길이까지 오는 뒤가 터진 하늘색의 환자복이 있었다. 셔츠를 벗고 브래지어를 벗는데 손이 떨렸다. 치마의 버튼에 손을 가져가던 서영은 가만히 배를 만졌다.

콩알만큼 작은 생명이 이 안에 있다. 기구를 넣어 긁어내면 감쪽같이 사라질 생명이 여기에 있다. 후유증도 거의 없고, 두 시간 정도만 쉬다가 기차를 타고 집으로 돌아가도 될 만큼 간단한 시술로도 사라질 수 있는 생명이 이 안에 들어 있다. 태하의 아이가.

내가 사랑하는 사람의 아이다.

밤마다 악몽을 꾸고, 죽어도, 죽어도 친모의 전철을 밟지 않겠다 다짐을 하며 여기까지 내려왔는데, 낳은 딸을 버리고도 버젓이 잘 살고 있는 엄마를 보며 다시 결심을 했는데, 그런데도 다시 망설여진다.

이유는 오직 한 가지, 태하의 아이라는 것. 사랑하는 태하가 보내준 씨앗이라는 것.

아아. 참을 수 없는 굵은 눈물이 뚝뚝, 눈에서 떨어졌다.

"준비 다 되셨어요?"

밖에서 조심스런 목소리가 들렸다. 그녀의 울음소리를 들은 게 틀림없었다.

눈물을 닦은 서영은 옷을 다시 입었다. 단정하게 다시 입고 핸드백을 든 서영은 밖으로 나왔다.

밖에서 기다리던 간호사가 동그랗게 눈을 뜬 채 그녀의 옷차림을 훑어봤다.

"죄송해요. 오늘은 못 하겠어요."

조금은 짜증이 섞였지만 이해한다는 듯 간호사가 말했다.

"네. 그럼 진료비만 내고 가세요. 혹시 생각이 없으시면 비타민 꼭 챙겨 드시고요. 혈압이 조금 낮은 편이니까 조심하세요. 술담배는 안 돼요."

서영은 병원 밖으로 나왔다.

같은 하늘인데도 세상이 달라 보였다. 서영은 가만히, 전혀 표시도 나지 않는 배를 만졌다.

되돌릴 수도 없고, 이젠 어쩔 수 없다. 그녀가 생각하는 최선의 방식을 선택하는 수밖에.

택시에 타고 역으로 행선지를 돌린 서영은 휴대전화를 들었다.

"서태혁 부사장님 부탁합니다."

서영은 며칠 동안 태혁이 준 서류를 살폈다. 실제적인 업무자료는 경제학을 전공하고 있는 그녀에게도 쉽지는 않았다. 그리고 서영은 한 가지 결론에 도달했다.

재형이 아버지의 회사를 합병한 것은 당연한 수순이었다. 뒤에서 주가조작을 한 것도, 돌리는 어음을 교묘하게 막은 것도, 모두 재형의 회사인 정우금융의 짓이었다. 도와주는 척하면서 아버지의 회사를 간단하게 꿀꺽하기 위해서 엄청난 수를 쓰고 있었다.

대한의 자회사에 한 일도 만만치는 않았다. 정우금융은 교묘하게 회사를 상대로 장난질을 치고 있었다. 웃기는 것은 그 비리에는 아버지도 포함되어 있다는 것이었다. 뒤에서 뒤통수를 맞는 줄도 모르고 재형과 비열한 수법을 쓰고 있었다.

태혁이 주변 사람에게까지 사람을 붙인 이유를 알 것 같았다.

아버지야 어찌 되었건 이런 쓰레기 같은 남자를 아버지는 수십 년을 믿어왔고, 어머니는 사위로 생각했다. 서영은 입술을 깨물었다.

늦지 않아야 할 텐데. 더 늦지 않아야 할 텐데.

"그새 태하와는 확실하게 이야기한 것 같더군."

그는 벌써 알고 있었다.

"그래서 슬슬 올 거라고 생각했어. 그래, 나한테 바라는 게 뭐지, 지금은?"

"아버지의 회사를 지켜주세요. 아버지의 회사는 건드리지 말아주세요."

"대충 짐작했나 보지?"

서영은 태혁이 준 아버지의 서류를 훑어보았다. 상황은 생각보다 더 나빴다. 이대로 가면 당연히 구속이었다. 재형의 회사에 먹히는 걸 넘어서서 예순이 넘은 아버지가 법정에 서고 감옥에 가야 했다. 태혁이 오히려 이런 제안을 해준 걸 감사라도 해야 할 시점이었다. 태하가 아니라 더한 것도 팔아서 비굴하게 굴어야 할 판이었다.

"이재형은 아무 상관 없는 사람이니 마음대로 하셔도 돼요. 하지만 아버지의 회사는 구해주세요. 부탁이에요. 그리고……."

서영은 결심했던 말을 꺼냈다.

"돈을 빌려주세요. 외국으로 나가고 싶어요. 하지만…… 능력이 없어요. 돈은 나중에 갚을게요."

"왜? 돌아가는 풍경을 보니 이젠 능력 없는 약혼자도 버리고 멀리 혼자 도망가고 싶어졌나?"

남자의 표정에는 경멸이 어려 있었다. 뭐든 상관없다. 서영으로선 지금은 썩은 지푸라기라도 잡아야 했다. 집에서 알고 손을 쓰기 전에 모든 준비를 마쳐야 한다. 그러려면 돈이 필요하다. 아무리 생각을 해봐도 이 남자 외에는 거금을 빌릴 사람이 없었다. 지금 이 시점에서.

"어떻게 생각하시든지 상관없어요. 돈은 꼭 갚을게요."

"흠……."

태혁은 자리에서 일어나 창가로 걸었다.

"역시, 사람은 외모로 판단하면 안 된다는 걸 다시 한 번 깨닫게 해주는군. 이렇게 재빨리 기회를 잡아서 요구를 해올 줄은 몰랐어. 당신은 황혜진보다도 훨씬 더 영리하군. 내가 동생한테는 꼼짝 못 한다는 사실을 알고 더한 것을 요구하는군. 알았어. 내 개인회계사한테 말해서 스케줄 잡아놓을 테니 원하는 걸 말해. 최대한 편의를 봐주지. 그리고 당신 아버지 일은 내가 알아서 처리하겠어. 구속은 면하겠지만, 회사보전은 장담 못 해."

"알겠습니다. 그리고……. 이 일은 태하에게는 꼭 비밀로 해 주세요."

"그건 걱정 마. 태하는 당분간 못 볼 테니."

자리에서 일어나던 서영은 걸음을 멈췄다.

"이 녀석, 군대에 자원했더군. 군대는 안 보내려고 했는데 자기가 원하면 뭐, 상관없겠지. 여자들 치마폭에서만 휘둘리는 것보단 2년 고생하고 돌아오는 게 그 녀석에게 도움이 될지도 모르고."

서영이 오도카니 서 있는 사이 전과 마찬가지로 태혁이 먼저 사라지고, 정신을 차린 서영은 이내 건물을 나섰다.

밝은 햇살에 눈이 부셔서 잠기 현기증이 났다. 아니, 최근 계속 식사를 제대로 하지 못해서일지도 모른다. 아이를 위해서라도 제대로 먹어야 할 텐데. 서영은 저도 모르게 배로 손을 가지고 갔다. 요즘 들어서 생긴 버릇이었다. 불안할 때마다 아이를 생각하며 힘을 내곤 했다.

태하가 군대를 간다.

운명의 소용돌이는 순식간에 돌기 시작했다.

서영은 파란 하늘을 보며 입술을 깨물었다.

이젠, 모든 게 끝이다.

그리고 새로운 시작이다.

7개월 후.

보스턴의 겨울은 유난히 빨리 찾아왔고, 길었다. 이제는 조금은 누그러질 때도 된 것 같은데 여전히 동장군이 기승을 부렸다.

원래도 추위를 많이 타는 서영이었지만 올 겨울은 유난히 추웠다. 준비가 되지 않은 외국생활만큼 힘든 것은 없다. 익숙하지 않은 언어에, 적응해야 하는 학교에 거기다 불러오는 배까지…… 서영으로선 삼중고나 마찬가지였다.

거기다 가장 잊히지 않는 얼굴.

서영은 밤마다 꿈을 꾸었다. 어두운 바닷가를 응시하고 있던 쓸쓸한 태하의 얼굴이 보였다. 손을 뻗어 그의 뺨을 잡았다. 현실인 것처럼 따뜻한 체온이 손끝에서 느껴졌다. 그녀를 돌아보는 태하가 울고 있었다. 그리고는 늘 눈을 떴다. 눈이 짓무를 만큼 울었다고 생각했는데 밤마다 그렇게 꿈을 꾼 후에는 또다시 눈물을 흘렸다.

서영은 씁쓸한 미소를 지으며 둥글게 부풀어오른 배를 손으로 쓰다듬었다.

그래, 이제 아이가 있으니까, 내 아이가 있으니까 힘을 내야지. 울고 있으면 안 돼.

그렇게 자신을 다스렸다.

한국에서 벌어진 모든 일이 꿈만 같다. 결혼을 취소할 필요도 없었다. 그전에 재형이 구속되고 아버지도 소환되는 일련의 사태가 일어났기 때문이었다. 서영은 그 틈을 타서 한국을 떠났다. 갑작스러운 유학 공표에도 파장이 난 결혼식의 여파 때문인지 혜선은 도리어 그녀의 미국행을 반기는 눈치였다. 늘 한

치의 틈이 없던 그녀도 아버지의 일로 정신이 없어서인지 서영이 어떻게 그렇게 빨리 미국으로 갈 준비를 했는지 전혀 묻지 않았다.

검찰 소환을 받고 조사를 당한 아버지는 태혁의 약속대로 구속되지 않고 다시 풀려날 수 있었다. 서영은 그가 집에 돌아온 것을 확인하고 집을 떠났다. 하지만 그동안 점점 안 좋아졌던 건강 때문에 병원 신세를 지고 마침내 지난달 일선에서 물러나야 했다. 일 욕심이 많았던 아버지였는데, 어쩌면 믿었던 사람에 대한 쇼크가 더 컸을지도 모른다.

이제 앞으로 어떻게 흘러갈까. 무엇이 다가올지 몰라 더 두렵기만 하다. 하지만 서영은 좋은 쪽으로 생각하려고 노력했다.

결혼은 피했으니 그나마 다행이었다. 어쩌면 그것만으로도 행복해해야 하는지도 모른다. 끔찍한 남자와 사는 걸 피했으니 말이다. 몸은 힘들지만 아이를 없애지 않아서 다행이다. 푸른 하늘 아래 살면서 공부를 할 수 있게 되어서 다행이다.

서영은 애써 기운을 내며 양손에 가득 잡히는 봉투를 들고 버스에서 내렸다. 갑자기 순두부가 너무 먹고 싶어서 한 시간이 넘게 걸리는 한인슈퍼까지 가서 순부두 재료를 사고 모처럼 장을 잔뜩 봐오는 길이었다. 순두부전문점이 슈퍼 바로 옆에 있었지만 돈을 쓰는 게 아까웠다. 직접 해먹으면 같은 돈으로 몇 끼를 먹을 수 있다는 생각에 돈을 쓸 수가 없었다. 특히나 이 돈이 어디서 나온 돈인가를 생각하면.

뱃속이 꼬르륵거리며 밥을 달라고 해서 얼른 집으로 돌아가는 길이었다.

그녀가 사는 작은 6층짜리의 벽돌 건물을 보자 서영은 다시 한숨을 포옥 쉬며 손에 든 봉투들을 보았다.

이 무거운 것들을 들고 6층을 걸어 올라갈 생각을 하니 힘이 빠졌다.

오랜만에 갔다고 너무 욕심을 냈나?

그녀의 아파트는 명목상으로는 5층이었지만 로비가 0층이었기 때문에 실제로는 6층인 셈이었다. 이 계단을 매일 하루에도 몇 번씩을 오르내렸다. 배가 부르고 난 후에는 힘이 들어서 중간에 꼭 한 번 이상을 쉬어야 했다.

서영은 팔팔 끓어오르는 순두부찌개를 숟가락으로 떠서 조심스럽게 간을 봤다.

"맛있잖아."

혼자 말하고는 피식 웃었다. 말할 일이 별로 없다 보니 자꾸만 혼잣말을 하는 버릇이 생겼다. 한 십 분 더 끓이려고 불을 낮추고는 문에 걸어놓은 달력을 보았다. 예정일이 다가오고 있었다. 의사 말로는 초산은 대부분 일주일 정도 늦어진다고 했으니 1, 2주 정도의 시간이 있었다.

초조하고 두렵다. 누군가 옆에 있었으면.

서영은 부풀어오른 배를 쓸며 약해지는 마음을 다잡았다.

외롭고 두려울 때마다 떠오르는 얼굴이 있다. 서영은 스물두 살 어린 나이에 자신을 낳고 여섯 살 되던 딸을 포기한 친모를 떠올렸다. 그녀를 생각할 때마다 마음속의 찌꺼기들을 하나씩

놓을 수 있었다. 그녀처럼 살지 말아야지, 하는 생각과, 옆에 있어주었으면 하는 그녀가 없다는 생각에.

그녀의 전철을 밟고 있는 걸까? 가끔씩 자신의 존재를 알아달라는 듯 배를 톡톡 차고 꼬물꼬물 몸을 움직이는 아이는 딸아이였다.

서영은 간단한 식사를 끝내자마자 책을 펴들었다. 우울해할 시간도, 누군가를 그리워할 시간도 없다.

좋은 엄마가 되기 위해, 자신이 선택한 인생을 후회하지 않기 위해, 서영이 할 수 있는 건 단 한 가지밖에 없었다. 계속 앞으로 나아가는 것.

2주 후. 서영은 보스톤 서쪽의 한 종합병원에서 예쁜 딸아이를 낳았다.

서영은 아이의 이름을 다인이라고 붙였다.

하얀 목련꽃이 보스턴 곳곳에 활짝 핀 유난히 따뜻한 3월이었다. 공교롭게도 그녀의 생일이었다. 엄마의 성을 가진 사생아로 태어난 아이는 같은 운명을 가진 그 엄마와 같은 날 태어났다.

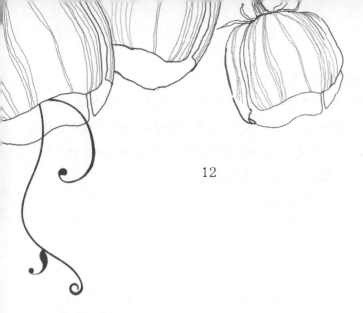

12

6년 후. 서울.

회의실의 문이 열렸다. 세 시간이나 회의가 열렸던 회의실은 열기로 후끈했다. 제일 앞서 문을 나서는 몇 명의 나이 든 이사들의 표정은 잔뜩 찌푸려져 있었다. 얼굴을 붉으락푸르락하면서도 침묵을 지키며 걷던 이들은 화장실로 들어가자마자 화를 터트렸다.

"쌍. 어린놈의 새끼가 제 형보다 더 독종이야. 재수 없어. 도대체 회사 들어온 지 몇 년이나 됐다고 다 아는 것처럼 설쳐대!"

"그러게 말이야. 그놈 눈엔 우리가 뭐로 보이는 거야? 제 아버지뻘 되는 사람들한테 이래라저래라 뭔 말이 그렇게 많아. 재수 없는 새끼!"

갑자기 문이 쾅 열리자 주위는 순식간에 조용해졌다. 들어오는 이의 얼굴을 본 남자들의 안색이 순식간에 변했다. 태하는 천천히 세면대로 걸어갔다.

넥타이를 타이 핀으로 잘 고정하고, 커프스 버튼을 풀고 한 단 한 단 접어 올리는 손은 크고도 매끈했다. 태하는 여유 있게 거품을 내며 손을 씻었다. 이사들이 그의 눈치를 보며 나가려는 순간, 낮은 목소리가 들렸다.

"이사회의가 곧이죠."

들으라고 한 말에 이사들은 나가지 못하고 잠시 서로 눈치를 봤다. 태하는 거울로 자신의 매끈한 턱선을 확인했다.

"올해는 대대적인 개편이 있다고 들었습니다. 연봉만 축내는 벌레들이 많다던데 몸조심해야 할 사람들이 많이 보입니다."

"흠흠."

안색을 찌푸린 채 남자들은 다른 말을 하지 못하고 사라졌다. 거울로 사라지는 늙은이들의 뒷모습을 보던 태하는 피식, 콧방귀를 뀌었다. 오직 비겁하고 힘없는 자들만이 뒤에서 험담을 한다. 저 중의 반은 이사회의가 끝나면 회사에서 사라질 것이다. 자신들도 알고 있다. 능력도 없으면서 이제까지 버텨왔다는 걸. 힘이 없고 능력이 없으면 도태되고 사라지는 건 당연한 이치다.

태하는 다시 커프스를 잠그고, 넥타이를 바로잡은 후, 양복 상의를 입었다. 사무실로 돌아가는 태하의 모습은 크고 당당했다. 6년 전과 외모가 그다지 변하지 않은 것 같았지만 6년 만에 본 사람이라면 그를 쉬이 알아차리기 힘들 정도로 인상이 많이 변했다. 어린 시절의 치기는 사라지고 강인한 성인 남자의 모습만이 남았다.

사무실로 들어가자 자리에서 일어나던 비서가 난처한 표정으로 인사를 했다.

"왜?"

"식사를 하러 가려던 참이었습니다. 사장님과 식사하시는 줄 알고."

"가요, 그럼. 난 괜찮아요."

"식사는 시켜 드릴까요?"

"내가 알아서 먹을 테니 걱정 말고 가요."

이 대리는 조금 난처해했으나 태하가 없는 말을 하지 않는다는 걸 알기에 인사를 하고는 자리를 떴다. 자리에 앉은 태하는 책상 위에 올라와 있는 서류를 열었다. 모교의 교화인 도라지꽃 인장이 선명한 마크 아래에 기부금 요청에 관한 글이 적혀 있었다. 제일 아래에 경상대 학장인 최영조 교수의 이름과 사인이 있었다. 최영조 교수가 경상대 학장이 되면서 동문에게 장학금 지원 요청을 하며 태하에게도 서류를 보낸 거였다.

제길!

학교 이름을 보는 것만으로도 심장박동이 빨라졌다.

태하는 자리에서 벌떡 일어났다. 일을 하려던 마음을 바꿔 지하식당으로 가는 엘리베이터를 탔다. 오늘따라 이상하게 마음이 안정이 되지 않는다.

식사시간이 조금 지났지만 3분의 1 정도가 차 있던 식당이 태하가 들어서자 조용해졌다. 옆으로 지나던 사람들이 작게 인사를 했다.

회장의 아들이자 사장의 동생이라는 화려한 배경에, 입사하자마자 기획실장이라는 중책을 맡아 반년 만에 조직 개편의 총대를 잡고, 해외시장 개척이라는 공격적인 마케팅을 성공시킨 남자. 회사의 실세 중의 실세.

아무도 그를 하찮게 보는 사람이 없고, 아무도 어린 그에게 대드는 사람이 없다. 심지어 나이가 그의 아버지뻘이 될지라도.

권력이란 이런 것이다.

그를 알아보고 가볍게 인사를 하는 사람들의 인사를 받으며 자리를 잡고 앉았다. 지난 6년간 한 번도 웃은 적이 없는 태하의 표정은 늘 딱딱하게 굳어 있었다. 원래도 태혁과 닮았지만 태혁의 밑에서 일을 배우는 동안 태하는 표정까지도 태혁을 닮아 있었다.

지하식당은 가끔씩 내려오는 곳이었다. 직원들의 반 이상이 이용하는 식사가 어떤지 지속적으로 체크도 하고, 전체적인 직원들의 분위기도 볼 수 있다.

월급날이면 식당 전체가 밝아져 있고, 저녁시간에 오면 침침하고 어두운 분위기다. 남아서 일을 해야 하는 사람들의 스트레스가 식당 안에 퍼져 있기 때문이었다. 부서의 직원들에게는 되도록 야근을 하지 말라고 하지만 태하 자신은 12시 이전에 퇴근한 적이 거의 없었다.

시원하게 끓인 국의 간을 보다 문득 고개를 든 태하의 심장이 덜컥, 순식간에 떨어졌다.

건너편에 다른 여자 한 명과 앉아서 밥을 먹는 여자의 모습이 보였다. 고개를 숙인 여자의 귀밑머리가 곱슬거리며 하얀 뺨을 간질이고 있었다. 갸름한 하얀 뺨과, 곱슬거리는 귀밑머리가 한 여자를 떠올리게 했다.

순식간에 그의 머릿속에 영상이 보일 듯이 그려졌다. 뺨에 홍조를 그리며 웃던 여자. 찬바람이 불던 바닷가. 뜨거운 입맞춤. 뽀얀 달빛 같던 탐스러운 가슴. 그리고 그에게 안겨 신음을 흘리던 여자. 여자⋯⋯.

그의 얼굴이 일그러졌다. 그녀를 생각할 때마다 심장이 타들어가듯 아려온다. 시간이 지나면 괜찮아질 거라고 생각했는데 그 기억은 흐려지지 않고, 그 아픔은 시간이 지날수록 더 커져만 간다.

태하는 자리에서 일어났다. 반도 넘게 음식이 남아 있었지만 더 이상은 넘어가지 않았다. 그 길로 식당에서 나와 사무실로 올라갔다.

한때는 복수하고도 싶었다. 찾아내서 그녀의 행복과 모든 것을 앗아가고 싶었다.

자신을 처절하게 무시한 그녀를 갈가리 찢어놓고 싶었다.

태하는 그 모든 것을 깊은 곳에 묶어놓은 채 일에 몰두했다.

아무도 건드리지 못하는, 아무도 무시할 수 없는 자리에 오르기 위해서.

"⋯⋯그럼 여기까지가 다음 주 중간고사 범위야."

"어흐. 교수님. 너무해요. 이걸 어떻게 다 해요오!"

짐승 같은 울부짖음이 문을 나서는 서영의 귀에 들렸다. 서영은 아이들 몰래 미소를 지으며 교실을 빠져나왔다. 걸어가며 창 너머를 흘깃 보니 삐죽거리는 아이들의 모습이 보였다. 이제 신입생인 아이들. 아직은 뽀송뽀송한 얼굴들이 귀엽기만 했다. 자신도 나이를 먹었다는 생각이 들었다. 대학생들이 어리고 귀여워 보이다니.

서영은 시계를 보며 걸음을 서둘렀다. 서울까지 가려면 서둘러야 했다. 대전에 있는 이 학교에서 시간강사를 시작한 지 이제 한 학기가 다 되어갔다. 정신이 하나도 없는 3개월이 지났다. 미국에서 박사학위를 받으며 조교로 강의를 한 게 많은 도움이 되었다. 이 상태로 가면 몇 년 안에는 전임도 가능할 것 같았다.

대학 강사는 보따리 장사라고, 비록 강의하러 올 때마다 왕복 네 시간씩 차를 타고 달려야 해서 기름 값이 수업료보다 더 나오겠지만 그런 것은 힘들지 않았다. 다인이를 생각하면 힘든 게 문제라. 얼른 자리를 잡고, 묵은 빚을 갚아야만 한다. 그녀가 진 빚을 생각하면 가슴 한구석이 늘 답답했다.

주차장에 다 와갈 무렵, 전화가 왔다. 액정화면에 뜬 이름을 보고 서영은 반가운 마음에 인사를 했다.

"네, 교수님."

- 지금 어디야?

"지금 대전이에요. 강의가 있어서 서울로 올라가는 중입니다."

- 그럼 강의 끝나고 올 수 있니? 할 얘기가 있어.

"네. 교수님."

T 대학에서 다시 강의 하나를 마치고 학교로 찾아간 시간은
9시가 넘어서였다. 아이를 봐주는 사람에게 전화를 해서 부득
이하게 한 시간을 더 기다려달라고 말했다.

주차장에 차를 세우고 아련한 기분으로 학교를 보았다. 6년
만에 보는 건물은 새삼스러웠다. 봄이면 진달래와 노란 개나리
며 목련꽃이 지천으로 피던 동문 앞의 길, 경상대 오른쪽 복도
의 가파른 계단, 몇백 명이 수업을 받던 대강의실, 그리고 교수
님까지 연락을 한 후 겨우 허락을 받아 갔던 첫 MT, 졸리던 오
후의 수업, 기초통계수업을 위해 만들던 설문지……. 너무나도
많은 추억들이 밴 곳. 그리고……. 생각할 때마다 가슴 한쪽이
뻐근해지는 그의 모습. 오직, 유일한 사랑.

짧은 시간이었지만 그와의 많은 추억이 있었다. 겹벚나무가
활짝 핀 도서관으로 난 길을 걸으며 음악 이야기를 하곤 했다.
강의실 하나하나에, 건물 곳곳에, 자주 가던 식당에 모두 그와
의 기억이 있었다.

서영은 아픈 기억을 잊으려 빠른 걸음을 옮겼다.

학장실에 들어서자 최영조 교수는 따뜻한 웃음으로 그녀를
맞았다. 그녀를 잡는 손길이 포근했다. 예전보다 주름이 잡힌
얼굴을 보며 새삼 세월의 간극을 느꼈지만 그럼에도 어제 본

것처럼 반겨주는 교수님이 고마웠다.

"그래, 그동안 잘 지냈나?"

"네. 교수님. 아니, 이젠 학장님이라고 해야 하나요? 귀국해서 바로 찾아뵙고 인사드리려 했는데 인사가 늦었어요. 죄송합니다."

"으응. 아니야. 그냥 교수라고 불러. 그게 편해. 원래 한국 막 들어왔을 때가 제일 바쁜 법이야. 그렇게 돌아다닐 때가 제일 힘들어. 건강관리 잘 해."

"감사합니다, 교수님."

최 교수는 대뜸 본론을 말했다.

"자네가 운이 좋은 것 같으이."

"네?"

"회계원론 담당 최주원 교수가 아무래도 은퇴를 할 것 같아."

"네? 최 교수님이요?"

"갑자기 지병이 악화되어서 입원을 했어. 곧 퇴원은 하겠지만 아무래도 이참에 은퇴를 생각하나 보더군. 어쨌든 이번 학기는 힘들어서 일단 포기하기로 했어. 그래서 말인데 자네가 최 교수 수업을 맡게. 내가 자네를 추천했어."

"저, 저는 감사하지만⋯⋯."

"그리고 내년까지 계속 맡으면 전임으로 눌러앉아. 내가 손을 써주지."

"교수님⋯⋯."

엉겁결에 떨어진 말이 고맙기도 했지만 한편으로는 받아들이

기가 힘들었다. 그냥 마음에 태하와 연결된 모든 것과는 이어지고 싶지 않았다.

"저…… 생각할 시간을 주시겠어요?"

"뭐라고?"

최영조 교수의 눈이 둥그레졌다. 넝쿨째 굴러들어온 복을 덥석 잡지는 못할망정, 생각을 해보겠다고?

"갑작스러운 제안이라서 생각을 좀 해보고 싶습니다."

"흠……."

최 교수는 서영의 어깨를 쳤다.

"혹시 재형 군 때문에 이러는 거라면 신경 쓰지 말게. 그렇게 급하게 유학을 간 것도 파혼 때문이 아닐까, 내 짐작은 했네만. 하지만 공은 공이고, 사는 사야. 어차피 재형 군 일을 알고 있는 건 나밖에 없는데 그런 걸로 신경 쓸 필요 없지. 그리고 결혼하고도 이혼한 사람들도 많은데 6년 전 파혼 건을 지금 들먹일 사람도 없고……."

최 교수는 서영의 망설임을 재형과의 파혼 때문이라고 생각하는 듯했다.

"이번 주까지 연락 줘. 그리고 이력서도 보내고. 교무과에 전화해서 수업 확인하고 필요한 거 체크해. 그리고 다음 주부터 당장 나와. 늦어도 2주 뒤에는 출강을 해야 하네. 빠르면 빠를수록 좋아."

"네. 알겠습니다. 교수님. 감사합니다."

걸어나오며 서영은 한참을 고민했다.

태하 때문에 이 일을 맡지 않기에는 유혹이 너무나 컸다. 그녀가 생각한 몇 년의 기간을 훌쩍 뛰어넘을 수 있는 일이었다. 거기다 모교에서라니. 태하 때문에 일부러 강사 이력서도 넣지 않고 귀국했다고 연락 한 번 한 게 다인 최영조 교수가 자리까지 제안한 것이다. 서영은 힘들었던 지난 6년간의 일들을 떠올렸다.

그냥 이 정도는 괜찮을 거야. 졸업까지 한 태하가 학교와 연관될 일도 없으니까. 그냥 맡는 거야. 힘들게 살아왔던 날들의 보상이라고 생각하는 거야. 서영의 마음은 점차 그렇게 기울었다.

신사동의 아파트촌에 들어서며 해준은 꼼꼼하게 번지수를 확인했다. 긴 생머리가 등에서 찰랑거리고, 그녀의 눈빛도 야무지게 반짝이고 있었다.

6개월 동안 백수로 지내다 처음으로 갖게 된 직장. 낙하산이라며 온갖 천대를 당하고 있었는데 사장님이 그녀를 불러 처음으로 일을 시켰다. 지극히 개인적인 일이라고 했지만 그게 무슨 상관이랴.

그녀의 머릿속은 첫째, 종이에 적힌 집을 제대로 찾아, 둘째, 한서영이라는 여자를 만나서 멀쩡하게 잘 살고 있는지 확인하고, 셋째, 남자가 붙어 있다거나 수상쩍은 여지가 있는지 자세히 관찰해서 보고해야 한다는 사명감에 가득 차 있었다.

그러나 쉬울 줄 알았던 그녀의 업무는 처음부터 난관에 부딪했다. 버스에서 잘못 내리는 바람에 두 정류장을 걸어야 했고, 아파트는 알리바바네 동네처럼 비슷비슷하게 생긴 성냥곽 같은 건물이 수십 개가 넘어 분간하기 힘들었다. 한 번도 이런 대형 아파트촌에서 살아보지 않은 데다 길치인 해준으로선 거의 불가능한 미션이었다.

개미처럼 같은 길을 뺑뺑 헤매다 그녀가 찾던 1301동이라는 건물을 찾았을 때는 어느새 뉘엿뉘엿 해가 지고 있었다. 이제는 집을 찾아야 하는데 입구에 달아놓은 번호로는 그녀가 가야 할 1203호를 찾을 수가 없었다.

"어휴, 무슨 아파트가 이렇게 복잡해? 차라리 수위 아저씨를 찾아야겠다."

아무 건물이나 들어가려는데 마침 젊은 여자가 아이의 손을 잡고 걸어오고 있었다. 잘됐다 싶어서 해준은 가까이 다가갔다.

"저기요, 집을 찾고 있는데 혹시 이 아파트에 사세요?"

"네. 몇 동을 찾으세요?"

"1301동은 찾았는데 1203호를 못 찾겠어요. 어디로 들어가야 하는지를 모르겠네요."

여자가 고개를 갸웃하며 그녀를 보았다. 여자가 입을 열기 전에 조그만 아이가 큰 소리로 말했다.

"1301동 1203호는 우리집이에요."

"응? 그래? 그럼 혹시 한서영 씨 되세요?"

해준은 반가워서 활짝 웃음을 지었다. 첫 번째 미션 완료. 두 번째 미션 시작!

"네. 제가 한서영인데 실례지만 누구시죠?"

해준은 그제야 자기 소개도 안 한 걸 깨닫고 꾸벅 인사를 했다.

"안녕하세요! 저는 이해준이라고 합니다. 대한그룹 비서실에서 근무하고요, 서태혁 사장님 지시로 왔습니다."

활짝 웃으며 고개를 들던 해준은 깜짝 놀라 말을 멈췄다. 앞에 서 있는 한서영이라는 여자의 얼굴이 순식간에 창백해졌기 때문이었다.

"이것 좀 드세요. 아직 뜨거우니까 천천히 식혀 드세요."

해준 앞에 향이 좋은 차가 놓였다. 서영은 해준을 보며 호기심에 눈을 굴리는 아이를 떼다가 오늘만 특별이라며 TV 앞에 앉혀놓고는 해준의 맞은편에 앉았다. 해준은 두 번째 임무를 완수하기 위해서 눈알을 굴리며 집 안을 관찰했다.

작은 집이었고 거실 안에는 매트가 깔려 있을 뿐 소파조차 없었다. 해준이 앉은 곳은 작은 부엌 앞에 있는 중고 식탁이었다.

"죄송해요. 이사 온 지 얼마 되지 않아서 아직 소파도 없고, 제대로 대접할 게 없어요."

"아니에요. 괜찮습니다!"

해준은 자신의 생각이 들킨 것만 같아서 큰 소리로 말했다. 무안한 마음에 차를 벌컥 들이켰는데 너무 뜨거워서 눈물이 핑 돌았다. 서영이 눈을 동그랗게 뜨며 놀랐다.

"안 뜨거워요?"

해준은 뜨거워지는 눈가를 억지로 참으며 밝게 말했다.

"차 맛있어요."

그렇게 말은 했지만 내일쯤이면 입천장은 헐어 있을 것이다. 그러고 보니 뜨거우니까 천천히 마시라고 했는데도. 젠장 나는 왜 이렇게 칠칠맞을까. 해준은 후회했다.

"물이라도 좀 드릴까요?"

"아니…….."

고개를 드는데 서영이 웃음을 참는지 얼굴에 미소가 어려 있었다. 해준은 몸을 움츠렸다.

"네에. 조금 뜨겁네요."

"죄송해요. 제 잘못이에요. 조금 식혀서 가지고 나오는 건데."

자리에서 일어나는 서영을 해준은 몰래 관찰했다. 나이는 모르겠지만 아이 엄마라고는 믿기 어려울 정도로 날씬하고 젊어 보였다. 해준은 자신의 통통한 볼과 두꺼운 허벅지를 떠올리며 절망했다. 아이도 낳지 않은 주제에 엉뚱이에다 허벅지는 운동선수 허벅지라니.

해준의 생각은 갑자기 다른 곳으로 향했다.

사명감에 불타 생각을 하지 못했는데 이 사람, 한서영과 사장님의 관계는 무엇일까? 설마 정부? 해준은 고개를 돌려 TV를 보고 있는 동글동글한 아이의 옆모습을 관찰했다. 아이의 옆모습에서 서태혁 사장님의 모습을 찾아보려고 노력했지만 그건 힘들었다. 그러고 보니 누군가 닮은 것 같기도 하고……..

젠장! 떠오르는 얼굴에 해준은 또다시 좌절했다. 저 동글동글 동그란 얼굴은 바로 자신의 얼굴과 겹쳤기 때문이었다.

"드세요."

"아!"

서영이 내미는 물을 보며 해준은 결국 상상을 포기했다. 무슨 관계인지 모르겠다.

그녀의 앞에 앉은 서영은 차분한 모습이었다. 망설이듯 한참을 고민하던 서영이 입을 열었다.

"서태하 사장님이 보내셨다고요?"

"네. 어떻게 지내는지 보고 오라고 하셨어요."

"네에."

"사실……."

해준은 말할까 말까 고민하다 결국은 말을 꺼냈다.

"사장님이 개인적으로 부탁하신 거예요. 잘 지내는지 보고 오라고 하셨어요."

"네."

서태혁이라면 그녀가 입국한 것을 금방 알게 되리라 생각은 했다. 어쩌면 출강하고 있다는 사실도 이미 알고 있을 것이다. 그나마 다행인 것은 이렇게 사람을 보낸 걸 보니 다인의 존재는 모르는 듯했다. 아이의 존재가 드러나면 서태혁이 어떻게 할까 두려웠다.

아이를 뺏긴다면…….

서영은 죽어도 자신의 친모처럼 아이 없이는 살아가지 못할 것 같았다. 아이가 없어지면 자신도 끝이다.

"부탁인데, 서태혁 씨에게 아이의 이야기는 하지 말아주셨으면 해요."

"네에?"

해준은 어리둥절해서 물었다. 아이의 존재는 보고 1순위였다. 동거인, 주변인 등은 철저하게 보고해야 하니까. 해준은 서영의 집 크기며 소파 없이 지내고 있다는 사실까지 보고할 참이었다.

"서태혁 씨는…… 모르세요. 언젠간 알게 되겠지만 지금은 알게 하고 싶지 않아요. 부탁드립니다."

해준은 꿀꺽 침을 삼켰다. 그녀의 상상이 맞는 거였다. 오 마이 갓!

"설마…… 사장님 아이인 건 아니죠?"

그녀의 말에 어리둥절하던 서영이 웃음을 터트렸다.

"아니에요."

그제야 해준은 자신이 혼자 멀리 갔다는 걸 깨달았다. 해준의 얼굴이 빨개졌다.

"죄송합니다. 전 또…….."

서영은 망설였다. 처음 보는 사람한테 모든 것을 말할 수는 없다. 거짓말이지만 또 사실이기도 하니까 괜찮을 거다.

"유학을 하면서 사장님께 돈을 좀 빌렸어요. 개인적으로 빌린 거라 그것 때문에 이해준 씨한테 개인적으로 부탁을 한 것 같아요. 돈까지 빌려서 유학하러 갔는데 아이가 있다는 사실을 알면 실망하실지도 모르고……. 저도 조금 곤란해져서요. 여기 일이 자리가 잡히고 돈도 다 갚으면 그때 제가 직접 말씀드릴게요. 부탁드려요."

해준은 망설였다. 그때 서영의 전화가 울렸다. 전화 번호를 보던 서영이 전화를 집어들고는 자리에서 일어났다.

"잠시만 실례할게요. 어머니한테 전화가 와서요."

"네. 걱정하지 마시고 받으세요."

서영은 전화기를 열며 방으로 들어갔다. 해준은 적당히 식은 차를 마셨다. 구수한 맛이 나는 우롱차가 아주 맛있게 우려졌다. 빨리 마시지만 않았으면 즐길 수 있었을 텐데. 자신의 덤벙거림이 원망스러워지는 순간이었다. 찻잔을 내려놓던 해준은 어느새 그녀 옆에 서 있는 아이를 깜짝 놀라 쳐다보았다.

동글동글하고 볼이 빵빵한 아이가 그녀를 보며 호기심을 드러냈다. 엄마가 사라진 걸 보고 그녀를 탐구하기로 작정한 모양이었다.

"누구세요?"

아직 한참 어린데 교육을 잘 받았는지 존댓말을 하는 양이 귀여웠다.

"아. 나는……."

해준은 갑자기 머릿속이 멍해졌다. 뭐라고 해야 하지? 에이, 아이한테 복잡하게 말할 거 뭐 있나.

"응. 나는 엄마 친구야. 이모라고 불러. 해준이 이모."

"이모 이름이 해준이예요?"

"응. 이해준이야. 너는?"

"나는 한다인."

한다인? 엄마랑 성이 같잖아. 해준은 다시 미스터리에 빠졌지만 고민할 시간은 없었다. 아이가 연방 말을 걸어왔기 때문이었다.

"이모도 선생님이에요?"

"아냐. 나는 그냥 회사 다니는 사람이야."

"회사?"

"응. 큰 빌딩에 들어가서 재미없는 일을 하루 종일 하는 데 있어."

"와아."

놀랄 일도 아닌데, 참 놀랄 것도 많은 꼬마다. 아이는 신기한 듯 그녀를 아래위로 훑었다. 해준은 자신의 통통한 볼을 만졌다.

"왜? 이모가 이상하게 생겼어?"

그러자 아이가 도리도리 고개를 저었다.

"아뇨. 우리 집에 손님 온 게 처음이라서요."

"그래? 친구는 없어?"

"응. 다음 달부터 유치원에 갈 거예요. 유치원 가서 친구 많이 사귈 거예요."

"그래, 친구 많이 사귀렴."

해준은 아이가 기특해서 곱슬곱슬한 머리를 쓰다듬었다.

"이모, 또 놀러 올 거예요?"

해준은 갑자기 가슴이 저릿해졌다. 가구도 제대로 없는 작은 집에 아이와 엄마 달랑 둘이 살고 있다. 아이의 눈에서 느껴지는 것은 외로움이었다. 그것은 누구보다도 그녀가 잘 알고 있었다. 아버지와 둘이 살던 고적한 집에서 늘 느꼈던 거였으니까.

"그럼. 또 놀러 올게. 이모랑 뭐 하면서 같이 놀까?"

"정말?"

아이의 눈이 더할 나위 없이 커졌다.

"나 색칠공부 있는데 같이 할래요?"

"그래."

해준은 저도 모르게 미소를 지었다.

서영이 혜선과의 긴 전화를 끊고 나왔을 때 해준은 다인과 놀고 있었다. 한국에 돌아와서 처음으로 혜선에게서 걸려온 전화라 끊을 수가 없었다. 전화를 끊은 서영은 또 다른 걱정으로 가슴이 답답해졌다. 이제는 더 늦기 전에 혜선에게 아이를 보여주어야 했다. 아이를 보면 뭐라고 할까? 혜선이 도대체 어떻게 생각할지 가늠을 할 수 없었다.

그리고…….

서영은 작은 상을 펴놓고 열심히 다인과 색깔을 칠하고 있는 어린 아가씨를 보았다. 직장인이라고 하기엔 어려 보이고 학생 티가 솔솔 나는 아가씨였다.

내 부탁을 들어줄까? 서태혁이 알면 어떻게 나올지 두렵기만 했다. 아이가 있다는 걸 알면 바로 태하의 아이라는 걸 알 텐데. 서영은 해준에게 걸어갔다.

"정말 죄송해요. 다인아. 손님한테 그러는 거 아냐."

"아니에요. 제가 같이 놀고 싶어서 노는 거예요."

해준의 손에는 이미 빨간 크레파스 물이 들어 있었다.

"엄마, 해준이 이모가 여기 꽃도 그려줬어."

"그래. 같이 놀아주셔서 고맙습니다."

"이거 마저 칠할게요. 잠시만 기다려주시겠어요?"

서영은 그런 해준이 고맙기도 하고 얼떨떨하기도 했다. 그러다 미소를 지었다. 정말로 순진하고 꾸밈없는 아가씨다.

5분 정도 지나서 해준은 색칠이 끝난 종이를 다인이와 흐뭇하게 보며 자리에서 일어났다. 서영은 저녁 준비를 하고 있었다.

"저기가 욕실이에요. 손 씻으세요."

"네."

해준이 나오자 간단한 식사가 이미 식탁 위에 차려져 있었다.

"식사 안 하셨죠? 물어보지도 않고 같이 차렸어요."

"먹어도 되나요? 안 그래도 배고팠는데 감사히 잘 먹을게요."

감자를 송송 썰어넣은 된장국, 아삭아삭한 깍두기, 구운 햇김, 그리고 다인이가 특히 좋아한다는 계란프라이와 남은 고등어 한 조각이었지만 식사는 맛있었다.

"차린 게 없어서 죄송해요."

"아니에요. 너무 맛있어요."

"저도 모처럼 손님이 와서 같이 먹으니 맛있네요."

그러더니 서영은 부끄럽게 웃었다. 해준은 그런 서영이 천생 여자 같아 보였다. 여러모로 덜렁대는 자신과는 완전히 딴판인 여자였다.

"저도 그래요. 집에서 늘 혼자 밥 먹었거든요. 그래서 너무 맛있어요."

"그래요? 혼자 사세요?"

"아뇨. 아버지랑 둘이 사는데 아버지가 늦으시면 늘 혼자 먹어서요."

"아."

"이모, 우리 집에 자주 와서 같이 먹어요. 이모랑 먹으니까 너무 맛있어요."

그러더니 아이는 해맑게 웃었다.

"그래. 또 놀러 올게."

식사를 하고 다시 염치없이 과일까지 먹고 해준은 그제야 일어났다. 괜찮다고 하는데도 귀빈처럼 버스정류장까지 서영과 다인이 따라나왔다.

해준은 버스를 확인하며 입을 열었다.

"사장님한테는 말하지 않을 테니까 걱정 마세요."

그러자 서영의 얼굴이 활짝 피어올랐다.

"그리고 다음에는 언니라고 불러도 돼요?"

서영이 미소를 지은 채 고개를 끄덕였다.

"그리고 또 놀러 와도 돼요?"

"그럼요. 또 놀러 오세요. 다음에는 정말로 맛있는 저녁 대접할게요."

"네. 제 전화번호 드릴게요. 필요하면 연락하세요. 우리 사장님 관련해서요."

그러더니 해준은 눈을 찡긋했다.

"앗, 버스가 왔어요. 다인아, 잘 있어."

"네, 이모. 꼭 놀러오세요."

아이와는 가볍게 포옹까지 하고 해준은 버스에 올랐다.

열심히 손을 흔드는 아이에게 자신도 열심히 손을 흔들었다. 안 보일 때까지.

자리에 앉자 해준은 심장이 가볍게 아려오는 것을 느꼈다.

어쩌면 다인의 자리에 자신을 넣어서 보았는지도 모른다. 엄마가 구워준 고등어. 엄마의 사랑을 받는 어린 아이. 아이를 너무 사랑해서 일부러 엄격하려고 노력하는 엄마. 자신의 어린 시절을 떠올려버려서일지도 모른다. 결코 돌아올 수 없는.

서영은 위압적으로 자신을 내려다보는 커다란 철문을 올려보았다. 집의 기운은 하나도 죽지 않고 여전히 그녀를 주눅 들게 했다. 아니, 어쩌면 오랜 시간 단련된 일종의 반사적인 반응일 수도 있었다. 이제는 그러지 않아도 되는데.

대문을 들어서는 순간부터 주눅이 들어 늘 자신의 방에서 시간을 보내곤 했다. 유일한 안식처가 되었던 2층의 작은 방. 잘 있을까? 높은 담장 너머에 있을 이 집의 주인과, 자신의 작은 방을 생각하는데 그녀의 옷깃을 잡아끄는 손이 있었다.

"엄마, 여기가 어디야?"

맑고 또랑또랑한 목소리의 아이가 천진하게 그녀를 보고 있었다.

"으응. 할머니 집이야."

"할머니? 이렇게 큰 집에서 살아?"

"응."

그러자 아이의 눈이 동그래졌다. 미국에서 6년을 손바닥만한 작은 원룸에서 둘이서 살았다. 그러다 보니 다인에게는 모든 게 신기해 보일 수밖에 없었다. 원룸의 작은 아파트와 그 주변만 맴돌던 아이는 한국에 온 후부터 모든 것이 신기한 대상이었다.

"그런데 왜 안 들어가, 엄마?"

서영의 눈에 삐죽이 튀어나온 다인의 머리카락이 보였다.

서영은 풋, 웃음을 터트렸다. 아이의 눈에도 주저하는 게 보였나 보다. 며칠 전 전화를 받고 수없이 생각을 했다. 시간이 나면 한번 들르라는 전언이었다. 들르는 것은 문제기 없었다. 하지만 결정을 해야 했다. 이제는 아이를 엄마에게 보여야 한다는 걸.

"이리 와봐. 머리가 그새 삐져나왔네. 할머니 처음 보는데 예쁘게 보여야지."

그녀의 말에 덜렁거리는 아가씨가 얌전하게 서영의 손을 기다렸다. 서영은 귀 위에 붙어 있던 빨간색 나비 모양 핀을 뺀 후 손으로 빗어 머리를 정리하고는 다시 똑, 핀을 꽂았다.

"다 됐다. 어휴, 예뻐."

그러자 아이가 배시시 웃었다. 눈에 넣어도 아프지 않을 예쁜 딸이 까만 눈동자로 그녀를 보며 웃고 있다. 그 얼굴에는 태하도 보이고 자신도 보였다. 그 눈을 보며 자꾸 몽글몽글 마음속에서 불안이 자랐다. 막상 여기까지 와서 시간을 끌고 있는 이유도 그 때문이었다. 서영은 무릎을 굽히고 앉으며 다인과 시선을 맞추었다.

"다인아, 엄마 말 잘 들어."

"응?"

"안에 할머니가 계시거든. 그런데 할머니가 조금 아프셔."

"어디가?"

"으응. 여기 마음이."

서영은 가슴을 손으로 쓸어 보였다.

"다인이는 아프면 기분이 어때? 감기 걸렸을 때 있지, 그때 어땠어?"

"아프면? 아픈 거 싫어."

"싫지? 아프면 아무것도 하기 싫고 먹기도 싫잖아. 그래서 너 울고 투정부렸잖아."

아이는 엄마가 무슨 말을 하려나 궁금한지 동그란 눈을 깜박이지도 않고 그녀를 보고 있었다.

"그래서 할머니도 다인이한테 무섭게 대할 수도 있어. 그건 할머니가 다인이를 싫어해서가 아니라 할머니가 아파서야."

그제야 다인이는 무슨 말인지 알겠다는듯 어른스럽게 웃으며 눈을 깜박였다.

"걱정 마. 내가 할머니 귀찮게 안 할게."

그러더니 톡톡, 엄마의 어깨를 다정하게 쳤다. 그녀의 행동에 서영은 피식, 웃어버렸다.

재작년 이맘때, 아버지가 돌아가셔서 급히 귀국을 했다. 단 사흘의 짧은 일정이었다. 그때 4년 만에 처음으로 어머니를 뵈었다.

서영은 그때도 아이 이야기는 하지 않았다. 아이 때문에 서둘러 미국에 돌아갔지만 어머니는 그 사정에 대해 아무것도 묻지 않았다. 모든 것이 귀찮다는 표정이었다. 어머니의 상태가 걱정이 되기도 했지만, 그래서 어머니가 아이한테 어떻게 대할지 더 걱정이 되었다. 어린 다인이는 아무런 상처도 받지 않으면 좋겠다. 자신처럼 버려지는 아픔도, 사생아라는 멍울이 어떤 건지도 모르고 예쁘게 살았으면 좋겠다.

설마 이렇게 어린 아이에게까지 모진 말을 하는 건 아니겠지.

서영은 크게 심호흡을 한 후 벨을 눌렀다. 가방 안에 열쇠가 있지만 이제는 왠지 남이 된 것만 같아 쓸 수가 없었다.

잠시 후 덩치가 큰 부산댁이 종종종 빠른 걸음으로 내려오더니 서영을 보곤 반가워서 펄쩍 뛰었다.

"아이코, 이게 누구야! 서영아!"

"아줌마."

"미국에서 온 거야? 아니, 왜 온다고 전화도 안 하고 왔어? 사모님한테는 연락을 한 거야?"

부산스럽게 서영을 보며 반가워 눈물까지 글썽이던 부산댁이 다인을 보고는 눈을 동그랗게 떴다.

"아니, 얘는 누구야? 얼굴이…… 설마?"

서영은 반짝 미소를 지었다.

"제 딸이에요. 다인아, 인사드려. 할머니 일 도와주시는 분이
야."

"안녕하세요. 한다인입니다."

교회 부설 한국어 유치원을 보낸 덕분에 다인은 영어도 잘했
지만 한국말도 제법 잘했다. 인사도 잘하고, 대답도 잘하고, 밥
도 잘 먹는다. 고슴도치 엄마라더니, 서영은 아이의 모든 게 자
랑스러웠다. 다인을 볼 때만은 세상에서 제일 행복한 엄마가 된
다.

"어머니가 말씀 안 하셨어요? 오늘 중으로 찾아뵈라고 하셔
서……."

"어휴, 얼른 들어와. 그 양반이 요즘 좀 깜박깜박해. 아무 말
도 없이 밖만 내다보시기에 뭐 하나 했더니 너 기다리고 있었던
건가."

"어머니는 안에 계세요?"

"그럼, 당연하지. 병원에 한 번씩 가는 거 빼고는 통 외출이라
고는 안 하는 분이신데, 뭐."

"병원이요? 편찮으신 건가요?"

"아니. 나이도 있고 하니까 정기검진 받으러 가는 거지 뭐."

"……괜찮, 겠어요?"

그녀의 말을 금새 알아들은 부산댁은 잠시 눈치를 보았다. 평

생 잔정 없고 모진 성품이 어디 가겠나.

"어휴, 나도 모르겠어. 들어가 봐. 바깥어른 돌아가신 이후로 저 양반이 영 말이 없고 이상해지셨어. 기력은 안 떨어진 것 같은데 그렇게 소리지르고 조근조근 잔소리를 해대던 양반이 벙어리처럼 딱 입을 다물고 있다니까."

부산댁을 따라 정원을 걸어 들어가며 다인은 조경이 잘 된 나무들을 보고 연신 똘망똘망한 눈을 굴렸다.

"엄마, 여기 나무가 너무 많아. 여기 공원이야?"

아이의 천진함에 부산댁이 풋, 웃음을 지었다.

"아니야. 다인아. 여기 할머니네 마당이야."

"마당이 우리 공원보다 나무가 더 많아, 엄마. 그럼 우리도 여기서 사는 거야?"

아이의 얼굴에 기대감이 모락모락 올라왔다. 부산댁은 "아이구, 애가 귀엽기도 하지." 하며 연신 칭찬을 했다. 하긴, 서영도 처음 이 집에 왔을 때 그런 생각을 했었다. 어린 걸음에 한참을 걸어가야 본관이 나오는 정원은 커다란 공원 같았다. 하지만 그때의 그녀는 더 많이 주눅이 들어 있었다.

"아냐. 그냥 할머니 잠시 뵈러 온 거야."

"그래? 그럼 이 집에서 할머니랑 저 아줌마랑 둘이만 사는 거야?"

"으응."

아이의 질문은 끝이 없었다. 그런 천진한 아이의 마음과 상관없이 서영의 마음은 여전히 무겁기만 했다. 이 나이 즈음이었다. 자신이 다르다는 걸 느낀 게. 점점 인생의 무게가 그녀의 의지와 상관없이 쌓이기 시작한 게. 제발 다인이에게만은. 다인이에게만은.

현관 입구에 도착하자 할머니에게 드릴 직접 그린 그림을 든 채 다인은 문을 뚫어지게 봤다.

"엄마, 저기 할머니가 계신 거야?"

"응."

미국에서 다인은 부족한 게 너무나 많은 아이였다. 대부분 아빠가 있고, 형제가 있고, 할머니가 있는데 다인은 엄마와 가끔씩 다인을 봐주는 베이비시터밖에 없었다. 모든 질문에 대한 답은 전부 '한국에 있다'로 때웠는데 그 한국에 있는 할머니를 드디어 보게 되는 것이다. 생애 처음 친척을 보는 다인의 마음은 흥분으로 부풀어 있었다.

제발 이 아이에게 상처를 주지 마세요.

서영은 기도를 하며 노크했다.

"엄마. 저 왔어요."

안에서는 아무런 말이 없었다.

"저 들어가요."

문을 열자 늘 한복을 입고 그림처럼 앉아 있던 혜선의 모습이 드러났다. 방 안의 공기는 집 전체의 공기보다 무겁다. 서영은 몇 년 사이에 혜선이 많이 늙었다는 걸 발견했다. 그리고 마음이 더 무거워졌다. 혜선은 생기를 잃은 무생물처럼 거기에 앉아 있었다.

서영은 그녀의 앞에 다가갔다.

"엄마, 저 왔어요."

"안다. 호들갑 떨지 마라."

"그동안 잘 지내셨어요?"

혜선의 시선이 서영의 뒤에 서 있는 종종 머리를 땋은 다인에게 갔다. 처음으로 그녀의 눈이 커지며 표정이 변했다.

서영은 다인의 손을 잡아끌었다.

"다인아, 인사드려. 할머니야."

두려움에 차 있던 다인의 얼굴이 할머니라는 말에 배시시 웃음으로 바뀌었다.

"안녕하세요, 할머니. 한다인입니다."

수줍음이 많지만 천성적으로 사람을 잘 따르는 아이다. 다인이는 손에 들고 있던 그림을 할머니에게 내밀었다.

"할머니 드리려고 그렸어요."

그것은 다인과 할머니, 그리고 서영을 그린 그림이었다. 비록 화려한 핑크색이었지만 제법 한복까지 입고 있는 모습이었다. 한국에 할머니가 있다는 말에 들떠서 몇 번이나 어떤 옷을 입고 있는지 어떻게 생겼는지를 물어봤다.

핑크색의 한복을 입고, 얼굴이 하얀 할머니는 입에 귓가에 걸리도록 웃고 있었다. 혜선은 그 그림을 뚫어지게 보았다. 심판을 기다리는 듯 다인의 얼굴은 긴장으로 초조해졌다. 마치 유령이라도 본 듯 혜선은 그림을 한참 보고는 다인을 보았다. 아이의 뺨은 핑크색으로 홍조가 져 있었다. 종종 땋은 머리가 귀 뒤로 내려왔다. 서영의 손에서 땀이 났다.

"이게 나니?"

무뚬한 목소리가 물었다.

"네, 할머니."

그리고는 방긋 햇살을 가득 담아 웃는다.

"이름이 뭐라고?"

"한다인이에요, 할머니. 할머니 그린 거 마음에 드세요?"

대답 대신 눈꼬리가 처지고, 입술이 살짝 위로 올라가며 혜선이 미소를 지었다. 서영은 상상도 하지 못한 그녀의 태도에 입을 열 수가 없었다.

"이리 온, 아가."

작은 아이가 할머니의 무릎에 안겼다. 할머니는 조그만 아이를 안았다.

"할머니."

서영은 안도감으로 주저앉을 뻔했다.

어디서 저런 씨도 모르는 것을 데려오냐고 할 줄 알았다.

제 어미 자식 아니랄까 봐 똑같은 짓을 한다고 다그칠 거라 예상했다. 그런데 어머니가 아무런 의문 없이 아이를 받아들였다.

강혜선 여사도 나이가 든 것일까.

서영은 정원에서 뛰어노는 다인을 보았다. 큰 집은 신기한 것 투성이였다. 서영은 조용하고 겁이 많은 아이였는데 다인은 그녀를 닮았어도 호기심이 많고 활동적이었다.

"저 애 때문에 결혼을 안 하고 그렇게 미국으로 떠난 거니?"

아이의 나이와 여러 가지를 따져보았을까.

"네."

서영이 미국으로 떠난 후, 아버지는 돌아가시기 전 4년간을 거의 집에서 보냈다. 일도 없이 무료하게 보낸 유일한 4년이었다. 그 인생의 4년 동안 두 분은 무엇을 하셨을까? 갑자기 궁금증이 일었다.

"아비는 누구니?"

"……."

"재형이는 당연히 아니겠지."

어머니는 지금 자신을 어떻게 생각할까? 더럽고 문란한 친모와 같다고 생각하겠지. 하지만 혜선의 시선은 다인을 떠나지 않았다.

서영은 문득 떠올렸다. 어린 시절, 혜선은 한 번도 그녀를 안아준 적이 없었다.

"그래서 혼자 미국 가서 아이를 낳고 혼자 키운 거니? 네 아버지 돌아가셨을 때도 저 아이 때문에 그리 급하게 떠난 거니?"

"죄송해요, 엄마."

혜선은 더 말을 하지 않았다. 무슨 생각을 하는지 모르겠다. 생각해보면 혜선과는 한 번도 제대로 대화다운 대화를 한 적이 없었다. 그녀가 지시를 하고 서영은 그녀의 말을 듣는 정도였다. 마음속에서 무슨 생각을 하는지 모르니 어떻게 설명을 해야 할지를 모르겠다.

"어디서 지내니?"

"집을 구했어요."

"어디에?"

"신사동 쪽에요."

"그렇게 먼 데 집을 구했다고? 학교 갈 때도 힘들겠다."

"괜찮아요. 다닐 만해요."

"아이 데리고 집으로 들어와라."

서영의 시선이 절로 혜선에게 갔다. 굳은 표정의 어머니는 오늘따라 더욱 늙고 작아 보였다.

"다음 주에 수술을 받는다."

"네? 무슨 수술이요?"

설마?

"걱정할 필요 없다. 유방암인데 초기라서 간단한 수술만 하면 된단다. 이참에 네 아버지 따라가나 했는데, 그건 아니란다."

어쩐지. 그녀가 전화를 한 것부터가 이상하다고 생각했다. 담담하게 말하는 혜선의 눈은 쉴 새 없이 마당에 있는 다인이를 좇고 있었다.

"정말이세요? 괜찮으신 거예요?"

"저만 할 때였지."

"네?"

"네 친엄마 기억하니?"

무슨 뜻인지 알아듣자 서영은 입을 다물었다. 엄마를 찾아서 가끔씩 몰래 보러 갔다는 사실만은 말 못 하겠다. 누가 뭐래도 그녀를 받아주고, 키워준 것은 혜선이니까. 혜선도 다정하지는 않았지만 너무 겁만 먹어 어리광부리며 가까이 다가가지 못한 서영의 잘못도 있었다.

"사람이 다른 사람한테 모질게 굴면 그건 그만큼 그 사람한테 콤플렉스가 있어서겠지. 아이가 그렇게 가지고 싶었는데……. 그것만은 안 되더라. 그런데 믿었던 남편이 다른 데서 아이를 낳아서 데리고 왔어."

"엄마……."

한 번도 혜선의 속내를 들은 적이 없었다. 한 번도 그녀를 이해하려고 하지 않았는데 서영은 아이를 키우며 가끔씩 키워준 엄마의 입장에서, 혜선의 입장에서 생각을 해볼 때가 있었다. 듣지 않아도 안다. 무슨 말을 하려는 건지.

"너도 저렇게 예쁘고 호기심이 많던 아이였다. 저 아이처럼 저렇게 예쁘고 소담하게 생겼는데, 나는 널 볼 때마다 네 친엄마가 떠올라서 참을 수가 없었어. 그렇게 가지고 싶어하던 아이가 집에 들어왔는데도……."

그녀의 목소리는 아무런 톤이 없던 평소와 달리 격앙되어 있었다. 서영은 그런 힘든 말을 꺼낼 필요 없다고 하고 싶었다.

"네가 그렇게 미워서 그렇게 자살소동까지 벌이고 너를 보냈는데, 그러고 났더니 네 얼굴이 눈에 밟히더라. 어린 애가 얼마나 힘들까 하고. 조그만 아이 주제에 그렇게 눈치를 보던 아이가."

"엄마……."

낳아준 사람만이 엄마가 아닌 거였다. 서영은 기억하고 있었다. 보육원을 찾아온 엄마의 따뜻했던 품을.

"늘 내 생각이 옳다고 생각했는데, 네 아버지 돌아가시고 생각할 시간이 많아지니 내가 한 게 다 옳았나, 문득 생각이 들더라. 내가 조금만 참았어도, 어린 아이한테 상처를 주지 않았을 텐데……."

"엄마."

서영은 창 밖만 응시한 채 입을 여는 혜선의 야윈 등을 껴안았다. 그녀의 체온이 서영에게 전해졌다.

"나한테 엄마는 한 사람밖에 없어요."

그녀의 야윈 손이 서영의 손을 덮었다.

"……미안하다."

서영은 그녀를 안은 채 눈물을 터트렸다. 더 미안해야 하는 건 자신인데. 한 번도 엄마라고 생각하지 않고, 한 번도 자신을 진심으로 위한 적 없다고 생각했는데, 그런 엄마였는데.

다인이 문을 열고 들어오며 외쳤다.

"엄마, 마당에 강아지 한 마리 있으면 좋겠어."

서영은 급하게 눈물을 훔쳤다.

혜선은 어떤 동물이든 좋아하지 않았다. 한 번도 집 안에 동물을 키운 적이 없었다. 신나서 소리치던 다인은 서영이 단단히 교육했던 게 생각났는지 입을 다물었다.

"아. 여긴 할머니 집이지. 죄송해요, 할머니."

"우리 다인이 강아지 가지고 싶어?"

"네."

동그랗게 부풀어오른 뺨이 빨개지도록 아이가 함박웃음을 띠며 말한다.

"내일 할머니랑 강아지 사러 갈까? 오늘은 여기서 자고."

"네? 진짜요? 그래도 돼요, 엄마?"

"강아지도 사고, 여기서 할머니랑 같이 살자."

"진짜요?"

이번엔 정말로 하늘을 날기라도 할 듯한 표정이다. 크리스마스 선물을 받았을 때도 저런 표정은 아니었다. 입은 벌어졌지만 서영의 눈치를 보며 쉽게 좋아하지를 못한다.

"엄마…… 랑 다 같이요?"

"그래. 엄마보고 여기서 할머니랑 같이 살아요, 해."

서영은 울컥하는 마음을 감추며 고개를 끄덕였다.

"그래. 할머니랑 같이 살고 싶지?"

아이가 목이 빠질 정도로 고개를 크게 끄덕이더니 할머니 품에 안겼다.

자꾸 바보처럼 눈물이 났다. 행복해하는 혜선과 다인을 보니 무엇보다 기쁜데도 눈물이 났다.

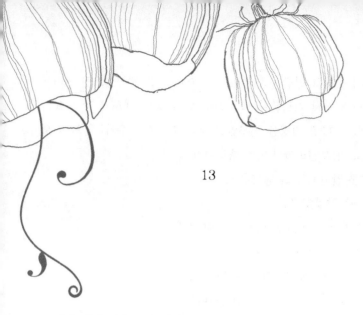

13

볕이 제법 좋은 오후였다.

인터폰이 울리더니 이내 이 대리의 목소리가 들렸다.

"무슨 일입니까?"

- 저녁 회의는 못 가신다고 전화를 넣을까요? 계속 대답을 안 주셔서 아직 연락을 하지 않았습니다.

"무슨 회의 말입니까?"

갑작스러운 말에 태하는 당황했다. 회의가 있었나? 그답지 않게 전혀 기억이 나지 않았다.

- 이사님 대학의 장학기금 조성 회의 말입니다.

"아!"

장학기금을 기부하겠다고 약속을 한 후 기부금 용도에 대한 회의를 한다고 연락이 왔다. 정식회의가 아니라 교수들 간의 약식 회의였지만 첫 번째 회의니 꼭 오라고 간청을 했는데 결정을 하지 못하고 일단 미뤄놓았다. 어차피 돈을 던져놓으면 자기들끼리 알아서 가르든지 써먹으면 될 터, 굳이 태하가 갈 필요가 없었다. 다만 결정을 미루었던 것은 최영조 교수가 꼭 한번 오라고 따로 전화까지 했기 때문이었다.

"못 간다고 전화 넣어줘요."

- 네. 알겠습니다.

그러나 태하는 곧 다시 말을 번복했다.

"아니. 됐어요. 오늘은 그냥 참석하겠습니다."

- 네? 네. 그럼 저녁에 차 대기시키겠습니다.

"아뇨. 그냥 내 차로 가겠습니다."

최영조 교수의 목소리가 떠오르기도 했지만 갑자기 학교가 궁금해졌다.

봄의 교정은 늘 아름다웠다. 흐드러지게 벚꽃이 핀 나무 아래에 앉아 있던 서영의 모습이 떠올랐다. 이어폰을 낀 채 책을 손에 쥐고 꼼꼼하게 읽다가 음악을 듣는지 가만히 눈을 감고 앉아 있었다. 그 모습이 너무 예뻐서 가까이 가지 않고 한참을 봤었다. 너무 아련해서 만지면 사라질 것 같았다.

서영과 관련된 모든 것은 한 번도 돌아보지도, 찾지도 않았다. 하지만 그녀와 헤어진 지 벌써 6년이다. 이렇게만 살아갈 수는 없다. 비워놓은 것에 서서히 다른 것들을 채워넣어야 할 테지. 그것이 힘들다 할지라도.

회사에서 학교까지는 30분도 걸리지 않았다. 주변의 모든 길은 여전히 익숙했고 학교 안으로 들어가 경상대의 주차장 쪽으로 몰 때는 가슴이 두근거리기까지 했다.

차에서 내렸을 때는 해가 서쪽으로 깊게 떨어져 온통 황금빛이었다. 완벽한 양복차림인 태하의 모습은 푸릇푸릇한 교정에 이질적으로 느껴졌다. 차를 주차한 후 건물로 걸어가는 그의 모습을 지나가는 학생들이 힐끗힐끗 훔쳐보았다. 그는 그만큼 많이 변해 있었다.

막상 마음을 먹고 왔지만 건물로 들어가려니 망설여졌다. 졸업한 이후로 한 번도 찾지 않았던 곳이었다. 제대하자마자 복학한 학교에서 그는 수업을 듣는 것 외에는 아무것도 하지 않았다. 친구도 전혀 사귀지 않았고 교정을 돌아다니며 즐길 여유도 없었다. 학점을 따는 데만 신경을 쓰다 졸업한 뒤로는 한 번도 발길을 돌리지 않았다.

회의가 열리기로 되어 있는 학과장실에 노크를 하고 문을 열자 몇 명의 낯익은 얼굴이 보였다. 그중에서도 특히 최영조 교수가 반가운 기색을 보였다. 처음에 들쑥날쑥 이가 빠진 듯한 출석일수로 정학을 당할 처지에 놓인 그를 도와준 것도, 제대로 졸업을 할 수 있게 수업을 조정해주고 편의를 봐준 것도 그였다. 형의 부탁도 있었지만 잔정이 많은 분이었다.

"오, 태하 군, 안 올 줄 알았더니 왔네. 여기 앉게."

태하는 고개를 숙이며 인사를 했다. 다른 교수들이 태하를 보며 조금은 겸연쩍은 듯 인사를 했다. 한참 어린 제자인데도 거액의 장학금을 기부해주는 태하를 어떻게 대해야 할지를 몰라서 당황한 것일 게다. 물론 명목은 회사에서 내는 기부금이었지만 그가 회장의 아들이고, 결정을 내린 것도 그라는 것을 모르는 사람은 없었다.

"이번에 동문학장금을 대한그룹의 재단에서……."

역시나 그의 생각대로 지루한 이야기가 시작되었다. 강의 시간처럼 교수들은 자기 스타일로 길고 복잡한 이야기를 시작했다. 기부금을 어떤 식으로 쓸지 본격적인 이야기가 나온 것은 거의 한 시간도 더 지나서였다. 7시가 넘은 것을 확인하고 태하는 쓴웃음을 지었다. 간단하게 회의하고 모처럼 저녁이나 먹자더니, 이제 도입부였다.

태하는 슬슬 나갈 준비를 했다. 저녁은 아무래도 나중에 따로 만나서 먹어야 할 것 같았다. 완전히 어두워지기 전에 교정을 걷고 싶었다. 오늘따라 가슴이 설레고 집중이 되지 않았다. 교정의 공기와 봄 냄새 때문일지도.

그때 노크 소리가 나고 문이 열렸다. 하릴 없이 서류를 뒤적이던 태하는 무심히 고개를 들었다. 시선이 가기도 전에 익숙한 향기가 나는 것 같았다. 서류를 뒤적이던 손이 멈췄다. 태하의 시선도 한 곳으로 몰려 그대로 굳어버렸다. 태하는 순간 자신이 어디에 있는지 잊어버렸다.

"죄송합니다. 늦었습니다. 수업이 늦게……."

들어온 여자는 말을 끝맺지 못하고 그 자리에 멈춰 섰다. 여자의 시선 역시 앉은 사람들 사이에서 가장 이질적인 태하에게 향했다. 너무 놀라 당황해서 아무런 말도 하지 못했다. 태하를 보는 혼란한 시선이 흔들렸다.

그녀가 즐겨 입던 파스텔 톤의 옷 대신 회색의 원피스와 긴 검정색 스웨터 차림이었지만 여자는 하나도 변하지 않았다.

"서영이 왔구나. 아니, 이젠 한 교수인가. 얼른 들어와. 참, 태하 군 아나? 한 교수가 대학원 다니면서 조교 했을 때 태하도 학교 다니지 않았나? 둘이 구면이지?"

최영조 교수는 예전에 둘이 친한 사이냐고 물었던 것을 까맣게 잊고 있었다. 그럴 만도 하다. 벌써 6년은 더 지난 일이니까. 최영조 교수는 그 사이 학장이 되었고, 신경 써야 할 일도더 많을 테니까. 하지만 갑자기 보이는 서영의 모습은 6년 만이라고 하기에는 너무 생생했다.

"네에……."

먼저 정신을 차린 것은 서영이었다.

당혹한 표정이 겨우 원래대로 돌아갔지만 창백한 얼굴색은 돌아오지 않았다. 서영은 비어 있는 태하의 대각선, 그에게서 제일 멀어진 곳에 자리를 잡고 앉았다.

교수들의 이야기는 다시 시작되었다. 넉 달 뒤에 있을 총동문회가 시작되기 전에 학교 측의 입장을 조율하고, 다른 기금 조성 방안을 살피고, 최대의 후원자인 대한그룹이 구체적으로 어느 정도까지 지원을 할 수 있는지에 맞춰 예산을 짜는 등의 이야기가 다시 시작되었다.

그리고 서영은 단 한마디도 그들의 말을 제대로 알아들을 수가 없었다. 귀는 열려 있지만 마치 귀머거리라도 된 것 같았다.

사람들을 보고 있지만 그녀의 눈에 들어오는 건 멀리 앉아 있는 태하의 모습뿐이었다.

한눈에 알아보지 못할 정도로, 깜짝 놀랄 정도로 어른스럽고 원숙한 모습이었다. 예전의 조금은 소년 같던 모습은 눈을 씻고 찾아봐도 없다.

예전에는 캐주얼한 복장을 세련되게 입고 다녔는데 지금은 하얀 와이셔츠에 폭이 제법 좁은 검정색의 타이, 그리고 검은색 양복을 입고 있는 것이 너무나 잘 어울렸다. 넓고 단단한 어깨와 날씬한 허리의 선이 양복을 멋지게 소화했다. 얼굴의 살은 빠지고 턱선은 예전보다 더 단단해졌다.

놀람은 점차 두근거림으로 바뀌기 시작했다. 사랑했던 남자는 멋지게 변해 있었다. 그리고 무엇보다 그녀를 더 긴장시킨 것은 그의 시선이었다. 그의 시선은 노골적으로 그녀에게 쏟아졌다. 그를 힐끗 보았던 서영은 그와 눈이 마주치고 깜짝 놀라서 고개를 돌렸다. 더 이상 소년과 어른 사이의 어중간하던 눈빛이 아니었다. 그야말로 남자의 눈빛이었다. 그 눈이 그녀를 쏘아보고 있었다. 하얀 뺨과 드러난 목덜미를 훑고, 부푼 가슴을 훑고, 옷에 감싸인 팔을 훑었다. 그의 시선이 마치 바늘처럼, 그녀를 찌르듯 하나하나 그녀의 살에 침입했다.

서영은 힘들었다. 온몸의 세포 하나하나가 그와의 감각을 기억해내고 있었다. 밝은 조명 아래, 노교수들이 천천히 재정에 관한 이야기를 하는데 서영은 온몸이 달아오르고 있었다. 상상도 할 수 없는 일이 벌어졌다. 미친 거다. 6년 전의 서태하와 지금의 서태하가 같은 사람이 아닌데 이런 생각을 하다니.

참을 수 없어진 서영은 자리에서 일어났다.

그들의 시선이 얼굴이 상기된 서영에게 쏠렸다.

"죄송합니다. 잠시 실례하겠습니다."

모두들 다시 이야기를 시작했지만 오직 태하의 시선만이 그녀를 뒤쫓고 있었다.

세면대에서 손을 씻으며 서영은 하아, 한숨을 내쉬었다.

이 학교에서 강의를 시작한 지 한 달. 태하를 마주칠 거라곤 꿈에도 생각하지 못했다. 늘 그의 꿈을 꿨다. 특히 한국에 돌아오고 나서는 늘 그를 생각했다. 바쁜 6년간 가끔씩 몸이 달아오를 때는 오직 그를 생각할 때뿐이었다.

그것은 언제나 꿈이었는데, 지금 그 꿈속의 남자가 현실에 있다. 그것도 더 크고, 더 당당하고, 더 멋있어진 모습으로.

나 없어도 잘 지냈구나.

나 없어도 되는 거였어.

이렇게 만날 거라는 생각은 한 번도 하지 않았는데. 지금의 태하를 보니 그와 헤어지겠다고 결정한 게 잘한 거였다 싶었다. 태하는 딱 그녀가 상상하던 대로의 모습을 하고 있었다.

숨을 고르고 마음의 준비를 한 후 자리에 들어온 서영은 저도 모르게 태하의 자리를 보았다. 그리고 자리가 비어 있는 것을 발견했다. 그새 떠나버린 것이다. 빈자리를 보는 것만으로도 가슴 한편이 허전했다.

자신을 버리고 간 여자를 용서하지 못할 거다. 미워할 거다.

자신을. 아니 어쩌면 전혀 관심이 없을지도. 태하가 변했듯 그
녀도 변했다. 태하를 만났을 때는 스물여섯, 아직 어린 나이였
지만 지금은 삼십 대가 되었다. 그는 반짝 빛나고 있는데 자신
은 점점 나이가 들어가고 있었다.

그리고 그녀의 생각대로 회의가 계속 진행되는 동안 태하는
나타나지 않았다.

"안녕히 계세요."

회의가 끝나고 정리를 한 후 서영은 모여 있는 교수들에게 인
사를 했다. 원래는 전임도 아니라 이 자리에 끼일 수가 없었지
만 최영조 교수가 오라고 불렀고, 다른 교수들도 학교에서 오래
일했던 서영에게 다들 친근하게 대했다. 모교에서만 누릴 수 있
는 장점이었다.

"우리 모처럼 한잔하는데 같이 갈래?"

"아닙니다. 저는 먼저 가겠습니다."

다인은 자고 있겠지만 그래도 아이가 보고 싶다. 태하를 본
후 가슴속의 빈자리가 더 커져서 아이의 하얀 뺨이라도 만져야
할 것 같았다. 서영은 어디로 갈지 이야기하는 교수들을 두고
서둘러 건물을 나왔다.

건물에서 나와 주차장으로 걷던 서영의 눈에 저쪽 건물 모퉁
이에서 반짝이는 불빛이 보였다. 그것이 담뱃불이라는 것을 확
인했을 때 서영의 가슴은 격렬하게 뛰기 시작했다. 모습은 보이
지 않았지만 그게 태하라는 걸 확신했다. 느낌이 그랬다.

태하는 늘 그 자리에서 자신을 기다리곤 했다.

그녀가 천천히 걸음을 옮기자 그녀의 모습을 발견한 건너편에서 반응했다. 불빛이 꺼지고 인영이 서서히 모습을 드러냈다. 서영은 그에게 가까이 가야 할지, 아니면 그냥 지나쳐야 할지 잠시 고민을 해야 했다. 그의 늘씬한 몸이 그녀를 향해 있었다. 그녀를 기다리고 있는 것이다.

서영은 자석에 끌리는 것처럼 천천히 그에게 걸어갔다. 태하는 또 하나의 담배를 꺼내물었다. 아무런 말도 꺼내지 않는 그를 보며 서영은 천천히 입을 열었다. 입술이 말라 혀로 축여야 했다.

"오랜만이야."

조금은 갈라진, 낮은 목소리가 성대에서 흘러나왔다. 태하는 대답을 하지 않았다. 태연하게 말을 꺼냈지만 너무 긴장을 해서 머리가 지끈 아파왔다.

"잘 지냈어?"

서영이 다시 용기를 내어 입을 열었다.

그리고 틱, 하얀 불이 그의 손 안에서 사그라졌다. 그가 고개를 들어 하늘을 올려다보았다. 까만 하늘에는 아무것도 보이지 않았다.

"뭐, 그럭저럭."

그의 목소리가 들리자 눈물이 왈칵 쏟아질 것만 같다. 조금 더 성숙했지만 같은 목소리다. 낮고, 그윽하고, 다정했던.

서영은 흐릿해지는 눈을 애써 부릅뜨며 물기를 없앴다.

"으응."

"언제부터 가르치기 시작한 거야?"

"이번 학기가 처음이야."

후우. 그가 길게 연기를 뿜어냈다.

"한국엔 언제 왔어?"

"넉 달 정도 됐어."

"여기로 결정하고 들어온 거야?"

"아니. 그냥 시간강사야. 지금 강의 하나만 하고 있어. 다른 학교도 두 군데 하고."

태하는 한참을 아무런 말도 하지 않았다.

"너도 회사 잘 다니나 보네."

기부자가 정해졌다고 할 때에도 태하라고는 상상을 하지 못했다. 나이가 지긋한 오래된 동문이라고 생각했다. 최영조 교수가 학장이 된 이후로 교수는 학과를 살릴 방안에 몰두하는 중이었다. 기부금을 많이 유치해서 장학금 혜택도 늘이고 외국 학교와 자매결연, 산학 협력 등 여러 가지를 기획하고 있었다.

"네 남편도 알고 있어?"

그의 말에 서영은 그를 보았다. 그가 피식, 입꼬리를 올리며 미소를 머금었다. 그것은 명백한 비웃음이었다. 어둠이 눈에 익자 그의 모습이 제대로 눈에 들어왔다.

"자기 부인이 옛날 남자의 시선에 흥분한 거. 그것도 회의 도중에."

서영의 얼굴이 순식간에 달아올랐다. 홍조를 띠고 있던 그녀의 모습을 그는 알아차렸다. 서영은 자신을 보는 그의 눈빛이 경멸을 담고 있다는 것을 확인하자 뻣뻣하게 굳어버렸다.

"무슨 말을 하는 거야!"

순식간에 그에게 팔이 잡혔다. 잡힌 팔이 아프다고 한 순간, 몸이 휙 돌아가며 자동차와 그 사이에 갇혔다. 옴짝달싹하기 힘들 정도로 태하가 바싹 붙었다.

"놔줘."

그의 가슴이 그녀의 가슴을 밀었다. 서영은 그의 시선을 피하려 고개를 돌렸다.

"이러지 마."

변한 줄 알았는데 하나도 변하지 않았다.

"그새 좋았나 보지. 가슴이 많이 커졌어."

그의 노골적인 말에 얼굴이 확 달아올랐다. 그는 혐오스럽다는 듯 그녀를 보고 있었다. 그의 손이 그녀의 허리를 잡았다. 서영은 몸을 빼려고 했지만 그는 더 강하게 그녀를 움켜쥐었다.

"그렇게 싫어하는 척하더니, 많이 좋았나 보지. 그때는 순진했잖아. 참기 힘들었잖아. 그런데 이제는 남자의 눈빛만 받아도 흥분하는 거야? 하긴, 그게 벌써 6년 전이네."

자신을 경멸하고 수치를 주려고 작정한 것 같았다. 사위가 어둡지만 누군가가 보게 된다면 끝장이다. 서영은 고개를 저으며 그를 밀었다. 6년 만의 재회가 이런 식이 될 줄은 몰랐다. 치욕적이고, 끔찍하다.

그의 손이 그녀의 손목을 아프도록 잡았다.

"태하야……."

"그 입으로 날 부르지 마. 그렇게 내 이름도 부르지 마. 그렇게 떠났으면 돌아오지 말지 왜 내 앞에 나타났어? 내가 싫어서 떠났으면서 내 앞에 갑자기 나타나서 알짱거리는 의도가 뭐야, 응?"

그에게 잡힌 손목이 고통스러웠다. 서영은 통증에 얼굴을 찌푸렸다. 하지만 눈앞에 보이는 그의 모습은 그녀의 심장을 덜컹 떨어지게 했다. 그의 얼굴에 분노와 고통과 온갖 감정이 드리워져 있었다. 변했다고 생각한 얼굴은 하나도…… 변하지 않았다.

"나도 네가 올 거라는 걸 몰랐어. 아파, 제발."

그의 표정이 제자리를 찾아가며 손의 힘도 조금은 풀어졌다.

한 번도 잊지 않고 있었다. 한 번도 그리워하지 않은 적이 없었다. 하지만 말할 수가 없다. 상처를 입은 그를 두고 뒤도 돌아보지 않고 비행기를 탄 것은 자신이었다. 얼마나 아팠을까. 하지만……. 나도 너만큼 아팠어.

서영은 저도 모르게 손을 들어 그의 뺨에 손을 가져갔다. 따뜻한 손의 체온이 그의 뺨에 닿았다. 갑작스러운 손길에 태하는 눈에 띄게 당황했다. 그의 눈에 얼핏 물기가 고인 것만 같았다. 그는 차갑게 그녀의 손을 쳐냈다. 그리고는 차 문을 열고 차에 올랐다. 서영이 멍하게 그를 보는 동안 태하의 차는 그 자리를 떠나버렸다.

태하가 사라진 자리에서 서영은 한참을 그렇게 서 있었다. 그의 체온이 가슴에서, 손목에서 느껴진다. 그의 향기가 아직도 남아 있다.

가슴이 아프다. 아프다. 가슴속에서 뚝뚝 눈물이 떨어졌다.

태하는 20분째 창 밖만 보고 있었다. 어젯밤 서영을 본 이후로 일이 하나도 눈에 들어오지 않았다.

혹시라도 한서영을 다시 만나면 어떨까 생각해본 적이 있었다. 죽여버리고 싶을 정도로 미울까? 원망스러울까? 상상을 할수 없었다. 그런데……. 마음속에서 잊으려고 했던 여자인데, 내몰았던 여자인데 다시 눈앞에 나타나자 가슴속에 생각지도 못한 큰 파문이 일었다. 남의 여자가 되었는데, 내가 싫어서 떠났는데, 아직도 잊지 못하다니.

태하는 전화기를 들었다. 몇 번의 벨이 울리자 건너편에서 목소리가 들렸다.

"안녕하세요, 교수님. 서태합니다."

- 태하 군. 안 그래도 어제 그냥 가버려서 섭섭했는데 어쩐 일인가?

"기부금 관련해서 말씀을 드리고 싶어서 전화했습니다."

- 그래. 무슨 일인가?

"아침에 회사 회계팀과 의논을 해봤는데 용도만 제대로 나온다면 장학기금을 더 낼 수 있을 것 같습니다."

- 오, 그런가.

"그래서 말인데 한서영 선배가 자문 역할을 해주셨으면 해서요."

- 서영이? 한 교수는 아직 정직원이 아니라서 그건 좀 곤란한

데…….

"한서영 선배가 학교 일도 잘 알고 있고 알던 사이라 편할 것 같아서 그렇습니다."

- 흠. 그런가? 어차피 장학기금 조성 시작은 내년부터 할 것이고, 서영이도 다음 학기부터는 전임이 될 가능성이 높으니까 뭐, 지금부터 시작해도 나쁘진 않을 것 같군.

"전임 강사요?"

- 응. 서영이가 운이 좋았지. 서영이가 전공한 분야의 교수가 내년에 퇴임을 할 것 같거든. 그래서 일단 서영이를 추천해놨어.

"잘됐네요."

- 잘됐다 뿐인가. 서영이가 아주 운이 좋은 거지. 우리 쪽은 적체가 심해서 거의 불가능한 이야기나 마찬가지지. 요 십 년 내에 삼십 대 초반인 미혼 강사가 전임이 된 경우는 내가 기억하는 한 없지. 뭐, 서영이가 공부도 열심히 했고. 워낙에 잘하니까 다들 별 의의는 없을 거야. 그 애가 원래 야무진 면이 있었지.

조용히 말을 듣던 태하는 최영조 교수의 말에 번쩍 눈을 떴다.

"미…… 혼이라고요?"

- 응? 왜? 서영이가 결혼을 했나?

도리어 그가 질문을 한다.

"6년 전에…… 결혼하지 않았습니까?"

건너편에서 갑자기 잠잠해졌다.

- 그걸 기억하고 있었군. 흠. 그거라면 그때 깨졌지. 결혼 못 하고 유

학 가서 이를 악물고 일하더니 더 잘됐지, 뭐. 그렇게 빨리 박사학위를 받는 건 거의 기적에 가깝거든. 어쨌든 서영이한테는 그 이야기는 꺼내지 말게. 아주 불편해하는 것 같더라고.

나머지 얘기를 하고 전화를 끊은 태하는 혼란스러워졌다. 그가 생각하고 있던 모든 스토리를 새로 써야 했다.

결혼을 하지 않았다고?

결혼을 안 해?

그리고 혼자 미국에 갔다고? 전혀 상상도 하지 않았던 상황이 벌어진 것이다. 꽤씸하면서도 한편으로는 안도하는 이 기분은 뭘까. 결혼을 하지 않았다는 사실에.

결혼을 하지 않았는데도 6년 동안 한 번도 자신을 찾지 않은 것은 어떻게 설명해야 할까? 그에 대한 사랑이 그 정도밖에 되지 않았나?

하지만 아무리 생각해도 서영의 행동이 이해가 가지 않았다. 어쩔 수 없다. 그 궁금증을 해결하려면 그녀를 만날 수밖에.

"현재까지는 상태가 좋아서 방사선까지 갈 필요 없이 호르몬 요법만 꾸준히 하면 될 것 같습니다."

"다행이에요."

혜선의 담당의사인 김주원 선생의 말에 서영은 그제야 긴장을 풀었다. 1센티미터 정도의 작은 종양이라고 했는데 생각보다 깊어서 방사선 치료를 받아야 하나 지켜보자고 하더니 다행스럽게도 잘 된 모양이었다. 앞으로 5년 동안 항암 호르몬제를 꾸준히 복용해야겠지만 몸을 상하게 하는 방사선 요법보다는 나았다.

"여기 적어드린 거 잘 지켜서 식사하시게 하세요. 환자 본인이 신경 써서 관리하면 스트레스 받으니까 가능하면 주변 분들이 이렇게 먹을 수 있도록 환경을 조성해주시고 몸이 좀 나으면 산책이나 가벼운 운동을 매일 하게 하십시오."

"네. 알겠습니다."

서영은 피해야 할 음식 리스트가 주욱 적힌 종이를 읽었다. 거의 30가지가 넘게 적힌 목록을 보니 확실히 환자가 직접 챙기려면 스트레스가 쌓일 듯도 했다. 뭘 먹으란 말인지.

"재발하진 않겠죠?"

그녀의 걱정 섞인 말에 김주원 선생은 빙긋 웃었다.

"그러지 않도록 하기 위해 경과를 계속 지켜보고 꾸준히 치료를 받고 노력하는 거니까요. 절대 없을 거라고 안심시켜 드리고 싶지만 그러지 못해서 죄송합니다."

"아니에요. 아는데도 바보 같은 질문을 해서 도리어 죄송한걸요. 그럼 이만 가보겠습니다."

"그래요. 다음 달에 봐요. 그리고 한서영 씨도 검진받으러 한 번 오세요."

인사를 하고 돌아서던 서영은 김주원 선생의 말에 고개를 돌렸다. 젊은 남자 의사는 빙긋 웃으며 그녀를 보고 있었다.

"꾸준히 정기검진을 받으셔야죠. 젊다고 방심하면 안 됩니다. 그리고 암은 워낙 유전이 많으니 반년에 한 번씩은 꼭 검진하는 게 좋습니다."

"알겠습니다, 선생님. 엄마가 좀 괜찮아지시면 예약할게요."

"그래요."

"그럼 안녕히 계세요."

서영은 웃으며 인사를 하고는 돌아섰다. '유전'이라는 말이 떠올라서 씁쓸하게 웃었다. 하지만 서영은 자신의 엄마는 혜선 하나뿐이라고 말한 것을 잊지도, 후회하지도 않았다. 많이 돌아서 왔지만 지금이라도 엄마와 잘 지낼 수 있어서 감사할 따름이었다.

서영은 진찰실에 있던 혜선과 함께 나와 그녀를 대기실에서 기다리게 한 후 약을 받고 차를 찾아서 집으로 향했다.

"그냥 택시 타고 가도 되는데 너 학교에 늦는 거 아니니?"

"아니에요. 차가 안 막혀서 시간 충분해요."

"그래. 집에 전화 한번 넣어봐."

"네?"

"다인이 밥은 제대로 챙겨 먹였는지 모르겠네."

서영은 차를 돌리며 미소를 지었다.

"아줌마가 어련히 잘 챙겼으려고요. 걔는 배고프면 아무것도 못 하는 애예요."

"그래도 넣어봐."

"알았어요."

서영은 전화를 한 뒤 다인을 바꾸자 혜선에게 전화기를 넘겼다. 혜선은 다인이에게 이것저것 물어보기 시작했다.

혜선은 요즘 다인이 세상의 유일한 즐거움인 것처럼 아이에게 집착했다. 강아지도 사주고, 밤에는 아이를 데리고 자기도 했다. 그리곤 이렇게 일주일 만에 겨우 몇 시간 아이를 두고 집을 나와도 내내 아이 걱정이었다. 그녀가 어릴 때를 생각하면 상상도 못 할 일이었다. 어린 다인이 예쁘기도 하겠지만 나이가 들면서 모든 애증을 놓은 사람의 여유일지도 모르겠다. 할머니가 될 권리를 조금 빨리 드렸으면 좋았을 텐데, 하고 생각하니 마음이 아프다. 거기다…….

태하를 생각하자 비 오기 직전의 하늘처럼 온통 답답해졌다. 이런 식으로 그를 다시 만나게 될 줄은 몰랐다. 다시 만났을 때는 그가 결혼을 하고, 서로 정말 남남이 되어서 만날 줄 알았는데 비루한 감정의 끈이 완전히 끊어지지 않고 남아 있다는 사실이 당황스러웠다.

서영은 그제 동문회 기부금 조성 관련의 자문 역할을 맡았다. 학장이 시켜서 얼떨결에 떠맡았지만 뒤늦게 후회했다. 자문역할을 한다는 말은 태하를 어떤 식으로든 또 봐야 한다는 것이었다. 전화를 하건, 얼굴을 보건 다시 엮일 기회가 많아진다는 것이다. 그녀가 자문을 맡기로 했다는 걸 알면 그는 어떻게 생각할까? 불쾌해하겠지? 거절할 기회를 놓친 것이 못내 아쉬웠다. 학장과 이야기를 할 기회가 생기면 정중히 거절해야겠다고 마음먹었다.

혼자만의 생각에 빠져 있던 서영은 혜선의 목소리에 현실로 돌아왔다.

"서영아."

"네. 엄마."

"김주원 선생 어떠니?"

"네?"

김주원 선생이라면 엄마의 담당의였다. 김주원 선생의 이름이 갑자기 왜 나오는지 서영은 이해를 하지 못했다.

"어떠냐? 너한테 마음 있는 것 같던데."

서영은 난처해졌다. 삼십 대 후반쯤 되었을까? 조금 전에 얘기를 나눈 점잖고 조용조용한 남자를 떠올렸다.

"무슨 말씀이세요?"

"몰랐니? 너한테 마음 있는 것 같더라. 이혼하고 혼자 사는 중이란다. 아이는 와이프 쪽이 키우고 있고. 내가 손녀 데리고 우리 집에서 산다니까 은근히 너한테 관심 있는 모양이던데 넌 아무 눈치 못 챘니?"

남의 일에 전혀 관심이 없는 분이 뒷조사까지 했다는 말은 신경을 쓰고 있다는 말이다.

"그만두세요. 전 괜찮아요."

"비교해보면 넌 애를 직접 키워야 하니까 아이까지 딸린 네가 훨씬 더 부족하지만 그래도 그쪽도 총각장가는 아니니 괜찮지. 사람이 인상은 좋더구나. 의사니까 능력도 있을 테고. 처자식 굶기지는 않겠지. 다인이도 싹싹하니까 아빠처럼 잘 따를 테고……. 저렇게 좋은 사람이 왜 이혼을 했나 해서 뭔가 문제가 있나 좀 알아봤더니 여자 쪽에서 문제가 많았나 보더라."

둘 사이가 좋아졌다고 해도, 엄마가 예전보다 기력이 쇠하고 성정이 달라졌다고 해도 기본 성격은 어디로 가지 않았다. 그녀의 휘두르기를 좋아하는 성격이 또 나온 것이다.

"전 싫어요, 엄마. 엄마랑 다인이랑 그냥 같이 살래요."

"너 때문에 그러냐? 다인이 때문에 그러지. 아직은 어려서 모르지만 조금만 더 커도 자기가 다른 아이들하고 다르다고 상심할 거야. 안 그래도……."

그녀의 말에 서영의 심장이 쿵 떨어졌다. 혹시 다인이가 유치원에 갔다가 무슨 말을 들은 건가?

"왜요? 무슨 일 있었어요?"

"얼마 전에 같이 자는데 다인이가 묻더라. 아빠는 어디 있냐고. 한국에 오면 아빠 있을 줄 알았는데 아빠가 없어서 슬프다고. 어린 애가 벌써부터 눈치가 있어서 말은 안 하지만 아빠가 엄청 궁금한 모양이야. 나야 늘그막에 손녀딸 생기니 옆에 끼고 있으면 좋지만 어디 내 맘처럼 되겠니? 네 생각만 하지 말고 괜찮은 사람을 이제부터 잘 물색해봐라. 더구나 외국도 아닌 여기서는 절대 너 혼자 애를 키울 순 없다."

혜선을 집에 데려다 주고 서영은 학교로 향했다. 혜선의 말이 내내 마음에 걸렸다. 평생 아이와 둘이서만 살 수는 없는 걸까?

미국에 있을 때도 그랬다. 한국에 돌아갈 생각을 하기도 했고, 다인이 한국말을 못 하는 건 싫어서 일부러 한국인 교회에 딸린 어린이집에 다인을 맡겼다. 그랬더니 한국인 커뮤니티에 떨어져 살 때는 몰랐는데 아이를 한국인 유아원에 보내자 주변의 시선이 따가울 정도였다.

사람들의 간섭은 틈만 나면 시작됐다.

애기 아빠는 어디 있어요? 기러기예요? 결혼은 하셨어요? 등등…….

모든 관심과 시선이 자신에게 쏟아지는 것은 괜찮았다. 하지만 어떤 식으로든 다인이 상처받는 건 싫었다. 아이를 강하게 키우려고 무작정 예뻐하지도 않고, 존댓말을 가르치고 예의바르게 크도록 키웠지만 마음 가장 깊은 곳에서는 아이에 대한 무조건적인 사랑밖에 없었다.

서영은 그녀를 경멸스럽게 보던 태하를 떠올렸다. 그와 새로 시작하는 건 불가능한 일이겠지. 아이를 인질로 그에게 결혼을 요구할 수도 없다. 그렇다고 다인 때문에 아무 남자하고 결혼할 수도 없다.

서영은 진퇴양난의 상황에 결국은 피식 웃음을 터트렸다. 이 정도의 문제는 지난 6년에 비교하면 아무것도 아닌 것을. 어떻게든 되겠지.

그냥 편하게 생각하려고 했지만 늘 그렇듯이 답답하고 알 수 없는 게 인생이다.

요즘의 놀이터는 옛날 놀이터와 달라 모래 하나 없다. 폭신폭신한 타일을 온통 깔아놔서 넘어져도 아프지는 않지만 옛날 같은 풍경은 그려지지 않았다.

예전엔 노란 모래밭 위의 그네에서 하루 종일 그네를 타곤 했는데…….

석양이 질 때까지 그네를 타면 엄마들이 와서 자기 자식들을 데리고 가곤 했다. 동무들이 가고 나면 그 재미있던 그네가 재미없어지곤 했다. 시소도 혼자서는 타지 못했다. 괜히 시무룩해져서 그네에 앉아 툭툭, 샌들을 신은 발끝으로 모래를 차고 있으면 갑자기 몸이 확 들렸다. 퇴근한 아빠가 몰래 와서 그녀를 번쩍 안고는 했다. 그러면 해준은 갈�걀걀, 허파에 바람이 들었나 싶을 정도로 재미나게 웃곤 했다.

주름 하나 잡히지 않은 푸른 제복을 입은 아빠가 멋져서 아직까지 집에 가지 않은 꼬마 한둘이 더 있으면 으쓱해지곤 했다.

해준은 아이들 높이에 맞춘 작은 벤치에 앉아 있었다. 무릎을 접고 앉아 있으니 마치 소인국에 온 걸리버라도 된 듯했다. 작은 아이가 헐떡대며 다가오더니 그녀의 팔을 잡았다.

"해준이 이모, 왜 그래?"

다인이 그녀의 옆에 그녀처럼 턱을 괴고 앉아 그녀를 보았다. 사장님이 일주일 동안 출장을 가신지라 웬일로 호랑이 같은 정 대리가 그녀를 일찍 퇴근시켜주었다. 아니, 지난주 내내 그녀 대신 야근을 했으니 웬일은 아니다. 덕분에 일찍 퇴근해서 서영과 다인과 저녁을 먹기로 했다. 하지만 오늘따라 마음은 하늘을 날고 있었다. 비행기를 타고 있을 그 누구와 함께. 이렇게 빠질 줄은 몰랐는데…….

"응? 뭘?"

"응. 이모 우는 줄 알았어."

"왜?"

"울 것 같아. 얼굴이."

"아니야. 배가 고파서 그런가?"

어린아이의 눈치를 보며 거짓말을 하자 다인이 그새 고개를 끄덕였다.

"응. 이모 배고프구나."

"그런데 다인아, 너 말이야……."

"응?"

"만약에 너는 음, 초등학교 6학년 정도 되는 오빠가 좋아지면 어떡할래?"

다인이 대답 대신 눈을 동그랗게 떴다.

"전교 어린이 회장에다가 엄청 멋진 6학년 오빤데 너는 좋은 거야. 그런데 그 오빠는 너를 유치원생 취급하는 거야. 그러면 어떡할 거야?"

"응……."

다인이는 진짜 고민을 하는지 한참을 생각했다.

"이모, 나 유치원생 맞는데?"

정답을 찾은 듯 기쁘게 말하는 다인을 보며 해준은 어깨를 늘어뜨리고 한숨을 푸욱 쉬었다.

"됐다. 유치원생 붙들고 인생 상담을 하려고 하다니. 휴우."

"엄마다. 엄마!"

"언니!"

멀리서 서영이 장을 봤는지 양손에 물건을 잔뜩 들고는 걸어왔다. 해준은 기운이 없었지만 억지로 일어나서 추적추적 그녀에게 다가가 물건을 받았다.

"엄마, 나 그네 조금만 더 타면 안 돼?"

"그래. 이모랑 여기 잠깐 앉아 있을게, 그럼."

볕도 따뜻하고 날씨가 좋아서 바깥에서 조금 더 해바라기를 하고 싶기도 했다. 해준은 다시 같은 자리에 앉았다. 서영이 방금 다인이가 앉았던 자리에 앉았다. 이제는 소인국에 온 두 명의 걸리버가 되었다.

"너 왜 이렇게 기운이 없어?"

서영의 눈에까지 그렇게 보이다니 확실히 문제이긴 했다. 어떡하나? 햇빛을 못 받은 해바라기처럼 그를 보지 못하니 자동으로 시들어가는걸. 기운을 내려고 맛난 걸 먹고, 정 대리의 욕을 바가지로 먹어도 전투력이 올라가질 않는다.

"언니, 연애하는 데 나이가 문제가 될까요?"

서영은 태하를 생각했다. 세 살이 어렸지만 나이 때문에 문제는 없었다. 말도 잘 통했고, 서로가 느끼는 공감대가 많았다. 다만 학부생과 대학원생이라는 것 때문에 그녀가 불편했다.

"문제가 될 것까지야 있나. 왜? 그게 걸려?"

"아니. 내가 아니라요……. 난 전혀 상관없는데 문제가 아니라고 누가 얘기 좀 해줬으면 좋겠어요."

"좋아하는 사람 생겼어?"

해준이 화들짝 놀라더니 도리질을 쳤다.

"아, 아니요⋯⋯."

그러더니 갑자기 풀이 죽었다.

"네. 그런데 혼자 짝사랑하는 거예요."

"그래? 몇 살 차인데?"

"정확히는 모르겠고⋯⋯. 띠동갑 정도?"

실은 띠동갑도 더 되지만 그러면 서영이 정말로 놀랄 것 같아서 은근히 얼버무렸다.

"설마 아래로 띠동갑은 아니겠지?"

그러자 해준의 눈이 동그래졌다.

"아니에요. 언니. 그러면 범죄인데요."

아래로 띠동갑이면 아직도 초등학생이거나 중학생이다. 서영은 킥킥거렸다.

"농담이야. 나이 차가 좀 나나 보네. 잘 되길 기원해줄게."

"고마워요. 그런데 언니⋯⋯."

해준의 시선이 놀고 있는 다인에게로 향했다.

"저기⋯⋯. 다인이랑 서태혁 사장님이랑 아무 관계도 없는 거 맞죠? 아, 그게 의심해서 그런 게 아니라⋯⋯."

서영은 턱을 괴고 다인을 보았다. 아이는 하늘에 날아올라갈 것처럼 씩씩하게 그네를 타고 있었다. 확실히 둘 관계가 이상하기도 하고 궁금하기도 할 거다.

"모르겠어. 관계가 있다고 해야 할지 없다고 해야 할지. 그런데 혹시⋯⋯."

"네?"

"회사에 서태혁 사장님 동생 있지 않아?"

"아아. 서태하 이사님이요?"

"응."

"전 한두 번 봤어요. 완전 젊고 잘생겼던데요. 인기도 엄청 많은 것 같던데요. 별명이 엘리베이터 이사래요."

"왜?"

"독신인데다 젊어서 그 사람만 잡으면 인생 엘리베이터 탄다고요."

"응."

"처음부터 낙하산 인사라 말이 많았지만 일은 잘하나 봐요. 그 집안 사람들이 어디 가겠어요."

"그렇구나."

해준은 자신이 아는 정보를 주는 데 신났다. 그러나 서영의 생각은 딴 데 가 있었다. 옛날과 달라진 상황에 대해서 생각 중이었다.

"그런데 언니는 서태하 이사님도 아세요?"

"으응……. 대학 후배야."

"아아."

"저녁으로 돈까스 괜찮겠어? 다인이가 돈까스 먹고 싶다고 해서. 이 근처에 돈까스 맛있게 하는 집이 있거든. 다른 메뉴도 있어."

서영이는 일부러 화제를 바꾸었다.

"괜찮아요. 저 돈까스 좋아해요. 돈까스 먹을래요."

해준이가 아이처럼 좋아하며 웃었다.

"근데 다인이 할머니가 다인이 늦게 온다고 섭섭해하시는 거 아니에요?"

"말했어. 오늘 저녁 먹고 들어간다고."

"응. 갑자기 배가 고프네. 다인이보고 빨리 가자고 해야지."

"그래."

서영이 일어나는 동안 해준은 그새 다인에게로 갔다. 금방이라도 배가 고파서 죽을 것처럼 하더니 작은 그네에 엉덩이를 끼우고 앉아서는 힘껏 그네를 구르고 있었다. 검은 머리가 찰랑거리며 햇볕을 반사했다.

서영은 자리에서 일어나다 서로를 보고 웃으며 그네를 타는 해준과 다인을 보고는 다시 자리에 앉았다. 턱을 손으로 괴고 물끄러미 보는 동안 그녀의 얼굴에도 슬며시 미소가 깃들었다.

세상일이 그네를 타고 하늘을 올려다보는 것처럼 즐거우면 얼마나 좋을까?

마음속은 온통 답답했지만 지금 이 순간만은 웃고 있는 얼굴을 보는 게 즐거웠다.

14

서영은 2209호가 찍힌 문 앞에서 당황한 채 입술을 깨물었다.

처음부터 거절했어야 했다!

최영조 교수가 말을 꺼냈을 때만 해도 바빠서 서류를 작성하는 정도의 도움을 원하는 줄 알고 흔쾌히 승낙을 했다. 태하가 마음에 걸리긴 했지만 그래도 거절을 못 한 건 태하보다는 그룹의 재무담당자와 이야기를 하게 될 거라 생각해서였다. 그런데 태하가 직접 그녀에게 전화를 해서 불렀다. 그것도 자신의 오피스텔로.

주소를 보고도 오피스텔이라고 생각지 못했던 게 잘못이었다. 아침에 약속을 정하기에 당연히 의심하지 않고 회사라고 생각한 게 문제였다.

밖에서 고민하는 동안 계속 시간이 갔다. 할 수 없다. 오후에는 대전까지 가야 했다.

벨을 누르고 잠시 후 문이 열리자 서영은 너무 놀라서 표정
관리를 못 하고 눈을 동그랗게 떴다. 태하가 트레이닝 바지차림
에 상체를 드러내놓고 서 있었기 때문이었다. 울룩불룩한 근육
이 촉촉하게 물에 젖어 있었다. 그의 얼굴에도 땀으로 젖어 있
었고 호흡이 거칠었다. 이런 쪽으로 녹슬었던 머리가 순식간에
기름칠을 한 것처럼 빨리 돌아가기 시작했다.

서, 설마 운동을 한 거겠지. 설마 다른 여자와 있는 걸 보여주
려고 부른 건 아니겠지?

"들어와."

태하는 안으로 들어가며 대수롭지 않게 말했다.

"시간 잘 맞춰서 왔네. 잠시만 기다려. 샤워하고 나올게."

태하가 사라지고 서영은 그 자리에 선 채 집을 둘러보았다.
예전 학교 근처의 빌라와는 비교가 되지 않을 정도로 크고 웅
장했지만 집이라고 하기엔 너무 썰렁할 정도로 가구도 없고, 황
량한 집은 어쩐지 외로워 보였다. 집 어느 한구석에도 그의 손
길이나 흔적이 닿은 곳이 없어 보였다. 도대체 뭘 하고 사는 거
야. 텅 빈 구석구석 외로움이 느껴져 서영은 입술을 깨물었다.

그녀가 소파에 앉자 이내 태하가 나왔다. 젖은 머리를 그대로
둔 채 라운드넥의 하얀 티셔츠에 청바지를 입고 나왔다. 서영의
가슴은 조금 전보다 더 세차게 뛰기 시작했다. 하나도 변하지
않았다. 단단한 어깨도, 길고 건장한 다리도, 아름다운 손도.
태하는 예전보다 더욱 성숙한 남자의 냄새를 풍기고 있었다.

"출근 안 해?"

"오후에 출근할 거야. 일이 바빠서 한 달 동안 계속 출근했어. 어제 겨우 급한 불을 꺼서 오늘은 좀 쉬려던 참이었어."

"그럼 오늘 보지 않아도 되는데……."

이런 식으로 집까지 부를 필요도 없었는데.

태하는 서영의 옆에 앉으며 대수롭지 않은 듯 말했다.

"갖고 온 거 보여줘."

순간 그와의 거리가 너무 가까워져 서영은 움찔했다. 많고 많은 소파를 놔두고 30센티미터도 떨어지지 않은 옆자리에 앉다니. 너무 가까워서 그가 방금 쓴 샴푸냄새까지 났다. 서영은 가방에서 서류를 꺼내는 척하며 엉덩이를 밀어 조금씩 그에게서 멀어졌다. 태하는 편하게 소파에 등을 대고 팔걸이에 손을 걸치고는 그런 서영을 무심히 보고 있었다.

"여기. 피곤할 텐데 오늘은 좀 쉬고 천천히 봐. 난 그럼 갈게."

"설명 좀 해봐. 뭐가 그렇게 급해?"

그러더니 뻔뻔한 얼굴로 그녀를 보고 있었다. 그녀의 행동을 기다리며.

하아. 어쩔 수가 없다. 서영은 두꺼운 서류에서 표시를 해놓은 부분들을 펴며 간략하게 설명했다.

"……기부금 약정서 초본은 여기 있어. 회계사에게 검토해보라고 줘. 이건 세금면제 혜택에 관련된 서류야. 이것도 검토해보면 되고, 이건 기부금 용도 리스트야. 학술연구 및 교류랑 산학협력단 그리고 우수학생 장학금 용도에 관해서 자세히 명시해

났으니까 읽어보면 알 거야."

애써 차분한 목소리로 말했지만 온통 신경이 곤두서 있었다. 태하의 몸이 뒤에 가 있어서 볼 수는 없지만 그녀는 확신할 수 있었다. 그의 시선이 그녀가 넘기고 있는 서류가 아니라 그녀를 보고 있다는 것을. 눈길이 눈썹을 훑고, 뺨을 건드리고, 목덜미를 쓸고 있었다. 드러난 목덜미가 따끔따끔할 정도였다. 그를 처음 만났던 교수님의 사무실에서와 같은 일이 일어나고 있었다!

더 이상은 버틸 수가 없다. 최대한 빨리 설명하고 빨리 끝내고 갈 수밖에. 서영은 차곡차곡 서류를 정리해서 바인더에 넣고는 태하의 쪽으로 밀었다.

"장학기금 담당자에게 줘. 정확한 숫자는 아니지만 그걸 토대로 작성하는 데 무리는 없을 거야. 필요한 것 있으면 연락 달라고 해. 안에 내 명함 넣어놨어. 난 그럼 갈게."

할 말만 따박따박하고 바로 일어나서 나가려는데 그의 목소리가 그녀를 잡았다.

"한서영."

그의 목소리에 서영은 저도 모르게 멈칫했다.

"왜 결혼 안 했어?"

"으, 응?"

갑작스러운 물음에 서영은 당황했다.

"왜 그 자식이랑 결혼도 안 하고 미국으로 도망친 거냐고."

서영은 고개를 돌리고 있어 그에게 표정을 보이지 않아 다행이라는 생각이 들었다. 안 그랬으면 표정이 고스란히 노출된 자신의 모습을 그가 다 봤을 테니까. 서영은 주먹을 움켜쥐었다. 언젠가는 알 거라고 생각했지만 그에게 대답할 적당한 핑계를 찾지 못했다.

어쩌지. 그가 팔을 뻗어 그녀에게 내밀더니 어깨를 쓸었다. 그 손길이 너무 부드러워 손이 닿은 자리에 오소소 소름이 일었다.

"그 망할 결혼 때문에 날 떠났잖아. 집안 때문에 꼭 결혼해야고 한다고 했잖아. 그놈을 사랑하지도 않으면서. 그래놓고 결혼도 안 하고 혼자 떠난 이유가 뭐야? 정말 이해가 가지 않아. 며칠을 생각했는데 도저히 네가 무슨 생각을 했는지 알아내지를 못하겠어서 돌아버릴 것 같아. 말해봐."

목소리는 차분했지만 말투는 위험했다. 그는 억지로 참고 있는 거였다. 그녀를 잡고 있는 손에 점점 더 힘이 들어갔다. 서영은 몸을 그에게서 빼려고 했다. 그러자 억센 손이 갑자기 그녀의 얼굴을 잡아 고개를 돌렸다.

"혹시…… 나한테서 도망치고 싶었던 거야? 내가 싫었는데 그 남자 핑계를 댄 거야?"

"그, 그런 거 아냐. 원래 가려고 계획했던 건데 그 사람만 못 갔을 뿐이야. 이거 놔줘. 나 학교에도 가야 하고 바빠."

얼굴을 돌렸지만 서영의 눈길은 그를 피하고 있었다. 태하는 알 수 있었다.

거짓말을 하고 있다.

최영조 교수의 말을 듣고 일부러 그녀와 그녀의 약혼자에게 무슨 일이 있었는지 찾아보았다. 일부러 서영의 일을 잊고 싶어서 전혀 신경 쓰지 않았고, 서영과 관련된 일이라면 고개도 돌리지 않고 공부만 했기에 아무것도 몰랐다.

이재형을 찾아 뒤지다가 놀라운 사실을 발견했다. 이재형의 아버지가 대표이사인 정우금융이 대한그룹의 자회사인 한성레미콘에 고소를 당하고 이재형의 아버지는 집행유예를 선고받았다. 이후 정우금융은 자산부재로 매각되고 이재형은 현재 미례캐피탈이라는 업종불명의 회사를 운영하고 있었다.

명맥만 유지하던 서영의 아버지네 회사인 한주건설은 몇 년 전에 동희건설에 매각되었다. 정우금융 사건은 꽤 커서 경제신문에 나오기도 했다. 이 일은 서영이 결혼하기 몇 달 전에 일어났고, 서영은 결혼을 두 달 앞둔 10월에 출국을 했다. 자신이 군대에 갈 즈음이었다.

태하는 연결고리를 찾으려 끊임없이 노력했다.

약혼자의 집안이 망하고 그녀의 아버지의 회사도 위태해졌는데도 태하를 찾지 않고 혼자 멀리 미국까지 간 이유는 뭘까? 성공하고 싶어서 간 걸까? 아니면 정말로 자신을 피해서 떠난 걸까. 알 수 없는 게 사랑이고 알 수 없는 게 여자의 마음이다.

그의 눈에 서영의 옆모습이 보였다. 그녀의 몸은 그의 손아래에서 단단히 긴장해 있었다. 태하는 얽매고 있던 팔을 풀고, 손가락으로 그녀의 뺨과 관자놀이를 쓸었다. 부드러운 살갗이 손아래에서 느껴졌다.

당황한 서영의 시선이 그를 보다 눈길을 피했다. 곱게 묶여 있는 머리를 풀어 내리고 싶다. 길게 흩어 내린 부드러운 머리와 그 머리 사이로 드러나던 하얗고 동그란 어깨에 입을 맞추고 싶다. 하얀 살이 발갛게 달아오를 때까지 입술로 흔적을 남기고 싶다. 지금의 여자는 6년 전의 여자와 전혀 달라진 게 없는 그 한서영이었다. 오히려 더 무르익은 매력적인 여자가 되었다.

6년 동안 무슨 일이 있었을까? 처음 만난 날부터 서영은 철저하게 혼자가 되어보고 싶다고 했다. 긴 세월 동안 멀리서 혼자가 되어 자유를 만끽했을까? 얼마나 많은 남자가 그녀를 거쳐 갔을까? 부산에서 만났을 때처럼, 이름도 모르는 남자와 격렬한 밤을 보냈을까? 그가 철저하게 그녀의 그늘 아래에서 괴로워하고 있는 동안…….

얼굴도 모르는 남자들에 대한 질투심이 뼛속까지 침입해 온 몸을 들끓게 하고 있었다. 그것은 학장실로 들어서는 서영을 처음 보았을 때부터 느꼈던 격렬한 욕망이었을지도 몰랐다.

"나, 난 갈래."

태하는 손으로 그녀의 작은 턱을 거머쥐었다. 그 손길에 그녀의 얼굴이 그에게 고정되었다. 서영은 힘을 주며 시선을 피하려 했다.

"내 집인 거 알면서 온 거면 너도 각오하고 온 거 아냐?"

다시 봤을 때부터 머릿속에는 오직 그녀만이 맴돌았다. 무엇이 한서영을 그렇게 특별하게 만드는지 모르겠다. 다른 여자들에게는 한 번도 뛰지 않던 심장이 서영을 보는 순간 미친 듯이 뛰며 피가 역류하고 있다. 정말로 문제가 생긴 건 아닐까 심각하게 고민할 만큼 깨끗이 사라졌던 성적 욕구가 미칠 듯이 솟아올라 터져버릴 것만 같다. 그녀를 볼수록 온몸이 활활 타올라 그녀의 손이 건드리기만 해도 당장 사정할 것만 같았다.

"네 집인 줄 몰랐어. 필요한 서류 줬으니까 보내줘."

태하는 협탁 위에 얌전하게 놓인 서류를 집어들고는 공중에 휙, 사납게 흩뿌렸다.

"이런 서류 같은 건 나한테 아무 의미 없어."

종이 조각이 반짝반짝 허공 위를 날았다. 서영의 시선이 황망하게 날아다니는 서류를 보았다.

모든 건 다 그가 계산한 거였다.

오늘 쉬겠다고 한 것도, 서영을 집으로 부른 것도. 전부 다.

미칠 정도로 한서영이 보고 싶어서.

미칠 정도로 한서영이 갖고 싶어서.

태하는 천천히 그녀의 허리를 당겼다. 서영이 팔을 뻗어 그를 밀어냈다.

서영의 얼굴이 하얗게 질렸다. 태하는 화가 났다.

날 싫어하는 거야? 날 피하는 거야? 이젠 내가 필요 없다는 거야? 과거의 감정 같은 건 하나도 남아 있지 않다는 거야?

"이러지 마. 태하야."

"애초에 우리 잘못은 서로를 만난 거였어. 그 다음 잘못은 병신 같은 연애놀이를 한 거였고. 사랑한다고 착각하고, 집착했던 거였어. 이제 우리 나이도 먹었고, 너도 겪을 만큼 겪었을 거 아냐? 그냥 섹스상대는 가능하지."

그러고는 태하의 입술이 순식간에 서영을 덮쳤다. 입술을 맞
춘 순간부터 참고 참았던 욕정이 터져 나와 걷잡을 수 없어졌
다. 서영의 손이 미약한 힘으로 그를 밀어냈다. 태하는 그녀의
입술을 벌리며 터질 듯 그녀를 안았다. 입술이 강제로 벌어지
고, 태하는 혀를 미끄러뜨렸다. 촉촉한 그녀의 혀가 느껴진다.
거칠게 삼킬 듯 그녀의 혀를 빨아들였다. 미칠 것만 같다. 온몸
이 활활 불타는 것만 같다.

너도 느끼는 거니? 이 미칠 듯한 욕망을?

가슴을 밀어내던 손의 힘이 약해지고, 뺨을 타고 올라간 혀
가 그녀의 귓불을 핥을 때는 약한 신음이 터져 나왔다. 섹스든
뭐든, 그냥 맞으면 되는 거잖아. 의미 같은 거 둘 필요 없어.

그녀의 온몸을 눈으로 확인하고 손으로 만지고 일일이 혀로
맛보고 싶다. 뜨겁고 촉촉하게 그를 받아주던 그녀의 몸 안을
유영하고 싶다.

6년만이다. 6년 만에 반응하는 남성이 터질 것처럼 아파왔다.
태하는 그녀를 번쩍 들어 방으로 들어갔다. 썰렁하고 외롭던 침
대에 서영이 눕자 마치 꽃이 핀 것 같았다. 태하는 그녀를 안으
며 영원히 질리지 않을 것 같은 그녀의 입술을 삼켰다.

체념한 건지, 아니면 그의 욕망에 전염된 건지 얌전하던 서영
이 그의 키스를 받아들였다. 태하는 손을 미끌어 그녀의 치마
를 들어 올렸다. 급하게 스타킹을 벗기고 속옷 아래로 손을 넣
었다. 까슬한 둔덕에 손이 덮이고, 손가락이 갈라진 곳을 타고
들어갔다. 짧은 시간인데도 그녀의 몸은 벌써 촉촉해져 있었다.

기다릴 이유가 없어졌다.

팬티스타킹과 팬티를 밀어 내리고, 태하는 급하게 바지를 벗었다. 피임 같은 것은 관심도 없었다. 철저하게 안을 거다. 아이가 생기면 생기라지.

거친 손길에 스타킹이 찢겨지며 벌어졌다. 팬티를 한쪽 다리에서 벗겨내고 태하는 그녀의 다리를 넓게 벌렸다. 작은 신음 소리를 내던 서영이 어쩔 줄을 모르고 다리를 오므리려고 했다.

"그동안 경험도 많았을 거 아냐. 순진한 척하지 마."

그의 노골적인 말에 그녀는 얼굴을 붉혔다. 6년 전과 똑같이 여전히 부끄러워하고 여전히 당황하는 여자가 경멸스럽기만 했다. 태하는 손으로 길을 내고는 참을 수 없을 정도로 흥분한 분신을 삽입했다. 저도 모르게 신음이 터졌다. 그녀는 정말이지 너무나 뜨겁고, 너무나 황홀하다. 그가 늘 떠올렸던 그 이상으로.

깊이 들어가자마자 서영은 신음을 터트렸다. 태하는 아프도록 좁은 길로 온몸을 밀어 넣은 채 그녀를 꽈악 안았다.

"한서영……."

너무나도 사랑했던 여자가 다시 그에게 안겨 있다. 잔인하게 그를 떠난 여자인데도, 밥을 먹을 때에도 길을 가다가도 문득 미친놈처럼 떠올렸던 그 여자가 바로 자신에게 안겨 있다. 이젠 절대로, 죽어도 보내지 않는다. 그리고……. 다시는 사랑하지 않을 거다.

태하는 그녀의 허리를 꽈악 움켜진 채 분신을 뺐다가 다시 깊이 진입을 시도했다. 세포 하나하나가 흥분해 춤을 추는 것 같다. 그녀의 몸이 바르르 떨렸다. 태하는 다시 진입과 후퇴를 반복했다. 그녀는 입술을 깨물며 신음을 삼켰지만 그것이 더욱 그를 부채질했다. 태하는 점차 속도를 빨리했다. 그녀가 격정에 떨며 울부짖는 것을 보고 싶다. 그녀가 점차 그와 호흡을 같이하며 신음을 토해내기 시작했다. 흥분이 치달아 참을 수 없을 때에는 잠시 동작을 멈췄다. 그리곤 그녀의 입술에 키스를 하며 다시 몸을 움직였다.

태하는 그녀의 다리를 손으로 밀며 활짝 벌리고는 뿌리 끝까지 밀어 넣었다.

서영의 눈에 눈물이 맺혔다. 촉촉해진 길을 점차 속도를 내며 치닫자 서영의 신음 소리가 점차 깊어지고 격렬해졌다. 태하는 그녀가 오르가슴을 느끼기 직전이라는 것을 깨달았다. 태하는 엉덩이를 조이며 힘차게 진입했다. 서영이 울음을 터트리며 손톱을 세워 그의 등을 긁었다. 태하는 그녀의 목소리를 들으며 참고 참았던 정열을 토해냈다. 뜨거운 정액이 그녀의 몸 안으로 퍼져 나갔다. 몸이 붕붕 떠서 하늘 끝까지 닿을 것 같다. 태하는 만족한 탄성을 울리며 절정에 올랐다.

서영은 한참이 지나서야 자신이 정신이 없을 정도로 오르가슴을 느꼈다는 것을 깨달았다. 6년 맛에 맛보는 섹스는 정신을 잃을 정도로 극으로 밀어 넣었다. 짧은 순간이었지만 몸이 자신의 몸이 아닌 것 같았다.

너무 짧은 순간에 에너지를 소모해 졸렸지만 여기서 잠이 들 수는 없었다. 서영은 노곤한 몸을 일으켰다. 그러나 바로 허리를 감는 손에 이끌려 중심을 잃고 엎어졌다. 그의 목소리가 귓가에 들렸다.

"왜 일어나는 거야?"

"샤워하고 갈래."

"누가 보내준대?"

서영이 몸을 바로 하려 했지만 태하는 묵직한 몸을 엎드린 그녀의 위에 실었다. 그의 입술이 그녀의 뒷 목덜미에 입을 맞췄다.

"이러지 마. 나 정말 가야 돼."

"6년 전에는 병신 같아서 보내줬지만 이젠 못 보내줘."

서영은 덜컥 겁이 났다. 빽빽이 몰려 있는 오후의 스케줄이 떠올랐다. 이제는 아이를 위해서 자기의 커리어를 살려야 하는 어른이 된 것이다.

"태하야……."

그의 입술이 그녀의 등을 타고 내려왔다. 찌릿한 전율이 척추를 타고 내려간다. 서영은 어느새 자신이 젖고 있음을 느꼈다. 갑자기 그가 그녀에게서 떨어지더니 몸을 뒤집었다. 순식간에 전신이 드러나고, 그가 그녀를 보고 있었다. 서영은 가슴을 뚫어지게 보는 그의 시선에 너무나 부끄러웠다. 아이를 낳고 난 후로 가슴이 많이 커졌다. 손으로 드러난 가슴을 가리는데 그의 손이 그녀의 팔목을 잡았다. 손이 들리고 그가 양손으로 그녀의 팔을 지그시 눌렀다.

그의 입술이 무방비로 노출된 그녀의 가슴으로 갔다. 그의 입 안으로 가슴이 사라졌다. 축축한 것이 닿는다 싶은 순간, 그가 혀를 감으며 빨아당겼다.

"아학!"

저도 모르게 숨을 터트렸다. 그가 혀끝으로 가슴을 쓸어올리며 말했다.

"예전부터 가슴이 엄청 예민했지."

그리곤 다시 이가 유두를 깨물었다. 그리곤 다시 혀가 쓸어내렸다. 손이 다른 쪽 가슴을 가만두지 않고 움켜쥐었다. 그의 입술이 닿을 때마다 온몸이 저릿저릿 미칠 것만 같았다. 아랫도리가 그의 자극에 움찔거렸다. 그리고.

"헉!"

손이 갑자기 아래를 자극하자 서영은 저도 모르게 큰 신음을 터트렸다. 엄지손가락이 정점을 훑고 손가락이 안으로 들어가 자극을 한다. 입술이 다른 쪽 가슴으로 옮겨 진득하게 애무하기 시작했다. 서영은 그의 목덜미를 안고 그의 머리카락 속으로 손을 밀어 넣었다. 너무 자극적이라 허리가 공중으로 붕 떠올랐다.

"한서영, 다른 남자들한테도 이랬어? 남자들이 이러면 엄청 흥분한다는 거 알고 있는 거야? 응?"

"그런 말…… 하지 마……."

예민한 곳을 자극하면서도 질투에 불타 그녀를 괴롭히려는 태하가 밉다. 하지만 지금 이 순간만은 참을 수가 없었다. 그가 한쪽 다리를 들며 가로로 진입해왔다. 그의 손가락이 잔뜩 흥분한 유두를 여전히 건드리고 있었다. 그의 팔에 그녀의 다리가 걸렸다. 그가 아플 정도로 꼭꼭 밀고 들어왔다.

서영은 그의 체온을 느끼고 싶었다.

"태하야……."

그녀가 그의 손을 잡자 태하는 마치 감지라도 했는지 그녀를 안아 올렸다. 그의 무릎 위에 안긴 채 그가 안에 들어와 있었다. 서영은 그의 어깨를 감으며 긴 키스를 했다. 그의 분신이 그녀의 안에서 더욱 단단해졌다.

키스는 점점 짙어졌다. 서영이 그의 어깨를 꼬옥 감싸고, 그녀의 가슴을 비비며 깊이 키스를 했다. 그녀의 안에 들어온 혀를 감아서 잡아당기고, 동시에 강하게 분신을 조였다. 태하의 손이 그녀의 허리를 잡고는 밀어 내렸다. 끝까지 닿을 정도로 밀어 넣자 그녀가 입술을 떼더니 하악, 신음을 토해냈다. 그녀의 몸이 부르르 떨리며 손톱이 어깨에 박혔다. 동시에 태하는 울컥 그녀의 안에서 정액을 토해냈다. 몸을 뒤로 젖히고는 절정을 맞던 서영이 다시 그의 입술을 찾는다. 그녀의 몸을 완전히 감싼 채 키스는 계속되었다.

"여기로 옮겨."

샤워를 하고 옷을 갈아입던 서영은 급하게 움직이던 동작을 멈추었다. 그와 몇 번이나 사랑을 나누었는지 모르겠다. 정신을 차렸을 때는 대전까지 갈 시간이 빠듯했다. 간단하게 화장을 하고 옷을 입는데 샤워를 하고 양복을 입은 태하가 그녀를 보며 말을 꺼냈다.

태하가 무슨 생각인지 모르겠다. 자신과 정말로 섹스만 하고 싶은 걸까?

"그건 곤란해."

넥타이를 매던 그가 피식 비웃음을 지었다.

"왜, 만나는 남자라도 있는 거야? 네가 찾아오기를 기다리는?"

"아니야."

서영은 순간 다인을 떠올렸다.

"그럼? 그거 아니면 옮겨. 명령이야."

"엄마랑 같이 살고 있어. 암치료 중이라, 같이 있어줄 사람이 필요해."

진실인지 확인하려는 듯 그는 준비를 하고 있는 그녀를 지그시 보았다.

"그럼 내가 부를 때마다 와."

서영은 단추를 여미던 손을 멈추었다. 모든 게 똑같이 시작되고 있다. 서로의 감정은 상관없이 섹스만을 하는 관계가 시작되려고 한다.

"난…… 네가 나한테 집착하는 이유를 모르겠어."

"무슨 말이야?"

"나 싫어하잖아. 날 원망하고 싫어하면서 날 또 잡는 이유가 뭐야?"

"그냥 원하니까."

서영은 태하가 아니라고 해주길 바랐다. 그녀를 싫어하지 않고, 경멸하지 않는다고 말해주길 바랐다. 그런데 태하의 대답은 냉랭했다.

"너한테 실망하고, 한서영이라는 여자한테 더 이상 신뢰가 가지 않는 거랑 섹스는 별개잖아. 너도 좋아했잖아? 너도 나한테 더 바라는 것도 없을 거 아냐. 네가 원하는 거 다 이뤘잖아. 그러니까 그냥 쿨하게 섹스만 해."

"내가 그걸 원할 거라고 생각하니?"

서영은 태하를 노려보았다. 그가 천천히 그녀에게 걸어왔다. 속눈썹이 뚜렷이 보일 정도로까지 다가오자 서영은 한 걸음 뒤로 물러났다. 하지만 이내 그의 팔이 그녀의 허리를 감아 안고는 바싹 잡아당겼다.

"네게 선택권이 있다고 생각해?"

서영은 침을 삼켰다. 그의 말이 무슨 뜻인지 안다. 서영은 그의 애무에 면역력이 없었다. 너무 어처구니없을 정도로 쉽게 반응하고 쉽게 무너졌다. 그것은 태하 역시 마찬가지였다. 그녀를 안을 때만은 태하는 부드럽고 따뜻한 남자가 되어 있었다. 문제는 그것이 오직 섹스를 하고 있을 때만이라는 것이었다.

"나한테서 벗어날 생각 하지 마."

주차장으로 가자 태하는 그의 차가 있는 곳으로 걸어갔다.

"내 차는 밖에 있어."

"타. 대전까지 태워줄게."

"너 회사 가는 거 아니었어?"

그가 시간을 확인하더니 뒷자리에 컴퓨터가 든 가방을 던지고는 조수석의 문을 열었다.

"늦는다고 하더니 상관없어?"

선택의 여지가 없었다. 서영이 결국 조수석에 앉자 차는 부드럽게 움직이기 시작했다.

"그럼 나 끝날 때까지 대전에 있을 거야?"

그가 힐끗 시선을 뒷좌석으로 보냈다.

"노트북 있으니까 그걸로 일하면 돼. 걱정하지 마. 하루 회사 안 간다고 회사 망할 일 없으니까."

고속도로에 오르자 서영은 메모해놓은 노트를 꺼내서 봤지만 너무 순식간에 졸음이 쏟아져 아무것도 눈에 보이지 않았다. 온몸이 욱신거리고 쑤시지 않는 곳이 없었다.

"그냥 자. 도착하기 전에 깨워줄게."

"알았어."

그를 미워할 수 없는 이유가 이거다. 무심한 듯하면서도 세심하게 그녀를 파악하고 있었다. 앞만 보며 운전만 하는 것 같더니 졸린 것도 알고 있었다.

그가 어떤 말을 하건, 어떻게 대하건, 결코 그를 미워하지 못할 것 같다.

서영은 차를 몰며 시간을 확인했다. 오늘 유치원이 마치는 시

간이 3시인데 회의가 취소되는 바람에 시간이 남았다. 오늘은
노란 개나리 옷을 입은 아이를 통학버스에 태우지 않고 자신의
차로 데리러 갈 생각이었다.

아이한테 할머니 모시고 밖에서 저녁이나 같이 먹자고 할까?

차가 유치원 앞에 서자 마침 병아리 같은 아이들이 종종걸음
으로 건물에서 나오고 있었다. 서영은 마음이 급해졌다. 벌써
차를 타지는 않았겠지.

급하게 차를 주차하고 달려가자 선생님을 따라 마련된 몇 대
의 차에 타는 아이들 중에 다인이 보였다. 서영은 안도의 숨을
쉬었다. 그러고 보니 다인의 손을 잡고 있는 해준도 보였다. 다
인이 뭐가 좋은지 해준에게 뭔가 말하고 있었다. 서영은 미소
를 지었다. 밝고 꾸밈없고 착한 해준이 서영은 무척이나 좋았
다. 가끔은 여동생 같다는 생각이 들 정도였다. 해준 역시 형제
가 없어서 서영을 잘 따르고 특히나 다인을 친조카처럼 예뻐했
다. 서태혁 덕분에 좋은 인연을 만난 셈이니 그것만은 서태혁에
게 고마워해야 할 일이었다.

흐뭇하게 바라보던 서영이 시선이 무심코 해준의 뒤에 서 있
는 남자에게 향했다. 그녀에게 가려졌으나 키가 커서 얼굴이 얼
핏 보였다. 남자의 옆모습이 제대로 보이는 순간 서영은 심장이
떨어질 듯 충격을 받았다.

남자의 시선이 고개를 돌린 그녀에게 돌아섰다. 서영을 발견
한 태혁 역시 굳어진 건 마찬가지였다. 그들의 시선을 따라 서
영을 발견한 다인이는 두 배는 기뻐져서 제 엄마를 불렀다.

"엄마! 엄마!"

모든 것은 되풀이된다. 서영은 한 번도 아이를 빼앗긴 엄마의 입장에 서보지 않았다. 늘 자신을 버리고 다른 남자와 결혼을 해서 아이를 낳은 엄마를 원망만 했다.

아이를 낳고 나서야 서영은 깨달았다. 엄마가 포기해야만 했던 상황이 있었을 거라는 걸. 절대로, 절대로 낳은 아이를 스스로 포기하는 엄마는 없다.

찻잔을 잡는 서영의 손끝이 떨려왔다. 다인은 핑크색의 아이스크림을 먹으며 맞은편의 아저씨와 해준에게 연신 흥흥거리며 미소를 지었다.

"이모, 아이스크림 먹을래?"

"아냐. 다인아. 너 많이 먹어."

"그럼……. 삼촌 아이스크림 드릴까요?"

태혁을 힐끗 보며 삼촌이라고 부른 아이의 얼굴이 말갛다. 그렇게 말하곤 혼자 좋아서 배시시 웃는다. 서영은 저도 모르게 웃을 뻔했다. 이런 상황에서도 아이를 보니 마음이 가라앉았다.

"아니. 다인이 많이 먹어."

"네."

다인이를 옆에 두고선 아무런 말도 할 수가 없었다. 아직 어리지만 그렇다고 듣지 못하는 건 아니다. 어느 정도의 사리분별은 되는 나이였다.

"당신, 정신이 있다고 생각해? 그리고 너도."

자세히 보니 해준은 꾸중을 받는 아이처럼 잔뜩 주눅이 들어 있었다. 해준이 보고한 게 아니라 다른 통로로 보고가 들어간 것이 확실했다. 서영과 눈이 마주치자 해준이 입 모양을 우물거리며 '언니, 죄송해요.'라고 했다. 차라리 다인과 해준이 있어서 이 상황이 덜 긴장되는 건지도 모르겠다. 그것은 서태혁도 마찬가지인 듯했다. 6년 만에 보는 남자는 느낌이 예전보다 유해졌다.

"없던 걸로 해주세요. 당신과 상관 있는 일이 아니에요."

"하. 없던 걸로 하라고? 친자확인이라도 해보란 말인가?"

그의 말에 서영의 얼굴이 창백해졌다. 친자확인이라는 말에 해준이 깜짝 놀라며 태혁을 봤다. 해준의 얼굴이 그새 창백해졌다.

"나한테 뭘 원하는 거예요?"

태혁은 손으로 자신의 머리를 쓸었다.

"나도 모르겠어. 한 번도 이런 상황을 생각해보지 않았어. 황당하다는 말밖에 나오지 않는군."

태혁의 날카로운 눈빛이 아이스크림을 맛있게 먹고 있는 다인에게로 갔다. 서영은 침을 꿀꺽 삼켰다.

설마 그럴 일은 없겠지. 자신처럼 아이를 데려가거나 그럴 일은 없겠지.

그가 서영을 보았다.

"태하에게는 어떻게 할 거야?"

서영은 당황해서 얼굴이 화끈거렸다. 마치 태하와 만나고 있는 걸 아는 것만 같았다.

"태하는 아나? 아니, 알 리가 없겠지. 알고 있다면 가만있지 않았을 테니까."

어떻게 해야 할지 모르겠는건 태혁만이 아니었다. 서영도 마찬가지였다. 서영은 몇 차례나 태하에게 얘기를 하려고 했다. 하지만 태하가 아이의 존재를 알면 어떻게 나올지 몰라서 두렵기만 했다. 그리고 아이가 핑계나 최후의 보루가 되게 해서는 안된다는 마음이 앞서 말을 꺼내기가 꺼려졌다. 거기다 태하의 마음을 모르겠다. 정말로 경멸하는 것 같기도 하고, 지독하게 굴어 복수를 하고 싶은 것 같기도 했다.

"내가 말하지."

태혁의 말에 서영은 고개를 저었다.

"아뇨. 내가 말할게요."

태혁이 말해서 알게 되는 상황만은 피하고 싶었다. 그렇게 되면 일이 너무 복잡해진다. 태하는 서영이 미국으로 간 것에 태혁이 관련되어 있다는 걸 몰랐다. 태하가 알면 어떻게 나올지 모르겠다. 자기 형에게 배신감을 느끼게 만들고 싶지는 않았다. 태혁도 자기 나름대로 최선을 다한 거였으니.

모든 건 어차피 자신이 책임지고 감당해야 할 문제였다.

"삼촌. 또 놀러오세요."

"그래."

그가 잔잔하게 눈가에 주름을 잡으며 그녀의 머리를 쓰다듬었다. 큰 손은 다인의 머리통보다도 컸다. 다인과 차로 걸어가던 서영은 문득 떠오른 생각에 뒤를 돌아보았다. 그녀의 눈에 키가 큰 태혁을 올려다보며 함빡 웃음을 짓고 있는 해준이 보였다. 아까는 너무 긴장해서 눈치채지 못했는데 예전에 해준이 스쳐 지나가듯 했던 말이 떠올라서였다. 역시 다인만큼이나 감정을 감추지 못하는 얼굴이 애정을 가득 담고 그를 보고 있었다.

서영은 놀랍기도 하고 어처구니가 없어서 한참을 봤다. 저렇게 바늘로 찔러도 피 한 방울 나올 것 같지 않은 남자를 좋아하다니. 그러던 서영의 눈이 놀라 동그래졌다. 서태혁이 미소를 지으며 손으로 해준의 머리통을 쓰다듬고는 긴 머리를 흩트렸기 때문이었다.

처음으로 보는 부드러운 얼굴이었다. 저 남자도 저런 표정을 지을 수가 있다니! 그녀가 느꼈던 달라진 서태혁의 분위기는 기분 탓이 아니라 사실이었다. 사랑에 빠진 남자의 분위기 말이다. 서영은 문득 해준도 태혁이 그녀를 좋아하는 걸 알지 궁금해졌다. 지난번에 그렇게 말을 꺼낸 후로는 아무런 말이 없었다.

해준이 모른다면 어쩌지? 얘기를 해줄까? 서영은 생각을 하며 미소를 지었다.

차에 탄 태혁의 생각은 다른 곳으로 가 있었다.

태어나서 한 번도 실수를 하지 않았다. 한 번도 잘못된 판단을 하지 않았다. 그런데 이제는 인정해야겠다. 단 한 가지 실수를 했다는 것을.

둘 다 장난이라고 생각했다. 태하가 6년이나 잊지 못할 줄은 몰랐다. 서영이 아이를 낳았을 줄도 상상하지 못했다. 자신의 잘못이다. 하지만 곰곰이 생각해보아도 다른 방법이 없었다. 그의 힘으로는. 어쩔 수 없다. 둘이 알아서 풀어야지. 하지만 태혁은 태하가 걱정되었다. 그 녀석의 결백증과 집념이 조금은 두려워졌다. 그가 힘들어했던 6년 동안 일어났던 일들을 알게 된다면 어떻게 나올지, 걱정이 되는 게 사실이었다.

"죄송해요, 사장님."

태하의 굳은 얼굴을 계속 살피던 해준이 결국 입을 열었다. 해준은 차에 탄 뒤 내내 눈을 가자미처럼 뜨고 계속 그의 눈치를 보고 있었다. 이상하게도 딱딱하게 굳었던 마음도 이 아이를 보면 풀어졌다.

"너 이거 해고 사유 되는 거 모르지?"

"네에?"

해준이 놀란 토끼처럼 눈을 크게 뜨며 몸을 일으켰다. 천장이 없으면 로켓처럼 의자 위에서 튀어오를 기세였다.

"사장님, 정말 죄송해요. 이렇게 될 줄 몰랐어요. 언니가 너무 가여워 보여서……."

"휴우."

한서영이 다른 여자와 다르다는 것은 인정해야겠다. 이제까지 한 번도 어긋난 적이 없었던 자신의 판단을 흐리게 했으니. 어쩔 수 없다. 둘이 알아서 해결하길 바랄 수밖에. 영리한 한서영이라면 잘 알아서 하겠지.

"할 수 없지, 뭐."

태혁이 혼잣말을 내뱉듯 중얼거렸다.

"그럼 전 해고 안 되는 건가요?"

이번엔 또랑또랑한 눈이 그를 보고 있었다. 볼이 빵빵한 게 영락없는 고등학생 같다. 태혁은 할 수 없이 피식 웃어버렸다. 겁을 좀 줘서 자신을 좀 무서워하게 만들려고 했더니 또 실패다. 해준이 가방에서 지갑을 꺼내더니 뭔가 찾는 시늉을 했다.

"그건 왜 또 꺼내?"

뻔한 시늉인 걸 알고 있다. 저놈의 지갑을 사주는 게 아니었다. 틈만 나면 꺼내서 보곤 했다.

"교통카드 여기 넣어놨나 하고요."

"너 교통카드 카드 지갑에 들어 있잖아."

"아하."

참 나. 이젠 화내기도 귀찮다. 해준은 이히히 혼자 웃더니 가방 한편에 지갑을 고이 모셔놓았다.

"그렇게 좋니?"

"네."

"지갑 하나에 그렇게 좋아하면 차라도 사주는 사람은 업고 다니겠다?"

해준은 도리도리 고개를 저었다.

"사장님이 사준 거니까 좋죠. 다른 건 다 필요 없어요."

태혁은 결국 웃어버렸다. 정말 못 말릴 녀석이다.

수업을 마치고 나왔을 때는 저녁시간이 되어 있었다.

급하게 차로 걸어가던 서영은 그녀를 기다리고 있는 세단을 보고는 걸음을 멈추었다. 서영을 발견한 운전사가 바로 문을 열었다. 너무 정중한 대접과 눈에 띄는 차 때문에 몇몇의 사람들이 호기심을 드러낸 채 구경하고 있었다.

서영은 어쩔 수 없이 차로 들어갔다.

일을 마치고 자신의 집으로 오라는 태하의 요구를 거절했다. 요 며칠 일이 바빠서 집에 늦게 들어가는 바람에 아이와 잘 놀아주지 못했다. 오늘은 기필코 집에 들어가서 같이 저녁을 먹을 생각이었다. 그랬더니 차를 보낸 것이었다.

다시 태하를 만나면서부터 관계는 늘 이렇게 일방통행이었다.

차는 대로를 벗어나 산 중턱에 있는 고급 호텔로 들어서고 있었다. 정문 앞에는 호텔을 상징하는 커다란 조형물이 위세를 드러내며 서 있었다.

"1층 '하루'에 계십니다."

서영은 안으로 들어가 '하루'의 위치를 묻고는 긴 복도를 따라 걸어갔다. '하루'는 일식풍의 바였다. 태하의 이름을 대자 기모노차림의 여자가 서영을 안내했다. 검은색 문으로 분리된 개인실이었는데 문을 열고 들어가자 높이가 있는 마룻바닥이 있

고 테이블 아래를 파 다리를 넣게 만든 일본식의 인테리어가
보였다. 삼면의 벽은 검은색이고, 한쪽으로 멀리 한강이 보였다.
어두운 실내에는 중간에 붉은빛의 등 하나만이 드리워져 있었
다. 그 불빛 속에서 태하의 실루엣은 에드워드 하퍼의 그림에
나오는 사람처럼 세련되었지만 고적했다. 태하는 그녀가 들어
오는 소리를 들었음에도 창 밖의 강만 보고 있었다. 서영은 신
발을 벗고 안으로 들어갔다. 그와 점차 가까워질수록 심장이
두근거렸다. 태하가 고개를 돌렸다. 하얀 셔츠에 딱 맞는 검은
양복은 그를 더욱 고급스럽게 보이게 했다. 태하의 시선이 걸어
오는 그녀를 훑었다.

태하는 그녀를 보며 입고 있던 양복 재킷을 벗었다.

"앉아."

"여기서 뭐 해?"

서영은 무작정 납치해온 남자가 미워서 싸늘하게 말했다.

"미팅이 있었어. 끝나고 나서 술 한잔하고 있었어."

태하는 작은 술병을 들어 술잔에 술을 따랐다. 그의 행동은
고급스럽고도 세련되었다. 손동작 하나하나까지 기품이 있었
다. 확실히 태하는 예전의 그 남자가 아니었다. 자꾸 조심스러
워졌다.

"이리로 와."

태하는 반대편에 앉은 서영을 불렀다. 서영은 그 자리에서 꼼
짝하지 않았다.

"나 오늘 못 만난다고 했잖아. 이러면 곤란해."

태하는 답답한지 넥타이를 풀었다. 그가 일어나더니 그녀에게 다가왔다. 서영은 순간 피하고 싶어졌다. 그의 눈빛은 묘하게 활활 타고 있었다. 그가 술병과 잔을 당기더니 그녀에게 내밀었다.

"한 잔 따라봐."

서영은 내키지 않는 손길로 술병을 들고 맑은 술을 태하가 잡고 있는 잔에 부었다. 태하는 단숨에 들이켜더니 그녀에게 빈 잔을 내밀었다. 서영은 고개를 저었다.

"싫어."

태하는 혼자 잔을 따르고는 작은 잔에 든 술을 입에 털어 넣었다. 다음 순간, 그의 손이 그녀의 뺨과 턱을 잡았다. 서영이 의식하기도 전에, 그는 입 안에 있던 술을 키스로 서영의 입술에 밀어 넣었다.

"읍."

맑은 액체가 턱선을 따라 흘러내렸다. 그녀에게 불쑥 술을 부어 넣은 그는 그녀의 턱에 흘러내린 술을 핥았다. 그리고 그 입술이 목선을 따라 내려왔다. 하얀 블라우스가 그의 손에 풀리고, 그의 입술은 그녀의 가슴을 향하기 시작했다. 블라우스를 열어젖히고 드러난 그녀의 젖가슴을 빨았다. 서영은 이를 악물며 신음을 참았다. 이 방 너머에는 다른 방들이 있었다. 다들 식사를 하고 얘기를 할 시간인데 신음 소리가 새어나가게 할 수는 없었다.

"하, 하지 마."

서영은 소리없이 흐느끼며 말했다.

"한서영."

입술이 다른쪽 가슴으로 옮겨갔다. 서영은 당황스러워 몸을 비틀었다. 그가 몸을 일으키나 싶은 순간, 서영은 자리에서 일어났다. 하지만 그에게 허리가 잡히고 바로 몸이 뒤틀렸다. 그가 치마를 들어올리며 그녀의 스타킹과 속옷을 한꺼번에 벗겨내렸다.

"제발 하지 마. 흡!"

그의 손이 그녀의 허리를 단단히 잡고는 손가락을 갈라진 부분에 밀어 넣었다. 서영은 소리를 지르지 않으려 필사적으로 애를 썼다.

"소리질러. 난 신경 안 쓰니까."

그는 벨트를 풀더니 바로 그녀의 뒤에서 들어왔다. 그가 깊숙이 들어오자마자 몸이 떨려 서영은 상체를 고정할 수가 없었다. 입에서 달뜬 신음 소리가 저절로 나왔다.

서영은 주먹을 꼭 쥐었다. 만날 수 없다는데도 부른 그가 밉다. 이렇게 얇은 창호문으로 되어 있어 옆방의 소리가 다 들리는 곳에서 일부러 가지려는 그가 원망스럽다. 그러나 가장 마음에 들지 않는 것은 바로 반응을 하는 자신의 들뜬 몸이었다.

서영은 블라우스의 단추를 잠그며 눈물을 훔쳤다. 태하는 언제 이런 장소에서 그녀를 안았냐는 듯 흐트러짐 하나 없었다.

"이런 식이라면 안 만났으면 좋겠어."

운전하는 태하에게 말을 꺼낸 것은 서영이었다. 무작정 그에게 끌려다닐 수도 없고, 무작정 섹스만을 원하는 사람의 옆에 있을 수도 없었다.

"네가 원할 때 만나고, 원할 때 섹스할 사람은 널렸을 거 아냐. 난…… 이런 관계는 계속할 수 없어. 이미 끝난 사이인데 다시 만난 것 자체가 이상했던 거야. 넌 날 믿지 못하고, 날 원망하잖아."

사람과 사람이 만나는 거다. 두 세계가 만나고, 그 세계가 커뮤니케이션을 한다. 이런 식으로 질투하고 섹스만을 하면서는 공존할 수 없다.

태하는 거칠게 운전대를 돌렸다. 그녀의 집과 반대방향이었다.

"어디 가는 거야?"

"들를 데가 있어."

태하의 차는 학교 쪽으로 갔다. 학교로 들어가나 했지만 차는 근처의 빌딩 안으로 들어갔다. 건물을 보는 순간 서영의 가슴은 두근두근 울리기 시작했다. 차에서 내려 엘리베이터를 타고 올라갔다. 구두 소리가 울려 퍼지자 서영의 심장도 그만큼 두근두근 울렸다.

그 집의 문을 열자 익숙한 그곳이 드러났다. 태하는 불을 켜지 않았다. 유리문으로 달빛이 들어와 거실을 희미하게 물들였다. 똑같은 갈색의 소파, 거실을 덮는 하얀 블라인드, 한편에 걸린 흑백 사진들. 침실로 가는 작은 계단. 온통 태하와의 추억이 묻어 있는 곳은 한 치의 변화도 없이 똑같기만 했다. 놀라웠다.

설마……?

태하의 모습이 실루엣으로 보였다. 태하는 일부러 불을 켜지 않았다. 그의 목소리가 빈방에 잠겨서 들려왔다.

"내겐 6년이 늘 같은 시간이었어. 빌어먹을 시간은 흐르지도, 바뀌지도 않았어. 병신처럼 같은 공간, 같은 시간 속을 머물기만 하는데 나갈 방법을 찾지 못했어. 한 번도 잊지 않았어. 여기에 서 있던 한서영을. 매일 밤 꿈을 꾸면 여기에 와서 오도카니 앉아 있기도 했어. 오지 않을 여자를 기다리며."

"태하야."

그녀의 목소리는 이미 잠겨 있었다.

"끝난 사이라고? 난 한 번도 널 잊은 적이 없어. 넌 한 번도 내게서 멀어진 적이 없었어. 결혼했다고 생각하면서도, 나를 떠난 여자라고 생각했는데도 그 환영을 붙잡고, 그 추억을 붙잡고, 계속 생각하고, 또 생각했어. 넌 그런 내 고통을 알기나 해?"

서영은 손으로 얼굴을 감쌌다. 흐느낌을 보이고 싶지 않았다.

"그런데 어느 날 갑자기 그 한서영이 내 앞에 나타난 거야. 그것도 결혼도 하지 않고, 6년을 실종되었다가 돌아온 거야. 내 속이 까맣게 타는 동안 한서영은 교수가 되어서 금의환향해서 돌아왔더군. 내가 어떻게 해야 해? 환영하면서 반겨줘? 예전 일은 까맣게 잊고 다시 사랑한다고 할까? 아니면, 남이 되었으니 그냥 버려버릴까? 난 아무것도 못 해. 널 사랑하지도, 널 미워하지도 못해. 하지만 죽어도, 죽어도 넌 못 보내. 무슨 수를 써서라도 내 주변에 붙어 있게 하는 것밖에 못 해. 절대 못 보낸다고."

그의 목소리가 젖어 있었다. 서영은 깨달았다. 태하가 울고 있다는 것을. 그리고 자신도 울고 있다는 것을.

"태하야……."

"그러니까 너한테 선택권은 없어. 내 눈에 띈 이상 네가 할 수 있는 건 아무것도 없다고."

서영은 그에게 다가갔다. 그가 한 걸음 뒤로 물러섰다. 우는 모습을 보이고 싶지 않은 건지도 모른다. 다가서서 발꿈치를 들어 올리고 그의 어깨를 끌어안았다.

"난…… 네가 날 미워하고 원망하는 줄 알았어."

"미워하고, 원망해."

"응. 응."

목덜미를 감았다. 그의 손이 마침내 그녀의 어깨를 감쌌다. 손이 아프도록 그녀를 감싸줘었다. 서영은 태하의 마음을 이제야 알 것 같았다.

"네가 날 미워해도, 날 떠나고 싶어도, 넌 아무것도 못 해. 내가 질릴 때까지 나한테 있어."

"세상의 모든 걸 다 끊어도 한서영만은 끊기 힘들어."

문득 예전에 태하가 그녀에게 했던 말이 떠올랐다. 그 말을 들었던 레스토랑과 그의 표정과 무슨 이야기를 했는지가 생생하게 다 떠올랐다. 그에 대한 건 하나도 잊지 않고 있었던 거다.

서영은 젖은 얼굴을 들고 그의 어깨를 안았다.

"사랑해."

그가 고개를 들었다.

"뭐?"

"사랑해. 한 번도, 한 번도 잊은 적이 없었어."

그의 손이 얼굴을 덮은 그녀의 손을 치우고 고개를 들었다.

"다시 말해봐."

"보지 마. 흉해."

그의 손이 뺨 위의 눈물을 닦았다. 그리곤 새길 듯 그녀의 얼굴을 찬찬히 들여다봤다.

"하나도 안 흉해. 다시 말해봐."

"사랑해."

그녀의 시선이 그와 부딪쳤다. 그리고 그의 입술이 천천히 내려왔다.

바로 앞에 있는데도 태하의 입술이라는 사실이 믿기지 않는다. 그의 입술이고, 그의 시선이라는 사실이 믿기지 않는다. 입술이 떨어지고, 서영은 그를 확인이라도 하려는 듯 그의 뺨을 쓸었고 손가락으로 입술을 더듬어 확인했다. 다시 그의 입술이 그녀의 입술을 찾았다.

그의 손이 그녀의 허리를 감았다. 그의 힘에 발끝이 들렸다. 서영은 손을 들어 그의 목을 힘껏 감싸 안았다.

심장과 심장이 맞닿는다. 불안정하고 희미하던 소리인데 이제는 그 소리가 정확하게 들리는 것만 같다. 열린 심장이 자신을 향해 뛰고 있는 소리가, 그리고 그 박자에 맞추어 그녀의 심장이 울리고 있는 소리가.

입술과 입술이 맞닿는다. 서로의 체온을 맛보고, 타액이 섞이고, 혀가 얽히며 서로의 열기를 교환한다. 신경 하나하나, 감정 하나하나가 모두 서로에게 가 작은 행동 하나하나에 충실하다. 서영은 지금 이 순간만큼 이렇게 그를 원한 적이 없었다는 생각을 했다.

"안아줘."

그녀의 속삭임에 태하는 그녀를 번쩍 안아 들었다. 작은 삐걱거림이 남아 있는 계단까지 똑같았다.

하나, 둘, 셋, 넷, 다섯.

다섯 계단을 올라서면 침대가 있는 단출한 방이 나온다. 그가 조심스럽게 그녀를 내려놓았다. 서영의 눈에 온통 애정이 녹아 있다. 그의 몸이 그녀를 덮고, 그의 손이 그녀를 감쌌다.

"배고파서 돌아버릴 것 같아."

"나도. 뭐 간단하게 먹을까?"

"그래."

"이럴 줄 알았으면 아까 식당에서 밥 먹고 나올걸 그랬어."

"그러게 말이야."

그의 집에서 나왔을 때는 11시가 다 되어가는 시간이었다. 너무 에너지를 써서 정말로 걸을 힘조차 없었다. 그가 안내한 곳은 예전에 자주 왔던 작은 프렌치 레스토랑이었다.

"어머, 여긴!"

하지만 간판의 불이 꺼지고 주방장인 듯한 남자가 분필로 예쁘게 오늘의 메뉴를 적어놓은 입간판을 거두고 있었다. 인기척을 느낀 남자는 문을 닫았다고 말하려다 태하를 보고는 눈을 꿈뻑거렸다.

"어, 태하야? 이 시간에 웬일이야? 어?"

서영을 본 남자가 놀라는 표정을 지었다.

"우리 맛있는 거 좀 만들어줘."

"아직 저녁도 안 먹었어? 들어와."

쾌활하게 말하면서도 그의 시선은 여전히 서영을 살피고 있었다.

"괜찮아? 문 닫는 것 같던데."

"괜찮아. 걱정하지 마."

안으로 들어가고 구석의 테이블에 앉자 전체 조명이 은은하게 약해졌다.

"분위기 내기엔 이게 더 좋지?"

그러더니 주방장은 웃으며 주방 안으로 들어갔다. 2인용 테이블만 몇 개 오도카니 있는 레스토랑 안은 놀랄 정도로 예전 그대로였다. 서영은 어리둥절해져서 주위를 둘러보았다.

"여긴 예전 그대로네."

그와의 추억이 남아 있는 곳이었다. 그와 몰래 데이트를 하며 가장 자주 왔었고, 온갖 아기자기한 기억들이 있었다.

주방에서 남자가 고개를 불쑥 내밀더니 크게 말했다.

"늦게 온 대신 메뉴는 해주는 대로 먹어야 돼. 연어 괜찮아?"

태하는 서영을 봤다. 서영은 괜찮다는 뜻으로 고개를 끄덕였다.

"괜찮아."

눈치 빠른 주방장이 잽싸게 당근을 갈아서 만든 수프를 내왔다.

"우선 이거 먹고 있어."

"감사합니다."

배가 고파서인지 수프는 기가 막히게 맛있었다. 금세 끝내고 조금은 만족스러워하는데 태하가 그녀의 손을 잡았다.

"미국에서 뭐 했는지 얘기해봐."

서영은 쉽게 입을 열 수가 없었다. 육체적으로도, 정신적으로 힘들었던 기억들만 지배하고 있었다. 다인이 없었다면 그 힘든 생활을 견뎌내지 못했으리라. 다인이! 갑자기 아이의 모습이 떠올랐다. 태하에게 아이의 존재를 알려야 한다.

"재미있게 지냈어?"

"아니. 그냥 공부만 했어. 일하고 공부하고, 공부하고 일하고……."

긴 터널 같은 힘들었던 날들을 어떻게 설명할 수 있을까?

"데이트 많이 했어?"

서영은 고개를 저었다.

"할 시간이 없었어."

그가 피식 웃었다.

"일부러 거짓말하는 거지?"

질투하는 걸까? 서영은 도리도리 고개를 저었다.

"정말로 한 명도 안 만났어. 별로 데이트하고 싶지도 않았고."

"정말이야?"

자꾸 이러다가 아이 이야기가 나올 것만 같아 서영은 화제를 돌렸다.

"너 공부 열심히 했다면서? 교수님이 말씀하시더라."

"빨리 졸업해서 빨리 일하고 싶어서. 내가 무능력해서 좋아하는 사람을 떠나보내는 그런 실수를 또 하고 싶지 않아서."

서영은 그의 말 속에 숨어 있는 뼈에 옆구리가 찔리는 것만 같았다. 서영은 손을 뻗어 그의 손을 잡았다.

"이젠 떠나지 않을게. 정말로."

마침 그때 음식이 나왔다. 잘 구운 연어 요리가 탐스럽고 샐러드도 아삭아삭하고 신선했다. 요리는 그녀의 기억보다 훨씬 더 맛있었다.

"맛있어."

"그래? 요리사가 요리를 좀 하지."

"응. 예전보다 더 맛있어졌어. 그런데 요리사랑 아는 사이야? 문 닫았는데도 이렇게 밥도 해주고 말이야."

"저 인간은 신경 쓰지 말고 먹어."

식사를 끝내고 태하가 잠시 화장실에 간 사이 옷을 갈아입은 주방장이 나타났다. 그는 다른 자리에서 의자를 빼더니 돌려 앉아 그녀를 보며 싱글벙글 웃었다.

"이정섭입니다. 전 태하 군대에서 만났어요. 태하 사수예요."

"아아, 안녕하세요. 저는 한서영이라고 합니다. 음식 맛있게 잘 먹었습니다. 그리고 죄송해요. 늦은 시간에 와서."

군대 사수라니, 어쩐지 태하의 새로운 세계를 보는 것 같아 흥미로웠다. 그가 고개를 저었다.

"아니, 우리 사장이 3년 만에 처음으로 밥을 먹었는데 나야말로 오늘 눈이 튀어나오게 황송한 날이죠."

"네? 사장이요?"

서영은 어리둥절해서 도리어 질문을 했다. 요리사도 어리둥절해하긴 마찬가지였다.

"몰랐어요?"

"태하가……. 사장님이에요?"

"네. 제가 원래 요리사였거든요. 쟤보다 3개월 일찍 제대하고 레스토랑에 취직해서 일하고 있는데 식당 운영해볼 생각이 없냐는 거예요. 나야 남의 밑에서 일하는 것보다 내 가게 열면 당연히 좋죠. 저 녀석이 경영난으로 문 닫으려는 이 레스토랑을 인수하고 전권을 나한테 넘겼어요."

"그래요?"

정섭은 싱글벙글하며 말을 이었다.

"독한 놈이 내가 오픈하고도 밥을 한 번도 안 먹었어요, 여기서. 오면 그냥 커피만 한 잔 홀링 마시고 가버리더니 오늘은 무슨 바람이 분 건지 깜짝 놀랐다니까요. 도대체 저 녀석이 뭐가 아쉬워서 자기한테는 구멍가게밖에 안 될 작은 가게를 인수했나 했더니 애인 생기면 같이 오려고 그런 건가 봐요?"

서영은 당황해서 얼굴을 붉혔다. 자리에 돌아오던 태하는 그의 말을 들었는지 얼굴을 굳히며 들어왔다. 정섭은 설마 하는 표정으로 싱글벙글 웃었다.

"태하야."

"왜 쓸데없는 말을 해? 얼마야?"

"자식아, 내가 왜 너한테 돈을 받냐? 얼른 꺼져라. 나도 애인님이 기다리신다. 빨리 가서 정분을 좀 나눠야겠다."

서영은 자리에서 일어나 인사를 하고 태하를 따라서 나왔지만 머릿속엔 정섭의 말이 맴돌 뿐이었다. 태하가 왜 이 가게를 인수한 걸까? 설마?

"일부러 가게 인수한 거야?"

그가 대수롭지 않은 듯, 눈처럼 내려오는 조명이 반짝이는 창문을 보며 단조롭게 말했다.

"추억이 사라지는 게 싫어서."

서영은 눈시울이 뜨거워지는 것을 참아야 했다.

"서태하 진짜 바보다. 그런데 왜 나한테 못되게 굴었어? 만나서?"

그가 그제야 그녀를 돌아보았다.

"다시 사랑하게 될까 봐."

그가 팔을 뻗어 그녀의 뺨을 쓸었다.

"다시 상처입기 싫었어."

서영은 그의 어깨를 감으며 발끝을 올렸다. 입술이 그의 턱에 닿고, 서영은 부드럽게 그의 입술을 감쌌다. 말을 대신한 그녀의 대답이었다.

한참의 키스를 끝내고 서영은 입을 열었다.

"일요일에 시간 내줄 수 있어?"

집에 있을 아이 생각이 계속 났다. 이제는 다인의 존재를 태하에게 말해야 했다. 다인의 존재와 태혁의 일을 알면 태하가 뭐라고 말할까? 불안하다. 태하가 다시 상처입지 말아야 할 텐데.

하지만 든든하게 먹은 식사 때문인지, 아니면 태하의 무한한 애정을 봐서인지 용기가 생겼다. 괜찮겠지. 이해해주겠지. 이렇게 날 사랑하니까.

"응. 몇 시에?"

"12시쯤 괜찮아? 같이 밥 먹으면서 소개해줄 사람이 있어."

"응. 누구? 설마 남자친구는 아니겠지?"

그녀가 웃으며 도리도리 고개를 저었다.

"네가…… 이해해줬으면 좋겠다."

"누군데 그렇게 겁을 줘? 걱정하지 마. 이해할게."

태하는 웃으며 그녀의 손을 잡았다.

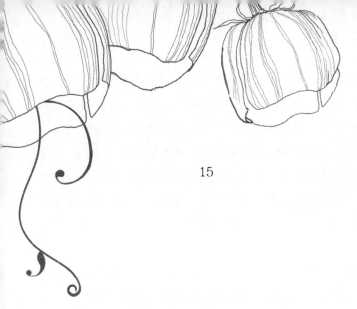

15

숍을 나온 태하는 기분 좋게 핸들을 꺾었다. 처음에는 회사로 돌아가려고 했지만 서영이 수업을 일찍 마치는 날이라는 게 떠올랐다. 태하는 회사로 전화를 넣었다. 벨이 두 번 울리고 이 대리가 바로 전화를 받았다.

"서태합니다."

- 네. 이사님.

"오늘은 바로 퇴근하겠습니다. 혹시 퇴근시간 전까지 중요한 연락이 오면 휴대전화로 연락해주세요.

- 네, 알겠습니다.

"이 대리도 시간 되면 바로 퇴근하세요.

- 네.

차가 서자 태하는 조수석에 두었던 작은 박스를 글로브박스 안으로 밀어 넣었다. 일주일 전에 급하게 부탁했던 반지의 세공이 다 되어서 찾아오는 길이었다. 이제는 청혼할 날짜만 잡으면 되었다. 일요일의 손님이란 누굴까? 일요일에 청혼을 하고 싶지만 누구를 만나게 해줄지 감이 잡히지 않아서 고려 중이었다.

운전을 하던 태하의 눈에 작은 꽃가게가 눈에 들어왔다. 고개를 돌리던 태하는 갑자기 마음을 바꿔 꽃가게 앞에 차를 세웠다. 안으로 들어가자 깔끔한 외관만큼이나 싱싱한 꽃들이 풍성하게 전시되어 있었다. 둘러보던 태하의 눈에 하얀 백합이 보였다.

아직 꽃이 피지 않았지만 기다랗고 큰 꽃이 피면 강한 향과 함께 깨끗하고 화사한 하얀 모습을 뽐낼 것이다.

"이거 전부 다 주세요."

태하는 양손에 가득 잡히는 백합을 들고 차에 올라 조수석에 두었다. 꽃을 보는 그의 얼굴에 미소가 깃들었다. 학교가 보이기 시작하고 차가 멈추자 태하는 휴대전화를 꺼내 재빨리 문자를 보냈다.

[학교 앞이야. 기다릴게.]

기다렸다가 저녁을 같이 먹을 참이었다. 차는 급한 마음과 달리 신호등마다 계속 걸렸다. 마지막 한 블록 전에 멈추자 시간을 확인하는데 마침 교문으로 걸어나오는 서영이 보였다. 차는 가지고 오지 않나, 생각하다가 두리번거리는 걸 보고서야 알아차렸다. 그의 문자를 받고는 자신을 기다리는 것이다. 반가운 마음에 미소를 짓는데 서영의 앞에 서는 다른 차가 있었다. 뒷문이 열리고, 작은 아이가 뛰쳐나와 서영에게 안겼다. 서영의 얼굴에 미소가 번졌다.

그리고 차에서 남자가 내렸다.

대수롭지 않게 보던 태하의 눈이 커졌다. 그리고 그 남자가
누구인가를 확인하자 그것은 경악으로 바뀌었다.

서태혁. 자신의 배다른 형.

태혁이 그가 한 번도 보지 못한 웃음을 지으며 서영과 아이
를 보고 있었다. 서영이 여전히 미소를 지은 채 태혁에게 뭔가
말을 하고 있었다. 태혁의 손이 아이의 뺨으로 다가갔다. 아이
가 손을 뻗자 태혁이 아이를 받아들었다. 놀랍게도 서태혁이
아이를 안았다!

한동안 멍해 있던 태하는 뒤에서 들리는 경적소리에 차를 움
직였다. 태혁의 차 뒤에 자신의 차를 주차하자 서영이 먼저 그
의 차를 발견했고, 이어서 태혁이 고개를 돌렸다. 서영의 얼굴
은 굳었고, 태혁의 얼굴에는 놀람이 깃들었다. 태하는 천천히
차에서 내렸다. 그의 표정은 싸늘하게 식어 있었다.

"태하…… 야?"

태혁에게 안긴 아이의 얼굴이 호기심에 가득 차 그를 보고
있었다.

태하는 진정하기 위해 숨을 쉬었다.

지금의 상황을 이해할 수 없다. 어떻게 서영이 형을 알고 있
지? 저 아이는 누구지?

"엄마, 누구야?"

태하는 자신의 귀를 의심했다. 아이는 분명히 서영을 보고

'엄마'라고 불렀다. 주변에 엄마라고 불릴 여자는 서영 하나뿐이었다.

설마…… 태하는 자신의 생각이 틀리기를 바랐다. 설마 아니겠지.

"이게 그 이유야? 이것 때문에…… 떠난 거였어? 나한테 한마디 말도 없이?"

태하는 아이라는 말도 쓰지 않았다. 서영은 도리도리 고개를 저었다. 태하의 주먹이 부들부들 떨렸다. 아이의 호기심 어린 시선이 여전히 그를 보고 있었다. 서영의 눈에서 눈물이 떨어지기 시작했다. 태혁이 아이를 내려놓았다.

"그랬던 거야? 나한테 숨기고 싶어서 떠난 거였어? 형도 알고 있는데?"

"태하야. 이야기 좀 하자."

태하는 고개를 돌렸다. 사랑하는 두 사람이기에 용납할 수 없고, 사랑하는 두 사람이기에 더 받아들이기 힘들었다.

"태하야……."

걸어가는 발목을 서영의 목소리가 잡았다. 조금의 흐느낌.

"엄마, 왜 울어?"

다시 발걸음을 옮기는데 그녀의 목소리가 다시 그를 붙잡았다.

"태하야. 제발……. 네 딸이야."

태하는 걸음을 멈추었다. 6년을 숨기고 살아오다가, 이제 와서 나타난 이유가 이거였나? 이제와서 내 딸이라고 하면 감동

해서 울기라도 하라는 건가.

"우리 아이야."

"응? 엄마, 저 아저씨가 아빠야? 엄마, 울어?"

"아니야. 다인아."

이런 상황에서도 아이는 또랑또랑한 목소리로 말한다. 서영은 계속 울고 있었다.

태하는 아이를 보았다. 어린 아이는 익숙하지 않아 나이를 가늠할 수가 없다. 네 살, 다섯 살, 아니면 여섯 살? 생각해보니 아이가 네 살일 수가 없다. 자신의 아이면. 갑자기 목이 갑갑해져서 넥타이를 풀어 내렸다. 아이의 시선이 시릴 정도로 그에게 박혀 있었다.

서영과 내 아이라고? 그런데 6년 동안 몰랐다고? 태혁도 아는 아이를 자신만 몰랐다고?

태하는 비틀거리며 돌아섰다. 서영의 걸음이 다가와서 그의 소매를 잡았다. 태하는 팍, 그 손을 쳐냈다.

"태하야……."

태하는 차의 문을 열고 안으로 들어갔다. 서영의 모습이 보인다. 태혁이 그에게 걸어오고 있었다. 아이는 서영의 손을 잡은 채 차 안의 그를 보고 있다.

세상이 모두 원망스럽다.

똑똑.

노크 소리가 났지만 태하는 창 밖에 시선이 팔린 채 소리를 듣지 못했다. 창 밖에는 추적추적 비가 흩뿌리고 있었다. 여름 비가 오늘따라 처량해 보였다.

문이 열리고 이주영 대리가 문을 열었다.

"이사님, 밖에 기조실에서 이석태 팀장님이 오전까지 부탁하신 결재받으러 와 있습니다."

낭랑한 목소리가 그를 불렀지만 태하는 여전히 창 밖만 보고 있었다. 그의 날카로운 옆모습에는 그늘이 져 있었다.

"이사님?"

"아."

태하는 그제야 사무실에 누군가가 있는 것을 알아차리고는 요청받은 결재서류를 들었다. 대충 사인을 해주자 이 대리가 서류를 받아들고 나가며 갸우뚱했다. 그녀가 아는 서태하 이사는 한 번도 딴 데 정신을 판 적도 없고 그의 사인이 들어가는 서류는 무엇 하나도 허투루 보는 일이 없는 사람이었다. 그런 남자가 그녀가 들어온 것도 모르고, 보지도 않고 대충 사인을 해주었다. 창으로 고개를 돌린 그의 뒷모습은 긴장하고 듬직했다.

주영은 한 번 더 몰래 그를 훔쳐보고는 문을 나섰다. 다음 순간, 주영은 들어선 사람을 보고 걸음을 멈추었다.

"누구시죠?"

"한서영이라고 합니다. 서태하…… 이사님 뵈러 왔는데 잠시 뵐 수 있을까요?"

"죄송한데 약속은 잡으셨습니까?"

그녀의 말에 여자의 얼굴이 난처한 표정으로 바뀌었다.

"죄송합니다. 약속을 잡지 않았어요. 서태혁 사장님이 지금 사무실에 있을 거라고 가보라고 해서요. 어쩌죠?"

서태혁 사장이라는 말이 나오자 주영의 얼굴에 놀람이 잠시 번졌다. 그럼 지금 서태혁 사장을 만나고 온 거란 말인가? 사장 비서실에 전화를 넣어 확인해보려다 주영은 생각을 바꾸었다. 여자의 모습이 거짓말까지 하면서 올 사람 같지 않아서였다. 서태하 이사가 사무실에 있는 것도 알고 있는데 그냥 이름만 얘기하고 만나겠냐고 물어보기만 하면 되는 것이다.

"엄마!"

"다인아……."

"태하야, 우리 아이야. 네 아이야."

빗줄기가 유리에 길게 드리우고 있었다. 얼기설기 무늬가 드리운 창으로 떠오르는 영상이 있었다. 동그란 아이의 얼굴. 놀라던 서영의 표정. 굳은 태혁의 모습…….

아이가 있었다. 아이가.

수백 번을 생각했다. 그가 본능적으로 떠올린 생각이 아니라 다른 이유를 찾아보려고 애를 썼지만 결론은 한 가지 방향으로 흐르고 있었다.

너무나 단순한 논리였다.

서태혁이 제안을 했고, 서영은 그것을 받아들이고 떠났다. 그것도 자신의 아이를 가진 채.

결국은 태혁도, 서영도, 아무도 자신을 믿지 않은 것이다. 서영은 자신의 아이를 가져놓고도 능력도 없고, 이제 겨우 학교에 다니는 자신을 믿지 못해 혼자 아이를 낳는 것을 택했다.

태혁은 황혜진에게 한 짓과 똑같은 짓을 서영에게도 했다.

갑자기 심장을 송곳으로 찔린 듯 통증이 왔다.

"네 아이야, 태하야."

분노가 너무 커서 얼굴이 일그러졌다. 그렇게 도망쳐놓고, 이제 와서 내 아이라고?

혼자서 낳고, 키우고, 버려와 놓고 이제와서 내 아이라고?

그러면 내가 감동받을 줄 알았나, 한서영?

태하는 마치 자신이 비루한 벌레가 된 것만 같았다. 누구에게도 인정받지 못하는.

그렇게 몇 년을 하루같이 크고 싶어서 달려왔는데 한 여자 앞에서는 벌레만도 못한 존재가 되는 것이다.

어떤 이유건, 어떤 일이 있었건 한서영도, 서태혁도, 절대 용서할 수가 없다. 절대. 믿은 만큼 상처가 컸다. 활짝 열고 있어서 더 깊이 박혔다. 봉합해놓았던 상처가 벌어지며 줄줄 피가 흘러내렸다.

- 이사님, 손님이 오셨는데요.

태하의 생각은 인터폰의 방해로 중단됐다.

"약속이 있었나요?"

태하는 이성을 찾으며 빡빡한 스케줄을 확인했지만 약속은 없었다.

- 그건 아닌데요.

"그럼 보내……"

- 한서영 씨라고 하는데요.

태하는 한동안 말을 할 수 없었다.

- 그냥 돌려보낼까요?

"……들여보내요."

그리고 문이 열리며 서영이 모습을 드러냈다. 소매가 긴 연보랏빛의 시폰 원피스 차람이었다. 목이 둥글게 파이고, 긴 머리는 올려 묶어 창백한 살결이 드러났다.

"무슨 일이지? 뭐가 급해서 회사까지 찾아온 거야?"

"우리 할 얘기가 있잖아."

"아이 이야기라면 더 듣고 싶지 않아."

서영은 얼굴은 초조하고 창백했다.

"미안해."

"뭣 때문에 사과를 하는 거지?"

"다인이 이야기, 미리 안 해서 미안해. 주말에 만나서 보여주려고 했었어."

태하는 그제야 그녀의 말이 이해가 되었다.

"네가 이해해주었으면 좋겠어."

"네가 미국으로 간 일에 형이 연관돼 있는 거야?"

물을 필요도 없었다. 그녀의 표정에서 바로 대답을 찾을 수 있었다. 분노가 치밀었다. 태혁에게도 마찬가지였지만 더 화가 나는 건 서영이었다. 서영만은 그런 거래에 놀아나지 않을 줄 알았다. 결국 한서영도 황혜진과 똑같은 인간이었던 건가?

"태혁이 형이랑 둘이 무슨 짓을 꾸민 거야? 무슨 일이 오간 거야? 날 두고 거래를 했어? 날 그렇게 믿지 못했어?"

"태하야. 모든 걸 다 이해해달라고는 말 못 하겠어. 하지만 내 상황도 이해해줘. 그렇게밖에 선택할 수 없는 상황이 있었어."

"그런 상황이라고? 네 거래 조건이 뭔지 얘기해볼까? 운이 좋아서 자리를 얻었다고? 그걸 네가 믿을 것 같아? 그렇게 성공하고 교수가 되고 싶었어? 너 겨우 그런 인간이었던 거야?"

"그럼 내가……."

서영의 목소리가 떨려왔다. 태하는 돌아보지 않았다. 서영이 울고 있다는 걸 확신했다. 울고 있다. 하지만 저 울음에 속아 넘어가지 않을 거다.

"내가 어떻게 할 수 있었다고 생각해? 네 형이라는 사람은 아버지의 신변을 두고 위협하고, 약혼자는 내 목을 졸라오고, 넌, 넌……. 결혼하고 싶어하다 미국까지 쫓겨가고도 첫사랑을 잊지 못한다는데. 내가, 내가 어떻게 네 마음을 믿어? 내가 어떻게 너한테 의지를 해!"

태하가 놀라며 천천히 뒤를 돌았다.

"뭐라고? 지금 뭐라고 했니?"

서영은 결국은 참지 못하고 터져버린 눈물을 훔쳤다.

"아버지도 쓰러졌고, 회사는 도산 직전이고, 그런 거 다 떠나서……. 그래 미안해. 네가 늘 불평했던 대로 널 믿지 못했어. 불안한 네 사랑만을 믿고 너한테 모든 걸 의지할 순 없잖아. 우리 둘 다 어린데 어떻게 미래를 확신하니? 어떻게 내가 힘든 걸 너한테 모두 책임지라고 해? 너는 훨훨 날아오를 사람이잖아. 너는 온통 열린 미래가 있는데 내가 어떻게 너한테 날 책임지라고 해. 어떻게……."

태하는 까맣게 잊고 있었던 황혜진의 존재를 떠올렸다. 우습다. 황혜진은 2년 전에 이혼을 했다. 그리고 뻔뻔하게도 몇 번 그에게 연락을 했었다. 태하의 대답은 뻔한 것이었다. 태하는 마치 징그러운 벌레를 대하듯 그녀를 대했다. 인격을 상실한 사람은 인간으로 취급하고 싶지도 않았다. 그런 일이 있었는데도 태하는 혜진에 관해서는 까맣게 잊고 있었다. 정말로 관심 밖의 사람이 된 것이다.

"그래서, 내 아이를 가진 것도 상관없었어? 뻔뻔하게 내가 말한 이름까지 지어놓고서?"

태하는 다인이라는 이름을 기억해냈다. 농담처럼 말했었다. 딸아이는 다인이라고 이름을 지을 거라고. 서영이 그것까지 기억하고 있을 줄은 몰랐다.

"아이가 생긴 걸 떠나기 직전에 알았어. 어쩔 수가 없었어. 너희 형이 아버지 회사일을 다 해결해놓고 나서였어. 약속을 깰 수 없었어. 무엇보다……. 무서웠어. 아이를 뺏기기 싫었어. 나처럼 만들기 싫었어."

서영은 다시 눈물이 터져 나오려고 해 이를 악물었다.

"나 아버지가 밖에서 낳아온 딸이었어. 여섯 살때 지금 집에 들어와서 한 번도 제대로 사랑을 받은 적이 없었어. 엄마 눈치 보고, 어두운 집안에 억눌려서 그렇게 살아왔어. 그래서, 집에서 키워준 것만으로도 고마우니까 집에서 정한 사람과 결혼해야 한다고 생각했었어. 다인이도…… 나처럼 될까 봐 두려웠어."

태하가 그를 봐주었으면 좋겠다. 너무 아파서 하고 싶지 않은 이야기까지 했다. 이해해주었으면 좋겠다. 그에게 다가가고 싶지만, 태하는 얼음처럼 서 있었다.

태하는 온통 혼란스러웠다. 그녀에 대한 원망만 가득 찼는데 서영은 자신도 모르는 이야기들을 풀어내고 있었다. 죽어도 용서하지 않겠다고 맹세했는데 그녀의 아픈 말 한마디 한마디가 그를 흔들고 있었다. 죽어도 변하지 않겠다고 맹세를 했는데…….

"오늘은 그냥 가줘. 쉬고 싶어."

"태하야……."

마음이 흔들렸지만 지금 당장은 아무것도 생각할 수가 없다. 온통 마음이 복잡했다. 다시 정리할 시간이 필요했다.

"시간이 필요해. 너는 6년 동안 아이를 키우고 준비를 했잖아. 어느 날 갑자기 내 아이라고 툭 떨어뜨려 놓는데 내가 박수를 치며 받아줄 순 없는 거잖아. 나도 시간이 필요해. 내 상황을 정리하고 받아들일 시간."

서영은 손에 핏줄이 드러나도록 주먹을 꼭 쥐었다. 그의 말이 맞는지도 몰랐다. 그도 시간이 필요한 거다.

"알았어. 전화할게."

"아니. 내가 할게."

태하는 연락하지 말라는 말을 분명히 드러냈다. 돌아서는 서영의 어깨가 움찔했다. 그러고는 문을 닫고 나갔다.

그녀가 나가자 태하는 모든 에너지가 떨어진 것처럼 의자에 털썩 앉았다. 뒤를 돌아보면 그녀를 붙잡을 것 같아서 뒤도 돌아보지 않았다. 태하는 손가락으로 지끈거리는 미간을 눌렀다. 눈물이 나올 것 같아 손으로 얼굴을 덮었다.

자신이 그녀를 비난할 자격은 있나? 그녀를 사랑하면서도 찾지도 않고, 확인해보지도 않은 것은 자신이었다. 그녀를 비난할 자격이 있나? 형을 비난할 자격은 있나?

서영은 단 한 번도 불평하지 않았다. 한 번도 힘들었다고 투정부리지도 않았다. 외국에서 혼자서 공부를 하고 아이를 키운 힘들었을 삶에 대해서도 아무런 말을 하지 않았다. 그런 여자에게 자기를 봐주지 않는다고, 자신의 아픔을 알아주지 않는다고 원망한 것은 자신이었다.

태하는 어처구니없는 사실에 웃음을 터트렸다.

안다. 그녀를 절대 떠나지 못하리란 걸.

안다. 그녀를 다시 찾게 될 거라는 걸.

그냥 투정을 부리는 거였다. 자신만을 바라보길 바라면서.

서류를 넘기던 태하의 손이 멈추었다. 뭔가 신경을 긁는 소리가 난 것만 같았다.

창 밖을 보자 언제부터 비가 왔는지 창문에 빗방울이 떨어지고 있었다. 유난히 비가 많이 오는 한 주였다.

태하는 잡고 있던 펜을 책상에 놓고는 자리에서 일어났다. 가까이 다가가자 빗줄기가 창을 두드리는 소리가 제대로 들렸다. 창 밖으로는 비에 젖은 도시의 모습이 거대하게 드러났다. 태하는 마치 자신의 마음마저 비에 젖고 있는 듯한 착각에 빠졌다.

일주일. 벌써 일주일이다. 그의 말대로 서영은 그를 먼저 찾지도 않았고, 연락도 먼저 하지 않았다. 전화기에 손이 가다가도 멈추는 생활이 반복되고 있었다.

연락을 하고 싶지만 쉽게 손이 나가지 않았다. 긴 시간 동안 자신을 속여온 형과 서영의 모습이 떠오르면 분노가 먼저 올라오곤 했다. 아는데도, 그녀의 마음을 아는데도 모든 걸 다 받아들일 테니 오라고 팔을 벌릴 무언가가 부족했다. 태하는 책상으로 다가갔다. 태하는 연락처가 적힌 작은 종이를 꺼내 들었다. 새빛 유치원. 서영의 아이가 다니는 유치원의 주소가 적혀 있었다. 아무런 마음의 준비가 되지 않아 차라리 아이를 먼저 봐야겠다는 생각이 들었다. 태하는 인터폰을 눌렀다.

"10분 뒤에 출발할 테니 차 대기시켜주세요."

- 네, 알겠습니다. 이사님.

옷장에 걸어놓은 양복 재킷을 꺼내입던 태하는 벨 소리에 책상 위 휴대전화의 액정화면을 확인하고는 얼굴을 찌푸렸다. 태혁이었다. 몇 번이나 얘기하자는 제안을 거절하고 있었다. 마음이 닫힌 상태에서는 아무런 이야기도 하고 싶지 않았다. 전화가 끊기자 이번에는 내선 전화가 울리기 시작했다. 꽤나 급한 모양이었다. 할 수 없이 전화를 받자 말도 꺼내기 전에 건너편에서 다급한 목소리가 들렸다.

- 태하야. 빨리 대한병원 응급실로 와.

응급실? 무슨 일이지? 뭔가 불안한 예감에 심장이 크게 뛰기 시작했다.

"무슨 일이야? 다쳤어?"

- 내가 아니라 한서영 씨야. 교통사고가 났어.

태하는 그 자리에 멈췄다. 지금 뭐라고 하는 거지?

- 듣고 있니?

"지금 뭐라고 한 거야?"

- 한서영 씨가 교통사고가 나서 지금 병원에 있다고. 얼른 가봐. 나도 지금 가는 길이야.

"그걸 형이 어떻게 알아?"

- 해준이랑 같이 있다가 교통사고가 났대. 지금 해준이가 병원에 데리고 갔어. 도착한 지 30분쯤 된 것 같아.

"많이 다친 거야?"

건너편에서는 갑자기 아무런 말이 없었다. 심장이 쿵쿵, 미친 듯이 뛰기 시작했다. 태하는 전화를 끊기도 전에 걷고 있었다. 문을 열자 퇴근 준비를 하던 이 대리가 얼떨떨한 시선으로 그를 보았다.

"이사님……?"

그제야 태하는 자신이 재킷을 반만 입고 있다는 사실을 깨달았다. 온몸이 붕붕 떠 있는 것 같다. 현실감이 없다.

말도 안 돼! 서영이가 교통사고라니.

"이사님, 차가 준비되려면 조금 시간이 걸릴 텐데요. 5분 정도 더 기다리시겠습니까?"

태하는 그녀의 말에 대답할 겨를도 없이 문을 열고 뛰쳐나갔다.

주차장으로 향하던 태하는 생각을 바꾸었다. 지금의 상황으로는 도저히 길을 찾을 수 있을 것 같지가 않아 택시를 탔다. 병원으로 향하는 내내 불길한 생각만이 떠올랐다.

태하는 으스러지도록 주먹을 쥐었다.

안 된다. 절대 아무 일도 일어나면 안 돼.

아직 청혼도 못 했는데. 반지도 주머니 안에 그대로 있는데. 한서영, 내 눈앞에서 사라지면 평생을 원망할 거다.

다시 한 번 그녀를 잃는 상상을 하자 세상이 온통 암흑이었다. 태하는 자신의 눈에서 눈물이 흘러내리고 있다는 것을 깨달았다.

병원 앞에 서자마자 태하는 응급실의 푯말을 보며 미친 듯이 뛰었다. 하얀 유니폼을 입은 간호사가 그를 말렸다.

"여기서 그렇게 뛰시면 안 돼……"

그녀의 말은 미친 듯이 뛰어가는 그를 따라잡지 못하고 사라졌다.

썰렁한 응급실의 풍경은 그의 눈에 비현실적으로 들어왔다. 그의 시선이 쉴 새 없이 움직이며 그녀를 찾았다. 하지만 어디에도 그녀의 모습은 보이지 않았다. 자꾸만 불길한 생각이 들었다. 그제야 태하는 의사에게 묻는 게 빠르다는 것을 깨달았다.

하얀 가운을 입은 사람을 찾는데 뒤에서 그를 부르는 목소리
가 들렸다.

"서태하 이사님?"

목소리에 뒤를 돌아보자 낯익은 얼굴이 보였다. 누구인지 생
각을 하다가 그제야 태혁의 비서실에서 근무하던 사람이라는
것을 깨달았다. 태혁이 '해준이'라고 친근하게 말했던 그 사람
이 바로 이 여자라는 것을 깨닫지 못하고 있었다. 해준의 얼굴
은 하얗게 질려 있었다. 그를 보더니 눈물을 글썽이며 주위를
두리번거렸다.

"서영이 어디 있어요?"

"언니 지금 수술실에 있어요."

"많이…… 심각합니까?"

"네. 바로 수술실에 들어갔어요. 허헝. 사장님!"

해준이 찾는 사람은 태혁이었던 모양이다. 태혁이 다가오자
해준은 그에게 안기며 펑펑 울음을 터트렸다.

"다 제 잘못이에요. 제가 괜히 비 오는 날 언니랑 만나기로 해
서……. 언니랑 커피숍에서 만나기로 했는데 제가 창가에 앉아
서 밖을 계속 보고 있었거든요. 마침 언니가 건널목 건너편에
서 있더라고요. 그런데 파란불이 됐는데도 건너지를 않는 거예
요. 그래서 이상하다 싶어서 계속 보고 있었는데 불이 다 바뀔
때가 돼서 길을 건너더라고요. 그런데 주위도 제대로 보지도 않
고……. 그런데 승용차가 한 대 와서 받았어요. 저, 전 너무 놀
라서……."

해준은 그때의 충격을 잊지 못해 부들부들 떨었다.

"그럼 어딜 다친 거야?"

"의사 선생님이 말씀하셨는데 제대로 못 들었어요. 일단 뇌에 피가 고여서 그게 제일 급하다고 그거 먼저 수술한다고 하셨어요."

"운전자는 어디 있어?"

"경찰이 와서 데리고 갔어요. 병원에 있는지 경찰서에 갔는지 모르겠어요."

태혁은 정신이 없는 해준과 태하를 두고 상황을 정리하기 시작했다.

"그래, 알았다. 태하야, 난 일단 운전사랑 경찰을 찾아볼 테니 너는 수술실 잘 지키고 있어."

해준과 태혁이 사라지고 나자 태하는 한동안 정신을 차리지 못하고 있다가 뒤늦게 수술실이 어디인지조차 묻지 않았다는 사실을 깨달았다. 해준도 정신이 없어서 말을 하지 않은 것이다.

태하는 수술실을 물어서 찾아갔다. 수술실 앞에 적힌 그녀의 이름을 확인하고, 복도의 벤치에 앉을 때까지도 태하는 이게 사실인지 전혀 실감을 할 수 없었다.

자리에 앉은 채 손가락을 좍 폈다가 다시 주먹을 쥐었다. 손에 감각이 느껴지자 그제야 이 자리에 있다는 사실을 깨달을 수 있었다.

서영이 저 안에 있다.

저 안에서 수술을 받고 있다.

다 내 잘못이다. 내가 그녀를 먼저 찾았어야 했다. 내 잘못이다. 태하는 할 수만 있다면 시간을 돌리고 싶었다. 병신처럼 흐지부지 일주일이나 소비해버렸다. 일주일 동안 서영은 얼마나 마음을 졸이고 있었을까.

"이사님."

초조하게 바닥만 보고 있던 태하는 해준의 목소리에 고개를 들었다. 해준이 중년의 여자와 백발이 무성한 노의사 한 명과 함께 오고 있었다.

"서영이 언니 어머님이세요. 이분은 외과 원장 선생님이시고요."

태하는 자리에서 일어났다.

"서태하라고 합니다."

혜선은 그를 훑어만 볼 뿐 아무런 말을 하지 않았다.

"어머니, 저희 회사 이사님이세요. 음⋯⋯."

해준은 서영의 대학 후배라고 말하려다 안 하는 게 나을 것 같아서 우물쭈물했다.

"많이 다쳤습니까?"

태하는 조심스럽게 물었다. 혜선을 데리고 온 노의사는 차분하게 말했다.

"왼쪽 뇌에 출혈이 좀 있었습니다. 몸이 붕 뜨며 날아서 머리부터 부딪쳐서⋯⋯. 심하지는 않은데 일단 열어봐야 알 것 같고. 그 외에는 어깨에 탈골이 있고, 엄지손가락 뼈가 골절되었고, 온몸에 약간의 외상과 염좌가 있는데 그건 뭐 교통사고 치고는 나쁘지 않아요. 차라리 비가 와서 잘됐어요. 비 때문에 미끄러워서 덜 다쳤어요. 문제는 지금 이 뇌출혈인데…… 흐흠. 능력 있는 의사한테 맡겨놨으니 걱정 안 해도 될 듯합니다. 어쨌든 가서 잠시 보고 오겠습니다. 강 여사, 여기 앉아계세요."

태하는 서영의 작은 몸이 나무 인형처럼 날아올라 아스팔트에 떨어지는 상상을 했다. 상상만 해도 끔찍해서 몸이 떨렸다.

충격에 정신을 차리지 못하는 것은 혜선도 마찬가지였다.

긴 시간이 지나고 나서야 수술실의 문이 열렸다. 태하는 벌떡 일어났지만 아무도 서영을 볼 수는 없었다. 바로 중환자실로 옮겨졌기 때문이었다.

머리가 희끗한 원장이 수술을 집도한 의사와 이야기를 하고 있었다. 태하는 혜선의 옆에서 경과를 들었다.

"출혈도 많지 않고 일단 수술은 잘 되었는데 환자가 언제 깨어날지는 두고 봐야 알 것 같습니다. 며칠 안에는 눈을 떠야 정상인데 며칠 기다려봅시다."

의사들이 철수하고 면회도 되지 않는 중환자실로 향하는데 수술 내내 묵주를 들고 기도만 하던 혜선이 그제야 입을 열었다.

"혹시 자네가……."

태하는 담담하게 말했다.

"제가 아이 아빠 맞습니다."

흠. 마땅치 않아 하는 목소리로 그녀가 딱딱하게 물었다.

"여기서 계속 머물 생각입니까?"

"네."

"어차피 오늘은 중환자실에 계속 있을 테니 그냥 돌아가세요."

"차에 있겠습니다. 제 휴대전화 번호입니다. 필요하면 부르십시오."

태하는 밖으로 걸어갔다. 걸음을 옮기던 혜선은 어두운 시선으로 그를 보았다.

태하는 503호라고 찍힌 방으로 들어갔다. 오전에 회사에 들렀다가 서영이 특실로 옮겼다는 말을 전해들었다. 급한 일들을 처리하고 점심도 거른 채 병원으로 왔다.

문을 열며 태하는 약간 기대했다. 혹시나 그녀가 정신을 차리고 자신을 보며 웃고 있지 않을까? 하지만 하얀 수증기가 올라오는 병실 안은 고요 그 자체였다. 커다란 벽걸이 TV와 오디오가 있는 곳에서 뭔가를 열심히 고르고 있던 해준이 태하를 보고는 인사를 했다.

"오셨어요?"

그녀의 목청이 커서 태하는 서영을 보다가 어깨를 떨구었다. 의식이 돌아오지 않은 서영이 순간 잠들어 있는 거라고 착각하고 깰까 봐 걱정을 했다.

"일부러 크게 말하는 거예요. 언니 들으라고."

"뭐 찾아요?"

"음, 음악을 좀 켤까 하고요. 언니 심심할까 봐."

"그럼 이거 틀어요."

태하은 자신이 챙겨온 CD를 내밀었다.

"어머. 일부러 챙겨오신 거예요? 잘됐다."

해준이 CD를 틀자 전주가 흐르고, 맑은 음색의 남자의 목소리가 들렸다. 키보드와 드럼, 기타의 남성 3중주 밴드인데 깨끗한 목소리가 느린 멜로디를 타고 흘러내렸다.

"어머! 저 이 밴드 알아요. 예전에 유명하지 않았어요?"

태하는 의자에 앉아 시트 밖으로 나와 있는 그녀의 손을 잡았다.

기억하니? 우리 공연 보러 가서, 그날 계속 손 잡고 들었던 노래잖아. 사실 온통 너한테 마음이 가서 무슨 노래를 들었는지도 몰랐는데 네가 그 밴드 노래 좋다고 흥얼거렸잖아.

이 노래를 들을 때마다 네 작은 이 손을 떠올렸어. 내 손 안에서 가만히 있던 네 따뜻한 손이 그리워서 노래를 듣고, 또 들었어.

이제 일어나서 나랑 같이 들어. 예전처럼 그렇게 손 잡고.

일어나, 서영아…….

"어머. 다은이 데리러 가야 되는데 깜빡했네."

해준이 놀라며 가방을 챙기자 태하는 천천히 자리에서 일어났다.

"유치원 가요?"

"네. 제가 데리러 가기로 해놓고 깜빡하고 있었어요."

"같이 가요."

"네?"

"잠깐 가서 보고 올게요."

"네. 다은이도 좋아할 거예요."

해준은 활짝 웃었다.

자리를 잡고 앉자 작은 아이는 해준의 귀에다 뭐라고 소곤소
곤 속삭이기 시작했다. 그러자 해준도 아이의 귀에 뭐라고 속닥
거리며 대답을 했다. 분명 자신의 이야기를 하고 있는 것 같은
데 귓속말을 하는 두 사람이 못마땅했다.

제 엄마가 병원에 있는 걸 모르는 아이는 명랑하고 활달했다.
아이는 서영이 학교에서 보내는 연수 때문에 외국으로 간 걸로
알고 있었다. 엄마가 없다면 섭섭하기도 할 텐데 아이는 전혀
그런 기색이 없었다.

태하는 아이를 유심히 보았다. 지난번에는 거의 제대로 보지
못했다. 동글동글한 눈이며, 작은 코며, 조가비 같은 입술이며,
서영이를 닮은 구석이 있나, 자기를 닮은 데나 있나 요모조모
뜯어보고 있는 중이었다. 하지만 아무리 봐도 누구를 닮았는지
찾아낼 수가 없었다.

"아빠!"

갑작스러운 말에 태하는 어리둥절해졌다. 아이가 그러고는
배시시 웃었다. 갑자기 태하의 얼굴이 펑 터진 것처럼 붉어졌다.

해준이 갑자기 일어났다.

"커피 드실 거죠? 제가 사올게요. 여기 셀프서비스예요. 우리 다인이는 핫초콜릿이지?"

다인은 신나서 고개를 끄덕였다. 태하는 당황하며 자리에서 일어났다.

"내, 내가 갈게요."

"아니에요. 다인이랑 얘기하세요."

그러더니 해준은 묘한 웃음을 지으며 자리에서 사라졌다. 미치겠다. 태하는 절망적으로 자리에 앉았다. 다인이는 똘망똘망한 눈으로 태하를 보기만 할 뿐이었다. 태하는 할 수 없이 입을 열었다.

"너 이름이 뭐니?"

"다인요. 한다인."

한다인…….

아이는 자신의 성을 붙였다. 그 성이 가지는 의미에 마음이 무거워졌다.

태하가 아무런 말도 하지 않자 한동안 똘망똘망 태하를 쳐다보던 아이가 결국은 먼저 입을 열었다.

"아저씨가 우리 아빠 맞아요?"

"엄마가 그러니까 맞을 거야."

퉁명스럽게 말이 나오는 건 어색해서였다. 이렇게 조그마한 인간과 한 번도 얘기를 해본 적이 없다. 아이는 대수롭지 않은 듯 활짝 웃었다. 태하는 호기심에 물었다.

"왜? 좋아?"

"응."

이제 보니 통통한 뺨에 보송보송한 솜털이 자라 있고, 곱슬거
리는 잔머리가 귓가에 나와 있다. 웃고 있는 눈이 접혔다. 태하
는 순간 손을 뻗어 만질 뻔했다. 열심히 관찰할 때는 몰랐는데
이렇게 보니 정말로 작은 미니 사이즈의 한서영을 보는 것만 같
았다. 신기했다.

"아빠가 생겼잖아요. 너무 좋아요. 한국에 와서 할머니도 생
기고, 아빠도 생기고, 삼촌도 생기고, 이모도 생기고."

다인이는 손가락으로 하나하나 꼽으며 즐거워했다.

"그게 왜 좋아?"

평생 한 번도 아이와 이야기를 해본 적이 없다. 어떻게 얘기
를 해야 할지 몰라서 바보 같은 질문만 했다.

"미국에선 엄마랑 나랑 둘뿐이었거든요. 엄마가 밤에 자꾸
울어서 슬펐는데 엄마는 이제 안 울어요."

태하는 가슴이 철렁 내려앉았다.

"엄마가 울었어?"

"응. 밤에 몰래 울었어요. 근데 엄마가 몰래 울어서 내가 달
래주고 싶어도 달래줄 수가 없었어요. 그런데 이젠 할머니도 있
고, 이모도 있어서 엄마가 안 울어요."

아무것도 먹지도 않았는데 뭐가 식도에 걸렸는지 속이 답답
해져 왔다. 울컥 덩어리가 치밀어오른다.

미국에서도 여전히 바보처럼 울기만 했나 보다. 엄마가 그렇
게 울면 어떡하니, 핀잔이라도 주고 싶다. 깨어난다면.

"그런데 아빠는 우리랑 같이 안 살아요?"

"왜?"

"아빠도 같이 살면 아빠 그림도 그리려고. 미국에선 엄마랑 나만 그렸는데 지금은 할머니도 그려요. 아빠도 그리려면 커다란 종이가 필요할 것 같아요."

아이는 시키지도 않는데 말도 잘했다. 태하는 자꾸 가슴이 답답해져 와서 말수가 더 줄어들었다.

"엄마 돌아오면 이제 같이 살자."

"정말?"

"응. 내가 다인이 자전거도 가르쳐주고, 그네도 밀어줄게."

아이는 입이 함지박만 하게 벌어져서는 기뻐했다.

서영아, 제발 깨어나. 일어나서 다인이랑 우리 같이 살아야지. 태하는 조심스럽게 손을 뻗어 아이의 머리를 쓰다듬었다.

"아빠, 허그해도 돼요?"

"이리 와."

태하가 팔을 벌리자 다인이 그에게 왔다. 다가온 아이를 번쩍 안아 들었다. 작은 몸이 쏙 안겼다. 작고, 말랑말랑하고, 부드럽다. 태하는 양손으로 그녀를 포옥 안았다. 다인이 말했다.

"다른 친구들이 아빠가 오면 번쩍 들어서 안아주는 게 부러웠거든요."

아이의 입에서 달달한 냄새가 났다.

"이제 같이 살 거니까 부러워하지 않아도 돼."

"응. 아빠."

아이의 목소리가 귓가에 울렸다.

아빠…….

갑자기 6년간의 공백도, 그를 괴롭혔던 마음도 모두 날아간 것만 같았다. 태하는 아이를 안고 생각했다. 처음 만났을때, 아빠냐고 물었을 때 바로 이렇게 해줄걸. 1분 1초가 소중한 시간인데 6년을 허비하고도 모자라서 또 시간을 낭비했다. 처음부터 이렇게 했으면 서영이도 사고가 나지 않았을 텐데.

서영아. 제발 깨어만 나. 제발.

그럼 네가 원하는 모든 걸 다 해줄게. 제발.

태하는 미등이 켜져 있는 병실로 들어갔다. 오후 늦게 회사에 들어가 쌓여 있던 일을 마치고 병원으로 오니 새벽 1시가 넘어가는 시간이었다. 해준이 혜선을 집에 보내고 간병인 침실에서 자고 있었다.

매일 아침 회사에서 면도와 샤워는 했지만, 며칠을 자지 못한 얼굴은 초췌했다. 자리에 앉은 채 시트를 새로 덮어주고, 이마에 흘러내린 머리도 손으로 올려주었다.

벌써 닷새째다. 마음속이 까맣게 타들어간다. 사흘이 지나자 의사들도 당황하기 시작했다.

서영이 일어나지 못하는데 일이 다 무슨 소용일까 하는 생각까지 들었지만 자신의 결정을 기다리는 일들을 피할 수는 없었다.

태하는 주사바늘이 박혀 있는 야윈 손을 잡았다.

네가 없으면 다른 게 무슨 소용일까. 서영이 깨어나기만 한다면 이제까지의 자신의 이기심을 송곳으로 박박 긁어버렸으면 좋겠다. 그녀가 깨어나기만 한다면 어떤 미천한 일이라도 할 수 있을 것만 같았다.

"엄마가 밤마다 울었어요."

눈에 물이 고여 그녀의 모습이 흐려졌다. 서영이 겪어야 했을 6년의 세월을 태하는 진심으로 이해하려고 생각한 적이 없었다. 혼자서 아이를 가지기로 결정하고, 혼자서 멀리 타국에서의 생활을 어떻게 겪었는지 그는 전혀 생각조차 하지 않았다.

맨발로 뜨거운 사막을 걷는 듯한 힘든 생활을 하고 돌아온 그녀에게 따뜻한 말 한마디조차 하지 않았다. 그런 여자 밑에서 자란 아이는 한창 철없고 떼를 써도 될 어린 나이인데도 조숙하고 어른스러웠다.

서영의 손 위로 툭, 뜨거운 물이 떨어졌다.

6년 동안 잊지 못한 게 배신감 때문도 아니고, 복수를 하기 위해서도 아니고, 그녀를 사랑했기 때문이었는데 바보처럼 그걸 이제야 깨닫다니.

"한서영, 일어나. 너 안 일어나면 네 딸은 어쩌니?"

그의 말은 진공상태 같은 조용한 대기 속에서 허무하게 흩어졌다.

"너 나까지 데리고 갈 작정이면 눈 안 떠도 돼. 하지만…… 최소한 내 사과는 받아줘야지."

또렷하던 그의 목소리는 점차 탁하고 흐려졌다. 마음 깊숙이에서 응어리가 쌓이며 올라와 울컥 핏덩이라도 토해낼 것만 같다. 태하는 그렇게 한참을 그녀의 손을 잡고 있었다.

해준은 활짝 기지개를 켜며 자리에서 일어났다. 온몸이 찌뿌듯하지만 머릿속은 맑은 게 제대로 숙면을 취한 것 같았다. 그리다 깜짝 놀라며 주위를 두리번거렸다.

이런!

지금이 숙면을 취할 때가 아닌데. 서영의 병실 당번을 한다고 해놓고 초저녁부터 잠들어서는 동이 트고야 일어나다니. 서영은 허겁지겁 일어나 병실 문을 열었다.

"아!"

서태하 이사가 작은 의자에 앉아 서영의 손을 꼭 잡은 채 죽은 듯 잠들어 있었다. 해준은 살금살금 다가갔다. 긴 몸을 구기고 옆으로 누워 있는 태하를 보자 심장이 아렸다. 얼마나 아플까. 자신이 사랑하는 사람이 며칠째 의식불명 상태라고 상상만해도 해준은 머리털이 쭈뼛 서는 것만 같았다. 태혁이 아니라고, 자책하지 말라고 당부를 했지만 또다시 그날 만날 약속을한 자신이 원망스럽기만 했다.

"으……."

조용한 공기 사이로 이상한 소리를 들은 건 그때였다.

"으응."

설마하며 고개를 들었다. 거의 동시에 그 작은 소리에 태하가벌떡 일어났다. 태하의 손이 서영의 손을 잡은 채 그녀를 보았다.

"서영아?"

분명 서영의 입에서 난 소리였다. 태하가 놀란 듯 잡고 있던 그녀의 손을 놓았다. 손가락 끝이 움찔거리고 있었다. 그녀의 목이 아주 살짝 움직였다.

"서영아? 들리니? 일어나. 눈 떠!"

"언니……."

"서영아. 얼른 눈 떠. 너 너무 오래 잤어. 다인이가 기다리고 있어. 얼른 눈 떠."

속눈썹이 파르르 떨렸다. 쿵쾅쿵쾅, 보고 있는 해준의 심장이 터질 것만 같았다. 마침내 감겨 있던 서영의 눈꺼풀이 떨어지며 힘겹게 눈을 떴다.

"의, 의사 데리고 올게요."

응급버튼이 있는데도 해준은 까맣게 잊고는 미친 듯이 달렸다.

의사가 다녀가고, 혈압, 맥박, 호흡상태와 모든 것을 확인한 후 이제 안심해도 된다는 진단을 받고 서영은 다시 잠이 들었다. 그리고 한 시간 후 서영이 눈을 떴다. 의사에게서 위험한 고비를 넘겼다는 말을 듣고서야 태하는 긴장을 풀었다. 이제야 정말 한고비는 넘긴 셈이었다.

"태하야……."

의사가 나가자마자 서영은 태하를 찾았다.

"괜찮아? 말할 수 있겠어?"

"다은…… 이는?"

태하는 부서지기 쉬운 물건을 잡는 것처럼 조심스럽게 그녀의 손을 잡았다. 안 그래도 차가운 손이 냉장고에서 갓 꺼낸 것처럼 차가워 가슴이 아팠다. 태하는 양손으로 그녀의 손을 살포시 덮었다. 조금이라도 자신의 온기를 주고 싶었다.

"다은이 잘 있어. 너 학교 일 때문에 여행 간 줄 알고 있어. 걱정하지 마. 아주 잘 먹고, 유치원도 잘 다니고, 잘 지내고 있어."

"만났어?"

태하는 고개를 끄덕였다.

"나한테 아빠라고 불렀어."

서영의 그 말에 생기가 전혀 없는 얼굴에 미소를 지었다.

"나 얼마나 여기 있는 거야?"

"너 6일 만에 눈 떴어. 평생 잘 잠 다 잤으니까 이젠 더 안 자도 돼. 잠꾸러기."

그러자 그녀가 다시 힘없는 미소를 지었다. 그 모습만으로도 가슴이 아파왔다.

"나 용서해주는 거야?"

서영의 말에 다시 가슴이 턱턱 막혀온다. 태하는 그녀의 뺨을 손으로 덮었다. 누군가 심장을 칼로 쿡쿡 쑤시는 것만 같다.

"아니. 평생 옆에 두고 괴롭힐 거야. 작은 집에 가둬넣고, 둘째도 낳고, 셋째도 낳고, 나만 바라보면서 살게 할 거야. 다시는 잠 못 들게 할 거야."

힘없는 손이 올라와 그의 뺨을 쓸었다. 뜨뜻한 물기가 그녀의 손에 느껴졌다.

"울지 마."

그녀의 손이 젖은 태하의 뺨을 닦았다.

"울보라고 놀릴 거야."

그러는 서영의 눈에도 금새 물이 맺혔다. 태하는 양손으로 그녀의 손을 잡고 손등에 입을 맞추었다.

"다은이한테는 말하지 마. 나 울보라고 못난이 둘이서 같이 놀리는 거 보기 싫어."

"우리 다은이가 왜 못난이야. 아빠 닮아서 얼마나 예쁜데."

미소 짓고 있는 서영의 눈에서 결국은 한 방울 눈물이 떨어졌다. 태하는 손으로 그녀의 눈물을 닦고, 머리를 쓰다듬었다.

"괜찮아? 의사 부를까?"

"아니. 자꾸 졸려. 그치만 자기 싫어."

졸리다는 말만 들어도 두려워졌다. 이제는 무사하다고 했지만 다시 눈을 뜨지 않을까 두려워 가슴이 조여왔다.

"가만있어 봐. 의사 부를게."

"태하야……."

버튼을 누르는데 서영이 까무룩 잠이 오는 목소리로 그를 불렀다.

"사랑해."

마지막 말을 남기려는 것처럼 서영은 그렇게 작은 소리로 말을 하고는 다시 눈을 감아버렸다. 심장이 천근만근 내려앉고 가슴이 두근거렸다. 호출을 받은 의사가 헐레벌떡 달려왔다. 그는 청진기로 맥박을 확인하고 안구며 호흡을 확인하고는 링거를 체크하고 자리에서 일어났다.

"다 괜찮습니다. 다시 잠이 들었습니다. 며칠간은 계속 이럴 겁니다. 며칠 지나면 거의 정상적인 수면시간을 가질 겁니다. 걱정하지 마십시오."

태하는 털썩 자리에 주저앉았다. 평온한 모습으로 말갛게 자고 있는 서영을 보자 그제야 안도의 숨을 내쉴 수 있었다.

지금 이 순간, 눈을 떠줘서 고맙다.

살아가면서 점점 더 욕심이 많아지겠지.

하지만 지금 이 순간의 기억을 평생 잊지 않을게. 평생 잊지 않고 기다릴게.

이제부터 너랑 아침에 같이 눈을 뜨고, 너와 저녁을 먹고, 매일을 너와 같이할 거야. 다시는 바보 같은 일로 시간낭비하지 않을 거다.

긴 길을 돌았지만 이젠 끝에 다다랐다. 더 이상 돌지 않아도 될 곳에 도착했다. 한서영이라는 정답에.

에필로그

"아, 아빠. 아빠. 아빠!"

작은 그네가 있는 정원에서는 까르르, 다은의 숨넘어가게 웃어젖히는 소리가 들렸다. 거실 문으로 내다보자 다은이 그네에 대롱대롱 매달려 있고 태하가 그녀를 번쩍 들어 뒤집으려 하고 있었다.

"남자애도 아닌데 애를 왜 저렇게 거칠게 다루는 거야?"

서영은 투덜거리며 반듯하게 갠 빨래를 들었다. 예정일이 두 달도 채 남지 않아 몸이 무거웠다.

다은의 방에 아이의 속옷을 정리해 넣고, 다림질한 원피스도 옷장에 채워넣었다. 다은은 자랄수록 외모는 서영과 쏙 닮았는데 성격만은 달라 활달하고 건강해서 치마나 원피스를 잘 입지 않으려 해 서영과 옷 때문에 자주 다퉜다. 유치원의 교복이 치마인 게 다행일 정도였다.

둘이 살 때까지만 해도 다은은 얌전하고 말을 잘 듣는 아이 였는데 할머니와 살다가 아빠까지 함께 살기 시작하면서부터 는 활달함이 거의 절정에 다다르고 있었다.

혜선에게 다은이 이러니저러니 자기 말을 잘 듣지 않는다고 불평을 했다가 혜선이 한 말에 서영은 결국 웃음을 터트리고 말았다.

"넌 어떻게 점점 날 닮아가니."

그러고 보니 자신의 취향을 강요하는 모습이 점점 혜선을 닮 아가고 있었다. 엄마는 늘 자식에게 자신을 투영해 원하는 것을 이루려는 본능이 있나 보다. 결국은 혜선도 자신이 원하는 것 을 서영에게서 찾으려 했는지 모른다. 모녀는 닮는다더니. 서영 은 더 이상 아이에게 자신의 취향을 강요하지 말아야겠다고 결 심했다.

침실의 드레스룸으로 들어간 서영은 태하의 다림질한 와이셔 츠를 차곡차곡 걸었다. 힘들다고 세탁소에 맡기라고 했지만 와 이셔츠만은 자신이 직접 다리고 싶었다. 자신이 다림질한 산뜻 한 와이셔츠와 자신이 고른 넥타이를 매주는 건 그녀의 은밀한 즐거움이자 보람이었다.

하지만 오늘만은 예외였다. 연한 핑크빛의 와이셔츠를 보자 울화가 치밀었다. 팀 회식이 끝나고 늦게 들어온 태하의 와이셔 츠에는 핑크빛의 립스틱이 희미하게 묻어 있었다.

서영은 드라마에서 본 남편의 셔츠에 묻은 립스틱을 본 부인 이 화를 내는 상황이 자신에게도 올 거라고는 상상도 하지 못했다. 태하는 일이 바쁜 것을 제외하고는 여러모로 백 점짜리 남편이라고 확신하고 있었다.

비즈니스 접대는 많지만 저녁식사 이상의 접대는 회사에서도 권하지 않았고 태하는 늘 자기 선에서 잘랐다. 다은에게도 좋은 아빠였고, 그녀에게도 너무 잘 해서 때로는 의무감에 그러는 게 아닌가 싶을 정도였다.

서영은 둘째를 임신하면서 유산 위험 때문에 잠자리를 조심하라고 한 게 문제였나 고민하기 시작했다. 태하는 둘째를 천천히 가지고 싶어했지만 마음이 급해서 빨리 가지자고 한 것은 서영이었다. 아이를 가지기 전까지는 6년의 공백을 보상받기라도 하려는 듯 그는 지나치게 공격적인 남자였다. 거의 매일 하루도 빠지지 않고 관계를 가져 이러다 기네스북에 올라가는 것 아니냐며 언제까지 가나 달력에 체크를 해볼 정도였다.

하지만 임신 후 가벼운 피가 비치고, 유산의 고비를 거치고는 태하는 잠자리를 같이해도 손끝 하나 건드리지 않았다. 예전보다도 더 거칠고, 짐승 같던 남자를 떠올리자 저도 모르게 얼굴이 달아올랐다. 그러던 남자가 몇 달을 금욕생활을 하고 있으니…….

아무런 불평도 하지 않았지만 속으로 쌓였음에 분명했다.

"아, 밖이 왜 이렇게 더워. 샤워 좀 해야겠다. 다림질했어? 더우면 에어컨 틀지 그랬어?"

땀나는 걸 못 참는 태하가 샤워를 하러 들어가려다 드레스룸에 있는 서영을 보며 한마디 했다. 서영은 등을 돌린 채 입을 꼭 다물고 아무런 말도 하지 않았다.

쾅. 문이 닫히고 이내 샤워하는 소리가 났다. 서영은 기가 막혀서 웃음을 지었다. 대답을 하지 않으면 무슨 일이 있냐며 다가와서 물어봐 줄 줄 알았더니 이젠 그런 것도 신경 쓰지 않는다는 건가. 서영은 입술을 깨물었다.

와이셔츠의 립스틱 때문인지, 아니면 몇 달 동안의 금욕생활 때문인지, 아니면 호르몬 때문인지 모르겠다. 요즘 들어 자꾸 짜증이 치밀었다.

5분도 채 되지 않아 샤워를 마친 태하가 욕실에서 나왔다. 젖은 머리는 넘기고 허리에 짧은 타월만 두른 채 걸어나왔다. 화장대 너머로 그의 탄탄한 가슴과 팔, 그리고 죽 뻗은 긴 다리를 보자 얼굴이 화끈 달아올랐다. 세상에. 수백 번이나 본 모습인데도 아직도 부끄러워하다니. 자신이 이해가 가지 않았다.

멋쩍어서 핸드로션을 꺼내 손에 바르는데 서랍장을 열며 그가 서영의 안색을 살폈다.

"얼굴이 왜 그렇게 빨개? 더위 먹은 거 아냐? 에어컨 켜라니까."

"아, 아냐. 오래 서 있어서 힘들어서 그런가 봐."

"그래? 발목 저려? 마사지 해줄까?"

그가 옷을 꺼내다가 이내 그녀에게 다가왔다. 반나체인 건장한 몸이 다가오자 속이 울렁거릴 정도로 욕망이 올라왔다. 얼굴이 더 붉어졌다. 호르몬 때문인가, 왜 이러지?

"괜찮아."

"일어나서 침대에 누워봐."

그의 손에 이끌려 할 수 없이 침대에 드러누웠다. 배 때문에 바로 눕지 못하고 모로 눕자 태하가 보디로션까지 챙겨서는 발목을 시원하게 마사지했다.

"우리 마나님 발목이 이렇게 부었네."

기분이 좋으면서도 속상하다. 온몸이 빵빵 불은 호빵 같아서였다. 서영은 토라진 채 말했다.

"그래서 안 부은 날씬한 직원들이랑 노니까 재밌었어?"

유치해. 너무 유치하잖아. 말하지 않으려고 했는데 저도 모르게 말이 나오고 말았다. 얼굴이 화끈거렸다.

"뭐? 아, 어제 회식?"

그러더니 그냥 피식 웃어버렸다. 뭐야? 대꾸할 거리도 안 되는 거야? 서영은 자꾸 섭섭해졌다. 이러다 아이를 낳고 나서도 손도 대지 않는 건 아닐까. 이런저런 생각이 그녀를 불안하게 만들었다.

"많이 재밌었나 보지? 늦게 들어왔잖아."

"아. 여자 직원들은 다 일찍 보내고 남자들끼리 한잔하고 왔어."

서영은 자리에서 벌떡 일어났다. 아니, 몸이 무거워서 벌떡 일어나지는 못하고 겨우 몸을 일으키고는 그를 노려보았다.

"거짓말하는 거야? 아니면 남자 직원들하고 제대로 놀았다고 보고하는 거야?"

난생 처음 대하는 서영의 독설에 태하는 어리둥절해서 그녀를 보았다.

"뭐야? 그냥 반에서 위스키만 한 잔씩 하고 왔어. 어, 서영아, 왜 울어?"

자신도 모르게 울고 있었다. 이건 우는 게 아니다. 눈에 티끌이 들어간 거다. 아니…… 괜히 서글프고, 속상해서 눈물이 났다.

"와이셔츠에 그거…… 뭐야? 립스틱……."

서영은 흐느꼈다.

"무슨 말이야?"

"봤어. 핑크색 립스틱. 와이셔츠에 묻었잖아. 이젠 내가 싫은 거야? 아니면 거짓말하고 싶은 거야?"

태하는 황당해하며 일어나서 옷장으로 가서는 반듯하게 걸어놓은 하얀색 와이셔츠를 들었다.

"이거 말이야?"

서영은 도리도리 고개를 저었다. 태하는 연한 핑크색의 와이셔츠를 꺼내 들었다.

"이거?"

서영은 고개를 끄덕였다.

"나 이거 어제 안 입었어."

그렇다고 의심을 피해갈 수는 없었다. 골똘히 생각하던 태하는 갑자기 흐흐흐, 웃어젖혔다.

"어휴. 너 다은이한테 핑크색 들어간 립글로스 사주지 않았어? 그저께 내가 일찍 퇴근한 날, 다은이가 달려들어서 부비부

비 했잖아."

그러고 보니 모처럼 백화점에 가서 립스틱을 하나 사면서 사은품으로 받은 연한 펄이 들어 있는 핑크색의 립글로스를 다른 이에게 주었다. 아이가 좋아서 며칠을 계속 바르고 다녔었다.

그가 침대에 앉아 있는 서영에게 다가왔다. 그가 푸후, 웃음을 터트리며 그녀의 뺨을 잡고 관자놀이를 쓰다듬었다.

"그게 그렇게 울 정도로 서러웠어? 내가 바람피우는 줄 알고?"

괜히 부끄러워서 고개를 돌렸지만 그의 손에 잡혀 고개가 돌아가지 않았다. 서영은 눈을 내리깔았다.

"그럼 그런 생각 안 들겠어? 몇 달이나 계속 금욕하고 있었잖아."

태하는 서영의 옆에 앉아서는 그녀를 부드럽게 쓰다듬었다.

"이 정도는 아무것도 아니야. 6년도 금욕했는데 이 정도쯤이야. 난 환웅의 후손이라고. 마늘만 먹고 백 일이 아니라 천 일도 버틸 수 있는 인간이라고."

서영은 웃음을 터트렸다.

"그래도……."

서영은 주저하다가 참았던 말을 했다.

"의사 선생님이 이제는 출산을 위해서라도 좀 해주는 게 낫다고 했는데도 안 하니까…… 내가 싫어졌나 걱정하고 있었다고."

"응?"

그의 목소리가 커졌다.

"뭐라고? 의사 선생님이 언제 그랬어?"

서영은 어리둥절해져서 그를 보았다.

"벌써 한 달 전에 말했잖아. 위험한 시기 지났다고. 안 들었어?"

태하는 단 한 번만 빼고는 그녀가 병원에 갈 때마다 따라왔다. 괜찮다고 해도 그것은 태하의 철칙 같은 것이었다. 다은이 때 하나도 못 해줘서 그녀와 임신의 모든 절차를 함께하고 싶어했다.

"말 안 했어. 처음에 위험하다고 조심해야 한다고 신신당부하던 것만 들었단 말이야. 진짜야? 제길."

그러더니 태하는 정말 분하다는 듯 주먹으로 침대 바닥을 내리쳤다. 서영은 웃음이 터지는 것을 가까스로 참았다.

"난 들은 줄 알았어. 의사 선생님이랑 따로 이야기했잖아."

"그때 다른 이야기 한 거야."

"아아!"

그의 손은 이미 원피스의 단추를 풀며 젖가슴을 헤집고 있었다. 그가 그녀의 귀에 뜨거운 바람을 불어넣었다.

"그것도 모르고 밤마다 자신과의 전쟁을 벌이고 있었단 말이야. 난 임신 중 섹스방법 책까지 사서 읽었는데 그거 다 필요 없구나 했다고."

웃음이 터져 나왔지만 서영은 곧 훅 숨을 내쉬었다. 그의 손이 강하게 젖가슴을 주물렀기 때문이었다. 그의 손이 치마를 걷어올리고 속옷을 허겁지겁 벗기고 있었다.

"아깐 환웅의 자손이라며. 너무 급한 거 아냐? 다은이 들어오면 어떡해?"

"막지 마. 5개월이나 참았다고. 다은이는 옆집 할머니네 보내주고 왔어."

"그래도 문을 잠궈……. 아아."

허리에 매고 있던 타월이 풀리고 잔뜩 화가 난 분신이 뒤에서 꾹꾹 눌러왔다. 그의 손이 한쪽 다리를 들어 올리고 안으로 들어와 길을 내고 있었다. 벌써부터 촉촉해진 안이 그를 기다리고 있었다.

"엉덩이 조금만 뒤로 빼봐."

모로 누운 채 그가 바로 뒤에서 진입해 들어왔다. 아흑, 너무나 강한 자극에 벌써부터 신음이 토해져 나왔다. 그가 훅, 숨을 뱉어냈다.

그의 손이 부드럽게 둥글게 나온 배를 쓰다듬고, 그녀의 풍만한 젖가슴을 잡았다.

"아기가 놀라겠어."

서영의 말에 태하는 그녀의 배에 대고 말했다.

"아가야, 엄마 아빠 사랑하는 거니까 너무 놀라지 마."

웃기도 전에 그가 다시 힘차게 밀고 들어왔다.

"그리고 앞으로 자주 있을 테니까 그렇게 알고 있어."

메시지를 다 전한 태하가 엉덩이를 밀며 그녀를 압박해왔다. 서영은 짜릿한 전율을 느끼며 그를 받아들였다. 몸이 예민해져

온몸으로 희열이 느껴진다. 서영은 벅차오르는 기쁨에 열정을
토해냈다.

6월 13일. 태하를 닮은 건강한 사내아이가 태어났다.

아니, 서영이 보기에는 핑크색 원숭이 같았지만 태하는 보자
마자 자기를 닮았다며 입이 찢어져라 좋아했다. 다은은 자기에
게도 동생이 생겼다며 기뻐서 만세를 불렀다. 엄마의 배를 보
고, 아이를 보며 여전히 서영의 배에 있던 게 이 아이라는 걸 믿
지 못하는 듯했다.

혜선은 핏덩이 아가를 보며 눈물을 흘렸다. 자신의 뱃속으로
는 한 번도 낳아보지 못한 아이였지만 어엿한 자신의 손자였다.

서영은 태하를 처음 만났던 그 바닷가를 떠올렸다. 긴 세월
을 돌아 삐걱거리던 시계의 태엽들이 제자리를 찾아 움직이기
시작했다. 그리고 그것은 천천히 아름다운 멜로디를 울리기 시
작했다.

세상의 아름다움을 담아.

마치, 처음인 것처럼.

fin

후기

이 글은 '마이걸'이라는 제목으로 2008년 2월부터 연재를 시
작한 글입니다.

몇몇의 떠오르는 이미지와 감정 때문에 시작한 글이었습니
다.

봄의 교정에 앉아 떨어지는 꽃비를 맞으며 책을 읽는 뺨이 하
얀 여자주인공.

어두운 학교 강의실에서의 숨죽인 정사.

히스클리프를 연상케 하는 애정에 굶주린 남자…….

2008년에 시작한 글을 2010년에 완결했으니 근 2년이 걸린 셈
입니다. 아쉬움과 게으름과 자책감 때문에 멀고 긴 길을 돌아
만난 주인공들처럼 이 글도 이렇게 긴 시간이 지나서 완결을
보게 되는군요.

항상 그렇듯이 사랑하지 않아야 하는데 계속 마음이 가는

애절함도, 절절한 감정도, 어느 하나 스스로 만족할 만큼 글이 나오지 않아 조금의 아쉬움을 남기며 후기를 쓰게 됩니다.

글도, 주인공들도 먼 길을 돌아왔지만 두 사람의 행복한 미래는 가슴속에 늘 남아 있겠죠. 그것이 로맨스가 주는 매력 아닐까요?

수정을 하면서 태혁과 그의 어린 연인 이야기를 쓰고 싶어서 가슴이 콩닥거렸습니다. 태혁의 이야기는 이렇게 긴 텀이 아니라 속전속결로 만나길 고대해봅니다.

부족한 글의 길을 잘 잡아주신 승진 씨 및 편집부 식구들께 감사드리고 고심해서 예쁜 표지 만들어주신 은영 씨께 감사드립니다.

주는 것보다 더 많이 받아 미안하고 든든한 버팀목이 되어주는 소중한 글동무들께도 감사를 전합니다.

그리고 무엇보다도 '연재는 완결로'라는 제 목표를 이루지 못한 채 몇 년을 끌어온 글을 오래 기다려주신 독자분들께 가장 큰 감사를 드립니다.

로맨스 안에서 항상 행복하시길.

햇볕이 따뜻한 3월 뉴욕에서
권서현 배상

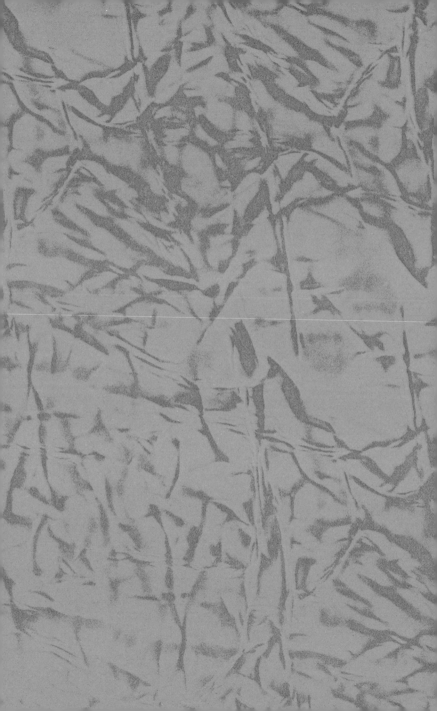

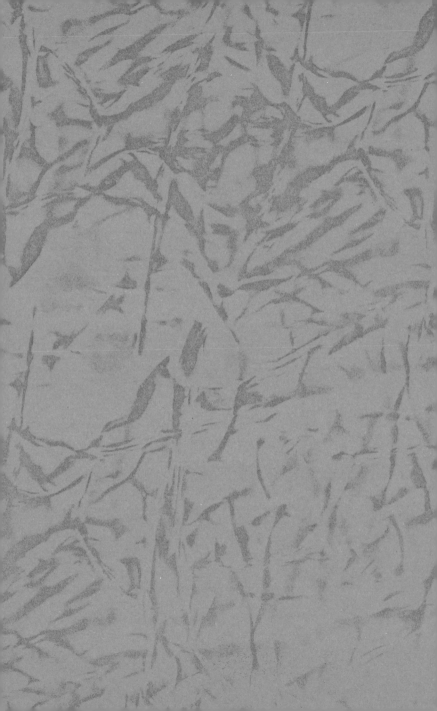